Oliver Dierssen

Fausto

Roman

HEYNE

Für Kathi.
Meine Liebste.
Meine Frau.

MIX
Papier aus verantwortungsvollen Quellen
FSC® C014496
FSC
www.fsc.org

Verlagsgruppe Random House FSC-DEU-0100
Das für dieses Buch verwendete
FSC®-zertifizierte Papier *Munken Premium Cream*
liefert Arctic Paper Munkedals AB, Schweden.

Originalausgabe 1/2011
Redaktion: Claudia Alt
Innenillustrationen: Jan Warncke [www.janwarncke.de]

Printed in Germany 2011
Umschlaggestaltung: Nele Schütz Design, München
Layout und Herstellung: Mariam En Nazer
Satz: Leingärtner, Nabburg
Druck und Bindung: GGP Media GmbH, Pößneck

ISBN 978-3-453-26001-6

www.heyne-fliegt.de

»Ich bin immer dann am besten,
wenn's mir eigentlich egal ist.«

Die Ärzte: *Lied vom Scheitern*

Inhalt

1

Ein paar FAKTEN über meine PICKEL

Natürlich fing die Sache mit dem Bücherdämon mit einem Pickel an. So wie fast alle anderen wichtigen Ereignisse in meinem Leben: mit knubbeligen, eitergefüllten Zeitbomben, die in den unmöglichsten Momenten platzten.

Das mit den Pickeln scheint eine übersinnliche Eigenschaft von mir zu sein. Spider-Man hat Klebefäden im Handgelenk, Hellboy hat eine böse Riesenfaust aus der Hölle, und ich habe Pickel, mit denen ich die Zukunft vorhersagen kann. Ich, Joschel Fittich. Pickel = Ärger.

Falls ihr mir nicht glaubt, hier ein paar Beispiele:

Ende des letzten Schuljahres, Fototermin für das Jahrbuch, der komplette linke Nasenflügel steht in Flammen.

Der erste Schultag in der Achten: ein pralles Furunkel genau zwischen den Augenbrauen, Hindu-Style. Es platzt ungefähr in der zweiten Stunde, keiner sagt mir was, ich laufe ahnungslos bis zur Vierten mit blutverschmierter Stirn herum, die Sache sieht aus wie ein Einschussloch, in der großen Pause findet mich Frau Strawinsky dösend in meinem Abchillversteck hinter dem Computerraum, hält mich für ein Amoklaufopfer und löst den Feueralarm aus ...

Heute war der Pickel dunkelrot. Er saß seitlich auf der Nasenspitze. Die Lampe über dem Badezimmerspiegel ließ ihn von innen leuchten wie eine überreife Johannisbeere.

Ob ich das Unglück abwehren konnte, wenn ich Zahncreme draufschmierte? Und wenn ja: lieber Elmex oder Aronal? Oder doch lieber Alkoholspray und etwas von Hannes wildem Honig?

Ein schwerer Schlag traf die Badezimmertür, jemand rüttelte heftig an der Klinke. Ich erschrak, die Zahncremehand zuckte.

»Jo-schel!«, schrie meine Mutter von draußen. »Du machst sofort die Badezimmertür auf. Du weißt, wie sehr ich abgeschlossene Türen hasse. In unserem Haushalt werden keine Türen abgesperrt!«

»Hanne, ich sitze auf dem Klo!«, brüllte ich zurück. Die verdrückte Elmex-Spur auf meiner Nase sah aus, als hätte sie eine Taube nachlässig hingekackt. Scharf wie Lösungsmittel brannte sie auf meiner entzündeten Nase.

»Du bist nicht auf dem Klo!« Meine Mutter presste ihr Gesicht an den Milchglaseinsatz der Badezimmertür. »Ich kann dich durch die Scheibe erkennen. Du stehst am Spiegel! Drückst du wieder an deinen Pickeln rum? Die werden davon nur noch schlimmer.«

»Bin gleich fertig.«

Ich warf dem Schatten hinter dem Milchglas einen wütenden Blick zu, setzte die Zeigefinger an den Pickel und drückte brutal zu. Zufrieden registrierte ich, wie ein blutiger Schnörkel aus Eiter und Zahncreme an den Kosmetikspiegel spritzte. Der Fleck sah aus wie ein Fragezeichen.

Manchmal überlege ich, ob mich der Blutfleck vielleicht warnen wollte. Ob er vielleicht aussah wie ein winziger Bücherdämon. Aber davon hatte ich damals ja noch keine Ahnung.

Der Fleck sah für mich aus wie ein Fragezeichen. Punkt.

In drei Jahren und sieben Monaten bin ich erwachsen. Das wird kein Spaß. Meine Ethiklehrerin meint, dann beginnt ein entbehrungsreiches Leben, Schluss mit lustig. »Die Schulzeit ist die beste Zeit deines Lebens«, sagt sie. Klingt irgendwie wie eine Drohung.

Vor ein paar Wochen habe ich einen Film gesehen, in dem ein minderjähriger Typ einen geräuschlosen Klettverschluss erfunden hat und damit reich geworden ist. Er hat dann alleine in einem fetten Haus mit Park gewohnt, krasse Partys am Pool gefeiert und so, Frauen ohne Ende, ihr wisst schon. Die Villa war so riesig, dass er mit einem Golfwagen durch die leeren Gänge heizen konnte. Klingt nicht schlecht.

Aber bislang ist mir nichts eingefallen, was ich erfinden könnte. Vielleicht eine Spielkonsole oder Geschirr, das keine Geräusche macht, wenn es die eigene Mutter in einem nächtlichen Putzanfall abwäscht oder so. Für alle Fälle habe ich mir die Nummer vom Patentamt rausgeschrieben.

Kurze Abstimmung: Joseph Fittich ist ein Scheißname, oder?

Klingt irgendwie nach Jesus und Maria und einer ganzen Dynastie toter österreichischer Kaiser mit Backenbart. Aus Joseph kann man nichts machen, das einigermaßen cool klingt. Meine Mutter nennt mich Joschel. Ich weiß aus sicherer Quelle (Tante Christiane hasst meine Mutter), dass sie als Kind ein Pony hatte, das Joschel hieß. Eigentlich war es nicht ihr eigenes Pony, sondern es stand auf der Weide beim Schulweg, und den richtigen Namen von dem Pony kannte sie auch nicht, aber sie hat es Joschel genannt, und mich nennt sie auch Joschel. Ich habe einen Pferdenamen. Toll.

Joseph kommt angeblich von meinem Vater, der hat das ausgesucht, ehe er sich verpisst hat. Wegen Joseph Conrad, das ist ein englischer Dichter. Der ist aber auch tot. So wie das Pony. Ich hoffe zumindest, dass es tot ist. Es wäre mir unerträglich, meiner Mutter dabei zusehen zu müssen, wie sie ein Pony in die Arme schließt und es liebevoll mit meinem Namen ruft. Oder mich mit seinem. Ich hasse Pferde.

Ich habe mal versucht, mich *Joe* nennen zu lassen. Aber außer bei Lasse Fleischer ist das bei niemandem haften geblieben, und Lasse ist eine Null in Englisch und nennt mich seitdem *Tscho*, klingt wie Chinesisch. Wenn mein Patent durch ist, werde ich zumindest bei meinem Personal ein akzentfreies *Joe* durchsetzen.

Viel mehr ist übrigens nicht von meinem Vater geblieben: ein bescheuerter Name. Er ist angeblich der Typ auf dem Foto, das meine Mutter auf meinen Nachttisch gestellt hat. Er hat blassrote, abstehende Ohren. Wie kleine Stoppschilder links und rechts am Kopf, die sagen: *Hallo! Bitte gucken Sie genau hierher, beobachten Sie die interessanten Rosaschattierungen meiner Ohrmuscheln!* Ich würde gerne drüber lachen. Aber diese Ohren sind wahrscheinlich das Einzige, das der Mann mir vererbt hat.

Wenn er überhaupt mein Vater ist.

Es gibt nämlich einen Grund, der dagegen spricht: Ich fühle gar nichts, wenn ich an ihn denke. Ist man unnormal, wenn man keinen Vater braucht? Er und seine komischen gestelzten, getippten, überflüssigen FAZ-Korrespondentenbriefe aus Frankreich sind mir dermaßen egal, dass sein Foto die Zeit auf meinem Nachttisch unbeschadet überstanden hat. Abgesehen von einem Popel, den ich auf sein Gesicht geklebt habe.

Wenn jemand mich fragen würde – ich habe eine ganz eigene Theorie zur Vaterfrage entwickelt: Danach ist an meiner Zeugung außer Hanne, meiner Mutter, nur ein Postbote beteiligt. Ein Beinahe-Analphabet, der alles Schriftliche von ganzem Herzen verabscheut.

»Du hast wieder an deinen Pickeln rumgedrückt«, sagte Hanne. »Das *hättest* du auch mich machen lassen können. Aber wie du willst.« Hanne balancierte einen mörderisch hohen Stapel aus alten Kartons auf mich zu, der uns beide jeden Moment unter sich begraben konnte. Sie rammte eine handgetöpferte Vase, die kam bedenklich ins Wackeln und wurde nur durch die verranzten Tentakel eines peruanischen Traum- und Staubfängers vor dem Scherbentod gerettet.

»Bin schon fertig mit dem Pickel. Ich wollte gerade aufs Klo«, sagte ich. »Kann ich jetzt oder nicht?«

»Du *könntest* mir auch mal was abnehmen, Joschel. Ab und zu *könntest* du auch mal helfen, ohne dass man dich drum bitten muss.«

Seit Hanne letztes Jahr von einem Erziehungs- und Selbstfindungsseminar im Weserbergland zurückgekehrt ist und wir nach Hannover gezogen sind, spricht sie vermehrt im Konjunktiv und lässt sich von mir *Hanne* nennen, nicht mehr *Mama*.

Ich schnappte mir lustlos den obersten Karton vom schwankenden Stapel und ging unter seinem unfassbaren Gewicht in die Knie. Er knallte schwer aufs Laminat, riss an der Seite auf, eine Flut von Altpapier ergoss sich in den Flur, meine Arme rutschten nach vorne weg, mein Kopf knallte runter, und ich berührte die gammeligen Papiere mit den Lippen. Intensiver, saurer Fäulnisgestank stieg auf und lieferte sich eine Aromaschlacht mit Hannes selbst gemixtem Vanille-Ringelblumen-Parfüm.

»Das habe ich alles vom Altpapier mitgebracht, Joschel, ist das nicht toll?«

Meine Lippen schmeckten ganz komisch. Nach kaltem Staub und Grab und Gammel. So musste es schmecken, wenn man einen Zombie küsst.

»So was schmeißen die Leute einfach weg«, setzte Hanne nach. Ihre Stimme bebte vor Begeisterung. »*Vogue* und die englische *Vanity Fair* aus den Achtzigern. Das – ist – absoluter – Kult.«

Als ich mich hochrappelte, blieben einige Blätter an mir kleben und rissen mit einem feuchten, gedehnten Geräusch. Es klang nicht nach Papier, sondern nach ausgedünnter, pergamentartiger Untotenhaut. An meinem Kinn und den Handflächen pappten zerfetzte Illustrierte fest.

Ich hatte nichts gegen Frauenzeitschriften. (Da standen manchmal nützliche Sachen drin. Nicht mal in Hannes Buch *Klinische Psychologie für Sozialpädagoginnen und Sozialpädagogen* fanden sich mehr Hinweise, wie Mädchen so ticken.) Ich mochte nur nicht, wenn sie an meinem Gesicht festschimmelten. Aber wer mochte das schon.

»Jetzt hast du die kaputt gemacht«, sagte Hanne. »Schade.«

»Schade«, knurrte ich.

Mein zerquetschter Pickel fing an zu brennen. Vielleicht waren das die Pilzbakterien, überlegte ich, die sich in mein Gesicht fraßen. Vielleicht war es das erste Anzeichen von großem Unheil, ein leises Donnergrollen vor einem großen, bösen Gewitter des Schicksals.

Im Nachhinein wären mir die Pilzbakterien erheblich lieber gewesen.

Wie sieht wohl jemand aus, der Sozialwissenschaften studiert hat, als Sozialpädagogin (das bedeutet: Sorgentante mit Fachhochschulabschluss) in einem Kindergarten für Schwererziehbare arbeitet und Klamottenhefte aus den frühen Achtzigern »superklasse« findet?

Werfen wir einen Blick auf meine Mutter.

Frisur: Fehlanzeige. Kurz, platt am Kopf klebend und glänzend, wie ein straßenköterblonder Motorradhelm. Brille: völliger Fehlgriff, Modell Harry Potter in Lachsrot. Dazu liebt meine Mutter grüne Ponchos und viel Holzschmuck. Das verleiht ihr Ähnlichkeit mit dem wiederverwertbaren Öko-

Weihnachtsbaum aus Filz und Birkenholz, den Hanne jeden Winter aus dem Keller kramt und mitten vor den Fernseher stellt.

»Du hast jetzt nicht wirklich fünf Kartons mit alten Heften hier hochgeschleppt, Hanne, oder?« Ich zupfte mir vergilbte Fetzen vom Kinn.

»Sechs. Einer steht in deinem Zimmer. Hier ist so obertolle Mode drin, das glaubst du gar nicht«, schwärmte Hanne und blätterte in einem der gammeligen Hefte. Sie wusste wahrscheinlich nicht, dass man laut *Für Sie* von Schimmelpilzen Leberkrebs kriegte. »Habe ich auf dein Bett gestellt. Kinderhefte, die sind noch wie neu.«

Kinderhefte? »Ich bin in drei Jahren erwachsen.«

Hanne spitzte die Lippen und beäugte mich wie ein knuddeliges Anschauungsobjekt aus der Tierhandlung. »Wie süß«, sagte sie. »Erst mal kommt die Pubertät.«

Ich zuckte zusammen.

Das böse Wort mit P.

Dieses Thema mochte ich überhaupt nicht, hierüber wollte ich mit Hanne nicht sprechen, ich verweigerte jede Aussage: Über die Haare, die an verschiedenen Stellen meines Körpers wuchsen. Über die Videos an verschiedenen Stellen meiner Festplatte. Darüber, wie unfassbar eklig die verschiedenen Hanne-Geräusche waren, die bis vor Kurzem jeden Samstagabend dumpf durch die dünne Wand drangen, als Hanne noch regelmäßig Besuch kriegte. Nichts davon wollte ich mit meiner Mutter besprechen. Aber das schien auch nicht nötig zu sein. Denn sie benahm sich, als würde sie bereits alles wissen. Widerlich.

»Dreieinhalb Jahre noch«, krächzte ich dumpf, wich Hannes mütterlich tätschelnder Hand aus, lief in mein Zimmer, schlug die Tür zu und sehnte mich nach einem Satz schwerer Bretter und Nägel, mit denen ich meine Privatsphäre wiederherstellen konnte.

»Dreieinhalb Jahre! Genieß die Zeit!«, rief Hanne durch die Tür. »Bist du mit den Hausaufgaben schon durch für heute?«

»Schön wär's«, murmelte ich.

Der Karton mit den *Kinder*heften stand auf meinem *Kinder*bett, mitten auf meinem *Kinder*kopfkissen. Ich beförderte ihn mit einem improvisierten Kung-Fu-Tritt auf den Fußboden, erwischte ihn hart von der Seite, *bam!*, und kickte ihn voll aus dem Bild. Er verschwand nach einem weiteren Fußtritt unter meinem Bett. Dort bewahrte ich alles auf, was mir aus den Augen musste: die weihnachtlichen Briefe meines angeblichen Vaters, unzählige alte Schulhefte, die meine schulischen Ruhmestaten engmaschig dokumentierten, jede Menge alte Klassenarbeiten, über die wir besser nicht sprechen, und Charlys alten Käfig, der mich an den zu jähen und zu frühen Abschied von meinem Hamster erinnerte.

Beinahe hätte ich mir die Mühe gemacht und den Scheißkinderheftekarton durch das offene Fenster entsorgt. Allerdings – dann wäre die ganze Geschichte wahrscheinlich nie passiert.

Wie ich später erfahren sollte, fühlen sich Bücherdämonen unter Betten ziemlich wohl, zwischen halbvergessenen Erinnerungsstücken, Käsesocken, katastrophalen Schulheften und den einzigen beiden Liebesbriefen, die ich je bekommen hatte und die Hanne niemals, niemals zu Gesicht bekommen würde.

Unter meinem Bett raschelte es. Wahrscheinlich die Zugluft, überlegte ich, oder sonst was, egal. Da konnte jetzt wer anders drunterkriechen und nachsehen. Ich war für heute fertig mit der Welt. »Die Hausaufgaben kann auch wer anders machen«, seufzte ich.

Mein zerquetschter Pickel fing wie verrückt an zu jucken.

»Du bist ein mieses kleines Deutschheft, und ich hasse dich dafür«, sagte ich zu meinem Deutschheft. Ich hockte auf allen Vieren auf meinem Stammplatz in der Nische hinter dem Computerraum und kritzelte schnell ein paar Zeilen hin.

Noch zwei Minuten bis zum Ende der Pause, und dann würde es ernst werden. Dann hatten wir Deutsch bei Kattmann, zum zweiten Mal in diesem jungen Schuljahr.

(Herr Kattmann hatte es wirklich fertiggebracht, uns in der allerersten Stunde nicht nur eine Lektüre aufs Auge zu drücken, sondern auch noch gleich eine fette Hausaufgabe obendrauf.)

Mein Deutschheft lag unbeteiligt herum. Es tat unschuldig, als wüsste es nicht, dass Deutsch bei Herrn Kattmann (dessen Ruf ihm weit vorausgeeilt war) ein böses, bissiges, unberechenbares Fach war, das einem ohne Vorwarnung die Gurgel zerreißen konnte. Kattmann war ein Wahnsinniger, ein Goethe-Verrückter, ein Richtigschreiber, ein Mit-dem-Rotstift-den-ganzen-Aufsatz-Durchstreicher, ein grammatikalischer Gewaltverbrecher.

Dabei hatte ich nichts gegen Deutsch. Es hatte etwas gegen mich. Es hasste mich. Obwohl ich mich echt einigermaßen bemühte. Aber es war einfach nicht mein Ding. Okay, vielleicht lag es auch an ein paar Rechtschreibfehlern. Hanne meint immer, jeder soll schreiben, wie er möchte. Aber erzählt das mal Kattmann.

Nehmen wir zum Beispiel das *H*. Ein unnützer, feiger, stummer Buchstabe, der sich irgendwo mitten in den Wörtern versteckte und mir das Leben schwer machte. Warum schrieb man *Vorname* ohne h und *Aufnahme* mit? Wo war der Unterschied zwischen *Stiel* und *befiehl*? Zwischen *Wahl* und *Qual*? Zwischen *Leere* und *Ehre*?

»Hast du was auf dem Fußboden verloren, Fittich?« Mirko Steffel balancierte auf meinem Heft entlang. Er und Axel Glander und noch ein paar Gut-in-Deutsch-und-Spaß-dabei-Idioten waren schon auf dem Weg zurück in die Klasse, anscheinend völlig angstfrei. »Deinen Grundschulabschluss oder was?«

Vielleicht hätte ich ihm einfach etwas Tinte auf die cremeweißen Seglerschuhe spritzen sollen. Aber mit Mirko, mit Axel, der ganzen deutschverrückten 9c legte ich mich besser nicht an.

Also hielt ich den Mund und suchte weiter nach Fehlern.

Ausgerechnet auf meiner Hausaufgabe klebte ein fetter schwarzer Tintenfleck. Wahrscheinlich hatte ein Edding im

Heft gesteckt, als ich letztes Mal frustriert auf den Schulrucksack eingetreten hatte.

Es war einzig und allein Hannes Schuld, dass ich die Hausaufgaben gestern nicht mehr geschafft hatte! Die Nummer mit dem Kinderheftekarton und dieses ganze Pubertätsgerede hatten mich völlig fertiggemacht und dazu gezwungen, den Rest des Tages meine Festplatte von verdächtigem Material zu befreien und Wohnungsanzeigen im Lokalteil zu studieren.

Es klingelte, ich verkrakelte noch ein paar Wörter, bei denen ich mir nicht sicher war, stopfte meinen Kram zusammen und rannte runter in den ersten Stock zu meiner Klasse.

Als ich den Raum der 9c betrat, saß ein fremder Junge auf meinem Platz. Er hatte keine Haare.

Die mussten einen Neonazi in die Klasse eingeladen haben, überlegte ich. Als Abschreckungsbeispiel, vielleicht ja einen Aussteiger, der der Gewalt abgeschworen hatte. Und jetzt saß der auf *meinem* Platz, unterhielt sich mit *meinem* Kumpel Lasse Fleischer, ihre Köpfe stießen beinahe aneinander. (Lasse war und blieb eine illoyale Ratte. Wer nur fünf Minuten neben ihm saß, war anscheinend sein Freund. Aber was soll's. Ich war in den letzten zehn Jahren fünf Mal umgezogen, ich war nicht besonders anhänglich.)

»Der junge Herr Fittich ist jetzt auch da, sehr löblich!«, stellte Herr Kattmann fest und ließ seinen dicken Deutschlehrerhintern vom Pult runter in den Lehrerstuhl plumpsen.

Der fremde Junge drehte sich langsam zu mir um. Er war vielleicht doch kein Nazi, erkannte ich, sondern er hatte einfach nur richtig weißblonde, kurz geschnittene Haare, hell wie der Flaum einer Ente. Sein Gesicht war grob und unförmig, als hätte es ein Grundschüler getöpfert. Es sah irgendwie nach Ärger aus.

»Das ist ei-eigentlich mein Platz«, sagte ich.

Der Neue wies ruckartig mit dem Kopf auf den freien Platz rechts neben sich, neben meinem alten Stuhl.

»Da soll ich hin?«

Er nickte.

Um zu Beginn der Deutschstunde keinen Ärger anzufangen, ließ ich mich auf den freien Stuhl sinken.

»Zu unser aller Freude haben wir einen wunderbaren neuen Schüler, das ist der ...« Kattmann starrte auf seinen Sitzplan. »... der Markus Jahnke, ganz dort hinten auf den Plätzen für die Spezialisten.«

Zwei Dutzend Gesichter drehten sich zu uns um.

»Für Markus ist das der erste Tag an so einer bedeutenden Lehranstalt, sozusagen der Jungfernflug, hähä, wir wollen alle möglichst nett zu ihm sein.«

Markus winkte neben mir nachlässig in die Runde.

»Nach allem, was ich so von ihm gehört habe, wird er diese Klasse bald so richtig gernhaben«, dröhnte Kattmann.

»Tue ich jetzt schon«, murmelte Markus. »Tue ich jetzt schon.«

Die Präsenz von Markus Jahnke lag über der Klasse wie ein unausgesprochenes Schweigegebot, ein lautloser Befehl: Niemand im Umkreis von fünf Armeslängen beteiligte sich. Während Kattmann vorne in schnarrendem Tonfall über Gottfried Keller schwafelte, bestrich der Neue in aller Seelenruhe seinen

Tisch mit Tipp-Ex und fackelte die explosive Schicht ab, als Kattmann uns seinen fetten Hintern zudrehte. Eine orangegelbe Stichflamme schoss bis auf Kopfhöhe. Es roch nach Vernichtung.

(Gottfried Keller ist ein Typ, der zwar schon hundert oder zweihundert Jahre tot ist, aber immer noch mit seinen Büchern rumnervt.)

Ich versuchte, Markus nicht anzuschauen. Nicht, dass er sich provoziert fühlte und nächstes Mal *mich* mit Tipp-Ex bepinseln wollte. Aus den Augenwinkeln sah ich, wie er mich von oben bis unten musterte.

»Ich steh auf Tipp-Ex«, raunte er mir zu, als hätte er meine Gedanken gelesen. Seine Stimme war so tief, als wäre er nicht ein Mal, sondern mindestens zwei Mal im Stimmbruch gewesen. Er ließ den Blick durch die Klasse schweifen, die Hand am Feuerzeug knipste einen gefährlichen Takt. »Brennt gut. Aber du gehörst nicht zu diesen anderen Spastis hier, Fittich, die Ärger suchen, oder?«

Lasse versuchte, etwas zu sagen, brachte aber nur ein unterwürfiges Schmatzen zustande.

»Schnauze!«, fuhr ihn Markus an und klopfte mit dem Feuerzeug auf Lasses Deutschheft. »Du hast ne Handschrift wie ein Mädchen!«

Das saß. Lasse schrieb tatsächlich wie eine fleißige Siebtklässlerin, in geschwungenen, weichen Malbuchstaben. Es war Zeit, dass ihm das mal einer klarmachte. Ich drehte mein Deutschheft so, dass Markus einen Blick auf meine Hausaufgabe werfen konnte, eine Kostprobe der berüchtigten, garantiert unlesbaren Fittich-Keilschrift.

Er grunzte anerkennend. »Rauchste, Fittich?«

Ehe ich mir eine Ausrede ausdenken konnte, zwängte sich Kattmann aus dem engen Lehrerstuhl, warf seinen Hintern aufs Pult und wackelte gefährlich mit seinen hängenden Altmännertitten. »Es riecht hier nach Zigarettenrauch. Ich werde rauskriegen, wer von euch raucht, das wird ein Nachspiel haben!«, rief er mit hellem Tenor.

Kattmann wirkte vielleicht wie ein Nullchecker, der Übergrößen trug und seine hässliche Nase in Dinge steckte, die er nicht verstand. Aber in Kombination mit den Strebern, Petzen und Verrätern der 9c war er äußerst gefährlich.

»Und jetzt die Hausaufgaben raus, meine Herrschaften! In meiner Klasse wird noch vorgelesen, schön laut und deutlich, so wie früher! Wer meldet sich freiwillig?«

Fünfzehn Hände hoben sich ohne Zögern.

Ein kritischer Moment. Vorlesen war natürlich immer ungünstig. Es drohte die Gefahr, von Kattmann gedemütigt, verspeist, wieder hochgewürgt und auf dem Teppich verrieben zu werden.

Aber Kattmann blieb am Heft von Carina Seydel hängen und ließ sich ihr vermutlich druckreifes Inhaltsverzeichnis vorführen.

»Sind die hier alle so?«, fragte mich Markus.

Ich schüttelte den Kopf. »Nicht alle. Ich nicht.«

»Hab ich doch gesagt«, mischte sich Lasse von der Seite ein. »Der Tscho ist kein Streber, der ist in Ordnung.«

Der Neue nickte knapp. »Wenigstens etwas«, raunte er.

Als er sich zurücklehnte, erkannte ich durch sein T-Shirt eine faustgroße Beule, die vorne aus seinem Brustbein ragte.

Als hätte dort ein Alien seinen Kopf rausgestreckt. Vielleicht war das ein Peilsender, überlegte ich, oder eine Bombe oder eine Handgranate. Eventuell war er ja Sitzenbleiber *und* Nazi und würde uns jeden Moment in die Luft jagen. Mein Blick blieb an seinem Brustbein kleben wie Hannes allgegenwärtige Wollfussel am Klettverschluss meiner Sporthose (was nicht nur peinlich aussah, sondern dazu führte, dass sie nicht richtig schloss und immer aufging, wenn es beim Sport am schönsten war).

»Ist übrigens ne Hühnerbrust«, sagte der Neue. Er packte meine Hand und legte sie auf seine Beule. Sie fühlte sich knochenhart und symmetrisch an, eingebettet in stählerne Brustmuskeln. »Kannste anfassen.«

Das Ding war kantig wie eine Karatefaust. Wirklich krass. Ekelig. Gefährlich. So, dass ich es niemals wieder berühren wollte. Ich nickte und zog vorsichtig meine Hand weg.

»Wenn du mich ein Mal dumm von der Seite anmachst, ramm ich dir das Teil in den Schädel und quetsch dir das Gehirn raus, klar?«

»Klar.« Glasklar.

»Na, dann ist ja alles super«, sagte Markus und fing an zu grinsen. Er hatte einen wirklich gewöhnungsbedürftigen Humor.

Ich starrte Markus ins Gesicht. Das sah auch irgendwie aus wie eine Faust, mit dicken Knochenwülsten über den Augen, einer mächtigen Nase mit knöchelartigen Verdickungen und blassrosa Wurstlippen. Ein Gesicht, das zuschnappen konnte. Markus Jahnke war hässlich. Vielleicht war er auch irgendwie behindert und hatte ein Syndrom oder so. Das würde die Sache mit der Brust erklären.

»Alles klar bei dir, Fittich? Oder warum guckst du so komisch?«

Oder er hatte einen Unfall gehabt. War aus dem Skilift gefallen oder so was. Die Dinger sollen angeblich richtig hoch sein.

Markus wedelte mit besorgter Miene mit der Hand vor meinen Augen herum. »Der hat doch irgendwas, dieser Fittich.«

»Alles im grünen Bereich«, murmelte ich. Wieso hatte der so ein komisches Ding unter dem T-Shirt? Ich meine, wieso ließ der das nicht wegoperieren? Vielleicht starb er, wenn man das wegschnitt, überlegte ich, vielleicht war da sein Herz drin oder eine seiner Nieren oder sonst was Widerliches, was man zum Überleben brauchte.

»Du bist echt kein Streber«, stellte Markus zufrieden fest. »Bisschen langsam in der Birne, richtig?«

Unschlüssig nickte ich. Wenn man meine Zeugnisse der letzten neun Jahre anschaute, konnte man durchaus zu diesem Schluss kommen. Es gab trotzdem Schöneres, als das von einem Typen aufs Brot geschmiert zu bekommen, der gerade mal zwanzig Minuten in unserer Klasse war.

»Du gefällst mir, Joseph Fittich«, stieß Markus hervor, boxte mir in Zeitlupe seitlich gegen die Schläfe und stieß ein kraftvolles Lachen aus. Nach ein, zwei Sekunden stimmte ich aus Sicherheitsgründen ein.

»Ruhe dahinten!« Kattmann zwängte sich unter angestrengtem Geschnaufe aus dem Stuhl. »Hausaufgabenkontrolle! Wer liest vor?«

Ganz vorne in der ersten Reihe fuchtelte Udo-Kieron Dörting mit dem Arm herum.

Er schien nichts von der Gefahr zu ahnen, die von dem Neuankömmling ausging. Er wollte, er *musste* vorlesen, unbedingt, freiwillig und ohne mit der Wimper zu zucken. Kosmische Kräfte zwangen ihn dazu.

Ich hatte nichts gegen Dörting persönlich, versteht mich nicht falsch, ich hatte noch nie so richtig mit ihm gequatscht. Allerdings: Dörting schrieb eine Eins nach der anderen, seine Eltern waren beide Lehrer an unserer Schule. Und niemand stand so sehr für die 9c wie Dörting: glatt und gut frisiert, schicke Schuhe, schickes iPhone. Gerüchteweise duzte er privat die Hälfte der Lehrerschaft.

Von Weitem sah er echt ganz nett aus: ein riesiger, etwas schwabbeliger Junge, dessen kurze Afrolocken eher zu einem Südstaatenboxer gepasst hätten als zum leichenblassen, übergewichtigen Sprössling zweier Lateinlehrer aus Niedersachsen. Aber aus der Nähe roch man das Aroma des bedingungslosen Ehrgeizes.

»Der Dörting ist ein ganz übler Streber«, hörte ich Lasse flüstern. »Der lernt den ganzen Tag, und nachts auch, so einer ist das, nachts lernt der auch.«

Markus schnipste mit dem Feuerzeug.

»Nachts!«, raunte Lasse.

»Schnauze«, sagte Markus.

»Ich fand das Thema wahnsinnig spannend«, posaunte Dörting. Seine massige Gestalt wiegte sich beim Sprechen leicht hin und her. Er wog bestimmt hundertzwanzig Kilo und hätte ohne Weiteres das Klassenzimmer auseinandernehmen können. Aber er tat nichts davon, er fasste nie jemanden an, er ließ sich niemals provozieren. (Natürlich machte er auch nicht beim Schulsport mit.) »Deshalb habe ich einfach ein bisschen recherchiert und ein paar Sachen zusammengeschrieben. Ich möchte hier keinen langweilen, aber vielleicht ist das Thema für die anderen genauso amüsant wie für mich.«

»Nur zu, junger Freund«, sagte Kattmann und schob sich ein Fisherman's Friend in den Mund.

»Genau, nur zu, Locke«, murmelte Markus und versuchte, sein Feuerzeug in der Faust zu zerquetschen.

Ich schloss die Augen, ließ Udo-Kieron Dörtings Strom klarer, präziser Sätze an mir vorüberrauschen und lauschte auf den Rhythmus des klickenden Feuerzeugs neben mir, der immer schneller und gefährlicher wurde.

Als Dörting mit seinem achtminütigen Vortrag fertig war, genügte mir ein Blick auf das versteinerte Gesicht von Markus, um Gott für mein fehlendes Genie zu danken. Die Augen unter den Knochenwülsten glühten. Sie hafteten fest an der massigen Silhouette von Udo-Kieron.

Studiendirektor Kattmann hatte eine violette, seitlich behaarte Kartoffelnase und die Augen eines religiösen Fanatikers. Wo andere Lehrer freundlich waren, war er mit Mühe höflich. Wo andere um etwas baten, gab er Befehle. Und wo andere sich aufregten, rastete er völlig aus. Für ihn war Deutsch eine Kampfsportart, Martial Arts de luxe, Vollkontakt: aufregend und elegant, wenn man zuguckte – und tödlich, wenn man mitmachen musste.

»Löp-lich, Udo-Kieron, sehr löp-lich, das war viertes Semester Germanistik, mindestens, hähä«, näselte er. »Wir wollen doch mal sehen, ob es hier in der Klasse noch jemanden von diesem Format gibt.« Er wuchtete seinen weichen Leib vom Lehrertisch hoch und schritt die erste Reihe ab, kam langsam zu uns nach hinten. Markus überzog die Tischkante neben mir mit einem frischen Anstrich Tipp-Ex und drehte das Feuerzeug auf der Zeigefingerspitze. Hier konnte gleich ein Unglück passieren, wenn diese zwei Wahnsinnigen aufeinanderprallen sollten. Und ich saß direkt an der Unfallstelle.

»Wir haben ja glücklicherweise einen Neuen bei uns, der wird uns sicher zeigen wollen, was er an der alten Schule alles gelernt hat«, sagte Kattmann, nur noch zwei Tische entfernt. Er stank aus jeder Pore nach Fisherman's Friend. Glücklicherweise war hier hinten meist nicht mehr davon zu riechen als eine Spur boshafter Minzfrische.

Vielleicht war er ja so unentspannt, weil sein Name so ähnlich klang wie »Kackmann«. Im Schatten eines solchen Spitznamens konnte keine glückliche Jugend gedeihen. Weder seine noch meine.

Kattmann baute sich vor meinem alten Platz auf und schenkte Markus ein breites Lächeln. Ätherische Öle brannten mir in den Augen.

»Die Hausaufgaben hab ich nicht. Wusste nicht, dass wir die aufhaben«, sagte Markus, anscheinend ohne eine Spur von Angst.

»Aber natürlich hast du die Hausaufgaben nicht«, sagte Kattmann in liebevoll gespielter Höflichkeit. »Heute – nicht. Ab morgen – immer.«

Er fuhr herum, patschte mit der Handfläche mitten auf das Deutschheft von Canan Yilmaz, die eine Reihe hinter mir neben Kerstin Stifft saß. Kattmann zog sich einen leeren Stuhl heran und ließ sich direkt vor ihr nieder. Wenn er wollte, konnte er blitzschnell sein und zupacken wie ein hungriger Alligator, der monatelang in Einzelhaft und auf Diät gelebt hatte und nun im Freigang auf eine frische Flamingoherde traf.

»Vorlesen, Canan!«

Über Canan hatten wir noch nicht gesprochen. Das ist kein Zufall, wenn ich ehrlich bin. Normalerweise redete ich mit niemandem über sie.

Mit Canan war das so eine Sache.

Sie war komisch.

Auf den ersten Blick passte sie gut in die 9c. Sie trug die gleichen Schuhe, hatte einen passenden Rucksack, schrieb mit einem zierlichen Füller und war niemals, niemals ohne Hausaufgaben gewesen, wenn ich mich richtig erinnerte.

Aber trotzdem war sie anders. Sie lachte über Witze, über die sonst niemand lachte. Ich hatte sie noch nie mit dem feinen, spöttischen Unterton über andere sprechen hören, den man bei uns häufig hörte. Als die Klasse letztes Jahr den stotternden Erdkundereferendar Pi-pi-Pieper dauerverarscht hatte, war Canan kein Wort über die Lippen gerutscht. Und sie hatte mir ihre Hausaufgaben zum Abschreiben überlassen. Zwei Mal schon.

Aber das ist noch nicht die ganze Geschichte. Da gibt's nämlich noch was.

Ein einziges Mal hat Canan mich direkt angesehen. Wahrscheinlich ganz zufällig. Aber das machte es nicht einfacher. Ihre großen braunen Augen ruhten hinter den ovalen Brillengläsern. Eine lockige Haarsträhne fiel ihr übers Gesicht, und Canan pustete dagegen.

Und lächelte.

Wahrscheinlich meinte sie damit gar nicht mich. Wieso hätte sie auch mich meinen sollen, welchen vernünftigen Grund hätte es gegeben, Joschel Fittich anzulächeln? Das war geradezu abwegig. Aber ich musste mich trotzdem sofort zur Tafel umdrehen und habe mich für den Rest der Stunde dauergemeldet und nur Quatsch geantwortet.

Es hat Wochen gedauert, bis ich wieder einigermaßen normal zu ihrem Tisch rübergucken konnte.

»Wollen wir doch mal schauen, was die Canan so Schönes hingeschrieben hat«, sagte Kattmann. Jetzt hockte er mit dem breiten Gesäß mitten auf ihrem Tisch. Ihr Federmäppchen verschwand vollständig unter ihm.

Mit spitzen Fingern griff er nach ihrem Heft und blätterte darin herum. »Da sind ja noch die Aufsätze vom letzten Jahr drin, ist ja kaum was korrigiert. Wen hattet ihr denn da?«

»Frau Schiebler«, sagte Canan.

Kattmann schüttelte den Kopf, als hätte er gerade erfahren, dass die 9c an einer schweren, tragischen Krankheit litt, für die es möglichweise keine Heilung gab.

»So lernt man kein Deutsch«, sagte er mit trauriger Miene. »Leider gar nicht. Ich sage immer, in der Pädagogik ist es wie beim Gärtnern. Man muss die unerwünschten Pflanzen rausreißen, damit die gute Saat genügend Platz zum Wachsen hat.«

Wen meinte er mit diesem Gelaber? Canan? Die hatte kein Problem mit Deutsch, die war auf Zwei abonniert. Ihr Schulheft? Das hatte tadellos in Ordnung ausgesehen, als ich abschreiben durfte. Meinte er mit der Unkraut-Story vielleicht Markus Jahnke? Oder etwa – mich?

»Ich werde ein ernstes Wort mit Frau Schiebler reden müssen«, sagte Kattmann. »Die hat euch leider verzogen.«

»Ich fand Frau Schiebler nett«, sagte Canan.

Niemand aus der Klasse erwiderte etwas. Dabei war Frau Schiebler tatsächlich außerordentlich nett gewesen. Sie hatte nie mit Kreide oder Schlüsseln oder Klassenbüchern geworfen oder so.

»Mit Nettsein hat Deutsch-Unterrichten nichts zu tun«, sagte Kattmann. »Gar nichts. Leider.«

»Bei Ihnen vielleicht«, sagte Canan.

Kattmann zuckte zusammen, zog den Kopf zwischen die Schultern und beugte sich über Canans Tisch.

Herbert Kattmann war ein echtes Raubtier: Er biss erst mal zu und prüfte, ob ihm die Beute schmeckte. Und wenn sie schmeckte, zog er sie brutal in die Tiefe und zerriss sie.

Er fing an, ganz vorsichtig mit den Fingerspitzen in Canans Heft herumzublättern.

»Das sieht ja grauenhaft aus, Fräulein *Yilmaz*. Da bleibt noch eine Menge zu tun für Deutsch«, sagte er beim Durchblättern. »Damit sie das einsieht und mal anfängt zu üben, sollte sie jetzt auch mal vorlesen«, erklärte er der Klasse.

»Canan war wirklich immer ganz gut in D…« Kerstin verstummte und entwickelte plötzlich brennendes Interesse an den Kratzern der Sperrholztischplatte.

»Ich war wirklich immer ganz gut in Deutsch«, sagte Canan. »Da können Sie mir gar nichts erzählen.«

Und das war ihr entscheidender Fehler.

»Wer hier gut in Deutsch ist, bestimme immer noch ich«, sagte Kattmann. Und dann begann die Show.

Die Kattmann-Show ist eine besondere Attraktion unserer Schule. Gerüchteweise gibt es ähnliche Aufführungen auch an anderen Lehranstalten. Aber bei uns wird das Original gezeigt.

»Wenn du erlaubst?« Kattmann steckte seine Kartoffelnase tief in Canans Heft. Er las mit lauter, hoher Stimme vor. »*Die Rolle des Geldes bei ›Kleider machen Leute‹* ... Ein Qualitätsaufsatz von Fräulein Canan Yilmaz, 9c, bislang angeblich immer ganz gut in Deutsch, zumindest nach Aussagen der netten Frau Schiebler ...«

Ich hatte schon eine Menge von der Kattmann-Show gehört: Blutig sollte sie sein, germanistischer Splatter-Horror vom Feinsten. Aber es war eine ganz andere Sache, mit dabeizusitzen.

Kattmann las betont langsam und mit dem Gesichtsausdruck eines Vollidioten vor. Er kaute Canans Aufsatz gründlich durch. Natürlich nicht wirklich, sondern im übertragenen Sinn. Er biss sich drin fest, riss Fetzen heraus und schlang sie mit angeekelter Miene herunter. Auch die allernormalsten Sätze zerdehnte er, dass sie lächerlich und sinnlos und völlig nach bescheuert und Analphabet klangen. (»›*Kleider machen*

Leuuuute‹ ist ein Buch von Gottfried Keeller. Sehr geistreich, liebe Canan, wer hätte das gedacht?«)

Ich schloss die Augen. Ein Wunder musste her. Und weit und breit war keins zu sehen, kein Superheld sprang aus dem Klassenschrank und lähmte Kattmann mit seinen Superkräften. Kein Sondereinsatzkommando seilte sich durchs Fenster ab. Und die 9c – Joseph Fittich eingeschlossen – schwieg, während Canan blasser und blasser wurde.

Und dann geschah doch noch ein Wunder: Es klingelte.

Canan war gerettet.

Denn Studiendirektor Kattmann ließ beim Klingeln – wie immer – alles stehen und liegen. Er flitzte zu seinem Pult, schnappte sich den Fahrradkorb, in dem er seine Unterlagen rumschleppte, und rauschte – wie immer – als Allererster aus der Klasse.

Wenn Kattmann ein Alligator war, dann gehört Mirko Steffel auf jeden Fall zu den kleinen hässlichen Vögeln, die den Raubtieren die Essensreste aus den Zähnen pulten.

Innerhalb von Sekunden hatte sich Mirko zu Canans Tisch geschlichen. Plötzlich hielt er ihr Deutschheft in den Händen. In weitem Bogen flog es zu Axel, dann zu Lasse und von dort wieder zurück zu Mirko.

Der stand inzwischen mit beiden Füßen auf dem Lehrerpult. Er fischte Canans Heft aus der Luft, schlug es auf und begann, mit hoher Stimme daraus vorzulesen.

Ein Lichtschwert.

Das hätte ich jetzt gebrauchen können: zum Beispiel um Mirko sein Grinsen für immer aus dem Gesicht zu brennen. Und um in der 9c Gerechtigkeit herzustellen und die

Klasse dafür zu bestrafen, dass sie sich auf jeden stürzte, der Schwäche zeigte.

Aber ich hatte kein Lichtschwert in der Hand, sondern nur ein Deutschheft voller Fehler, und tat nichts, als Mirko hasserfüllt anzustarren.

Er las mit öliger Stimme vor, die Klasse kicherte, ein paar Leute packten zusammen. Auf dem Gang lärmte die kleine Pause. Aber ich schaffte es nicht, mich aus dem Klassenzimmer zu verdrücken. Etwas lähmte mich, hielt mich genau hier auf meinem Platz fest.

Im Nachhinein weiß ich gar nicht, was mich in diesem Moment so unerträglich wütend machte. Vielleicht war es die Tatsache, dass Mirko den Aufsatz mit einem Getto-Akzent vorlas. Und den hatte Canan einfach nicht. Oder es wurmte mich, dass er sich anscheinend unverwundbar fühlte. Breitbeinig mitten auf dem Lehrertisch.

Am meisten ärgerte ich mich vermutlich gar nicht über ihn. Sondern über mich selbst.

Ich hätte gern irgendwas getan oder gesagt. Mirko gestoppt, ihn vom Pult geworfen, verprügelt, ihm den Aufsatz aus der Hand gerissen, ihm sein beschissenes Grinsen aus dem Gesicht gekickt. Oder Canan wenigstens durch ein Kopfnicken, durch eine einzige schwache Handbewegung merken lassen, dass ich auf ihrer Seite war. Aber ich schaffte es nicht. Regungslos und stumm hockte ich auf meinem Stuhl und glotzte nach vorne.

Mirko verzog beim Lesen das Gesicht, als würde er Stromstöße bekommen, er schielte ins Heft, rollte mit den Augen, schmatzte, stotterte, stammelte und schien schwer bemüht, nicht selbst jeden Moment loszuprusten. Und das war verdammt ansteckend.

Inzwischen brüllte die Klasse. Axel wieherte hinter vorgehaltener Hand, seine Brillengläser beschlugen. Lasse gluckste. Dörting feixte. Die zerrauften Locken hingen auf seinem Streberschädel wie eine verrutschte Clownsperücke, die Hände ruhten zwischen seiner schwabbeligen Brust und dem Bauchansatz, sie öffneten und schlossen sich, während er lachte.

Und selbst meine Mundwinkel zuckten gegen meinen Willen.

Lichtschwert hin oder her – anstatt Mirko die Beine abzusäbeln, hätte ich all meine Jedi-Kraft gebraucht, um mich darauf zu konzentrieren, nicht laut und schallend loszulachen.

Die Macht war schwach in mir. Unerträglich schwach. Ich war ein Jammerlappen. Ein Schandfleck. Eine einzige Nullnummer.

Mit unendlicher Mühe riss ich mich von Mirkos Anblick los und drehte mich um, ganz langsam. Es kam darauf an, nicht zu lachen, nicht mal zu schmunzeln.

Canan ließ sich fast nichts anmerken. Sie stand mit versteinerter Miene hinter ihrem Stuhl und zwinkerte. Ihre Nasenspitze schimmerte. Eigentlich hätte ich erwartet, dass Kerstin oder irgendein anderes Mädchen, mit dem Canan in den Pausen rumhing, etwas sagen würde. Aber so funktionierte die 9c nicht.

Schließlich stand Markus Jahnke auf. Er stapfte zum Pult und streckte Mirko die offene Hand hin. Wollte er ihm runterhelfen? Verlangte er nach Geld? Wünschte er, abgeklatscht zu werden?

Mirko stoppte seinen Vortrag. Irgendjemand pfiff, einige klatschten leise. Hinter mir hörte ich Canans gepressten Atem.

»Das Heft«, sagte Markus schließlich.

Mirko wusste anscheinend nicht so richtig, was von dem hässlichen Neuankömmling zu halten war. Vielleicht dachte er darüber nach, ihn mit einer spitzen Bemerkung und unter allgemeinem Gekicher zu seinem Platz zurückzuschicken.

»Los«, sagte Markus. »Gib es mir.«

Seine Finger krümmten sich – die Andeutung einer Faust. Und ich stellte mir vor, wie er Mirko samt geklautem Heft, Seglerschuhen und Ralph-Lauren-Polohemd mit einem mächtigen Hieb vom Pult fegen würde, mitten durch die Tafel, bis in die verputzte Wand hinein.

Markus' Faust schnappte zu, packte das Heft, riss es Mirko aus der Hand. Dann spazierte er in aller Seelenruhe zurück nach hinten, legte es behutsam vor Canan ab, nahm seinen Rucksack. Ohne sich umzudrehen, verließ er den Raum und warf die Tür hinter sich so fest ins Schloss, dass innen die Plastikklinke abfiel und Benjamin Weigt sein siebenundvierzigteiliges Taschenmesser bemühen musste, um die Tür wieder aufzukriegen.

So begann meine Freundschaft mit Markus Jahnke.

Sie hielt auf den Tag genau drei Monate.

»Machst du das jede Pause? Auf dem Boden rumhocken? Deine Hefte vollkritzeln?«, fragte Markus drei Tage später. Er stand breitbeinig über meinem Deutschheft und starrte streng auf mich herunter.

»Nur vor Deutsch, wirklich«, sagte ich. *Also nur montags, dienstags, donnerstags und freitags.* »Das ist wirklich nicht so mein Fach.« Und Kattmann war absolut nicht so mein Lehrer. So gar nicht. Bei Frau Schiebler war ich ja einigermaßen mitgekommen, eine gute Vier. Aber von Kattmann wusste man, dass er gewisse Leistungsschwächen in Deutsch als persönliche Beleidigung sah. Also: Paranoia, Auf-dem-Boden-rumhocken und meine Deutschhausaufgabe in letzter Minute einigermaßen in Form bringen.

Markus ging in die Hocke, verdrehte den Kopf und versuchte mit zusammengekniffenen Augen meine Handschrift zu entziffern. Er sah aus wie ein frisch geschlüpfter Nacktmull. Ich weiß nicht ganz genau, wie Nacktmulle aussehen. Was ich aber weiß, ist: Es sind die hässlichsten Tiere der Welt.

»Du hast Schiss vor dem Typ, richtig?«

»Ach, Quatsch«, log ich. »Vor dem doch nicht.«

Markus pflanzte sich neben mir auf den Boden. »Ich kenne solche Lehrer. Von meiner alten Schule. Die wollen einen foppen. Aber du lässt dir davon nicht das Leben versauen, oder?«

»Ich bin da total entspannt«, sagte ich. Jetzt klang ich schon fast wie Hanne, die auch mitten in einem hysterischen Putzanfall behauptete, wirklich »voll reläxt« zu sein.

»So Typen wie Kattmann könnte ich echt an die Wand boxen. Mit dem Kopf. Alle.«

»Bist du deswegen auf unsere Schule gekommen?«, rutschte es mir raus. *Kritische Zone, Fittich!*, ermahnte ich mich, *Vollbremsung, Rückwärtsgang!* Je weniger ich über solche Sachen wusste, desto besser.

»Du meinst, ich hab wen geklatscht?« Markus grinste. Er hatte echt komische Zähne. Dinosaurierzähne, groß, rund und gelblich. »Ich?«

»Vielleicht ja aus Versehen«, murmelte ich.

»Aus Versehen«, wiederholte Markus und betrachtete nachdenklich seine schwieligen Hände. »Auf jeden Fall bin ich nicht mit Absicht hier.«

Ich hielt die Luft an und blickte unauffällig hoch zu den Heizungsrohren an der Decke. Entweder Markus redete von alleine, oder er schwieg. Er sollte bloß nicht den Eindruck kriegen, dass ich ihn aushorchte.

Markus schmatzte.

Eigentlich war er nicht der Typ, der einfach so in der Öffentlichkeit abschmatzte. Und eigentlich war das Geräusch eher aus Richtung meines Deutschheftes gekommen. Aber das war natürlich vollkommen unmöglich.

Hefte schmatzten nicht.

Heute ging Kattmann durch die Reihen, um die Hausaufgaben zu kontrollieren.

Mit dem intensiven Pfefferminz-Aroma seines Atems konnte man sicher Komapatienten aufwecken. Aber ich lag nicht im Koma, noch nicht. Was von mir übrig bleiben würde, wenn er mich in die Finger kriegte, konnte ich mir kaum ausmalen. Er brannte sicher darauf, dem Neuen vorzuführen, was mit unerwünschten Individuen in seinem Deutschunterricht passieren konnte.

Vielleicht hätte ich mir zum Jahresbeginn ein neues Heft zulegen und das aus der Achten unter dem Bett entsorgen sollen. Es war nämlich von vorne bis hinten mit Textbruchstücken gefüllt, immer wieder unterbrochen von leeren Seiten. Aber ich hatte gehofft, das Glatte-Vier-in-Deutsch-Heft aus dem letzten Jahr würde mir Glück bringen.

Ich irrte mich.

Kattmann näherte sich mit Riesenschritten, und ich fand in dem Durcheinander meine Hausaufgabe nicht. Gestern Abend hatte ich sie auf eine halbleere Seite geschmiert, ehe ich mich eine Stunde schwitzend herumgewälzt hatte.

»Wo ist die verdammte Hausaufgabe?«, fuhr ich mein Heft an.

»Ja, wo ist denn die Hausaufgabe, mein lieber ... Joseph?«

Kattmann musste auf seinem Sitzplan nachsehen, um meinen Namen herauszufinden, das war gut. Je weniger er über mich wusste, desto besser.

»Ich hab sie gleich, Herr Kattmann. Muss hier irgendwo sein.«

Er grapschte nach meinem Heft, ich zog es ihm wieder aus den gierigen Fingern und blätterte es fahrig durch. Irgendwo musste der Text doch sein. Egal, wie viele Fehler da drin waren – jetzt musste irgendwas zum Vorzeigen her! Kattmann ließ bekanntermaßen nachsitzen, er schickte boshafte Briefe nach Hause, er kassierte Hefte ein und berechnete daraus die Zeugnisnote, er redete einen auf der Klassenkonferenz runter und schaffte es, ständig eine neue Variante der Demütigung aus dem engen, speckigen Ärmel zu schütteln.

»Aha«, sagte Kattmann mit der wolllüstigen Begeisterung eines Mafiapaten, dem man eine interessante neue Hinrichtungsmethode vorführte. »Aha, Herr Fittich hat Orientierungsschwierigkeiten.«

Lasse schmatzte. Neben mir klickte ein Feuerzeug. Irgendwer flüsterte »Kackmann«.

»Ich hab's gleich«, presste ich hervor.

»Schluss jetzt!«, brüllte Kattmann. »Gib mir das verdammte Heft! Das verdammte Heft her!«

Er riss am Deutschheft, ich krallte mich daran fest, es drohte, mir aus den Händen zu gleiten. Aber die Verzweiflung gab mir Kraft, ich wand es Kattmann aus seinen schmierigen Germanistenfingern, knallte es auf den Tisch, schlug es irgendwo auf, blätterte weiter, hielt inne. Wo war der verdammte Tintenfleck?

Meine Hausaufgabe.

»Meine Hausaufgabe«, flüsterte ich.

Hier war sie. In meiner allerbesten Joschel-Fittich-Keilschrift. Aber sie hatte nichts mit dem zerkritzelten Durcheinander von gestern Abend zu tun, dem ich eben in der Pause noch den letzten Schliff verpasst hatte.

»Hier ist sie ...«, keuchte ich.

Meine Hausaufgabe war zweieinviertel Seiten lang. Absatz für Absatz. Und ich hatte kein Wort davon je gesehen.

»Schön vorlesen«, sagte Kattmann.

Ich atmete fünf, sechs Mal tief durch. Das Schweigen der Klasse lag beinahe so bedrückend im Raum wie in der Ethikstunde am Ende des letzten Schuljahres, als Frau Weber gefragt hatte, wer denn freiwillig ein Austauschkind aus Tschernobyl über die Sommerferien aufnehmen wollte, und sich keiner gemeldet hatte, weil alle irgendwie Angst hatten, verstrahlt zu werden.

Dann übernahm der Teil meines Gehirns die Kontrolle, der für Überleben im Angesicht von überlegenen Raubtieren zuständig war, und ich begann mit stockender Stimme vorzulesen. Wort für Wort. »We-welche Rolle spielt das Schi-schicksal bei *Kleider machen L-l-l...*«, begann ich.

»L-l-l-Leute!«, echote Mirko von vorne.

Beinahe hätte ich das Heft an die Wand geworfen und einen Ohnmachtsanfall vorgetäuscht. Aber dann klopfte Markus ganz sachte mit seiner schweren Faust auf meinen Tisch.

Und plötzlich war das Lesen einfach.

Zeile für Zeile tastete ich mich durch den fremden Aufsatz. Mitten hinein in das Lektürebuch, nach Goldach, wo ein blasser, magerer Schneider plötzlich – völlig zu Unrecht – mit Ruhm und Ehre überhäuft wird und am Ende nicht mehr weiß, wie er da heile wieder rauskommt.

Und das Schrägste war: Was ich vorlas, hörte sich ziemlich korrekt an. Das war kein Schwachsinn, das war richtig gut! Und es machte mir dieses miese gelbe Reclamheft sympathischer als jede andere Schullektüre zuvor. Es war eine Liebeserklärung an dieses Buch, an Gottfried Keller, an Bücher, Geschichten, an die deutsche Sprache.

Bei Gott, es war der beste Aufsatz, den ich je gehört hatte.

Es bleibt unklar, las ich in der letzten Zeile, *ob es wirklich ein Schicksal gibt. Was aber eindeutig ist: Der Glaube an das Schicksal macht den Menschen Dinge begreifbar, die ihnen sonst vollkommen unerklärlich bleiben.*

Ich hörte mit dem Lesen auf, ohne aufzublicken.

»Fertig«, sagte ich leise und klappte mein Heft zu.

»Fette Hausaufgabe, Tscho-Man«, flüsterte Lasse.

Die 9c schwieg. Nur Udo-Kieron Dörting klatschte schwerfällig in die Hände.

Und irgendjemand, irgendetwas, irgendwo, schmatzte feucht und zufrieden.

Der Angriff erwischte mich hart von vorn, Kattmann ging brutaler in die Offensive, als ich ihn je erlebt hatte. Seine Stimme war so heiser, dass ich die Worte von seinen blutleeren Lippen ablesen musste. Als würde er gleich keine Luft mehr bekommen. Dabei machten Fisherman's doch die Atemwege frei.

»Das hast du NIEMALS selbst geschrieben, Fittich, NIE-

MALS!« Kattmanns Gaumen war von hier unten gut einsehbar. Er hatte die Farbe einer angeschimmelten Blutorange. »NIEMALS!«

Was hätte ich sagen sollen? Jedes Wort würde mich ohnehin nur weiter in die Scheiße reiten.

»Doch«, sagte ich.

Markus zuckte neben mir zusammen.

»NEIN!«, schrie Kattmann. »Die ist nicht von dir! Und wenn du sie aus dem Internet hast, kriege ich das raus. Und wenn du sie von irgendwem abgeschrieben hast, kriege ich das auch raus. Ich kriege alles raus. Auch wenn sie dir dein Vater aus dem Kindler vorgelesen hat, kriege ich das raus, hast du verstanden?«

Ich schwieg und schaute in meine feuchten Handflächen. Was hätte ich sagen sollen? Es war meine eigene verdammte Handschrift. Und er sollte meinen Vater da raushalten. Der hatte mir nichts vorgelesen. Nie.

»VERSTANDEN, JOSEPH FITTICH?«, keuchte Kattmann. Leider brauchte er jetzt keinen Sitzplan mehr für meinen Namen.

Sein Gesicht hatte eine lehmfarbene Tönung angenommen. Wenn er jetzt einen Herzinfarkt bekam, konnte den hübsch wer anders wiederbeleben, den widerlichen Typen fasste ich nicht an, und wenn ich wegen unterlassener Hilfeleistung im Knast landete. Dort gab es wenigstens Türen, die man abschließen konnte. Und ich konnte täglich (nach mehreren Stunden Hanteltraining) an meinem Patent arbeiten und den Knast schließlich als muskelbepacktes Genie verlassen, das Bierflaschen mit den Zähnen öffnete.

»Vater ...«, japste Kattmann, scheinbar am Ende seiner Kräfte. »... Kindler ... verstanden?«

»Mein Vater lebt in Frankreich«, sagte ich. »Glaube ich.«

Aber Kattmann hörte nicht hin. Er schnappte nach Luft. Immer und immer wieder. Schließlich packte er mein Heft – »Beschlagnahmt, Fittich!« –, hastete durch die Klasse, sammelte den Rest der Hefte und Mappen ein und hockte sich mit verkniffenem Gesicht auf das Lehrerpult wie ein böser, beleidigter Orang-Utan. Beim Klingeln stürzte er aus der Klasse.

Das Tuscheln setzte ein, ehe die Tür ins Schloss gefallen war. Wie konnte ich, Joschel Fittich, es wagen, in der 9c so etwas vorzulesen? Noch dazu ohne Entschuldigung?

»Schicker Text, Fittich«, rief Mirko zu mir herüber. »Hast du den selbst runtergeladen oder hat das dein Vater gemacht?«

Ich starrte in die Runde. Die 9c starrte zurück.

Ich würde gegrillt werden. Flambiert. Geröstet. In den Feuern der Vernichtung.

Doch dann legte mir Markus die Hand auf die Schulter. »Brauchst keine Angst zu haben«, sagte er. »Der Jahnke ist hier und passt auf. Alles wird gut.«

Es gibt echt schönere Dinge im Leben eines Neuntklässlers, als mit der eigenen Mutter im Schlepptau nach der sechsten Stunde mitten durch die Schule zu marschieren – zum Büro der Schulpsychologin! Vorbei an Scharen abgekämpfter Schüler, die nach dem Schlussgong heimfuhren, vorbei an ausgebrannten Lehrern, die ihr Tagessoll erfüllt hatten. Sie gingen, wir kamen. Kurzum: Es gab ein Problem.

Kattmann hatte schnell auf meinen Aufsatz reagiert. Schon am nächsten Tag rief das Sekretariat bei uns an und gab den Psychologen-Termin durch.

Und jetzt sollte Hanne vorbeikommen, um sich einen Anschiss abzuholen.

Ausgerechnet sie, die jahrelang jede miese Note mit unbewegter Miene zur Kenntnis genommen hatte, die nie Stress gemacht hatte, wenn die Versetzung gefährdet war, musste sich jetzt von oberster Stelle anhören, was ihr Sohn für ein gefährlicher Psycho war. Ausgerechnet sie, die mich »frei vom unterdrückerischen Einfluss des kapitalistischen Systems« aufwachsen lassen wollte. Eine hässliche Quittung für ihren »entspannten Erziehungsstil«, der für uns beide ziemlich bequem gewesen war: Ich machte, was ich wollte, und sie freute sich mit mir drüber.

Dabei hatte sie sich für den Anlass besonders schick gemacht. Riesige Holzperlen zogen ihre Ohrläppchen in die Länge, um ihren Hals wehte ein regenbogenfarbener Knitterschal. Der überweite Poncho verlieh Hanne Ähnlichkeit mit einer überwinterten Nordmanntanne. (Es hatte keinen Zweck, ihr Werbeprospekte mit ganz normalen Klamotten hinzulegen.)

Hannes Parfümwolke hüllte uns vollständig ein. Leider war sie durchsichtig und verbarg uns nicht vor den Augen der versammelten Oberstufe, die kaffeetrinkend auf den Nachmittagsunterricht wartete.

»Ich bin nicht verrückt, Hanne, ja? Okay?«, versuchte ich sie zu beruhigen. Natürlich war ich irgendwie verrückt, ich hatte ja keine Ahnung, wo dieser Aufsatz hergekommen war.

Aber wenn mich etwas vor der Psychologin retten konnte, dann waren es Hannes unerschütterliche Abneigung gegenüber autoritären Strukturen und ihr Glaube an meine geistige Gesundheit.

»Natürlich bist du nicht verrückt, Joschel!«, ereiferte sie sich. »Wenn ich das schon höre: verrückt. In welchem Land leben wir, dass mir irgendeine Frau ...« Sie las vom zerkratzten Plastikschild an der Psychologentür ab. »Dr. phil. Almut Rohrbach ... Wenn mir so eine Frau erzählt, wie es um meinen Sohn steht! Verrückt, ha, wahnsinnig!« Sie zückte einen Parfümflakon und würzte nach. »Mein Sohn ist wahnsinnig, ja, weil er eine gute Hausaufgabe abgegeben hat. Frau Doktor! Die wollen uns mit solchen Titeln einschüchtern, Joschel, früher hieß es *Herr Baron*, heute heißt es *Herr Doktor*.«

Ich zwang mich zu einem zustimmenden Lächeln.

Frau Doktor Rohrbach war ausgemergelt und uralt. Sie sah aus wie ein halbtoter Opa mit künstlichen Zähnen und schütterem Haar. Die hätte schon zur Jahrtausendwende in den wohlverdienten Ruhestand gehört. Aber vermutlich konnte man nicht auf sie verzichten, wegen der ganzen Einser-Schreiber, die ohne psychologische Unterstützung durchdrehen und die halbe Schule mit einem Luftgewehr vor sich hertreiben würden.

Im Büro roch es nach Käsefüßen, Fettcreme und feuchtem Toilettenpapier. Die einzigen nennenswerten Einrichtungsgegenstände waren ein hässliches Bild, das ein Männergesicht aus widernatürlich geformten, bunten Quadern darstellte, und ein uralter Pappschuber mit vergilbten Büchern. Der Rest der durchgebogenen Regalbretter war leer und verstaubt. Auf einer Ecke des Schreibtischs tummelten sich eine Handvoll verwaister Mensch-ärgere-dich-nicht-Figuren.

Mitten auf dem Fußboden lag ein Bärenfell mit kunstvoll präpariertem Kopf, der ein mächtiges Gebiss sehen ließ. Das Tier sah aus, als wäre es im vorletzten Jahrhundert erschossen worden, vermutlich von Frau Doktor Rohrbach persönlich. Blassgelb zeichnete sich die trockene Haut unter dem ausgedünnten Pelz ab. Die Glaskugelaugen starrten mir deprimiert entgegen.

Die Psychologin räusperte sich feucht und gurgelnd, ich riss meinen Blick von dem platt getrampelten Tier los.

Mitten auf dem Tisch lag mein aufgeschlagenes Aufsatzheft.

»Guten Tag«, sagte Hanne mit etwas zu schriller Stimme. (Bei ausgestopften, »sinnlos hingerichteten« Tieren verlor sie schnell die Fassung.) »Ich bin die Erziehungsberechtigte vom Joseph.«

Frau Doktor Rohrbach antwortete nicht, sondern schob sich mit der Zungenspitze das Gebiss zurecht. Als es wieder saß, schenkte sie uns ein Lächeln aus trüber Keramik.

Es kam zum Austausch von Höflichkeiten mit dem Feind. Die Hand der Psychologin fühlte sich an wie eine verwitterte Tüte Gummibärchen, knisternd, trocken und elastisch, und mit knubbeligen weichen *Dingen* gefüllt.

»Ich möchte gleich zum Wichtigsten kommen«, schnarrte die Psychologin und bleckte die Prothese. »Das hier ist Josephs letzter Aufsatz.«

Hanne spitzte die Lippen und blies einen dünnen Luftstrahl durch den Raum, ein Zeichen höchster Anspannung.

Unter ihrer Kutte arbeitete eine Yoga-trainierte Bauchmuskulatur. Hanne konnte jeden Moment die Beherrschung verlieren und hysterisch werden. Ich überlegte, Frau Doktor Rohrbach eine unauffällige Warnung zuzuspielen, beschloss dann aber, den Dingen ihren Lauf zu lassen.

Der letzte Aufsatz … Das klang nach Endspiel, Programmschluss, nach einer bevorstehenden psychologischen Hinrichtung: Joseph hat eine kriminelle Ader, Betrug an Lehrern und Mitschülern gleichermaßen, ein Sonderling ohne Sinn für das Gemeinwesen. Ein Psycho eben.

Ein Moment der Stille beherrschte den Raum.

Der Bär starrte mich ausdruckslos an. Er tat mir leid. Alle trampelten auf ihm herum.

»Den hat er selbst geschrieben«, brachte Hanne hervor. Sie straffte sich, schnappte sich das Aufsatzheft und starrte auf den krakeligen Text. »Den hat er *selbst* geschrieben! Ich habe gesehen, wie er den ganzen Abend über den Büchern saß, um eine gute Leistung zu erbringen. Sie zitieren uns doch wohl nicht hierher ... ich wiederhole: zitieren! ...« Sie wedelte mit dem Einladungsschreiben. »... weil der Joschel, also der Joseph, eine Hausaufgabe abgeschrieben haben soll! Der Junge ist so fleißig, das ist schon nicht mehr gesund. Glauben Sie nicht, ich treibe ihn zu solchen Dingen, meinetwegen muss er nicht auf diese Schule gehen, wenn er das nicht schafft.«

»Frau Fittich!«

»Nichts da *Frau Fittich*! Was maßen Sie sich an, dass Sie uns hier einbestellen wie Verbrecher ...«

Endlich wusste ich, warum Hanne bei der Arbeit in ihrem Problemkindergarten so beliebt war: Sie kuschte vor niemandem, und schon gar nicht vor jemandem mit Doktortitel, die Alte konnte einpacken, ha! In diesem Moment war ich so stolz auf Hanne, dass ich sie beinahe in den Arm genommen hätte. (Natürlich nur in Gedanken.)

»Frau Fittich ...«, stöhnte die Psychologin.

»Wie Verbrecher, die um Begnadigung bitten müssen! Was meinen Sie, wie lange ich den Joschel, also den Joseph, auf so einer öffentlichen Schule lassen würde, wenn ich etwas anderes, etwas Besseres bezahlen könnte, aber der Vater vom Joseph hat seit zwölf Jahren keinen einzigen Pfennig ... keinen Cent hat der für uns bezahlt.« Hannes Stimme brach. Der zerknüllte Einladungsbrief fiel auf den Tisch. Der Poncho erbebte.

Bisschen viel Drama, aber alles in allem okay.

»Frau Fittich!«

Hannes Antwort bestand aus einem gezielten yogischen Luftstrahl. Wenn Atemübungen töten könnten, säße meine Mutter längst im Knast.

»Wie Sie sehen, ist der aktuelle Aufsatz deutlich länger als Josephs übliche Hausaufgaben.«

»Das habe ich doch Herrn Kattmann schon erklärt«, mischte ich mich ein. »Hatte halt mal Bock auf Hausaufgaben. Kann ich doch nichts für, wenn der Kattmann das nicht kapiert.«

»Das hat der Joseph diesem Herrn Kattmann schon erklärt. Ich hätte den ja selbst angerufen, aber der Joseph war dagegen. Und außerdem war immer besetzt.«

»Studiendirektor Kattmann und ich sind nicht immer einer Meinung«, sagte die Psychologin. Mit zittrigen Fingern setzte sie sich eine angelaufene Lesebrille auf. »Ich habe mir abgewöhnt, mit ihm zu diskutieren, wissen Sie, ich arbeite ja nur noch drei Stunden pro Woche, ich bin ja darmkrank.«

Der Geruch nach feuchtem Toilettenpapier drängte sich in den Vordergrund.

»Mein ehemaliger Schwiegervater war auch darmkrank«, räumte Hanne mit leiser Stimme ein. Mit der Mitleidsnummer kam sie nie besonders gut zurecht, da verlor sie ihre Angriffslust, ihren Biss. Ausgerechnet jetzt musste sie schlappmachen!

»Hatte halt mal Bock auf Hausaufgaben«, warf ich wieder ein. Das war doch nicht so schwer zu verstehen.

»Ich habe Josephs Heft gründlich studiert. Darin finden sich einige hochinteressante Dinge. Zwar sehr unleserlich geschrieben, aber von hohem wissenschaftlichen Interesse für mich. Die meisten Hausaufgaben sind sehr kurz.«

»Ja«, sagte ich. Wer hatte schon Bock auf Hausaufgaben?

»Der unerklärliche Wechsel von schwachen und stärksten Leistungen, das Nebeneinander von nachlässiger Rechtschreibung und ... nun ja ... genialen Elementen ... Es scheint, der Joseph ist zwischenzeitlich unterfordert, konzentriert sich nicht richtig.«

»Ich war mit ihm schon beim Kinder-Yoga«, räumte Hanne ein.

Aber die Psychologin wischte ihren Einwand beiseite. »Joschels Arbeiten sind kurz und verknappt. Sachlich und präzise. Sie gefallen mir. Sehr gut sogar.«

Sehr gut.

Hanne machte so ein seufzendes, weibliches Geräusch, wie es manchmal durch ihre Schlafzimmerwand drang.

»Sehr gut, Joseph.« Frau Doktor Rohrbach grinste keramisch.

Sehr gut.

Mir wurde plötzlich sehr kalt. Die Psychologin hatte offenbar den Verstand verloren. Sie schielte mich verschwörerisch an wie ein durchgedrehtes, promoviertes Gummihuhn. Das Ganze war eine fiese Falle, die gleich zuschnappen und mir den Kopf abbeißen würde.

»Ich bin zu einem bedeutsamen Schluss gekommen.« Frau Doktor Rohrbach setzte die Lesebrille ab, klappte sie umständlich zu und fixierte mich mit wässrigen Augen. Jetzt würde es kommen: Ich war ein Gedankenverbrecher, ein Charakterschwein. Nachsitzen, Förderunterricht, Internat für Betrüger und Leistungserschleicher wie mich. Critical Hit beim ersten Schusswechsel.

»Es besteht Grund zu der Annahme ...« Die Psychologin hüstelte. »Es besteht meinerseits der begründete Verdacht, und ich habe mich hier auch mit einer erfahrenen Kollegin beraten, es besteht also Grund zu der Annahme, dass der Joseph hochbegabt ist.«

Ich verschluckte mein Kaugummi, würgte es keuchend wieder hoch und hustete es auf den rechten Handrücken von Frau Doktor Rohrbach. Es sah aus wie ein verschrumpeltes Krümelchen Gehirn. *Hochbegabt?* Ich versteckte zwei Plastiktüten mit verhauenen Klassenarbeiten unter dem Bett. Wollte die Alte mich verscheißern? Oder verscheißerte sie sich lieber selbst?

»Das ist natürlich nur eine Verdachtsdiagnose, die sich erst mit der Zeit erhärten wird. Ich werde der Lehrerkonferenz mitteilen, dass man darauf achtgibt, dich ausreichend zu fördern. Und nur, wenn du dich richtig konzentrierst, bringst du Leistung, Joseph.«

Hannes Atemmuskulatur geriet außer Kontrolle. Mit einem schlürfenden Geräusch sog meine Mutter die Luft ein. Dann fing sie an zu lachen, hochvergnügt und aus vollem Hals, so wie im Lachseminar, zu dem sie mich letzten Herbst mitgeschleppt hatte und mit dem ein fetter, angeblich blinder angeblicher Pakistani seinen burgunderroten Chevrolet finanzierte.

Aber das hier war kein bescheuertes Lachseminar. Das war mein Leben.

Wir ließen Hanne dreißig, vierzig Sekunden lang vor sich hin glucksen. Als sie fertig war, tupfte sie sich die Augen mit dem Knitterschal trocken.

»Ach, Joschel«, seufzte sie, schlang die Arme um mich und presste sich an mich. Ihr Hals roch wie ein frisches Duftbäumchen (Vanille, Moschus, Mutterliebe), das mich zu ersticken drohte. »Ach, Joschel, wenn du wüsstest, wie stolz ich bin. Endlich zeigst du, was in dir steckt.«

»Hatte halt mal Bock auf Hausaufgaben«, wandte ich halbherzig ein und versuchte, ihre Umarmung abzuschütteln.

Frau Rohrbach beugte sich über den Tisch, fasste uns bei den Schultern und schüttelte uns in einer senilen Umarmung. »Das sind die besonderen Momente, für die ich jede Woche herkomme.« Ihr Atem roch nach Hakle Feucht.

Der Bär lächelte sein staubiges Raubtierlächeln.

»Du glaubst der Psychotussi!«, stellte ich entsetzt fest.

Hannes Hände lagen verkrampft um das abgewetzte Lenkrad ihres VW Jetta, Baujahr 1988. Ein wilder Wechsel von Gefühlszuständen huschte über Hannes Gesicht: Stolz und Rührung, tiefe Befriedigung, Triumph und ... der unstillbare Hunger nach *mehr*.

Sie lächelte still und wissend. »Ach, Joschel ...«

»Du glaubst der Psychotussi! Hanne, was die gesagt hat, ist völliger Quatsch, klar?«

Bis heute war es meiner Mutter vollkommen egal gewesen, ob ich gut in der Schule war oder schlecht, ob ich Hausaufgaben machte oder nicht, ob meine Arbeiten in Ordnung oder daneben waren, Hauptsache, ich ging hin.

Alles war in Ordnung gewesen. Es herrschte Frieden. Die Kräfte des Universums befanden sich im Ausgleich und ruhten ineinander. Und das sollte auch so bleiben.

Und jetzt das.

»Ich wusste es immer schon«, zwitscherte Hanne in ihren hässlichen Schal. »Dein Arbeitsstil hat sich nie den Konventionen angepasst, du hast deine Intelligenz nicht in das Schema der Regelschule pressen lassen. Du bist ein unabhängiger, kreativer Kopf, Joschel.«

»Nein!«, entgegnete ich. »Ich bin nicht kreativ, klar, Hanne, und auch nicht unabhängig!« Ich versetzte dem Armaturenbrett einen Fausthieb, mitten auf den Aufkleber irgendeines Otterzentrums, den Hanne auf den Airbag gepappt hatte.

So sehr ich mich auch bemühte, in mir nach dem Gefühl zu forschen, *Bock auf Hausaufgaben* zu haben – da war nichts. Der Aufsatz war ein verfluchtes Rätsel.

Aber wie sollte ich das Hanne sagen, die so glücklich aussah wie sonst nur nach vier Stunden Hechelübungen auf dem Wohnzimmerteppich?

Ich wollte nicht lügen. Und die Wahrheit ... Die kannte ich auch nicht. Es zwar zum Verzweifeln.

»Hör mal, Hanne«, begann ich. »Erstens, du fährst Schlangenlinien. Zweitens, Frau Rohrbach gehört in Rente, klar? Die hat nur einen Aufsatz von mir gesehen, einen einzigen Aufsatz.«

»Ein Heft!«, korrigierte mich Hanne. »Voller präziser, verknappter, sachlicher, *sehr guter* Ideen.«

Ich verkrallte mich in den Otterzentrumaufkleber. *Alles sollte so bleiben, wie es war!*

»Hanne!«, röchelte ich. »Rohrbach ... gehört ... in Rente, klar? Die kann jetzt nicht einfach herkommen und behaupten, ich bin ein Genie. Das bin ich nämlich nicht, Fehlanzeige.«

»Viele Hochbegabte wie du haben lange Zeit schlechte Noten. Weil sie unterfordert werden. Aber dafür brauchst du dich nicht schämen, jetzt ist der Knoten ja geplatzt. Auch Einstein ist mal sitzengeblieben.«

Okay, hier war Schluss. Hanne war übergeschnappt. Vielleicht waren es die Wechseljahre, sie war zwar erst achtunddreißig, egal. Es hatte keinen Sinn, auf das Geschwätz einzugehen, sagte ich mir. Einfach ruhig bleiben, den Mist an mir abprallen lassen, die nächsten fünf Arbeiten in den Sand setzen, dann kam sie schon wieder auf den Boden der Tatsachen zurück.

Ich bin ganz ruhig, redete ich mir ein. *Nichts, was sie sagt, kann mich aufregen. Die Kräfte des Universums ruhen in mir.*

»Dein Vater wäre sehr stolz auf dich«, sagte Hanne. »Weißt du, das hast du von ihm geerbt. Dass du mit dem Wort umgehen kannst.«

Die unheilvollen Kräfte des Universums lechzten plötzlich nach Tod und Vernichtung.

»Geerbt?«, keuchte ich. Ich hing schlaff im Sicherheitsgurt wie ein angezählter Boxer in der Ringecke. »Ich hab das geerbt, Hanne, ist das dein Ernst? Ist das ernsthaft dein Ernst?«

Hanne fuhr eine schwungvolle Schlangenlinie, fing sich wieder und nickte. »Wie dein Vater. Das hat mich damals an ihm am meisten fasziniert.«

»Geerbt?«

Sie nickte.

»DASS ICH KOMISCHE OHREN HABE UND MICH VOR VERANTWORTUNG DRÜCKE VIELLEICHT!«, schrie ich. »Das habe ich von ihm geerbt, von dem Arsch.«

Hanne biss sich auf die Unterlippe und schwieg. Natürlich schwieg sie. Seit vierzehn Jahren hatte ich kein böses Wort über meinen Erzeuger gehört. Als ob sie diesen Verpisser immer noch liebte.

So sieht es aus im Hause Fittich, Leute.

4 Tod durch HIRSEKOLBEN

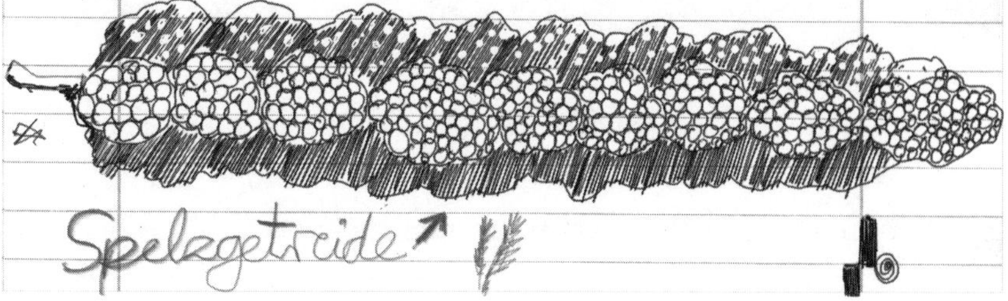

Diese Geschichte musste ein Ende haben, beschloss ich. Mein Leben nahm eine seltsame Wendung, die mir ganz und gar nicht gefiel. Vor allem nach den ausführlichen und fehlerfreien Hausaufgaben, die ich in meinem Französischheft und in der Erdkundemappe gefunden hatte. Dazu kamen eine lächerlich umfangreiche Chemiehausaufgabe, vier ausgefüllte Seiten in meinem Englisch-Grammatik-Workbook und die Gliederung einer Gedichtinterpretation auf der Rückseite eines herausgerissenen Blattes von Hannes mittelamerikanischem Landschaftskalender.

Der Abend war hereingebrochen, ich hockte auf der Bettkante und rammte die Fersen rhythmisch in den Berg alter Schulsachen, die unter dem Bett hervorquollen. Unter meinem Bett raschelte es. Hanne übte den yogischen Sonnengruß nebenan im Schlafzimmer, ich hörte ihre pfeifenden Atemstöße durch die dünne Wand.

Es war Zeit zu handeln und Licht in die Sache zu bringen.

Ich rannte in den Keller, kramte die alte Vergrößerungslampe meines Opas aus der ranzigen Kiste mit den Erbstücken, schloss mich in meinem Zimmer ein, fegte den Schreibtisch leer und legte das Deutschheft mitten auf die freie Fläche.

Mein Herz pochte unregelmäßig, als ich das Heft durchblätterte.

Dieses Mal fand ich den Aufsatz sofort. Zwei und eine viertel Seite, ein Hausaufgabenmonstrum, ein mächtiges Bollwerk der Strebsamkeit in einer Wüste aus Unfähigkeit. Ein Killeraufsatz voller Fachwörter, ein verdammter Tyrannosaurus Rex unter den Deutschhausaufgaben.

Das. Ding. War. Nicht. Von. Mir.

Täuschung ausgeschlossen. Ich stritt jede Vaterschaft ab. Wörter wie »Kohärenz« und »Attribuierung« benutzte ich einfach nicht, sorry, Leute, das war einfach nicht meine Sprache, das war nicht mein Style.

So mussten sich Menschen fühlen, wenn sie für einen Mord, den sie nicht begangen hatten, in die Todeszelle wanderten. Okay, vielleicht war das übertrieben, es ging nicht um Mord, sondern nur um Deutsch, ich war im engeren Sinne auch kein Mann und wanderte höchstens in das Land der bemitleidenswerten Spinner, deren Mütter nachmittags sabbernd auf der Schreibtischkante hockten und gierig in die Hefte starrten.

Aber was sollte ich dem Richter erklären? Es klebten eindeutig meine Fingerabdrücke an der Tatwaffe: Der Aufsatz sah echt aus, beinahe echter, als ich ihn hätte hinkriegen können.

Er fühlte sich auch echt an, verdammt, er schmeckte sogar echt, nach meinen originalschwitzigen Händen und dem originalstinkigen Aroma meines Rucksacks. Eindeutig nach Joseph Joschel Fittich.

Auch mit Hilfe der 7,5-fachen Vergrößerungslupe konnte ich keine Hinweise auf eine Fälschung erkennen. Es war meine eigene Handschrift, so joschelmäßig, dass ich sie nicht einmal selbst so gut hätte fälschen können. Jeder krakelige i-Punkt saß genau an der richtigen Stelle. Sogar das altmodisch verschlungene Z war dabei, das ich mir vor einer Weile angewöhnt hatte, um meine Handschrift irgendwie markanter zu machen, und das inzwischen aussah wie ein verrutschtes Dollarzeichen.

Allerdings: Der Aufsatz strotzte nur so vor aufgeblasenen Wörtern wie »äquivalent« und »hypothetisch«. Ich zog die Word-Rechtschreibkorrektur zu Hilfe. Alles hundertprozentig korrekt geschrieben. Nicht ein einziger Flüchtigkeitsfehler.

Vielleicht war ja Magie im Spiel, überlegte ich. Unwahrscheinlich, ich weiß, aber irgendeine Erklärung hättet auch ihr euch aus den Fingern gesogen.

Oder ich war wirklich hochbegabt.

Oder ich hatte wirklich mal Bock auf Hausaufgaben gehabt und es verdrängt, versteht ihr, so wie nach einem Erdbeben, wenn die Leute in ihren zertrümmerten Häusern aufwachen und sagen: Hey, war was? Warum liegt alles in Schutt und Asche?

Welchen Sinn hatten solche verdrehten Spekulationen?

Eins war nämlich klar. So einen Aufsatz kriegte ich nie wieder hin. Die Sache war quasi ausgestanden. Hanne würde allmählich wieder normal werden, Frau Rohrbach ging in den Ruhestand, und Kattmann ... Okay, Kattmann würde ein bösartiger Mistkerl bleiben. Also alles im Normbereich, mein Leben würde wieder so werden, wie es gewesen war.

Natürlich täuschte ich mich in fast allen Punkten bis auf einen einzigen.

Als ich zwei Tage später nach der Schule nach Hause kam, war die Wohnung eiskalt. Das Thermometer in der Küche zeigte elf Grad über Null, alle Fenster und Türen waren weit aufgerissen.

Hanne hing bis zur Hüfte aus dem Schlafzimmerfenster, drei Stockwerke über dem Hinterhof. Sie schaukelte leicht hin und her, ihre Füße klopften einen ungeraden Takt. Benutzte Taschentücher quollen aus den Taschen ihrer Jogginghose.

Ich schlich näher. Was tat sie da? Machte sie wieder ihre Atemübungen? War sie in Trance? Betete sie, dankte sie Gott? Bekam sie vielleicht Eingebungen von oben?

Besser, ich störte sie nicht. Vermutlich litt sie nur unter einer Hitzewallung oder irgendwas, das mit ihrer Menstruation zu tun hatte und über das sie sich dann in allen ekelhaften Details unterhalten wollte. Ich zog mich in mein Zimmer zurück und hoffte auf einen Regenschauer, der Hanne zurück in die Wohnung treiben würde. Nach Möglichkeit in die Küche, wo sie etwas zu essen machen konnte.

Mir knurrte der Magen. Unter meinem Bett raschelte es. In der Küche begann Hanne, mit Geschirr zu klappern.

Kochen war sonst nicht so ihre Art, müsst ihr wissen. Hanne verließ sich seit mehr als einem Jahrzehnt auf meinen Überlebenstrieb und die Fähigkeit, im Katastrophenfall Toast fingerdick mit ihrem laktosefreien Edelziegenkäse zu überbacken.

Doch heute war alles anders.

Dreißig Minuten später saß ich vor einem gehäuften Teller eines dampfenden, undefinierbaren Breis, aus dem einige gelbliche Bohnen ragten. Hanne trug die Männer-am-Herd-Schürze, die sie vor ein paar Jahren eigentlich Werner zu Weihnachten hatte schenken wollen, als es Werner noch gab, und hockte sich mir mit den prüfenden Augen eines Laborarztes gegenüber.

»Es gibt warm«, stellte ich fest. »Ist was passiert?«

»Ach, Joschel«, sagte Hanne. »Du leistest so viel, wenn man dir genügend Freiheit gibt, und ich biete dir oft nicht einmal ein ordentliches Mittagessen an, wenn du nach einem anstrengenden Schultag nach Hause kommst.«

»Kann man so sagen«, räumte ich ein. »Ich dachte, es gibt Toast.« Mit Ketchup.

»Aber ab jetzt ändert sich das.«

Ich stieß den Löffel in die traurige Masse auf meinem Teller. »Was soll das sein? Milchreis mit Bohnen?«

»Hirsecouscous«, sagte Hanne. »Das ist proteinreich.«

Spätestens hier hätte ich hellhörig werden sollen. Aber der Hunger siegte über den Verstand.

In den nächsten zwei Wochen folgten:

Curryhirse mit angebranntem Wirsing, fleisch- und gewürzlose Linsenbolognese, ein bröseliger veganer Hirsepuffer, Fingerhirse, Kolbenhirse, Perlhirse und normale Hirse in den Farbvarianten rot und gelb, schwarz, weiß und bräunlich-unappetitlich, Kutki-, Kodo- und Foniohirse gekocht, gedämpft, gesotten, als Ragout, als heißer Salat, mit lauwarmem Büffelkäse, mit kaltem Kichererbsenpesto oder mit Couscouspüree verrührt und vermatscht.

Hanne kochte im Zweischichtsystem, mittags und abends warm. Die Hirsenummer gefiel mir irgendwie nicht. Im Internet stieß ich nach eingehender Recherche auf einer Vogelzüchterseite auf den Artikel »Tod durch Hirsekolben«.

Hanne schob die Schwerpunkternährung auf ihr neues nordafrikanisches Kochbuch. Keine Rede mehr davon, dass es unter ihrer »Würde als autarke Frau« war, jeden Tag in der Küche zu stehen.

Missmutig kaute ich einige Tage später auf einer Gemüse-Curry-Kichererbsen-Frikadelle herum. Es hatte nichts geholfen, dass ich Hanne eine gebrauchte Ausgabe von *Schmeckt nicht – gibt's nicht* von Tim Mälzer geschenkt hatte. Jemand musste es durch *Schmeckt nicht – täglich* ersetzt haben.

»Schmeckt's dir, ja?«, fragte Hanne.

»Schmeckt nach Vogelfutter«, sagte ich.

So weit kam es noch, dass ich sie jetzt noch lobte, nach vierzehn Jahren kulinarischer Vernachlässigung. Und was mich besonders nervte: Hanne entwickelte plötzlich Haushaltsfähigkeiten, lernte kochen, trug eine dämliche Schürze. Alles nur wegen eines einzigen Aufsatzes. Was ging bloß in ihrem Kopf ab?

Warum rannte sie ständig mit einem bekifften Grinsen herum? Warum klebte ständig Spelzgetreide unter meinen Hausschuhen? Und warum behandelte sie mich plötzlich wie ein verdammtes hochbegabtes Wunderkind?

»Um ehrlich zu sein, mag ich Hirse auch nicht so besonders.« Hanne beugte sich weit über den Tisch, als wollte sie mir ein unappetitliches Geheimnis erzählen. »Aber Hülsenfrüchte sind gut für die Synapsen, weißt du?«

Synapsen? Waren das nicht die Häuser, wo die Juden zum Beten hingingen? Echt unlogisch. Typisch Hanne.

»Für dein Gehirn«, erklärte Hanne. »Hülsenfrüchte sind gut für das Gehirn.«

Das war es also!

Die bittere, eiweißreiche Wahrheit.

Ich knallte die Frikadelle auf den Teller, sie hüpfte von der Gabel, rutschte von der Tischkante, kullerte auf dem Boden herum.

Jetzt reichte es. Dieses Essen war keine Gabe der Liebe, sondern Treibstoff für einen Hochbegabten. »Das Essen ist nicht für mich, sondern für mein Gehirn?«

»Für die Synapsen.« Hanne griff über den Tisch, um mir die Stirn zu tätscheln. Ich wich zurück und hob abwehrend die Gabel. »Und dabei hast du doch schon so arg viele«, freute sie sich.

Ich schob den Teller weg und stand auf.

»Habe ich was Falsches gesagt? Wo gehst du hin, Joschel?«

»Zu McDonald's«, sagte ich. »Synapsen töten.«

Unten im Hausflur schlug ich meine Stirn langsam gegen die verbeulten Briefkästen, wartete auf den Schmerz und stellte mir vor, wie eine Handvoll zitternde Synapsen den Geist aufgaben.

Ich aß zwei überteuerte Maximenüs und nahm eine Juniortüte für den Heimweg mit, stopfte sie gehend in mich hinein und verweilte eine Viertelstunde schwer atmend auf einer Parkbank. Die Übelkeit legte sich nach einer Weile.

Als ich nach Hause kam, war Hanne nicht da. Es war erbärmlich kalt. Ich zählte fünf weitgeöffnete Fenster und schloss sie sorgfältig, drehte die Heizungen auf und machte einen weiten Bogen um die zertrümmerte Kichererbsenfrikadelle auf dem Küchenfußboden. Dann schnappte ich mir ein Küchenmesser, mit dem ich endlich die Spelzgetreidereste aus dem Profil meiner Hausschuhe kratzen konnte. Ich wollte auf diesen verlogenen Fasern nicht länger herumlaufen.

Unter meinem Bett raschelte es. Ich kümmerte mich nicht darum. Mit Inbrunst rammte ich die Messerspitze in meinen Puschen und stellte mir vor, wie ich ein bösartiges Hirsekorn erwischte, mitten in sein hartes, eiweißreiches Herz.

Es ist ein undankbares Los, als Schüler mit abstehenden Ohren, einem beschissenen Ruf und einer unzurechnungsfähigen Erziehungsberechtigten nicht in einer Gang zu sein, die einen mit Waffengewalt beschützt.

Es genügte nicht, dass meine Mutter den Verstand verloren hatte. Es reichte auch nicht, dass sich die Geschichte mit der angeblichen Hochbegabung rumgesprochen hatte und mein Deutschlehrer, fast meine komplette Klasse, beinahe mein ganzer Jahrgang mich für einen Betrüger hielten und nur auf die passende Gelegenheit zu warten schienen, bis ich mich verriet.

Was mir zu meinem Glück noch fehlte, war die langsame, aber sichere Erkenntnis, dass ich verrückt wurde.

Ich hatte nämlich immer noch keine Ahnung, wie ich an den Aufsatz gekommen war, der mein Leben veränderte. (Als ob das noch nicht genug wäre, war in den letzten Tagen – ganz hinten in meiner Ethikmappe – eine bemerkenswert detaillierte Inhaltsangabe der ersten vier Kapitel von *Der Vorleser* aufgetaucht, ein vermutlich stinklangweiliges Buch, das ich weder besaß noch gelesen hatte. Alles in meiner Handschrift.)

Ich wurde verrückt, mit der Betonung auf *wurde*. Vorher war ich noch ganz normal gewesen, Bundesdurchschnitt, keine weiteren Fragen, Euer Ehren. Und jetzt das.

Es war Dienstagabend, Hanne war weg, wahrscheinlich beim Rhythmischen Atmen. (Ich verlor bei ihren Hobbys ehrlich gesagt langsam den Überblick. Seit der Sache mit dem Deutschheft kam sie hauptsächlich nach dem Kindergarten zum Kochen heim und verdrückte sich dann wieder zu irgendeiner lächerlichen Sportart, um meine »freie Entwicklung nicht einzuschränken«.)

Ich hockte auf meinem Bett, umgeben von einigen Karteikarten, auf denen ich mögliche Theorien zur Entstehung der Situation skizziert hatte.

Theorie 1: Trance.

Ich habe mal eine Sendung über Leute gesehen, die sich selbst in Hypnose versetzten, indem sie einen roten Fleck an der Wand anstarrten. Vielleicht war das ja die Lösung: Ich fiel nachts in Trance und machte die Hausaufgaben meines Lebens. Vielleicht hatten ja die Mondphasen etwas damit zu tun. So ähnlich wie bei einem Werwolf, nur ohne Fell und Zähne und stattdessen mit Hausaufgaben. Klang ziemlich abgedreht. Ich strich die Theorie durch.

Theorie 2: Regierung, Wissenschaft, Geheimdienst.

Vielleicht war ich ein supergeheimes Projekt der Regierung, ihr wisst schon, Mikrochip im Kopf, Fernsteuerung, krasse Spezialfähigkeiten. Üblicherweise wurden solche Testpersonen beiseitegeschafft, wenn sie etwas merkten. Ich vernichtete sicherheitshalber die Karteikarte.

Theorie 3: Hanne.

Hanne schrieb meine Hausaufgaben, klar. Sie hatte vermutlich die letzten Jahre damit zugebracht, meine Handschrift zu erlernen. Das erklärte allerdings nicht die Nummer mit dem Spelzgetreide.

Theorie 4: Außerirdische.

Ich war entführt und in einem Raumschiff Experimenten unterzogen worden und entwickelte jetzt Spezialfähigkeiten. Diese Theorie führte nahtlos zur nächsten These.

Theorie 5: Ich wurde verrückt. Die ganz und gar nicht unwahrscheinlichste Lösung. Traurig, aber wahr.

Unter meinem Bett raschelte es. Schon wieder.

»Jetzt ist mal Schluss«, rief ich, »mit der Scheißraschelei!«

Was immer da seit Wochen herumraschelte, jetzt reichte es mal, jetzt war es mal gut, ich hatte mit ganz anderen Dingen zu tun, zum Beispiel damit, nicht den Verstand zu verlieren.

Das Rascheln hörte schlagartig auf.

Als hätte es mich verstanden. Was natürlich ganz und gar unmöglich, um nicht zu sagen *ausgeschlossen* war. So fing das an, überlegte ich, wenn man durchdrehte. Man unterhielt sich mit knisternden Altpapierkartons, mit knackenden Fußbodendielen, mit ächzenden Heizungsrohren hinter der Tapete.

Vielleicht aber auch mit ein paar verdammten Bettwanzen, die zwanzig Zentimeter unter meiner Matratze ihre Parasitenpartys feierten und nachts auf meinem Körper herumkrochen.

Ich knipste das Licht aus, bewaffnete mich mit einer Mineralwasserflasche und wartete. Es wäre zu schön, überlegte ich, jetzt irgendwas kaputt zu hauen, einfach *zack* und fertig.

Es raschelte wieder.

Im Prinzip hätte es mich nicht gewundert, dort unten einen Wurf hässlicher, blinder Nagetiere vorzufinden, vielleicht auch eine verirrte Fledermaus, die sich durch das angelehnte Fenster gezwängt hatte, um mein Blut zu trinken. Aber dieses Rascheln hörte sich nicht nach Mäusen an. Die blätterten nicht in Schulheften. Nein, das klang irgendwie *persönlicher*.

Etwas war hier.

Eine Lebensform. Ein Etwas, das denken konnte, das meine Stimme verstand. Ich knipste das Licht wieder an.

»Charly?«, flüsterte ich. »Bist du das?«

Charly hatte ich zum letzten Mal vor fünfeinhalb Jahren gesehen, und zwar nicht hier, sondern noch in der großen Wohnung. Friedlich und bescheiden hatte er sein Hamsterleben in meinem Zimmer geführt, bis Hanne irgendwann nach dem Reinigen die Käfigtür offen gelassen hatte.

Ich hatte mich jahrelang damit getröstet, dass er in die Freiheit geflohen war. Dass er jetzt als stolzer, freier Hamster in der Wildnis lebte. Dass es ihm besser ging als mir.

Charly war nämlich echt intelligent gewesen, die Sache mit dem Deutschaufsatz hätte ihm bestimmt gefallen, aber nicht auf so eine bescheuerte, gekünstelte, hirselastige Weise wie bei Hanne, sondern irgendwie entspannter. Wie ein Hamster halt.

Charly hätte sich nicht einfach in so eine Hochbegabtensache einspannen lassen. Ich hatte ihm zur Intelligenztestung mal ein Röhrensystem aus Pappe gebaut, um zu sehen, wie lange er brauchte, um da wieder rauszufinden. Aber Charly hatte sich prompt geweigert mitzumachen und stattdessen einfach ein bisschen am Karton rumgenagt. Was für ein schlaues Köpfchen.

»Charly, bist du das?« Tiere konnten auch nach Jahren nach Hause finden, redete ich mir ein, das sah man immer wieder im Fernsehen, zwar nicht mit Hamstern, aber Hamster sind auch nicht sehr fotogen.

Ich linste über die Kante der Matratze nach unten. Es war stockdunkel unter dem Bett. Die verstaubten Kartons, vollgestopften Tüten, die Hefte und Mappen und vollgemalten Schulbücher boten genügend Platz für eine ganze Armee von Hamstern.

Es raschelte wieder. Das Reiben von Papier auf Papier.

In meiner alten Schultasche aus der Grundschulzeit. Die mit dem Krümelmonster vorne drauf.

Ich schloss die Faust um den Hals meiner improvisierten Wasserflaschenwaffe, packte mit der anderen Hand die alte Tasche an ihrem zerfetzten Griff und schleuderte sie weit in die Zimmermitte.

Der Deckel klappte zurück.

Als ich einen Blick auf den Inhalt der Tasche erhaschen konnte, knallte in meinem Verstand deutlich hörbar die Sicherung raus.

Es war nicht Charly.

Ich fand mich zitternd und mit klopfendem Herzen und nass geschwitztem Pyjama in der hintersten Ecke meines Bettes wieder.

Eben hatte ich etwas gesehen, das nicht in diese Welt gehörte. Etwas vollkommen Fremdes.

Irgendein Ding mit vier rot glühenden Augen hatte mich aus der Tiefe meiner Schultasche heraus angestarrt. Sie waren nur einige Sekundenbruchteile zu sehen gewesen. Aber sie waren da. Jeder Zweifel ausgeschlossen. Ich war nicht verrückt.

In meiner Tasche hockte etwas mit roten Augen.

Und ich meine nicht solche roten Augen, wie Hanne sie manchmal nach dem tibetanischen Trommeln hatte. Ich meine monsterrot, killerrot, dämonenrot.

Was *zur Hölle* war das?

Vielleicht wirklich eine blutgierige Vampirfledermaus, die ich bei ihrem unheiligen Mahl gestört hatte? Oder ein paar fiese Zombie-Ratten, die Pestilenz und Verderben über die Menschheit bringen würden?

Oder war Charly zurückgekehrt?

Mutiert – vielleicht sogar *untot*?

Beinahe hätte ich die Nerven verloren. Wäre aus dem Bett gesprungen, hätte das Ding in meiner Schultasche mit ein paar gezielten Hackentritten zerquetscht. Doch ehe ich auch nur den Fuß unter der Bettdecke hervorschieben konnte, hörte ich eine schiefe Stimme.

»Hunger!«, fiepte es aus meiner Schultasche. »Fausto hat garstigen Hunger!«

Die Worte wurden schnell und quietschend herausgepresst. Sie klangen nach Pumuckl auf Speed.

Das konnte nicht sein. Das konnte absolut nicht sein. (Vielleicht war mein Modellbaukleber ausgelaufen, den ich mir heimlich gekauft hatte. Von Lösungsmitteln bekam man laut Hanne nämlich Halluzinationen, das wollte sie nicht in der Wohnung haben.)

»*Hunger!*«, quietschte es nun lauter.

Jetzt nur nicht die Nerven verlieren, ruhig bleiben, in den Bauch atmen, wie Hanne das nannte. Was auch immer hier los war – ich musste dahinterkommen.

Kurzerhand packte ich meine Schultasche und kippte sie in hohem Bogen auf dem Schreibtisch aus.

Ein verschwommener, faustgroßer, pelziger Schatten bahnte sich seinen Weg aus dem Durcheinander aus angekauten Stiften, verknickten Schulheften, zerknitterten Schokoriegelhüllen und mumifizierten Apfelresten.

Ein schwarzer, haariger Fleck. Er verschwand in meinem Deutschheft.

Eine Sekunde später war von dort ein feines, hektisches Schmatzen zu hören.

»Hallo?«, fragte ich leise.

Das Schmatzen hörte auf.

»Hallo?« Dieses Mal etwas lauter. Fühlte sich das so an, wenn man einen an der Klatsche hatte? Wenn man Stimmen aus Schulheften hörte? Dinge sah, die eigentlich gar nicht da sein durften?

»Meister?«, fiepte die Stimme. »Fausto ist am Verhungern. Wenn der Meister die Freundlichkeit besitzen würde, Fausto einen kleinen Imbiss zu erlauben, wäre das höchst erquicklich.«

Die Sache war für mich alles andere als erquicklich. »Erst mal muss ich prüfen, ob ich durchgedreht bin«, murmelte ich. »So viel Zeit muss sein.«

Mit spitzen Fingern schlug ich mein Deutschheft auf, blätterte es behutsam um.

Einen Moment lang glaubte ich, mitten in einem desaströsen Diktat aus der Achten eine nachtschwarze, pelzige Gestalt zu sehen. Ich blinzelte ein Mal, zwei Mal, während sie zu einem handtellergroßen Tintenfleck zusammenschmolz.

»Alter, du *bist* durchgedreht«, flüsterte ich und starrte in mein Heft. Ich blinzelte, kniff mich ins Schlüsselbein, schloss die Augen, zählte ungefähr bis siebzehn, sagte sicherheitshalber ein Gebet auf und öffnete sie wieder.

Der Fleck war immer noch da.

»Hallo?«, fragte ich. Hoffentlich erfuhr niemals jemand, dass ich mit meinem Heft sprach – und auch noch damit rechnete, dass es antwortete. »Fleck im Deutschheft? Kannst du mich hören?«

Nichts.

»Vielleicht sollte ich dich einfach in den Müll werfen«, sinnierte ich. »Dann wären alle Probleme gelöst.«

»Nicht in den MÜLL!«, schimpfte die Stimme.

Ich machte einen Satz rückwärts, stolperte über den Schreibtischstuhl und riss ihn zu Boden.

»Fausto hat siebenundzwanzig Jahre im Müll gelebt«, fuhr die Stimme fort, »damit ist jetzt mal Schluss, bitteschön! Darum wird er wohl höflich bitten dürfen.«

Ich sprang auf, glotzte ungläubig in mein Heft.

Der Fleck zuckte. Verformte sich wieder. Wurde breiter. Aus seiner Tiefe tauchte ein dünnes Ärmchen auf, ein weiteres folgte ihm, räkelte sich, tastete umher, fasste nach dem Heftrand, griff mit winzigen Fingern zu – und stemmte sich hoch.

Ein *Ding* kroch aus dem Heft, zitternd, keuchend, schwer atmend. Nicht größer als eine Handfläche, kugelförmig und mit drahtigem, pechschwarzem Fell bedeckt. Es hatte vier glühend rote Augen. Und ein fahles Horn mitten auf der Stirn.

»Scheiße«, flüsterte ich.

Es kniff seine dürren Beinchen zusammen und presste die Pfoten auf den Unterbauch, als müsste es dringend mal pinkeln. »Meister«, röchelte es. »Fausto müsste jetzt dringlicherweise etwas zu essen bekommen, sehr wohl, bitteschön!«

Ich gebe es zu: Einen Moment lang überlegte ich, mit dem schweren Weltatlas draufzuhauen, *zack*, und weg wären alle Befürchtungen gewesen, dass ich durchgedreht war. Aber ich tat es nicht. Das Vieh konnte nämlich sprechen. Auf solche Sachen haute man nicht drauf, oder? Und es nannte mich Meister. Es wusste, was sich gehörte.

In seinen Augen lag nicht einmal der Ansatz von Bösartigkeit, sie glommen trübe vor sich hin wie die Rücklichter meiner alten Märklin-Lokomotive.

»Du – kannst – sprechen?«, fragte ich langsam und überdeutlich. Eine dämliche Frage, ich weiß. »Du verstehst mich?«

Das Ding nickte. Es sah schon aus wie ein Monster, überlegte ich, nur eben eine Ecke zu winzig, um wirklich gefährlich zu wirken.

»Bin ich verrückt?«, fragte ich. »Brauche ich Medikamente?«

»Ob der Meister verrückt ist oder nicht, weiß Fausto nicht!«, rief das Ding und rupfte an seinem struppigen Bauchfell. »Aber Fausto muss fressen, fressen, schnell, sonst ist es aus mit ihm. Der Winterschlaf sitzt ihm noch in den Knochen, und der Verzehr von unerlaubten Mahlzeiten ist Fausto streng verboten!« Mit vorwurfsvoller Geste hielt es mir ein Büschel ausgerupfter Bauchhaare entgegen.

»Kannst gerne was essen, mir egal«, murmelte ich. »Fressen, meine ich.« Das Ding war ja ein *Ding*, da passte *Fressen* irgendwie besser.

Das Ding schaute begeistert zu mir auf. Ein Strahlen erhellte seine haarigen Züge. »Sapresti!«, rief es.

Trau keinem Tier, das lächelt, ermahnte ich mich.

»Was ... äh ... frisst du denn gerne?«, beschloss ich mich abzusichern. »Ich kann dir ne Banane bringen. Oder ein bisschen Hirse-Bolognese von gestern.«

Das pelzige Miniaturmonster ließ die Hände über mein Deutschheft gleiten und schenkte ihm einen zärtlichen Blick. »Kaputte Wörter!« Es riss seinen Rachen weit auf und zeigte mir vier nadelspitze Zähnchen und eine lange dunkelrote Zunge. Ein keckerndes Geräusch war zu hören. »Recht-Schreib-Fehler! Grammatik! Syntax! Orthografie!«

(Ehe ich das glaubte, musste überprüft werden, ob ich wach und bei klarem Verstand war, wofür die Chancen gerade mal so mittelgut waren.)

»Rechtschreibfehler, alles klar«, murmelte ich. »Kannste haben. Da bist du bei mir an der richtigen Adresse.«

Blitzschnell riss das Ding mein Deutschheft hoch, zog den Umschlag auf wie eine Tür und verschwand zwischen den Seiten, patschte mit den kleinen Pfoten hinter sich und klappte das Heft zu, als wäre nichts geschehen. Alles schien wieder ganz normal zu sein, vollkommen harmlos.

Alles, bis auf das beständige Zittern der Seiten und das gierige Schmatzen aus der Tiefe meines Deutschheftes.

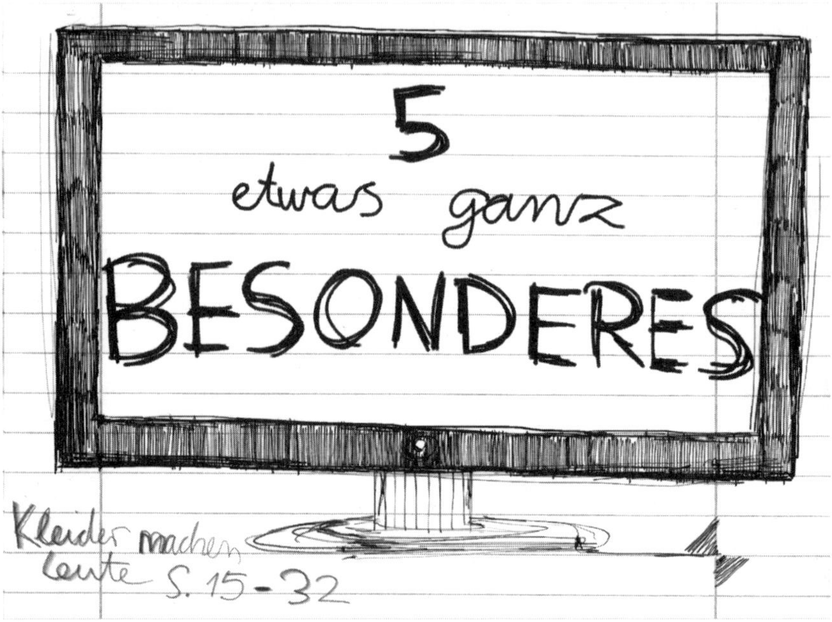

Ein Dämon also.

Ein Dämon?

Das Ding sah nicht wirklich wie ein Dämon aus, ich bitte euch, ein Dämon hatte gefährlich zu wirken, der Hölle entsprungen, Schwefelatem, satanische Aura, infernalischer Körpergeruch, ist schon klar, was ich meine.

»*Bücher*dämon bitte, wenn der Meister so freundlich wäre«, schmatzte das Ding, während es genüsslich Füllertinte aus meinem Heft schlürfte. »*Dämon* ist ein wenig unhöflich.«

Legten Dämonen Wert auf Höflichkeit?

Aber meinetwegen – ob mit oder ohne *Bücher-* davor: Das Ding war klein, hässlich und absolut übernatürlich, und es nannte mich Meister, woran man sich gewöhnen konnte. Es räkelte sich unter Opas alter Vergrößerungslampe und sonnte sich im Halogenlicht.

Es sah echt aus. Nicht wie eine Attrappe oder so. Sondern wie ein echtes lebendes Wesen.

»Ich kann mir deinen Namen echt nicht merken«, gestand ich.

»Fausto Flamingo Esteban de Rioja der Dritte«, schnurrte der Bücherdämon und reckte sich. »Aber der Meister kann gerne Fausto sagen.«

»Fausto, okay.« (Was für ein bescheuerter Name, beschloss ich. Noch eine Spur dämlicher als Joseph.)

Vielleicht konnte ich das Ding an einen Zoo verkaufen, überlegte ich, oder es in ein Terrarium sperren, eine Webcam draufhalten und für die Bilder im Internet Geld verlangen. Hoffentlich haute es nicht ab, ehe ich Werners altes Plastikterrarium aus dem Keller geholt hatte.

»Fausto also«, sagte ich. »Und ... äh ... würde es dir etwas ausmachen, wenn du erst mal hierbleibst? Also nicht in meinem Deutschheft, sondern in meinem Zimmer? Ist gerade nicht so aufgeräumt, klar?«

»Fausto stört sich nicht an etwas Unordnung. Denn es ist die Unordnung des Meisters.« Ehrfürchtig schaute sich der Dämon in meinem Zimmer um, verschlang mit gierigen Blicken die wenigen Bücher, die chaotischen Schulsachen unter dem Bett, den verknäulten Wäscheberg unten im Kleiderschrank. »Fausto hat immerhin siebenundzwanzig Jahre im Altpapier geruht.«

Altpapier? Das erklärte einiges. Zumindest wie Fausto unter mein Bett gekommen war. Ich schenkte dem schimmeligen Pappkarton unter dem Fußende einen misstrauischen Blick. Vielleicht sollte ich einmal ein ernstes Wort mit Hanne wechseln. Über ihre Angewohnheit, Müll in die Wohnung zu schleppen und so weiter.

»Und du frisst echt nur ... Schreibfehler, ja?«, wollte ich sicherheitshalber wissen. Keine Möbelstücke? Keine Kleintiere? Und vor allem: keine Körperteile?

Fausto verzog die Lippen zu einer pechschwarzen, haarigen Schnute. Er sah irgendwie verlegen aus. »Fausto hat ohne Erlaubnis aus dem Heft gefressen. Er hat eigenmächtig versucht, die leer gefressenen Seiten zu füllen. Das ist mehr als frevelhaft!«

Moment. Fausto hatte Seiten gefüllt?

Plötzlich fügte sich in meinem Kopf alles zusammen. Eine verschwundene Hausaufgabe, unbekannte Aufsätze in meinem Heft. Seltsame Texte, die hier und dort in meinem Rucksack auftauchten. Das ergab eine Gleichung mit zwei Unbekannten. Und Fausto war die Lösung.

Ich schnappte den Bücherdämon, schloss beide Hände fest um ihn. Nur sein Gesicht und das Horn schauten oben heraus. Er war warm und leicht wie ein borstiger Hamster und blinzelte mir träge zu. Ein wenig erinnerte er mich an Charly.

»Du hast meinen Aufsatz geschrieben!«, flüsterte ich ihm zu. »Du steckst hinter den ganzen Hausaufgaben!«

Fausto wich meinem Blick aus. Täuschte ich mich, oder lief er um die Nase sogar ein bisschen rot an? Bei dem ganzen Fell schwer zu beurteilen.

»Die Schrift des Meisters war hochfehlerlich! Fausto hat schamlos alles verspeist«, gestand der Bücherdämon. »Und Fausto konnte den Meister doch nicht ohne Hausaufgaben in die Schule lassen. Das wird geregelt im Dämonenkodex, Grundregel Nr. 2: *Ist der Meister ohne Hausaufgaben, wird der*

Dämon sieben Tage lang geschlagen.« Fausto presste alle zwölf Finger auf den Mund. »Jetzt hat der dumme Dämon eine Grundregel verraten! Das wird schwer bestraft. Steht alles im Dämonenkodex, Grundre…«

Ein schwerer Körper schlug von außen gegen meine Zimmertür. »Joschel?«, rief meine Mutter. »Hast du wieder abgeschlossen?«

Langsam senkte sich die Türklinke.

»Weg mit dir!«, fuhr ich den Dämon an.

Als Hanne etwa drei Sekunden später ins Zimmer stürmte, war Fausto verschwunden. Ein tiefschwarzer Fleck glänzte auf dem Teppich. Der Dämon war einfach versickert, auf dem Teppichmuster zerschmolzen.

Meine Mutter wedelte mit einem Briefumschlag.

»Der Heiko hat geschrieben«, sagte sie atemlos. Auf ihren Wangen glühten samtrote Flecken, wie sie sonst nur meine Hochbegabung oder eine dreistündige Meditation auf der Heizdecke hervorrufen konnten.

»Der Papa, meinst du«, sagte ich.

Sie betrachtete mich kritisch. »Du weißt, was ich von solchen Verniedlichungsbegriffen halte. Also, er hat geschrieben. Dir, nicht mir.« Sie schielte auf den Brief. »Willst du nicht wissen, was drinsteht?«

»Nö, gucke ich mir vielleicht nächste Woche an«, sagte ich. Das ging Hanne gar nichts an. Und ihr gieriger Blick musste bestraft werden. »Kannst du zu den anderen packen.« Ich wies auf den hervorquellenden Stapel Altpapier unter dem Kopfende meines Bettes.

Hanne legte den Brief mitten auf meinen Schreibtisch. Ihr

eingebauter Hanne-Radar schien zuverlässig jedes Detail meines Privatlebens zu registrieren.

»Was hast du mit dem Teppich gemacht?«, fragte sie.

»Gefärbt.«

»Schwarz? Du weißt, ich habe noch jede Menge Batikfarben im Keller!« Hanne ging mit raschelnden Gewändern in die Hocke, um den Fausto-Fleck zu inspizieren. Aber ehe sie ihn betatschen konnte, stellte ich meinen Fuß drauf.

»Ich experimentiere mit schwarzer Farbe«, sagte ich streng. »Wegen der Stimmung und so.«

Als ich Hanne vertrieben hatte, schloss ich die Zimmertür ab, schob einen Stuhl unter die Klinke, hängte ein T-Shirt vor das Schlüsselloch und öffnete den Brief.

Lieber Joseph!
Wie ich hörte, geht es dir in der Schule zurzeit ganz besonders gut. Deswegen möchte ich dir auch eine besondere Freude machen. Ich bin Ende nächsten Monats für eine Woche in Hamburg und möchte im Anschluss einige Tage bei euch verbringen. Wenn du magst, können wir für die Herbstferien eine kleine Reise planen – nur wir zwei – und uns ein bisschen besser kennenlernen.

Frag erst mal deine Mutter, ob es ihr passt, wenn ich euch besuche (ich werde im Hotel übernachten!), und schreib zurück, wenn du in dem ganzen Trubel Zeit dafür findest.

Es freut sich,
Papa

PS: Ich weiß, wir haben lange nichts mehr voneinander gehört (beziehungsweise hast du vielleicht auch nichts von mir hören wollen?), aber kann es nicht Zeit sein, einen Neuanfang zu wagen?

Ich starrte gefühlte dreißig Minuten auf das Papier und die feine, saubere Handschrift von Heiko Fittich.

Es ging mir in der Schule besonders gut?

Heiko ließ sich wieder Papa nennen?

Und: Ich hatte nichts von ihm hören wollen? *Ich?*

Okay, ich antwortete schon lange nicht mehr auf seine Briefe. (Der letzte kam zu Ostern.) Aber: Hatte ich *seine* Jugendweihe verpasst, weil ich auf irgendeinem Bankett mit dem hessischen Ministerpräsidenten rumhängen musste? Hatte ich *ihn* mindestens fünf Mal nach Hause eingeladen, um *ihn* im letzten Moment wieder auszuladen? Schickte ich *ihm* zu Weihnachten Briefe, die ungefähr so spontan und aufrichtig klangen wie die Dankesschreiben des angeblichen somalischen Waisenkindes, das Hanne vor fünf Jahren im Internet »adoptiert« hatte, dem sie jeden Monat zwanzig Mäuse nach Afrika schickte und das auf den Fotos keinen Tag älter geworden zu sein schien?

Dieser Brief war so nutzlos, so verlogen, so rundherum falsch, dass er nicht einmal einen Platz im zerknülltesten aller Stapel unter dem Bett verdient hatte. Dachfenster auf, ab in die feuchte Regenrinne, das wäre angemessen gewesen.

Und doch nagte das Schreiben an mir: Heiko Fittich wollte mich ein bisschen besser kennenlernen. Und wünschte sich offensichtlich, dass ich ihn leiden konnte.

Ich hockte auf der Bettkante, der Brief klebte an meinen Fingern und ging einfach nicht ab, und mir fiel nicht ein, wohin ich ihn legen sollte.

»Wenn der Meister das Stückchen Papier nicht mehr braucht – der Bücherdämon würde einen appetitlichen Nachschlag nicht von sich weisen …« Fausto huschte neben mir auf die Decke und schielte gierig auf den Brief. Seine Nüstern zitterten.

Ich ließ mich rückwärts auf die Matratze sinken und hielt Fausto den Brief entgegen. »Das ist nichts für dich«, sagte ich. »Keine Rechtschreibfehler, würde ich sagen.«

Fausto schnüffelte am Papier. »Ganz und gar unfehlerlich«, stellte er schließlich fest. »Wie außerordentlich ordinär und unappetitlich.«

Ich brauchte frische Luft. Also stemmte ich mich in die Pedale und bretterte die Haltenhoffstraße hoch, vorbei an der Goetheschule mit ihren grauenhaft musikalischen Schülern. Selbst jetzt, kurz vor neun Uhr abends, schallte noch immer quietschige Orchesterblasmusik vom Gelände.

Allmählich kriegte ich wieder einen klaren Kopf.

Fausto also.

Das war das Geheimnis. Ich war überhaupt nicht hochbegabt. (Wer hätte das gedacht, liebe Hanne? Wie schmeckt Ihnen das, Frau *Doktor* Rohrbach?) Keine nächtlichen Eingebungen. Keine genialen Inspirationen. Kein verborgenes Talent, das darauf wartete, langsam an die Oberfläche zu kommen.

Fausto – das war alles.

Mehr gab es nicht.

Und brauchte es überhaupt nicht zu geben. Fausto – das war das Krasseste, das Beste, das Aufregendste, was mir in meinem ganzen Leben passiert war.

Der Dämon durfte zwar niemals, niemals mein Zimmer verlassen, wenn ich ihn ernsthaft behalten wollte. Aber so lange er unter meinem Bett hockte und meine Rechtschreibfehler fraß und hin und wieder locker ein paar Seiten vollschrieb, war alles im grünen Bereich.

Das Leben hatte eine sehr, sehr gute Wendung genommen. Ich hatte einfach Glück!

Als ich nach Hause kam, Viertel nach zehn, nassgeschwitzt, die Jacke feucht vom Regen, war niemand da.

Meine Zimmertür stand offen. Hanne hatte mit Sicherheit wieder herumgeschnüffelt. Ich achtete sonst penibel darauf, meine Tür geschlossen zu halten.

Was hatte sie hier zu suchen gehabt? Weitere Beweise meiner Superkräfte sicherstellen? Kichererbsenstaub in der Raumluft verteilen? Wollte sie das Kopfkissen fotografieren, auf das ich jede Nacht meinen synapsenschweren Kopf bettete? Nutzlose Hülsenfrüchte in den Kissenbezug einnähen? Oder einfach nur den aktuellen Brief meines Vaters beschnuppern?

In meinem Bücherregal gegenüber dem Bett stand ein schimmernder, nagelneuer Fernseher.

War das eine Luftspiegelung? Eine Täuschung meines überstrapazierten Nervensystems?

Einige Minuten stand ich wie versteinert auf der Schwelle meiner Zimmertür.

Okay, ich hatte schon größere Fernseher gesehen. Das flache, nach fabrikneuer Elektronik duftende Teil in meinem Bücherregal war nur ein bisschen größer als das halb defekte Nostalgiegerät im Wohnzimmer. Aber egal: Das war ein Fernseher! Ausgerechnet in meinem Zimmer, das Hanne wegen der kosmischen Schwingungen am liebsten komplett ohne

Elektrizität eingerichtet hätte. (Glaubt es oder nicht, aber meine Mutter hatte was gegen Steckdosen. Sie machten ihr Angst.)

Matt und finster spiegelte sich das Zimmer im Glas.

Ich näherte mich vorsichtig, ließ die nasse Jacke auf den Boden fallen und betastete das Gehäuse mit den Fingerspitzen. Fühlte sich echt an.

Ehe ich mich endgültig entschieden hatte, ob ich den Fernseher ausprobierte oder ihn zu meinem Bett trug und liebevoll zudeckte oder lieber ein Aspirin nahm und mich schlafen legte, hörte ich Schlüssel an der Haustür klimpern.

Dann war es still.

Dann klimperte es wieder. Stille.

Und noch einmal von vorn.

Hörte sich irgendwie verdächtig an. Aber welcher Einbrecher war so bescheuert und probierte alle seine Nachschlüssel aus, wenn jemand zu Hause war?

Ich schlich zum Türspion und presste das Auge dagegen. Ich blickte in Hannes verzerrtes Gesicht. Nass und fröhlich sah es aus.

»Joschel!«, rief sie. »Mach die Tür auf! Ich weiß, dass du am Guckauge stehst! Ich komme mit dem Schlüsselbund nicht zurecht.«

Sie hatte wirklich Röntgenaugen. Unheimlich.

Meine Mutter roch nach Sekt.

»Du riechst nach Alkohol«, teilte ich ihr mit.

»Weil ich welchen getrunken habe!« Ein merkwürdiger Glanz lag über ihren Augen. So ähnlich hatte Charly geguckt, als an seinem linken Auge mal ein Tränenkanal verstopft war. Kurze Zeit später war er einseitig erblindet.

»Na, herrlich«, sagte ich.

»Ich war so glücklich, Joschel, weißt du, du machst mir so viel Freude, da habe ich mit Birgit im Frauenladen ein Sektchen getrunken. Hast du ihn schon gesehen? Nicht wahr, Joschel, du hast ihn schon gesehen, oder? Du guckst so seltsam, hast du geweint?«

»Ich weine nicht«, sagte ich.

»Klar weinst du«, sagte Hanne. »Ich hör dich doch manchmal durch die Wand.«

Vielleicht hatte sie auch Röntgenohren.

Hanne packte mich an der Schulter, schob und drängelte mich durch die Wohnung bis in mein Zimmer. Schließlich starrten wir beide auf den Fernseher.

»Das ist ein Fernseher«, krächzte ich. Mein Mund fühlte sich so trocken an, als hätte ich ihn sorgfältig durchgeföhnt.

»Der ist für dich«, sagte Hanne. Auf ihren blassen Wangen leuchteten dunkelrote Notengeilheitsflecken. »Weil du mir so viel Freude machst, Joschel! Weil du dich so frei und so gut entfaltest.«

»Hast du den echt nüchtern gekauft?« Nicht, dass sie das Teil morgen früh völlig verkatert zurück zu Mediamarkt brachte!

»Nimm ihn einfach!«, antwortete Hanne mit schriller Stimme. »Frag nicht lange, sondern freu dich doch mal richtig.«

»Aber früher warst du doch ... *eher so* ... gegen Fernseher für Jugendliche.« *Eher so* stand an dieser Stelle für: kompromisslos, fanatisch, an der Grenze zur Gewaltbereitschaft.

In der *Allegra* stand, dass die meisten Familien deswegen verarmen, weil sie sich zu viele Elektrogeräte kaufen.

»Ich *bin* gegen Fernseher, Joschel! Aber du hast ihn dir schon so lange gewünscht, und du entwickelst dich so gut, wenn man dich nicht ständig einschränkt und dir unnötige Grenzen setzt, das ist mir noch mal klar geworden.« Ein mächtiger Schluckauf warf Hanne beinahe um. Sektgeruch wehte durchs Zimmer.

Unter dem Bett raschelte es. Hanne schien es überhört zu haben.

»Okay«, sagte ich. Endlich kam bei mir Freude auf! »Ich nehm ihn!«

Der Fernseher starrte mich ausdruckslos mit seiner rot glimmenden Leuchtdiode an. Es war zwecklos, ihm etwas vorzumachen, er wusste Bescheid, er durchschaute mein Gespinst aus Täuschung und Verrat.

Der zerknüllte Brief meines Vaters lag auf der Fensterbank. *Kann es nicht Zeit sein, einen Neuanfang zu wagen?*

»Du bist etwas ganz Besonderes, Joschel«, sagte meine Mutter und tätschelte auf meiner Schulter herum.

»Ja«, sagte ich.

Und zum ersten Mal seit langer Zeit fühlte ich mich auch so – wie etwas Besonderes. Ich war Joschel Fittich. Ich hatte zwar einen dämlichen Vater, der nur gelegentlich so tat, als wäre er einer. Aber ich hatte einen Fernseher. Und einen Bücherdämon.

Ich hatte einfach Glück.

Als ich einige Tage später nach der kleinen Pause vom Pinkeln zurückkam, war der Deckel meines Rucksacks offen.

Der Klassenraum war halb leer, die meisten Schüler hockten in Grüppchen irgendwo draußen auf dem Gang herum. Markus Jahnke stand allein am Fenster und blickte nachdenklich auf den Pausenhof.

Eine blitzschnelle Kontrolle bestätigte meine schlimmsten Befürchtungen: Mein Deutschheft war weg.

Das Heft war weg!

Das Heft, in dem Fausto seine Bücherdämonenspuren hinterlassen hatte!

Das roch übelst nach Problemen!

Ich suchte fieberhaft unter den Tischen, durchforstete die Mülleimer, durchwühlte das Altpapier und den Klassenschrank. Nichts. Auch auf der Jungstoilette war es nicht, und – wenn ich Kerstin Stifft glauben durfte – auch nicht auf dem Mädchenklo. Und egal, wen ich fragte: Angeblich hatte niemand etwas gesehen. Die 9c wusste von nichts, von gar nichts, und übte vornehme Zurückhaltung.

Als die Stunde anfing und Frau Strawinsky Arbeitsblätter mit den angeblich wissenswerten Unterschieden zwischen amerikanischem, britischem und australischem Englisch austeilte, war mein Heft immer noch nicht aufgetaucht.

Mir wurde heiß. Mir wurde kalt. Mir wurde schlecht.

»Jemand war an meinem Rucksack«, keuchte ich zu Markus Jahnke hinüber. »Jemand hat mich beklaut. Bestohlen, Mann! Ausgeraubt!«

»Ich weiß«, sagte er seelenruhig.

»Du weißt das?« Wie – er wusste das?

Markus nickte gelassen. »Jep.«

»Und du hast nichts dagegen getan?«

Es war wieder typisch – kaum vertraute ich jemandem, stellte er sich als mieser Arsch heraus! Markus hatte sich mir gegenüber in den letzten Wochen wirklich okay benommen. Ungefähr so wie ein Freund. Nicht, dass ich unbedingt Freunde brauchte – ich hatte gelernt, ausgezeichnet alleine zurechtzukommen. Aber ich wusste die Geste zu schätzen.

Nicht einmal über Mirko Steffels beste Hochbegabtenwitze hatte er gelacht. Markus gehörte auch nicht zu denen in der Klasse, die überall rumerzählten, dass nur ein Blitzeinschlag oder ein fieser Hirntumor bei mir einen solchen Leistungsschub auslösen konnten. Einmal hatte ich Markus sogar ertappt, wie er ein paar der dummen Sprüche mit

Tipp-Ex übermalte, die in letzter Zeit auf meinem Pult auftauchten.

Und jetzt das!

»Wieso nicht? Wieso hast du die nicht aufgehalten?«

Markus zuckte mit den Achseln. »Ich kann mich wirklich nicht um alles kümmern.«

Superbrain deluxe stand in krakeliger Bleistiftschrift auf meinem Tisch. Daneben war ein hässlicher Riesenkopf mit Segelohren gemalt, der von einem fetten Stromstoß gegrillt wurde.

»Du hast gesehen, wer mich beklaut hat«, jammerte ich, »und jetzt hältst du einfach die Klappe!«

Markus schob mir seine Tipp-Ex-Flasche rüber. »Mach lieber mal deinen Tisch sauber. Das verdirbt einem ja echt die Laune.«

In der nächsten großen Pause bekam ich unangekündigten Besuch in meinem Abchillversteck. Mirko, Axel und Dörting spazierten in die Nische hinter dem Computerraum, wo ich die meisten meiner Pausen verbrachte – und heute panisch über der Frage herumgrübelte, was passierte, wenn Faustos Spuren dem Falschen in die Hände fielen. Nicht jeder war so dämlich wie die Rohrbach. Nicht jeder hatte herausnehmbare Zäh...

»Hallo, Fittich!«

Mirko hielt ein zusammengerolltes Heft in der Hand und latschte halb über meinen Rucksack. Seine Leinenschuhe waren blütenweiß. Nicht ein Mal hatte ich ihn mit schmutzigen Schuhen gesehen. Wahrscheinlich schmiss er sie weg, sobald ein Fleck drauf kam. »Wir haben was von dir gefunden. Sieht aus wie ein Heft.«

»Aus meinem Rucksack«, knurrte ich. »Da habt ihr's her.«

»Rucksack?« Axel schielte auf das geklaute Heft. »Der Typ meint, wir hätten es aus seinem Rucksack gestohlen? Wie dreist ist das denn?«

»Hältst du uns für Kriminelle? Willst du uns beschuldigen?«, fragte Mirko. »Wir haben das gefunden ...«

»In der Pausenhalle!«, sagte Axel.

»... Genau, in der Pausenhalle. Und jetzt wollen wir es dir wiedergeben. Das ist alles.«

»Undankbar.« Axel schüttelte enttäuscht den Kopf, seine dicke Brille wackelte hin und her. »So was von undankbar.«

Dörting schwieg und sog die Luft stoßweise durch geblähte Nasenlöcher ein.

Ich zögerte. Die waren nicht hier, um mir einen Gefallen zu tun. Sondern um irgendein fieses Spielchen zu spielen. Jedes Rumdiskutieren würde mich nur noch mehr in Schwierigkeiten bringen. »Gib das Heft einfach her, ja? Ich brauche es. Bitte.«

Hatte ich *bitte* gesagt? Ich war ein charakterloser, widerwärtiger Kriecher, so viel war klar.

»Er *braucht* es. Er würde es *gerne wiederhaben*!«, sagte Mirko. »Joseph Fittich, der mieseste Betrüger der Schule, meint, er hätte mir etwas zu sagen. Der Typ ist quasi hirntot und macht jetzt einen auf Superbrain und will gerne sein verlogenes Heft wiederhaben.«

»Superbrain!«, sagte Axel Glander. »Genau!«

Dörting schwieg, massierte seinen dicken Bauch und tat so, als wäre er nur so ganz zufällig hier.

Langsam stand ich auf. Ich war nicht gut im Rumprügeln. Und die waren zu dritt. Auch wenn ich nicht glaubte, dass einer von denen wirklich zuschlug. Denen sah es eher ähnlich, dass sie einfach abhauten und hinterher zu dritt aussagten, ich wäre vollkommen durchgedreht.

»Bitte«, quälte ich wieder heraus. Ich hasste dieses Wort. »Gib's einfach her, ja?«

»Bitte!«, rief Mirko, schlug mein Heft auf und hielt es mir vor die Nase. Ein alter Aufsatz aus der Achten, ein Schlachtfeld, Dutzende verkritzelter, angemarkerter Wörter – ein Text, der Fausto schmecken würde! »Du bist hochbegabt, ja? Siehst du das, Fittich?« Er blätterte weiter im Heft herum, schlug noch eine uralte Hausaufgabe auf, ein typisches Joschel-Fittich-Flickwerk: Jedes dritte Wort war von mir selbst durchgestrichen und verbessert worden. So schrieb kein Genie.

So schrieben Versager.

»Du bist nicht hochbegabt, Fittich«, sagte Mirko. »Sondern ein Betrüger.«

»Ein Betrüger«, sagte Axel. »Genau.«

Ich griff hastig nach dem Heft. Aber Mirko war schneller. Er schleuderte es mir ins Gesicht. In mühseliger Arbeit musste er vorher die Heftklammern rausgemacht haben: Die einzelnen Seiten segelten wild durch die Luft und verteilten sich im Raum, ein Papierteppich aus Schulversagen.

Wie gerne hätte ich Mirko am Kragen gepackt und ihn gezwungen, den ganzen Mist wieder einzusammeln und zusammenzuheften. Aber wie hätte ich das machen sollen? Die waren in der Übermacht, und ich hatte ... nichts. Nicht einmal genug Eier in der Hose, um nicht immer wieder *bitte* zu sagen.

»Du wirst aufhören mit der ganzen Lügerei«, sagte Mirko. »Wir wollen von dieser Hochbegabtennummer nichts mehr hören, klar?«

Axel schob mit der Ferse ein paar verkrakelte Blätter aus meinem Deutschheft hin und her. Dörting beäugte mich traurig und fasziniert, wie ein Vogelforscher das weltweit letzte lebende Exemplar eines todkranken Kolibris betrachten würde.

»Ist das klar, Fittich?«, sagte Mirko. »Sonst wird es hier ganz eng für dich.«

Faustos Aufsatz, *der* Aufsatz, lag direkt unter Dörtings rechtem Turnschuh.

Wie ich hörte, geht es dir in der Schule zurzeit ganz besonders gut, hatte Heiko Fittich, mein nutzloser, nichts ahnender Erzeuger, geschrieben.

»Du bist nichts mehr als ein mieser kleiner beschissener Betrüger, Fittich«, wiederholte Mirko.

Du bist etwas ganz Besonderes.

Ein dunkelblauer Leinenrucksack flog in steilem Winkel zwischen Axel und Dörting hindurch, prallte gegen die Wand und spieh uns seinen Inhalt entgegen. Hefte in Schutzumschlägen purzelten durcheinander, laminierte Bücher, mehrere Äpfel und ein Pausenbrot, dessen Verpackung sich in der Luft öffnete und das als Hagel aus Schwarzbrotkrümeln und Fleischwurstsalat auf die Überreste meines Deutschhefts niederging.

»Ist das dein Rucksack, Mirko?«, rief Markus Jahnke. »Den hab ich gerade gefunden. Irre, was?«

Er drängte sich zwischen den Jungs hindurch und stellte sich lässig mitten in das ganze Durcheinander. Eine leer getrunkene Capri-Sonne klemmte zwischen seinen Zähnen. Markus schlürfte kräftig daran.

»Hey, Mirko ...«, nuschelte er. »Sag deiner Mutter, sie soll dir morgen mal Kirsch mitgeben. Ich steh nicht so auf Cola, schmeckt voll künstlich.«

Einen Moment sah es so aus, als wollte sich Mirko auf Markus stürzen und ihm die Capri-Sonne aus dem Gesicht prügeln. Ich ging vorsichtshalber in Deckung. Axel nahm seine Brille ab. Dörtings Augen weiteten sich voller Angst, als wäre er plötzlich mitten in einem Horrorfilm aufgewacht, aus dem es kein Entrinnen gab.

»Na, komm her«, sagte Markus. »Hau dem Jahnke eins auf die Fresse, dann geht es dir besser.« Er rümpfte seine seltsam verwinkelte Nase, die sicher schon ein halbes Dutzend Mal gebrochen und ohne ärztliche Hilfe krumm und schief zusammengewachsen war.

»Du hast hier nichts zu melden«, sagte Mirko. »Du bist von deiner alten Schule geflogen, und hier fliegst du auch bald.«

»Nö.« Markus rieb sich mit dem Handrücken über seinen Brustknubbel. »Hab dort nichts gemacht, hab niemanden angerührt. War nicht leicht, gebe ich zu. Musste mich echt zusammenreißen.«

»Lass ihn in Ruhe«, sagte Dörting plötzlich.

Alle drehten sich zu ihm um. Der Streber hatte bis jetzt schön den Mund gehalten, hatte nichts getan, außer dabeizustehen, während Mirko große Reden schwang und unverhohlene Drohungen ausstieß. Ihm, Dörting, würde man natürlich nichts anhängen können. Er war sauber und würde immer sauber bleiben.

»*Lass ihn in Ruhe!* Wen meinsten du, Locke?«, fragte Markus. »Du verwirrst deine Freunde, merkst du selbst, ne?«

»Dich«, sagte Dörting. »Dich sollen sie in Ruhe lassen.«

Markus schlürfte unbeeindruckt an der Capri-Sonne. »Tatsächlich?«

»Den Trottel in Ruhe lassen?«, fragte Mirko. »Ganz bestimmt nicht. Der hat meinen Rucksack an die Wand ...«

»Lass ihn einfach in Ruhe«, sagte Dörting. Seine Haarspitzen zitterten. Er knetete seinen Bauchansatz mit spitzen Fingern. »Hauen wir ab, ja?«

»Nicht, ehe ihr aufgeräumt habt, Leute«, sagte Markus. »Sieht ja aus wie Sau hier.«

»Ich werde hier bestimmt nichts anfassen!«, blaffte Mirko. »Ich fasse doch keine ekligen Fittich-Sachen mehr an ...«

»Schnauze«, sagte Markus.

Er brauchte nicht einmal die Hand zu heben. Sondern machte zwei, drei Schritte auf Mirko zu, drängte ihn an die Wand, kam näher und näher, bis sich ihre Nasen fast berührten. Es knisterte, als seine faustförmig zulaufende Brust Mirkos Steppjacke zusammendrückte.

»Tu einfach, was er sagt«, sagte Dörting. »Räum das Zeug auf und lass uns abhauen.«

»Und vergiss deine Capri-Sonne nicht«, sagte Markus und pustete Mirko die leer gesaugte Packung mitten auf die Jacke.

Nachdem Mirko und Axel die Ecke hinter dem Computerraum aufgeräumt und die Überreste meines Hefts aufgesammelt und sortiert und wieder zusammengetackert und mir mit blassen, verkniffenen Gesichtern überreicht hatten, legte mir Markus Jahnke den Arm um die Schulter und spazierte mit mir am Klassenraum vorbei in den alten Trakt der Oberschule, wo bis vorletztes Jahr die elften und zwölften Klassen untergebracht waren, ehe herausgekommen war, dass die Wände von innen verschimmelt waren und die Oberstufler trotz Protestschreiben, Sitzstreik vor der Bibliothek und Flashmobs vor dem Lehrerzimmer dauerhaft in unklimatisierte Bürocontainer auf dem Innenhof versetzt wurden.

Die Klassenräume hinter den Milchglasscheiben waren dunkel und still wie immer. Niemand war hier.

Markus fischte einen Schlüssel aus der Hosentasche, nestelte an einem Türschloss herum.

»Du hast einen Schlüssel?«, entfuhr es mir. Wenn man mich und Markus dabei erwischte, wie wir hier in irgendwelche Räume einbrachen ...

»Der Hausmeister ist mein Onkel«, murmelte er. »Frag nicht. Glaub es einfach.«

Ich konnte den Hausmeister nicht leiden. Ständig schnüffelte er herum und warf gelegentlich mitleidige Blicke in die Ecke hinter dem Computerraum.

Markus packte mich am Kragen meiner Jacke und zerrte mich in das offene Zimmer. Eng und stickig war es hier. Fünf staubige Fernseher auf wackeligen TV-Schränken standen herum, daneben ein bräunlicher Uraltcomputer, rostige Landkartenständer, ein Dutzend krummer Zeigestöcke, Druckerpapier und unendlich viele feuchte, verformte Kreideblöcke.

»Ich glaube, wir müssen echt gleich zu Mathe«, sagte ich.

»Nein!«, sagte Markus und zog schwungvoll die Tür ins Schloss. »Müssen wir nicht.«

»Ich glaube schon.«

»Muckst du etwa auf?«

Ich schüttelte den Kopf.

»Und das ist das Problem«, stöhnte Markus. »Genau das. Dass du immer schön den Kopf unten behältst. Das war das letzte Mal, klar?«

»Das letzte Mal?«

»Dass ich dich gerettet habe.«

Markus lehnte sich mit verschränkten Armen an eine ausrangierte Tafel, durch die sich ein breiter, dunkler Riss zog. Die kräftige Muskulatur unter seinem Pullover arbeitete, er atmete tief und unregelmäßig und starrte mich durchdringend an.

»Du musstest mich wirklich nicht retten«, sagte ich. »Ich komme schon klar. Hab das in den letzten neun Jahren auch geschafft.«

»Ist das so?«, fragte er. »Merke ich nichts von, dass du klarkommst. Du scheißt dir ja schon in die Hosen, wenn du zur Tür reinkommst. Der halbe Jahrgang lacht über dich, und die andere Hälfte kennt deinen Namen nicht.«

»Ich scheiß mir nirgendwohin ...«, begann ich.

»Dann eben nicht!«, fuhr mich Markus an. »Kann mir doch egal sein, oder?«

Ich zuckte mit den Achseln.

Es konnte ihm tatsächlich egal sein, und beinahe hätte ich ihm das auch gesagt. Aber etwas hielt mich zurück ... ein warmes, geborgenes Gefühl im Bauch.

Es fühlte sich nicht schlecht an, wenn man jemanden hatte, der einen aus dem Ärger heraushaute.

»Warum kümmere ich mich überhaupt um dich?«, fragte Markus.

»Keine Ahnung«, sagte ich. »Ehrlich. Keine Ahnung.«

»Weil du der Schwächste hier bist«, sagte Markus. »Und weil es verdammt deprimierend ist, jeden Tag dabei zuzusehen, wie du zu diesen Pennern ›Guten Tag‹ und ›Bitte‹ und ›Danke‹ sagst und die Klappe hältst, wenn sie dich verarschen und über dich lachen und deine Sachen klauen.«

»Ich bin bestimmt nicht der Schwächste«, sagte ich.

In Gedanken versuchte ich diejenigen aufzuzählen, die ebenfalls keinen guten Stand in der 9c hatten. Lasse Fleischer schrieb genauso schlechte Arbeiten wie ich. Aber ihn interessierte das überhaupt nicht. Und Martino Beck hatte ausschließlich Freunde in der Siebten, mit denen er in den Pausen Fantasy-Kartenspiele spielte. Aber er hatte Freunde. Und Canan ... Canan war eigentlich beliebt. Okay, sie hatte erst vor Kurzem zu spüren bekommen, wie es sich anfühlte, bei Mirko Steffel auf der Abschussliste zu stehen. Aber sie hatte dabei wenigstens nicht »Bitte« oder »Danke« gesagt.

Es stand echt nicht gut um mich in der 9c.

Aber was half das Jammern. Ich kannte es eigentlich gar nicht anders. Wer jedes zweite Jahr der Neue mit den Segelohren ist, gewöhnt sich an einiges.

»Sorry, Mann«, sagte Markus und legte mir die schwere Hand auf die Schulter. »Wenn du dir nicht selber hilfst, hilft dir keiner. Ab jetzt musst du alleine klarkommen. Vielleicht haue ich dich noch ein oder zwei Mal raus. Aber dann ist Schluss. Wenn du nichts tust, tue ich auch nichts.«

»Alles klar«, sagte ich mechanisch.

Leider war überhaupt nichts klar. Wie zur Hölle stellte sich Markus das vor? Dass ich von heute an den Dicken in der Klasse machte und dafür für den Rest der Schulzeit mit Nichtbeachtung und miesen Tricks bestraft wurde?

»Na dann ... ist ja alles klar«, sagte Markus.

In der nächsten großen Pause suchte ich ganz automatisch mein Versteck auf. Ich musste in Ruhe nachdenken.

Papierfetzen und Wurstsalatreste lagen immer noch auf dem Boden herum. Hier wollte ich mich nicht hinsetzen. Ich ging vorsichtig in die Hocke und befühlte das verklebte Teppichmuster.

»Bist du wirklich der Schwächste, Fittich?«, fragte ich mich laut. Und musste ich mir das wirklich von einem Neuen in der Klasse sagen lassen, der niemanden kannte und bis auf ein brutales Gesicht und ein paar coole Sprüche überhaupt nichts vorweisen konnte? »Bist du wirklich ein Vollidiot, Joseph Fittich?«

Plötzlich hörte ich leise Schritte.

»Hallo, Joseph. Stör ich?«

Canans Stimme direkt hinter mir ließ mich zusammenzucken.

Ich fuhr herum und versuchte, mich möglichst lässig gegen die unverputzte Betonmauer zu lehnen, ohne in der Hocke das Gleichgewicht zu verlieren. Hört sich leichter an, als es ist, macht das besser nicht nach, wenn ihr gerade von einem Mädchen beobachtet werdet, von dessen langen Wimpern euch schwindelig wird.

»Oder telefonierst du gerade?«, fragte Canan.

»Ich? Nö. Wieso?« Das Blut schoss mir in die Ohren. Meine Stimme hörte sich an wie die eines pubertierenden Idioten, der einen Werbevertrag für Wick-Halsbonbons und Logopädie hatte.

Mein rechter Arm, der eigentlich cool an der Wand ruhen sollte, rutschte langsam weg. Ich geriet zunehmend in eine Schieflage.

»Ich hab ... bloß mit mir selbst geredet. Klar. Mach ich manchmal.«

Kein schlechter Start, überlegte ich. Der Fittich redet mit sich selbst, das war ein Super-Anmachspruch. Vielleicht hätte ich noch anmerken sollen, dass unter meinem Bett ein Bücherdämon wohnte und ich mich ganz hervorragend mit Spelzgetreiderezepten auskannte.

»Nur weil du gerade mit jemandem gesprochen hast«, sagte Canan. »Aber wenn ich gerade störe ... dann unterhalten wir uns ein anderes Mal, ja?« Sie senkte den Blick und huschte so lautlos davon, wie sie gekommen war. Ich nutzte die Gelegenheit, sortierte Arme und Beine und stand aus der Hocke auf. Der Teppich unter meinen Fußsohlen klopfte und bebte.

Ich nahm meinen Mut zusammen. Jetzt oder nie. So schnell würde ich Canan nicht mehr unter vier Augen sehen. »Warte mal kurz«, rief ich. »Äh ... Tut mir ... äh ...«

Canan drehte sich um.

War das ein Lächeln?

Und warum hatte ich das Gefühl, dass sich der Teppich und der Fußboden darunter und die ganze Schule und das Universum unaufhörlich krümmten und ich jeden Moment das Gleichgewicht verlor?

»Tut ... mir ... äh«, sagte ich.

Vielleicht sollte ich ihr sagen, dass ich am Anfang des Schuljahres leider zu feige, zu sehr ein Wegducker und Ja-Sager gewesen war, um ihr gegen Kattmann und Mirko Steffel beizustehen.

»Ich hab das gehört, mit Mirko und dir«, sagte Canan. »Ihr hattet vorhin Ärger, nicht wahr?«

Ich nickte.

Meine Hände hingen plump und überflüssig an meinem Körper herum. Sie waren groß. Sie waren hässlich. Ich hasste meine Hände. Ich betrachtete schnell das Teppichmuster und verschluckte mich. Der Husten ließ mich wiehern wie ein asthmakrankes Pony.

»Nimm den nicht so ernst, okay?«, sagte Canan. »Der labert nur rum, wenn er sich sicher fühlt.«

Moment, Stopp, Time-out: Was geschah hier gerade? Tröstete Canan *mich*?

Meine Ohren sendeten pulsierende Hitzesignale aus. Heiß und rot wie zwei Taschenwärmer, die einem aus dem Kopf wuchsen und jeden Moment durchglühen konnten. Der Husten kitzelte immer noch in meiner Kehle.

»Äh«, krächzte ich mit Wick-Halsbonbon-Stimme. »Ja ... Der Mirko ... äh ... genau.«

Ich sollte eigentlich der sein, der sie beschützte. Bei dem sie sich sicher fühlen konnte. Und stattdessen versuchte sie, *mich* zu trösten!

»Du hast damals nicht gelacht«, sagte Canan. »Du weißt schon, am Anfang des Schuljahres, als er mein Heft hatte. Das war edel von dir.«

Sie hielt mich für edel? Sie sah vielleicht etwas mehr in mir als einen Spinner, der keinen einzigen zusammenhängenden Satz herausbrachte? Das war schon mal ein Anfang, oder?

»Nee«, keuchte ich. Die Lähmung meiner Zunge löste sich allmählich. »Das war ... selbstverständlich. Ich ... würde niemals über dich lachen.«

Eine zarte Falte erschien zwischen Canans Augenbrauen. Ich hatte noch nie so eine süße Falte in einem menschlichen Gesicht gesehen. Man müsste sie fotografieren und in einem Museum für die Nachwelt aufbewahren, überlegte ich. Vielleicht Postkarten davon drucken. Wandkarten. Faltkarten.

»Joseph? Alles klar?«

Ich verschluckte mich, wieherte und stützte mich an der Wand ab. »Es geht schon.« Wenn ich weiter so rumhustete, dachte sie noch, ich hätte was Ansteckendes.

Ein Gedanke formte sich in meinem Kopf. Ein böser, ein hässlicher, ein gemeiner. Ein Markus-Jahnke-Gedanke. *Wenn du dir nicht selber hilfst, hilft dir keiner.*

Es war Zeit, dass Joschel Fittich endlich mehr tat, als Löcher in die Luft zu gucken und sich zu verstecken, dumme Ausreden zu erfinden und »Bitte« und »Danke« zu sagen. Es war Zeit zu handeln.

»Mirko ... der wird das noch bereuen.«

»Wie meinst du das?«

»Ist nur so ein Gefühl. Mit dem geht es demnächst ... voll bergab, mit dem und seinen Freunden. Jede Wette. Die werden ihr Fett wegkriegen.«

Canan runzelte die Stirn.

Es wurde allmählich Zeit, dieses Gespräch abzukürzen, bevor ich wieder mit der Stammelei anfing.

Und plötzlich klingelte es. Der Pausengong war anscheinend der einzige wahre Freund, den ich an dieser Schule hatte.

»Es hat ... geklingelt«, stellte ich fest.

»Ja«, sagte Canan. »Es hat geklingelt.«

Den Rest des Tages schlichen Mirko und Axel und ihre Freunde um mich herum. Sie umkreisten mich wie ein Schwarm Haie einen gut genährten, zappelnden Ertrinkenden mit Nasenbluten und schienen darauf zu warten, dass ich mich einen Moment lang zu weit von Markus Jahnke entfernte.

Nach dem Schlussgong schnipste mir Mirko von hinten gegen beide Ohren, als ich auf dem Schulhof mein Pausenbrot auswickelte und Markus dem Hausmeister beim Ausmisten des Schularchivs helfen musste. Ich schrie vor Schreck so laut auf, dass sich die komplette Mädchen-Feldhockeymannschaft der Oberstufe nach mir umdrehte. Unter ihren unbarmherzigen Blicken sammelte ich die Wurstscheiben vom Waschbeton auf.

Aber ich ließ mich nicht aus der Ruhe bringen.

Ein Plan reifte in meinem Herzen.

»Fausto!«, schrie ich, als ich zu Hause war und aus dem Küchenfenster beobachtet hatte, wie Hanne in ihrem Jetta zum tibetischen Heilyoga düste.

Der Dämon reagierte nicht.

»Dämon, ich rufe dich«, sagte ich gebieterisch. Vielleicht brauchte er es auf die altmodische Tour. »Ich beschwöre dich. Ich befehle dich herbei!«

Keine Reaktion.

»Alles muss man selber machen«, murrte ich, schob den Kopf unter das Bett und kramte zwischen dem alten Zeugs herum.

Ich fand den Bücherdämon hinter dem verbeulten Karton mit den Tennissachen, einem traurigen Überbleibsel von Jochen, Hannes schleimigem Yogatrainer im Sommer vor vier Jahren.

Fausto schlief in der leeren Raviolidose, die ich für ihn ausgewaschen hatte. Ich hätte schwören können, dass er noch komplett reingepasst hatte, als ich heute vor der Schule nach ihm geschaut und ihm drei selbstmörderische Englisch-Vokabeltests aus der Siebten unter das Bett geschoben hatte. (Hanne hatte übrigens was gegen Englisch, Weltsprache des Kapitalismus und so weiter. Nicht unbedingt motivierend.)

Aber jetzt schauten Faustos Horn und die pelzigen Ohren deutlich über den Rand.

»Fausto!« Ich schnipste kräftig gegen die Blechdose. »Aufwachen. Es gibt eine Aufgabe für dich!«

Er gähnte, seine dunkle Zunge fuhr über die nadelspitzen Zähnchen. Fausto sah aus wie ein mutiertes Meerschweinchen aus der Hölle. Mehr als je zuvor.

»Eine Aufgabe ...«, murmelte der Dämon im Halbschlaf, »... eine meisterliche Aufgabe.« Plötzlich erstarrte er, seine vier roten Augen öffneten sich schlagartig. »Eine Aufgabe!«

Der Dämon huschte geräuschlos unter dem Bett hervor, fegte über den Teppich, schnüffelte in den Zimmerecken, biss in den Gurt meines Rucksacks, kratzte an der Tapete, sprang auf meinen Schreibtisch, sein Blick irrte suchend umher, die feuchte, dunkle Zunge hing ihm aus dem Maul.

»Der Meister hat vorher nicht zufällig einen kleinen Imbiss anzubieten?«, schmatzte er und schenkte mir einen treuen Dämonenblick. »Fausto fühlt sich recht appetitlich.«

Ich schleuderte ihm eine Seite meines Deutschhefts entgegen. (Mirko Steffel und Axel Glander hatten es ziemlich schlampig wieder zusammengetackert, es fiel schon wieder auseinander.) Die Augen des Bücherdämons weiteten sich, er schnappte nach Luft.

»Höchstfehlerlich!«, schrie er verzückt.

»Und wie«, sagte ich düster.

Faustos Finger krallten sich im Papier fest, seine glatte, schwarze Zunge fuhr hungrig über den Text. Buchstaben verschwammen, Tinte zerfloss, Silben tanzten über die Zeilen. Der Bücherdämon seufzte genießerisch und sabberte auf das Blatt.

»Du hast nicht zufällig Lust, einen Aufsatz zu schreiben?«, fragte ich möglichst beiläufig.

»Ein höchstlüstliches Vergnügen!«, quiekte der Bücherdämon und wedelte wild mit den Armen, bis er das Gleichgewicht verlor und auf den Hintern fiel. »Fausto ist allerdings noch etwas schwächlich auf der Brust und um die Hüfte herum.«

»Du kannst nur Aufsätze schreiben, wenn man dich gut füttert?«, schlussfolgerte ich.

Fausto knurrte wie ein tollwütiger Hamster. »Worauf der Meister sich verlassen kann.«

»Du frisst Rechtschreibfehler? Kaputte Wörter?«

»Kaputteste, fehlerlichste Falschschreibwörter!« Der Dämon riss die dünnen Arme in die Höhe.

»Dann friss dich satt, Kleiner«, sagte ich. »In meinem Rucksack dürfte sich noch was für dich finden.«

Wie ein dunkler, haariger Blitz schoss Fausto von der Schreibtischunterlage zu Boden und tauchte in meinem Rucksack ab.

Sekunden später reckte sich ein Ärmchen nach oben, die Faust fest um ein knittriges Stück Papier geballt. Wenig Text, viel Rot. Sah aus wie ein alter Vokabeltest. Faustos Nüstern blähten sich, als er daran roch.

»Englisch«, schnaubte er und sprang wieder hoch auf den Schreibtisch. »Lecker!«

Immer wieder schoss seine dunkle Zunge aus dem Maul und saugte sich am Papier fest. Er schnüffelte und knabberte und schlürfte mit geschlossenen Augen. Schließlich rollte er sich satt und erschöpft auf den Rücken, ließ die Arme sinken und legte den Lichtschalter von Opas Vergrößerungslampe um. Träge blinzelte er in das staubige Halogenlicht. Der sauber gelutschte Vokabeltest bedeckte ihn fast vollständig.

»Zum Nachtisch könnte Fausto noch eine Portion Französisch vertragen, wenn es recht wäre«, schnurrte der Bücherdämon und rülpste hell und ausgedehnt.

»Französisch ist mein Spezialgebiet«, sagte ich. »Aber ich habe morgen noch eine kleine Aufgabe für dich.«

»Eine Aufgabe!«, fauchte Fausto. Seine Fäuste ruderten wild herum. »Eine neue Aufgabe? Eine vom Meister, eine wirkliche, eine echte? Ist sie schwer? Ist sie wild? Ist sie gefährlich?«

»Ja, ja, Ruhe bewahren«, wiegelte ich ab. Fausto fuhr wirklich darauf ab, gebraucht zu werden. Er hatte ein Helfersyndrom, schätze ich. (Das bedeutete, man half so lange anderen Leuten, bis man selber vor die Hunde ging. Stand zumindest so in der *Brigitte*.)

Mit zwei blitzschnellen Sprüngen huschte Fausto zu meinem Rucksack, schnüffelte an meinem Federmäppchen, zerrte an meinem Hausaufgabenplaner. »Der Meister braucht sich nicht zu bemühen, Fausto findet den kaputten Aufsatz ganz von selbst!«

Ich schnappte mir den Hausaufgabenplaner und versuchte den Dämon abzuschütteln, der sich mit Zähnen und Klauen am abgewetzten Kunststoffumschlag festhielt. »Loslassen!«, rief ich.

Fausto gehorchte.

Er flog hart gegen die Schranktür, kugelte zu Boden und beäugte mich ehrfürchtig.

»Du bist doch ein Bücherdämon«, sagte ich. Tolle Eröffnung, Fittich. »Der seinem Meister gerne hilft, ne?«

Fausto schmatzte energisch. »Fausto Flamingo Esteban de Rioja ist der hilfreichste, prinzipientreueste Bücherdämon, den der Meister sich wünschen kann.«

»Der keine Gefahr scheut, wenn es der Sache dient, nicht wahr?«

»Keine Gefahr!«, jubelte er. Seine dünne Stimme überschlug sich beinahe. Ein Glück, dass Hanne beim Yoga war. Ihre Röntgenohren hätten uns sonst echte Probleme bereitet.

»Der mit dem Meister durch dick und dünn geht?«

»Extradick!«, ereiferte sich der Bücherdämon und ballte ein Fäustchen. »Und unheimlich dünn!«

»Ich hätte da nämlich eine Idee, für die ich deine Hilfe brauche. Auswärts. Nicht hier, sondern in der Schule. Da gibt es nämlich ein paar Leute, die den Meister gar nicht mögen. Die versuchen, ihn von der Schule zu ekeln, damit er nie wieder Aufsätze schreiben darf.«

»Nie wieder Aufsätze?« Faustos Stimme bebte. Er kniff drei Augen zu und begann, am verbliebenen herumzupulen. Es glänzte feucht. Hoffentlich entzündete es sich nicht. »Der Meister hat Feinde?«, knurrte er. »Böse, gemeine, widerwärtige Widerlinge?«

»Ganz genau«, sagte ich. »Und diese Leute wollen, dass der Meister richtig mies dasteht. Dass er aus der Klasse fliegt, am besten gleich von der ganzen Schule.«

»Sapresti!«, rief Fausto erschrocken.

»Du hast es erfasst. Wir können das verhindern, nicht wahr? Du kannst das verhindern, Fausto. Am Dienstag schreiben wir nämlich Deutsch.«

Wir, das bedeutete: die 9c und Joseph Fittich und Fausto, der Dämon. Ein wunderbarer, leichtfüßiger Gedanke, der warm in meinem Bauch kitzelte.

Der Bücherdämon blinzelte abwechselnd mit allen vier Augen.

»Wie viele Aufsätze braucht der Meister?«, flüsterte er.

»Einer reicht«, sagte ich. »Einer, den Herr Kattmann nie vergessen wird.«

Das Wochenende verbrachte ich allein, aß Toast mit Käse und aufgewärmte Kodohirse und befahl Fausto, den Sonntag komplett in *Kleider machen Leute* zu verbringen – was gar nicht so leicht war, wenn man groß war wie eine Milchtüte und das Reclam-Lektüreheft kleiner als ein Briefumschlag.

Hanne behauptete, sie müsse vertretungsweise ein Yogazentralseminar für Anfänger im Harz übernehmen. Was nicht ganz zu dem Telefonat mit Birgit aus dem Frauenladen passte, das ich durch unsere papierdünnen Wände zufällig mitgehört hatte: »Nächste Woche ... Klassenarbeit ... Joschel braucht Freiheit, verstehst du, Freiheit ... Die Hirse wärmt er sich dann auf.«

Die Hirse wärmte ich mir dann auf, genau.

Bis auf den Diercke-Weltatlas besaß ich übrigens kein einziges Buch mehr, das dick genug war, um den Bücherdämon vollständig zu verbergen.

Bei Tageslicht betrachtet sah Fausto aus wie ein ganz gewöhnlicher zerlaufener Tintenfleck. Gut, ein ziemlich großer. Zehn Patronen allerschwärzeste Pelikan-Schwarztinte mindestens.

»Was machst du mit dem Atlas?«, fragte Hanne am Dienstag, als sie einen *zufälligen* Blick in meinen offenen Rucksack erhaschte. »Ich dachte, Erdkunde habt ihr erst nächstes Halbjahr? Oder interessierst du dich jetzt ganz von alleine dafür?« Sie strahlte. Schwellenländer und das Nord-Süd-Gefälle und so waren ihr Ding. Mit Ausnahme der USA mochte sie alle Länder, die mit A aufhörten (China, Nicaragua, Kuba, Venezuela).

»Ich spende ihn«, behauptete ich.

»Tatsächlich? Für so ein Dritte-Welt-Projekt? Die haben ja kaum Bücher in Angola.«

»Nee, für die Teichbau-AG. Die brauchen Altpapier, um den Untergrund aufzufüttern. Und der Atlas nimmt mir echt zu viel Platz im Zimmer weg. Seit der Fernseher da ist, komme ich eh kaum zu was.« Ich klopfte gegen den Atlas. »Das ist schön fester Karton. Wenn der sich vollsaugt, hält der einiges aus.«

Hannes Blick wanderte augenblicklich zum Fenster hinaus, fort zum Horizont. Aber die Enttäuschung war ihr deutlich anzusehen. Sie seufzte, blinzelte, biss sich auf die Unterlippe und pustete einen feinen yogischen Luftstrahl gegen den Perlenvorhang, der die Küche vom Wohnzimmer trennte.

Es war ein Kinderspiel, Fausto ins Klassenzimmer zu schmuggeln. Lächerlich einfach, ihm während der Deutscharbeit ein

Signal zu geben, ein leichtes Klopfen gegen den Rucksack, und zu spüren, wie er warm und pelzig an meiner Jeans hochkroch, durch meinen Pulloverärmel sickerte und blitzschnell zwischen die Seiten meines Heftes schlüpfte.

Während Fausto sich durch mein Aufsatzheft wühlte und fraß und schrieb und fraß und schrieb, fing ich einen Blick von Kattmann auf. Ich konnte körperlich spüren, wie mich seine paranoiden Augen nach verräterischen Zeichen abscannten, wie er nach Schadenfreude, Missgunst oder Spott suchte. Er schien zu spüren, dass bei mir etwas nicht stimmte, dass die Sache nicht so war, wie sie aussah.

Aber Kattmann hatte natürlich keine Ahnung von der Wahrheit. Und selbst wenn. Sollte er doch bei der Schulleitung vorsprechen und erklären, Fittichs Aufsätze würden von einem Dämon geschrieben. Ein Fest würde das werden.

Vier Tage lang freute ich mich darauf, in die hilflosen Strebergesichter der 9c zu sehen, die Faustos Killeraufsatz nichts entgegenzusetzen hatten. Fieberte dem ratlosen Gesichtsausdruck von Herrn Kattmann entgegen, wenn er mir die Arbeit zurückgab.

So machte Schule Spaß. So konnte es weitergehen, daran konnte ich mich gewöhnen.

Doch der Teufel ist ein Eichhörnchen.

Eigentlich weiß ich gar nicht so genau, was dieser Spruch bedeutet. Aber ich glaube, er unterstreicht, dass einem das Schicksal manchmal kräftig in die Suppe spucken kann. Und natürlich, dass man Nagetiere nicht unterschätzen sollte. Aber das wisst ihr ja bereits.

Nach exakt vier Tagen leuchtete ein kirschroter Pickel über meiner rechten Augenbraue.

Auf meinem Frühstücksteller lag eine Postkarte.

»Die ist gestern für dich gekommen«, sagte Hanne und starrte grimmig die schrumpeligen Biorosinen an, die auf ihrem Hirsebrei schwammen.

Die Karte war an mich adressiert. Ich erkannte die Handschrift sofort: die schlanken, sauberen und garantiert fehlerfreien Buchstaben, die nur mein Vater zustande brachte.

Lieber Joseph,
du hast sicher noch keine Zeit gefunden, mir zu antworten. Wie mir deine Mutter erzählte, bist du in der Schule stark eingebunden. Sie ist sehr stolz auf dich.

Was unsere Reise betrifft, so bitte ich dich um Geduld. Vielleicht freust du dich ja ebenso wie ich darauf, wenn wir einmal gemeinsam unterwegs sind. Leider werde ich mich diesen Herbst als Korrespondent in Frankfurt aufhalten, Buchmesse mit allem Drumherum. Sicher verstehst du, dass wir unser Vorhaben verschieben müssen. Wir planen das, wenn ich euch das nächste Mal besuche – vielleicht ja schon zu Weihnachten?

Es grüßt dich herzlich,
dein Papa

Ich hatte nicht wirklich erwartet, dass Joseph und Heiko Fittich gemeinsam in den Urlaub fuhren. Das war noch nie geschehen, und meinetwegen brauchte es das auch nicht.

(Übrigens fuhr auch Hanne nicht mit mir in den Urlaub. Sie investierte nach eigenen Angaben siebzig Prozent ihres

Geldes darin, uns *ökologisch*, *regional* und *fair* zu ernähren. Das bedeutete, wir kamen nie von zu Hause weg und kriegten stattdessen Spitzkohl, Mangold, Langmöhren und neuerdings Hirse, Hirse, noch mehr Hirse.)

Was mich nervte, war der scheißfreundliche Ton, mit dem mein nutzloser Erzeuger alles umschmiss. Er sagte es auf die netteste, beschissenste Art, die ich mir vorstellen konnte.

Eine Postkarte! Das war hauchdünn besser als eine SMS, aber bei der hätte ich wenigstens seine Handynummer erfahren!

Heiko Fittich hatte nicht einmal angerufen. Hatte nicht Entschuldigung gesagt. »Leider« war das einzige Wort, das ein bisschen nach Bedauern klang.

Sollte er doch sein *Frankfurter-Allgemeine*-Korrespondentenleben führen, sollte er doch in Brüssel oder Berlin oder Bangkok oder am Arsch der Welt korrespondieren. Ich war also jemand, von dem man sich ungestraft abwandte? Immer wieder?

Weihnachten mit Heiko Fittich war so was von abgesagt. Für immer.

Auch in der vierten Stunde war mein Zorn noch nicht verraucht. Und ausgerechnet heute kamen die Deutschaufsätze zurück. Das sollte eigentlich der Tag meines Triumphes werden. Und stattdessen pochten meine Eingeweide wütend in meinem Bauch herum.

Mit einem Knall ließ Kattmann den Stapel mit den Aufsatzheften auf den Lehrertisch fallen.

Jetzt begann bei mir normalerweise das große Zittern. Arbeiten unter den spöttischen Augen der 9c zurückkriegen war beinahe noch schlimmer als sie zu schreiben.

Aber für einen gewissen arbeitswütigen Bücherdämon in meinem Heft war der Deutschaufsatz ein Heimspiel. (Ebenso der Englisch-Vokabeltest vom Montag, die Französisch-Grammatikprüfung und mein gestriger Beschwerdebrief an die *Brigitte*-Redaktion, in dem ich darum bat, ein paar *essbare* Gerichte aus Spelzgetreide abzudrucken. Falls es überhaupt welche gab.)

Kattmann ließ es sich nicht nehmen, die Deutscharbeiten einzeln und nach Noten sortiert zurückzugeben. Zuerst die Loser, dann der Rest der 9c, und ganz zum Schluss vermutlich Dörting.

Mit versteinertem Gesicht stapfte Kattmann von Tisch zu Tisch. Jetzt bekam Tine Schiwalsky ihr Heft zurück, die stand üblicherweise auf Zwei, jetzt kam Mirko Steffel, und ich wartete immer noch. Markus Jahnkes Kladde hatte Kattmann schon lange bei ihm abgeworfen, der Stapel auf seinem speckigen Unterarm wurde immer dünner.

Schließlich hielt er nur noch zwei Hefte in den Händen.

»Zwei«, schnaufte er mühevoll, »nur zwei Arbeiten waren einigermaßen ordentlich. Ich konnte mich beinahe nicht entscheiden, welche mir besser gefiel.«

Er schritt dann gemächlich zu Dörting und bettete dessen Aufsatzheft mit einer sanften, traurigen Bewegung auf den Tisch, als wäre es ein entschlafenes Haustier.

Anschließend überreichte er mir das Heft. Mir, Joschel Fitich, als Allerletztem. Kattmanns Augen leuchteten wie die eines wahnsinnigen Weihnachtsmanns.

»Eins«, hauchte Kattmann.

Ich schlug mein Heft auf, knapper Kattmann-Kommentar, blabla, EINS, noch mehr blabla, zuklappen und entgeistert auf den Heftdeckel starren.

Es hatte GEKLAPPT! Zusammen mit Dörting war ich Klassenbester. Das war eine fette Punktlandung oben an der Spitze, wo die Luft dünn war und nach Sieg schmeckte. Das war eine Premiere, das hatte Klang, das hatte Stil.

Ich dankte Gott dafür, dass ich genug Mut gehabt hatte, Fausto in die Klasse zu schmuggeln. (Und dem Teufel, dass er Fausto an die Erdoberfläche geschickt hatte, auch ihm dankte ich still.)

»Du hast ne Eins, Tscho-Man, echt? Wie krass ist das denn?« Lasse beugte sich eine Spur zu weit zu mir rüber. Ein mittelharter Ellenbogencheck von Markus beförderte ihn zurück auf seinen Platz.

»Ich hab einfach irgendwas hingeschrieben«, murmelte ich.

»Der ist wirklich hochbegabt«, flüsterte Kerstin Stifft von hinten.

Aus einer der ersten Reihen war ein hohes, klagendes Geräusch zu hören, ein zittriges Atemholen, gefolgt von einem tiefen Seufzer.

Zeitgleich ruckten Lasses, Markus' und mein Kopf in Richtung erste Reihe.

»Nee, ne?«, sagte Markus angewidert. »Das ist jetzt nicht wahr, oder?«

Dörting war hellrot angelaufen. Seine Hände zuckten und zappelten auf dem aufgeschlagenen Aufsatzheft herum wie Fische auf dem Trockenen. Er starrte mit einer Leidensmiene auf den Tisch, als hätte ihm Obi-Wan Kenobi mit dem Lichtschwert beide Beine abgeschlagen.

»Ist doch eine Zwei plus«, versuchte ihn Tine Schiwalsky zu trösten.

»Käse ist das.« Dörting zerzauste sich mit schwitzigen Fingern die Lockenfrisur. »Totaler blöder doofer Oberkäse.«

»Wie redet der eigentlich?«, fragte Markus. »Wer sagt heutzutage denn *Oberkäse*?«

Dörting machte keine gute Figur. Okay, die letzten Tage waren nicht leicht gewesen. Irgendjemand, der unerkannt bleiben wollte, hatte jeden einzelnen seiner Stifte im Federmäppchen durchgebrochen und anschließend ein Döschen Tipp-Ex reingekippt. Ein sehr aufwändiger, penibler Akt von Bösartigkeit, fand ich. Markus hätte auch einfach nur ein paar Stifte anknacksen können, nur die teuren, vielleicht die Füller oder so, oder das Federmäppchen einfach im Klo versenken wie das von Mirko. Doch bei Dörting hatte er sich besondere Mühe gegeben.

Canan hatte in der Reihe hinter mir ihre Kattmann-Verteidigungshaltung eingenommen: der Kopf hinter einem Vorhang aus Haaren. (Manche von ihnen lockten sich, andere wiederum nicht. Man müsste das wissenschaftlich untersuchen, wie aus einem einzigen Kopf so viele unglaublich schöne Haarsorten herauswachsen konnten.) Die Ellenbogen hatte sie gegen den Tisch gestemmt, die Schultasche lag vor ihr – eine Festung, die jeden Moment vom Feind überrannt werden konnte.

Sie hielt ihr Aufsatzheft in den Händen. Es schien ihr keine rechte Freude zu bereiten.

»Alles klar bei dir?«, fragte ich. (Ich konnte reden! Vier Wörter am Stück! Mit Canan!)

»Nee«, flüsterte Canan. »Knappe Vier. Der Typ kann mich nicht leiden.«

»Wir haben ja neuerdings ein paar Aufsatzgenies hier in der Klasse.« Kattmann stolzierte durch den Klassenraum, hielt direkt auf Markus zu, bog dann scharf nach links ab und senkte seinen schweren Hintern auf meinen Tisch. Er streichelte mein Heft mit den Fingerspitzen und hinterließ feuchtglänzende Spuren. »Da braucht sich unsere Klasse wirklich nicht zu verstecken, im nationalen Vergleich, meine ich.«

Die Blicke der 9c ruhten seltsamerweise auf mir.

»Talent!«, krächzte Kattmann. »Ich rede von echtem, von wahrem Talent!«

Blitzschnell schwang er sich wieder auf die Beine, stürmte zurück zu seinem Pult. Aus seinem Fahrradkorb kramte er einen Stapel Faltblätter und ließ sie durchgeben. Hochglanz, viel Text, wenig Bilder, so viel konnte ich auch auf Distanz erkennen.

Eines drückte er mir persönlich in die Hand.

»Aufgrund der herausragenden Leistungen einiger unserer Schüler«, erklärte Kattmann mit einem irren Grinsen, »habe ich unsere Schule zu einem nationalen Aufsatzwettbewerb angemeldet. Das Thema heißt: ›Der Weltfrieden und die nukleare Abschreckung‹. Jeder von euch kann sich qualifizieren, ich wiederhole: jeder von euch.«

Er starrte mich an.

»Ich wäre außerordentlich dankbar für eure geschätzte Mitarbeit«, presste Kattmann heraus.

Ich zwang mich zu dem nichtssagenden, höflichen Gesichtsausdruck, den fast alle in der 9c dauerhaft im Gesicht hatten. Mit Hilfe von Fausto krasse Aufsätze abliefern, ohne etwas dafür zu tun: *liebend gern.* Bei Kattmanns irrem Wettbewerb mitmachen und ihm dabei helfen, sich im Glanz seiner Schüler zu sonnen: *ganz bestimmt nicht!*

»Die Vorausscheidung findet Anfang Dezember statt«, sagte Kattmann in die Stille hinein. »Und dem Sieger winkt die Endausscheidung in Berlin.«

Die nukleare Abschreckung wirkte. Das Schweigen war so vollkommen wie letztes Jahr, als Benjamin Weigt ungerührt verkündete, nicht bloß ein Austauschkind aus Tschernobyl bei sich aufnehmen, sondern sogar beim Gegenaustausch mitmachen zu wollen, im Übrigen sei er bereits mit einer Delegation der Jungen Union in einem Atomkraftwerk gewesen, das mit der Strahlung werde alles vollkommen überschätzt.

Man musste allerdings auch vollkommen benebelt sein, um freiwillig an einer so überflüssigen Aktion teilzunehmen. Den Wettbewerb meine ich, nicht die Sache mit Tschernobyl.

Dörting meldete sich, gab ein kurzes Statement zum aktuellen Stand der nuklearen Abrüstung ab, dankte Herrn Kattmann für diese Möglichkeit, politisch aktiv zu werden, und bat die Klasse um das Mandat, sie beim Wettbewerb zu vertreten.

Jetzt war der Zeitpunkt, um auf Tauchgang zu gehen und zu hoffen, dass die Horrorstunde bald zu Ende war. Wenn ich nach Berlin wollen würde, brauchte ich mir nur ein Wochenendticket zu kaufen und Hanne vielleicht einen Zettel hinzulegen, wo ich war und wann ich ungefähr wiederkam. Und ich wollte nicht nach Berlin.

»Sehr löp-lich, Udo-Kieron!«, sagte Kattmann. »Dich wird sicher interessieren, dass der Sieger der Endausscheidung ein Volontariat bei der *Frankfurter Allgemeinen Zeitung* gewinnt. Wisst ihr, was das für eine Zeitung ist?«

Ich wusste es. Ich wusste es nur zu gut. Das war eine Zeitung, deren Redakteure sich ins Ausland verpissten und sich einen Dreck darum scherten, wie es ihren Kindern ging.

»Wer ist noch dabei?«, kläffte Kattmann. »Ihr seid doch eine blitzgescheite Klasse!« Er schlich zu meinem Platz, ging in die Hocke und streichelte meinen Heftrand. »Na, Joseph, wie wär's? Bist doch ein schlaues Köpfchen, nicht wahr? Du wirst da doch nichts zu befürchten haben!«

Ich hätte einfach gar nichts sagen sollen, ich weiß. Aber die Worte *Frankfurter Allgemeine Zeitung* hatten irgendetwas mit mir gemacht. Etwas, das vielleicht mit Magie zu tun hatte, oder mit ein paar Postkarten aus Südfrankreich. Auf jeden Fall etwas, das ich nicht kontrollieren konnte.

»Okay, Herr Kattmann«, sagte ich tonlos, mit schweren Lippen, wie hypnotisiert. »Setzen Sie mich auf die Liste.«

Ein zufriedenes, unangenehmes Grinsen grub sich in sein Gesicht. Noch ein bisschen Schminke, gar nicht viel, und er hätte einen passablen Joker abgegeben.

Für einen Augenblick war alles still. Dann begann das Tuscheln. Markus rammte die Spitze seines Kugelschreibers in das aufgekratzte Sperrholz der Tischkante.

»Langsam wird es etwas viel«, flüsterte er. »Kannst du nicht irgendwie normal bleiben?«

»Ich bin normal«, flüsterte ich zurück. »Glaube ich.«

»Alter, Tscho-Man, du bist vielleicht ein verdammtes Genie!«, laberte uns Lasse von der Seite rein.

»Schnauze«, sagte ich.

Kattmann lächelte verzückt, klatschte in die Hände und rammte mit dem Hintern Markus' Rucksack vom Tisch. »Herrlich!«, jauchzte er.

»Genau. Ganz herrlich.« Allmählich wurde ich wieder klar im Kopf. Vor meinem inneren Auge sah ich, wie ich das Redaktionsgebäude der *Frankfurter Allgemeinen Zeitung* betrat, in der Hand eine Urkunde des Bundespräsidenten, in der anderen den Diercke-Weltatlas.

Ich war niemand, von dem man sich einfach so abwandte.

»Ich mache auch mit«, sagte eine trotzige Stimme hinter mir, die irgendwie nach Canan klang. (Abgesehen davon, dass Canan niemals so verrückt wäre, bei diesem Schwachsinn mitzumachen.)

Kattmann zuckte zusammen. Er riss sich vom Anblick meines Deutschheftes los und schielte unzufrieden in die letzte Tischreihe.

Dann zwang er sich wieder zu einem Lächeln und nahm mich ins Visier. »Der Wettbewerb ist außerordentlich wichtig für unsere Schule, er ist sozusagen eine Vi-si-ten-kar-te.«

»Ich mache mit«, sagte Canan wieder.

»Wer bitte?«, bellte Kattmann.

»Ich.« Canan meldete sich tatsächlich.

Was war in sie gefahren? Sie stand bei Kattmann ganz oben auf der Terrorliste, da hielt man üblicherweise den Ball flach. Und sie hatte keinen übereifrigen Bücherdämon mit Helfersyndrom im Rucksack!

»Du?« Kattmann schnappte nach Luft. Trauer, Verzweiflung, Entsetzen über diese kosmische Ungerechtigkeit standen ihm ins Gesicht geschrieben. »*Du?* Der Wettbewerb ist … anspruchsvoll. Er ist … außerordentlich wichtig, hatte ich das nicht gesagt?«

»Ja«, sagte Canan. »Haben Sie. Und ich habe gesagt, dass ich gerne mitmachen möchte. Sie sitzen doch nicht in der Jury, oder?«

Kattmann fixierte sie wütend. »Nein. Tue ich nicht. Als wenn das bei *dir* eine Rolle spielen würde!«

Ich flehte den Pausengong an, er möge uns erlösen und Canan davor bewahren, sich noch tiefer reinzureiten. Doch dieses Mal half er mir nicht. Er ließ mich im Stich, wenn es drauf ankam.

Canan vertiefte sich demonstrativ in die Wettbewerbsbroschüre.

Die 9c schien die Luft anzuhalten.

»Nun gut, Canan.« Kattmann schmatzte trocken. »Wir sind alle sehr gespannt auf deine herausragenden Leistungen, die dich sicher qualifizieren, unsere Schule nach außen hin zu vertreten. Außerordentlich gespannt.«

8 wie man sich als AUSTER mit ZITRONE fühlt

Nach dem Gong kramte ich in meinem Rucksack, bis alle aus der Klasse waren. Natürlich hatte ich es während der Stunde nicht mehr geschafft, mich nach hinten umzudrehen.

Ich starrte auf den Flyer des Wettbewerbs. Das musste doch zu schaffen sein! Zumindest musste ich es versuchen.

Das Aufsatzthema war geheim. Wenn man es erfuhr, hatte man neunzig Minuten Zeit für den Aufsatz – allein in einem verschlossenen Raum, in dem sich nichts befand außer einem Stift und einem Stapel Papier. Und anschließend wurde öffentlich vorgelesen. Vor Publikum und einer Jury.

Und mit Udo-Kieron Dörting als direktem Konkurrenten.

Die Hauptsache war, dass Fausto nichts zustieß, dass er bei mir blieb und auch sonst keine Katastrophe passierte. Vielleicht verstieß die Teilnahme bei so einem Riesenwettbewerb ja gegen diese Dämonengesetze, ging es mir durch den Kopf, oder Fausto haute ab, oder ich wurde schwerkrank, oder Canan bekam raus, dass ich irgendwie auf sie stand.

Ich begegnete Dörting auf der Jungstoilette im ersten Stock. Er stand am Waschbecken und schrubbte sich die Fingerzwischenräume mit einer Nagelbürste. Ich starrte ihn an.

»Du machst also auch mit«, sagte er und nickte mir aufmunternd zu. »Ist eine tolle Herausforderung, oder?«

Ich runzelte die Stirn. War er verrückt geworden? Dachte er, wir wären jetzt Kumpels? Oder war er nur der größte Schleimer der Mittelstufe?

Und was stellte er mit der Nagelbürste an?

»Wüsste nicht, was dich das angeht«, sagte ich kühl.

Dörting schrubbte langsamer. »Du bist noch sauer. Es ist wegen neulich«, sagte er.

»Wieso bloß?«, fragte ich bissig. »War da was?«

Umständlich trocknete sich Dörting die Hände mit einem Stofftaschentuch ab. Die Papiertücher im Spender waren wohl nichts für ihn. »Du bist ärgerlich wegen der Sache mit Mirko und Axel, ja?«

»Ärgerlich?« Vielleicht war Dörting kein Mensch. Vielleicht war er ein Außerirdischer, der einfach mal auf Probe in Menschengestalt auf diesem Planeten lebte und keine Ahnung davon hatte, wie man sich fühlte, wenn einem die anderen in den Pausen auflauerten und einen fertigmachten. »Du meinst, weil ihr mich beklaut und dumm angequatscht habt?«

»*Die* haben dich beklaut und dumm angequatscht«, erwiderte Dörting. »*Ich* war dagegen.«

»Und *du* bist einfach mal so mitgegangen, um zuzugucken, was *die* so machen, richtig? Wie man jemandem sein zerlegtes Deutschheft um die Ohren wirft?«

»Ich war dagegen«, sagte Dörting leise und stopfte das Taschentuch mit spitzen Fingern in die Tasche seiner viel zu engen Jeans. »Davon hast du anscheinend nicht viel mitgekriegt. Schade. Eigentlich wollte ich vorschlagen, dass wir vielleicht mal zusammen lernen. Die Canan, du und ich. Aber ich glaube, das hat wenig Sinn.«

»Korrekt.« Punkt.

Dörting sollte seine gewaschenen Finger von ihr lassen! Er sollte nicht einmal daran denken, sich mit mir und Canan zu treffen und uns vielleicht noch in sein völlig verlateinlehrertes Zuhause einzuladen.

Dörting schien ein paar Sekunden drüber nachdenken zu müssen, ob er sich noch eine blöde Ausrede ausdenken oder das Taschentuch rauszerren oder sich die Finger noch mal von vorne abschrubben sollte.

»Schade, Joseph, dann eben nicht.«

»So was von schade«, knurrte ich.

Vor lauter Wut haute ich ab, ohne mir die Hände zu waschen. Ich brauchte Ruhe und Abgeschiedenheit, um mich etwas runterzukühlen.

Mein Große-Pausen-Versteck hinter den leeren Spinden beim Computerraum war allerdings besetzt. Ich sah zwei Turnschuhe hinter der Ecke hervorlugen. Beinahe wäre ich umgedreht. Aber dann erkannte ich die dunkelgrüne Schultasche, die neben den Turnschuhen lag.

Die Tasche gehörte Canan.

Sie trug ihre Haare hochgesteckt. Das waren sie noch nie gewesen, so lange ich sie kannte (exakt ein Jahr und vier Wochen, seit der ersten Schulstunde in Hannover). Die Sonne fiel durch das hohe Fenster direkt in ihre Locken. Sie schimmerten im Licht rötlich und braun und schwarz. (Voll daneben, so genau über Haare nachzudenken, ich weiß.)

Auf jeden Fall sah man mit der Frisur viel mehr von Canans Gesicht. Und je mehr man davon sah, desto besser.

Sie lächelte, als sie mich sah.

»Was machst du in meinem ... an meinem Stammplatz?«, fragte ich. »Also nicht, dass ich hier meine Pausen verbringe, ja? Bin eben manchmal hier.«

»Mache ich heute halt auch mal.« Canan zuckte mit den Achseln. »Ich sitze zufällig hier und esse mein Brot, Joseph.« Wieder lächelte sie kurz zu mir herüber.

Es traf mich, wie Canan meinen Namen aussprach. Aus ihrem Mund klang er plötzlich nicht mehr bescheuert, sondern auf seltsame Weise schön.

Ich setzte mich schnell, ehe etwas Peinliches passierte. Zum Beispiel, dass ich umfiel oder Spuckebläschen im Mundwinkel hatte. Sicherheitshalber schrubbte ich mir die Lippen mit dem Ärmel, als Canan gerade nicht hinsah.

»Wie geht's?«, fragte ich. Zur Auflockerung der Situation versuchte ich, gewinnend zu lächeln. Aber irgendwie fruchtete es nicht. Sie schaute mich an, ohne eine Miene zu verziehen.

»Warum machst du bei dem Wettbewerb mit?«, fragte sie.

Ablenken, Fittich! Genau über den wollte ich mit ihr nicht sprechen! »Welchen Wettbewerb meinst du genau?«

»Den«, sagte Canan.

»Ach, den«, sagte ich. »Auf jeden Fall nicht wegen Kattmann. Das ist doch so ne Aktion vom, äh, Bundespräsidenten, der ist der Schirmherr, also seine Frau, First Lady und so, die ist sehr für Deutsch, und da dachte ich, ich mache mal mit«, log meine Zunge ohne meine aktive Mithilfe. Diese Unwahrheiten gingen mir recht flüssig über die Lippen, das war kein guter Charakterzug.

Canan nickte zufrieden. Die Lüge hatte sich gelohnt. »Du bist mindestens so gut wie Kieron. Und das ist ziemlich gut!«

»Ach, Quatsch«, sagte ich mit der perfekten Dosis Entrüstung, gewürzt mit einer Prise milder Nachsicht. »Das ist bloß Zufall. Ich hatte einen guten Tag.«

»Du bist *hochbegabt*«, sagte sie. Ich hasste es, wie sie das Wort aussprach. Wie eine Krankheit. »Ich glaube nicht, dass das Zufall ist.«

Canan wirkte ernsthaft besorgt. Eine winzige Falte war zwischen ihren Augenbrauen aufgetaucht.

»Du meintest neulich, die würden bald alle ihr Fett wegkriegen. Aber du würdest doch nichts Illegales tun, ja, versprichst du mir das?«

Entschlossen schüttelte ich den Kopf. Illegal? Mein Gewissen war rein. Wobei das einzige Gesetz, das mich momentan interessierte, der Dämonenkodex war. »Wirklich nicht. Und ganz bestimmt nichts Illegales.«

Canan atmete auf. Die Stirnfalte verschwand. Schöne Augenbrauen sind das, dachte ich. Wenn ich bloß etwas besser malen könnte, würde es mich jucken, die mal nachzuzeichnen. Mit einem ganz weichen Stift.

»Dann ist gut«, sagte sie.

Canan lächelte wieder – und sagte nichts! Verdammt, sie wusste es, sie hatte es rausgekriegt! Natürlich nicht die Sache mit dem Bücherdämon. Sondern dass ich sie irgendwie ganz gut fand. Und jetzt stand ich da wie der allerletzte Idiot.

Mir schoss das Blut in den Kopf. Schnell drehte ich mich weg, murmelte »Da ist was im Rucksack« und tauchte mit dem Gesicht in meine Schultasche ab.

Da drinnen roch es ziemlich nach Hamster. Das kam von Charly, der hatte da immer gerne drin gesessen.

»Warum machst du denn mit?«, nuschelte ich aus der Tiefe meiner Tasche. »Bei dem Wettbewerb, meine ich.«

»Weil der Kattmann mir eine Fünf reindrücken möchte, glaube ich. Keine Ahnung wieso«, sagte Canan. »Ich bin zwar nicht hochbegabt, aber ich bin gut in Deutsch.«

Ich zählte bis zehn und tauchte wieder auf. »Wahrscheinlich gibt's so was wie Hochbegabung gar nicht«, laberte ich einfach drauflos, »und ich verliere haushoch. Egal.«

»Du bist viel mutiger, als ich dachte«, sagte Canan. Sie kratzte sich an der Nase. Da waren ganz winzige Sommersprossen drauf. Hatte ich noch nie bemerkt.

»Und ... und vorher? Was hast du da gedacht?«

»Vorher dachte ich, dass du so bist wie die anderen. Weil du manchmal mit Markus und Lasse rumhängst. Aber in Wirklichkeit bist du so was wie ein richtiger Held, glaube ich. Einer, der nicht viel redet, aber am Ende genau das Richtige tut.«

Mein Magen zog sich zusammen wie eine Auster, wenn man Zitrone reintropft. Werner hatte mal welche mitgebracht. Aber als ich erfahren hatte, dass man die lebend isst, beließ ich es dabei, etwas Zitronensaft draufzuträufeln und zuzuschauen, wie sie sich wie verrückt zu Tode zuckten.

»Ach, Quatsch«, wiegelte ich ab. »Helden … Helden gibt's doch gar nicht.«

Canan antwortete nicht, sondern bot mir eine Mandarine an.

Canan war wirklich Feuer und Flamme wegen der Wettbewerbssache. Und ich beschloss, jede Minute zu genießen, in der ich in ihr wunderschönes Gesicht sehen konnte, ohne dass meine Ohren zu glühen anfingen.

So muss es sein, dachte ich, wenn man erwachsen wird. Das Leben wird Schritt für Schritt erträglicher.

Es war schön, die Freistunde am Mittwoch mit ihr zu verbringen, auch wenn ich dafür die Schulbibliothek betreten musste. Ob es Canan auch so ging? Oder wollte sie nur, dass wir beim Wettbewerb nicht völlig danebenhauten?

»Wir müssen üben, Joseph, üben!« Ein zartes, aufgeregtes Rosa lag auf ihren Wangen.

Üben, ja. Ich hatte mir gestern Abend aus dem Internet eine Anleitung runtergeladen, wie man mit Zunge küsste.

»Üben ist super«, sagte ich.

(Zufällig vergaß ich, ihr von Dörtings Vorschlag mit der Lerngruppe zu erzählen. Und auch er hielt die Klappe. Lag vielleicht auch daran, dass Markus am Montag mit beneidenswerter Fingerfertigkeit das Innenfutter von Dörtings Jacke aufgetrennt, eine geronnene Müllermilch Banane reingekippt und die Naht wieder kunstvoll zusammengetackert hatte.)

Canan hatte in den letzten Tagen sämtliche Werke der

Schulbibliothek zusammengetragen, die uns irgendwie nützlich sein konnten: dicke, unlesbare Schinken über Weltkrieg und Weltfrieden, über Auf-, Ab- und Wettrüstung, über Rhetorik, Dialektik, Didaktik und Grammatik.

Und Fausto entwickelte sich hervorragend. Ich hatte das Gefühl, es ging ihm jeden Tag besser. Der Bücherdämon fraß sich durch alle Bücher, die ich ihm mit nach Hause gebracht hatte, las Hannes soziologische Bibliothek, *Krieg und Frieden* (das zu den heiligen, nicht-wegschmeißbaren Büchern gehörte, die Heiko Fittich bei seinem Abgang zurückgelassen hatte), verspeiste meinen sämtlichen Vorrat an alten Geschichtsarbeiten, schlief versehentlich in meiner Jackentasche ein und wurde von mir noch versehentlicher zum Thailänder verschleppt, wo ich ihn nur mit Mühe davon abhalten konnte, sich über die hochfehlerliche Speisekarte herzumachen, während Hanne mit seltsam seligem Gesichtsausdruck Nudeln in Erdnusssoße in sich reinschaufelte.

Als ich an diesem Nachmittag nach Hause kam, saß ein fremder Mann in der Küche und blätterte in der Zeitung. Ich sah ihn bereits von der Wohnungstür aus. Und er sah mich.

Um ein Haar wäre ich auf dem Absatz umgekehrt, hätte die Tür ins Schloss gezogen und mich zur Polizeistation zwei Straßen weiter durchgeschlagen.

Aber das Gesicht des Fremden kam mir irgendwie bekannt vor. Der hatte was mit Hanne und ihrer Arbeit zu tun.

Ich stellte mich breitbeinig in die Küchentür, presste meinen Rucksack vor die Brust und fixierte den Eindringling. Er musste ein Riese sein. Unser verkratzter Eichenküchentisch wirkte lächerlich niedrig vor seiner gebückten Gestalt. Ihm hing der zotteligste Schnauzbart im Gesicht, den ich je gesehen hatte. Es sah aus, als hätten zwei aschblonde Eichhörnchen erfolglos versucht, sich in seiner Nase zu verstecken.

Der Typ schielte ein wenig. Er sah aus wie ein gigantisch großer Minderbemittelter mit schütterem Haar.

»Ach, du bist wohl der Joseph«, säuselte der Riese im scheißfreundlichsten Tonfall. »Oder darf ich Joschel sagen?« Er legte die Zeitung weg und stand auf. Meine Herren, der war über zwei Meter groß. Das Fenster verschwand vollständig hinter ihm. Es wurde dunkel in der Küche.

»Wer sind Sie bitte?«, fragte ich und knipste das Licht an. Der Typ warf einen mächtigen Schatten. »Und was machen Sie hier?«

Der Riese überwand die Distanz zwischen uns mit wenigen Schritten und streckte mir seine massige Hand hin. Er hatte ziemlich komische Fingernägel. Bräunlich und gewölbt, wie vergammelte Riesensmarties. »Ich bin Jarg-Erich. Wir sagen mal *du* zueinander, ja?«

Wenn das ein Wahnsinniger war, der meine Mutter als Geisel genommen hatte und jetzt plante, mich zu verschleppen und zu zerstückeln, um dann seelenruhig weiter Zeitung zu lesen, dann wäre *jetzt* der Zeitpunkt zum Abhauen gewesen. Ein beträchtlicher Anteil der Gewaltverbrechen ging auf das Konto von Bekannten und Verwandten. Das stand zumindest in der *Zeitschrift für Pädagogik*, von der Hanne einige Jahrgänge auf dem Klo bunkerte.

Aber ich gab »Jarg-Erich« die Hand. Vielleicht weil er mich ansah, als würde ich Angst vor ihm haben. Der Eindruck sollte gar nicht erst aufkommen. Es war wie bei Hunden. Wenn man weglief, bissen sie zu.

»Ich glaube, junger Freund, du hast ein bisschen Angst vor mir«, sagte er und verzog die Oberlippe zu einem schiefen, pelzigen Grinsen.

»Sie sind ein Arbeitskollege von Hanne. Ich habe Sie mal auf einem Foto von der Faschingsparty gesehen«, erinnerte ich mich. *Ein Foto, auf dem Sie aussahen wie ein hässlicher versoffener Clown*, fügte ich in Gedanken hinzu. Ich löste meine Finger aus dem schwitzigen Händedruck. »Hanne hat Sie hier reingelotst. Wenn also einer Angst haben sollte, dann besser Sie.«

Der Witz war lahm, aber mir fiel auf die Schnelle nichts Besseres ein. Jarg-Erich aber lachte wie ein Bekloppter. Er ließ sich zurück auf den wackeligen Küchenstuhl fallen und wischte sich die Tränen aus den Augenwinkeln. Sein Schnauzbart zitterte so sehr, dass ich befürchten musste, er würde gleich abfallen.

»Der Junge hat Humor!«, schrie Jarg-Erich.

Noch, dachte ich.

Als sich Hanne zwanzig lange Minuten später durch die Tür zwängte, die Arme voller Einkaufstüten, ein Sechserträger Bier unter dem Ellenbogen, war die Stimmung kurz vor prima.

Ich hatte Jarg-Erich bewiesen, dass ich nicht nur Humor, sondern auch gute Manieren besaß, und ihm einen Tee gekocht. Dabei lachte er sich halb tot über jeden meiner Handgriffe und ließ es sich nicht nehmen, mir ein paar schlaffe Boxhiebe gegen die Schulter zu verpassen. Als er auch noch die Unterschenkel auf einen Küchenstuhl schwang und die Arme hinter dem Kopf verschränkte, fühlte ich den unbändigen Drang, ihm das sprudelnde Teewasser über die Cordhose zu kippen. Aber ich beließ es dabei, ihm einen seit zwei Jahren abgelaufenen Rotbuschtee zu servieren.

Was ihm daran Spaß machte, von einem mürrischen Vierzehnjährigen bedient zu werden, war nicht ganz klar. Aber er schien zu beschließen, dass wir richtig gute Kumpels waren.

»Ach, ihr zwei!«, rief Hanne begeistert und ließ vor Entzücken eine Einkaufstüte zu Boden rutschen. »Ihr versteht euch ja prächtig!«

Demonstrativ kroch ich auf den Fliesen herum, um die Bio-Limetten wieder einzusammeln, die in der ganzen Küche herumkugelten. Jarg-Erich war ein beeindruckendes Beispiel an mangelnder Hilfsbereitschaft. »Ganz superprächtig verstehen wir uns«, murmelte ich.

»Liebe Hanne«, schleimte Jarg-Erich, »du hast ja lecker eingekauft. Das wird ganz toll.« Er ließ seinen Versoffener-Clown-Blick über jeden Knopf und jeden Reißverschluss von Hannes Latzhosenanzug gleiten. »Das wird total lecker.«

»Zur Feier des Tages koche ich heute mal was ohne Hirse!« Hanne deckte den Tisch vor Jarg-Erich mit Tiefkühltüten, einem Netz Rosenkohl und vier Packungen Nostalgie-Servietten. Nach und nach reichte er Hanne den kompletten Einkauf mit seinen beängstigend langen Armen, während sie alles in die falschen Schubladen packte.

Der Rest des Abends war eine einzige Katastrophe. Hanne machte angebrannte Schnitzel mit Erbsen, Jarg-Erich glotzte ihr dabei die ganze Zeit auf den Hintern, und jeder meiner Versuche, mich in mein Zimmer zu verdrücken, wurde von einer Fragenattacke nach der anderen vereitelt. Jarg-Erich war unverschämt neugierig.

Jarg-Erich. Mann, das war der bescheuertste Name, den ich je gehört hatte. Der schlug sogar *Joseph* um Längen. Ich beschloss, den haarigen Riesenclown JE zu nennen. Jott-Eh. Für einen armseligen Auftritt bekam man eben nur einen armseligen Spitznamen.

»Und dann hab ich mir gedacht, wenn ich sonst zu nichts tauge, mach ich die Praxis zu und kümmere mich lieber um die Kinder ... und ihre Eltern«, beendete JE eine seiner Geschichten (die niemand hören wollte) und lachte wiehernd. »Weil ich sonst zu nichts tauge, haha.«

»Dabei taugst du zu so viel«, sagte Hanne und fasste ihm zärtlich ans Kinn. »Jarg-Erich ist nämlich Psychologe, weißt du, Joschel? Bei uns im Kindergarten. Er betreut die ganz schwierigen Familien.«

»Psychologe, hm, aha«, sagte ich mit betontem Desinteresse und konzentrierte mich darauf, auf jeden Gabelzinken exakt vier zerkochte Erbsen zu spießen. Aber sie zerplatzten einfach zu leicht.

Meinetwegen hätte JE auch MI6-Agent oder Bundeskanzler sein können, völlig egal. Er wollte Hanne an die Wäsche und mir spätestens in drei Wochen väterliche Tipps geben, wie ich meine Schultasche einzuräumen und wann ich zu Hause zu sein und in welchem Ton ich gefälligst nicht mit meiner Mutter zu sprechen hatte. Ganz schlechte Karten.

Psychologe – das erklärte allerdings sein dämliches Verhalten. Wahrscheinlich hatte er auch herausnehmbare Zähne wie die alte Rohrbach. Warum konnte er nicht einfach sagen, dass er meine Mutter anmachen wollte? Darüber konnten wir reden, da war ich inzwischen so einiges gewohnt. Warum diese Wir-sind-Kumpels-Show?

»Du hast ziemlich was auf der Pfanne, hab ich gehört«, sagte JE. »Stimmt doch, oder?«

Ich zuckte mit den Achseln. »Kann schon sein. Weiß nicht.«

Ein Riesenboxhieb traf mich an der Schulter. Die Gabel verrutschte. Erbsen kullerten über den Tisch. Verdammt.

»Nicht so bescheiden, junger Mann«, fuhr JE fort. »Wer Leistung bringt, darf auch stolz darauf sein.«

Wieder zuckte ich bloß mit den Achseln. »Wie Sie meinen.«

»Wir waren schon beim Du«, sagte er.

»Wie du meinst«, sagte ich.

»Jetzt sei doch nicht so abweisend zu Jarg-Erich.« Hannes Stimme klang etwas zittrig.

Ich blickte auf. Ihre Wangen waren gerötet, die Lippen gespitzt. Unter dem Tisch schnipste sie mit den Fingern, ein untrügliches Zeichen, dass sie unter höchster Anspannung stand.

»Jetzt schaut er richtig böse«, sagte JE und zog eine übertriebene Schnute. »Vielleicht geht das hier auch ein wenig zu schnell. Vielleicht hätten wir das anders machen sollen. Und ein bisschen ehrlicher.« Er warf Hanne einen eindringlichen Seitenblick zu. »Deine Mutter und ich *mögen* uns nämlich. Wir haben uns schon häufiger getroffen. Ich hoffe, wir beide kommen einigermaßen miteinander aus, ja, Joschel?«

»Joseph«, sagte ich.

Mögen – was war das überhaupt für ein Wort? Ging es hier um eine Fahrgemeinschaft oder was? Demnächst würde sich Hanne betreten vor mir aufbauen und mir eröffnen, dass sie und JE jetzt *befreundet* waren! Als wäre ich zu blöd, um zu begreifen, worum es wirklich ging:

Hanne hatte einen roten Kopf, ihr Atem ging schnell, ununterbrochen leckte sie sich die Lippen oder fummelte an ihrer Frisur oder den Klamotten rum. Meine Mutter war verliebt. In einen Psychologen mit Schnauzbart, Gott allein weiß, warum. Es war nur eine Frage der Zeit, bis sie anfing, an ihrem Outfit herum zu experimentieren, damit es besser zu JE passte. Um dann nach zwei Monaten festzustellen, dass sie dabei war, ihre Unabhängigkeit zu verlieren, und das JE vorwarf und seine Zahnbürste wieder ausquartierte und ihn am Ende in den Wind schoss.

Ich erinnerte mich an die Geschichte mit Klaus (zwei Mal wöchentlich Haaretönen, Atemübungen, leichtes Schielen), Werner (zerbissene Lippen, Ohrlöcher beidseits) und an Herrn Obstmann, meinen Sportlehrer aus Paderborn (Aerobic-Kurs, ovo-lakto-veganer Ernährungsversuch).

Jarg-Erich krempelte umständlich seinen Jackettärmel hoch und sah auf die Uhr. »Ich glaube, ich muss jetzt langsam. Es war sehr schön hier.« Er stand auf und fuhr Hanne gierig durchs Haar. Dann holte er zu einem seiner harten Boxhiebe auf meine unschuldige Schulter aus. Aber ich ging in Deckung.

»Wir sehen uns bestimmt bald mal wieder, Joseph«, sagte er. »Und dann können wir ganz in Ruhe über deine Schulsachen reden. Ich bin da richtig neugierig geworden, nach den ganzen Dingen, die mir deine Mutter schon über dich erzählt hat.«

Hinter seinem Rücken knabberte Hanne an den Fingernägeln und betrachtete verliebt das Karomuster von JEs Jackett.

9 SEKT und BRATKARTOFFELN

Die Herbstferien begannen.

Hanne und JE teilten mir bei einem verkrampften Abendessen feierlich mit, dass sie jetzt tatsächlich *befreundet* waren und *Pläne schmiedeten*. Ich konzentrierte mich auf das Vertilgen von Hirsefladen und gratulierte nicht.

Und ich schlief schlecht.

Fausto fraß vollständig die Überreste meines sechsten und siebten Schuljahrs, wuchs aus seiner Raviolidose heraus und wurde von mir in einer verschrammten, handgetöpferten Vase untergebracht, in die ich ihn regelmäßig in den Morgenstunden zurückstopfen musste, wenn ich vom feinen Geschnarche eines pennenden, brabbelnden Bücherdämons neben mir aufwachte. Eines Bücherdämons, der sich mit dünnen Armen in mein Kopfkissen verkrallt hatte und sich im Halbschlaf weigerte loszulassen.

Doch das Risiko, dass Hanne ihn entdeckte, war nicht der einzige Grund für meine Schlaflosigkeit.

Das Canan-Fieber hatte mich voll erfasst. Alles bislang war nur ein Vorgeschmack, eine billige Andeutung gewesen, jetzt brach die Krankheit voll aus:

Hannes Kochkünste wurden jeden Tag ausgefeilter, doch ich brachte kaum einen Bissen über die Lippen, lud mir stattdessen türkische Kochrezepte runter, druckte sie aus und roch an den Abbildungen. Ich leerte mein Sparkonto, investierte geschmeidige sechsundsiebzig Euro in eine duftende Männer-Gesichtscreme von Dior, bis ich feststellte, dass da ein *Age-Control-Serum* drin war, das mein Gesicht davon abhalten würde, männlich zu altern. (Ich füllte die angebrochene Packung mit einem Schuss Scheuermilch auf, 2 Euro 37 pro Flasche, und beschloss, sie JE zu Weihnachten zu schenken.) Ich versuchte, mir mit einer Nähnadel und Füllertinte CANAN auf den Bizeps zu tätowieren. Das Problem war, dass ich meinen Bizeps nicht einwandfrei identifizieren konnte. Außerdem tat es schweinemäßig weh. Ich hörte nach zwei Stichen auf. Sie ließen sich auch mit Tintenkiller nicht mehr entfernen.

»Meister?«, flüsterte Fausto, der meine Tätowier- und Tintenkillerversuche zwei Stunden lang mit mitleidigem, aber interessiertem Blick beobachtet hatte. »Soll Fausto möglicherweise mit der Zunge nachhelfen? So ein zartes, appetitliches Tintenfleckchen käme ihm gerade recht.«

»Du lässt deine Zunge, wo sie ist«, brummte ich. »Wo ist eigentlich deine Vase?«

»Fausto hat sie in die Küche getragen«, sagte der Dämon. »Sie hatte einen kleinen Abwasch nötig.«

»Hanne sitzt im Wohnzimmer!« Vor Schreck rammte ich mir den ätzenden Tintenkiller tief in die entzündete Haut. »Und du schleppst hier irgendwelche Vasen rum?«

»Fausto ist auf Zehenspitzen gegangen!«, sagte der Dämon beleidigt.

Ich musste ihn dringend besser im Auge behalten, sonst geschah noch ein Unglück.

Obwohl inzwischen die Ferien begonnen hatten, war die Schulbücherei während der Vormittage geöffnet – und vollkommen leer. Kein einziger Streber hing hier herum, nicht mal Dörting. Heute hatten wir allerdings Pech: Da war sie wegen Inventur geschlossen, bei der Markus Jahnke mitmachen musste. (Als ich ihn nach dem Grund fragte, sagte er nur: »Der Hausmeister ist mein Onkel. Weißt du doch.«)

Ich hatte den Hausmeister noch nie leiden können, aber jetzt machte er mir auch noch meine gemeinsame Zeit mit Canan kaputt.

Ausgerechnet jetzt wurde uns unser Rückzugsort genommen, jetzt, wo wir zwei Stunden für uns hatten und uns mit der nuklearen Auf- und Abrüstung beschäftigen konnten! Das Schicksal gönnte mir einfach keine Privatsphäre.

Canan schleppte schon die letzten drei Wochen mehrere bunt bedruckte Tragetaschen voller Kriegswälzer mit sich herum und bestand darauf, sie sich nicht abnehmen zu lassen. Jetzt standen die Büchertüten genau zwischen Canan und mir auf der schmalen Bank vor dem Naturwissenschaftstrakt.

Ob Canan vielleicht auch mit zu mir kommen würde? So richtig nach Hause? Bei dem Gedanken daran, wie sie sich auf meinen Schreibtischstuhl setzte, wurde mir sehr warm. Die Vorstellung, wie sie sich auf der Bettkante niederließ, war kaum zu ertragen. Ihre Locken auf meinem Kissen: Knock-out.

»Warum guckst du so komisch?«, fragte sie. »Ist was mit meinen Haaren?«

Was sollte ich sagen? Sie hatte die schönsten Haare der Welt. Ich hatte eins davon auf meiner Jacke gefunden und es zu Hause in eine Pappschachtel gelegt.

»Nö«, sagte ich. »Alles okay. Wir ... könnten auch ... zu mir, also zu Hanne und zu mir, nach Hause gehen, Hanne, das ist meine Mutter, aber sie will, dass ich sie Hanne nenne ...« Jetzt war es rausgerutscht, das war aufdringlich, das war unverzeihlich!

»Okay«, sagte Canan.

Okay? Das war alles? Einfach so?

Wir radelten einen kleinen, romantischen Umweg bis zu unserer Wohnung. Wenn man sich unserer Hochhaussiedlung nämlich von der Rückseite näherte, sah man fast nichts von der vielbefahrenen Umgehungsstraße und dem Autohof und dem Großmarkt. Hier hinten standen sogar einige Baumreihen mit müden Ästen, da waren ein Spielplatz und eine winzige Skateboard-Anlage. Das verblichene Graurosa unserer Häuserfront schimmerte im Licht des frühen Nachmittags. Es sah alles in allem nicht übel aus, beschloss ich.

Canan war ganz außer Atem, als wir ankamen. War ich vielleicht ein bisschen schneller als üblich gefahren? Wenn ja, dann nur um zu beweisen, dass wir wirklich nicht mehr als eine Viertelstunde von der Schule entfernt wohnten.

Im Fahrradunterstand roch es stechend nach Urin. Wahrscheinlich hatte Hausmeister Buhr hier wieder hingepinkelt. Der hatte echt eine schwache Blase. Ich konnte Hausmeister wirklich nicht leiden.

»Soll ich dein Rad mit anschließen?«, fragte ich, als Canan keine Anstalten machte, ihr Fahrrad irgendwie zu sichern.

»Muss man das hier?«.

Wie naiv sie war! »Ich mach das schon.« Ich zog mein zweifingerdickes Hochsicherheitskabel durch ihr dünnes Vorderrad. »Bei euch wird wohl nicht so viel geklaut?«, fragte ich. Ich hätte schwören können, so ein nagelneues Kettler-Rad wie das von Canan hätte da nicht lange überlebt. Aber man lernt ja nie aus.

»Was arbeitet eigentlich dein Vater?«, rutschte es mir raus.

Canan drehte sich weg und murmelte etwas Unverständliches. Auf jeden Fall klang es nicht nach »Döner« oder »VW«.

Ich beschloss, nicht näher nachzuhaken.

Ich hatte schon geahnt, dass der nächste Hausbesuch von Jarg-Erich nicht lange auf sich warten lassen würde. Aber dass der Typ schon so früh wieder auf der Matte stehen sollte, hatte ich nicht erwartet.

Nachdem ich die Wohnungstür aufgeschlossen und Canan hereingelotst hatte, fanden wir ein Bild des Grauens vor: Hanne (die um diese Zeit eigentlich im Kindergarten bei der Mittwochnachmittagsgruppe sein sollte!) wuselte in der Küche herum. JE saß am Küchentisch, trank ein Herrenhäuser und schaute meiner Mutter auf den Hintern. Es roch nach reichlich Aftershave, Sekt und angebrannten Bratkartoffeln.

»Hanne?«, fragte ich.

Doch das war ein Fehler. Besser, wir hätten die Wohnung auf leisen Sohlen wieder verlassen, hätten unsere Fahrräder aufgeschlossen und wären in die Eisdiele gefahren. Aber ich Vollidiot musste unbedingt auf uns aufmerksam machen.

JE sprang ruckartig auf und verschüttete sein Bier auf die Cordhose.

»Ach du«, rief Hanne und nestelte erst an den Herdknöpfen und dann an ihrem Kragen herum. »Du bist ja schon so früh da.«

Ihre Bluse war falsch zugemacht. Unten waren zwei Knöpfe übrig.

»Ach, ihr seid's nur«, sagte JE. Er wirkte erleichtert. Mit den roten Flecken im Gesicht und dem verschütteten Bier im Schritt war er ein Bild des Jammers.

»Du hast ja Besuch mitgebracht!« Meine Mutter wischte sich die Hände an der Küchenschürze ab, die merkwürdig zerknittert aussah.

Einen Augenblick lang standen wir vier uns schweigend gegenüber. Plötzlich trat Canan einen Schritt nach vorn und streckte JE die Hand entgegen. »Es freut mich sehr, Sie kennenzulernen, Herr Fittich«, sagte sie förmlich.

Wenn es Canan irritierte, dass der angetrunkene Mann in unserer Küche keineswegs der Ehemann meiner Mutter und nicht einmal mein Vater war, dass er mich sozusagen nur flüchtig kannte – dann ließ sie sich nichts davon anmerken. Sie bewahrte eine bemerkenswerte Ruhe und half meiner Mutter beim Salatputzen.

Dann wurde gegessen. Canan saß rechts neben mir, JE und Hanne direkt gegenüber. Ein Teil der Bratkartoffeln war roh, der Rest angebrannt, aber zusammen mit Ketchup ging es eigentlich.

»Du hilfst Joseph also bei der Vorbereitung auf den Wettbewerb«, sagte JE und ließ seinen wässrigen Psychologenblick auf Canan ruhen. Er roch ziemlich nach Bier, vor allem wegen des Flecks auf der Hose. Ich hatte ihm angeboten, sich eine von mir auszuleihen, aber die waren dreißig Zentimeter zu kurz. Er lehnte ab. (Als ob jemand mit zwei Eichhörnchen im Gesicht irgendwie *noch* lächerlicher aussehen könnte.)

»Joseph und ich üben gemeinsam«, sagte Canan.

Üben – das hörte sich nicht schlecht an, oder? Die Wahrheit war: Canan blätterte meistens in uninteressanten fetten Wälzern herum, las mir daraus vor und schrieb Textstellen ab, während ich ihr Gesicht anstarrte.

»Du übst also mit ihm«, sagte JE und betrachtete sie prüfend. »Das wundert mich ein wenig. Der Joseph hat doch sicher ein hohes Lerntempo, oder? Das ist doch bestimmt anstrengend für dich.«

»Jetzt lass mal das Mädchen in Ruhe«, sagte Hanne, ehe Canan antworten konnte. Sie hatte es aufgegeben, die verbrannte Pfanne auszukratzen, und sich wieder zu uns gesetzt. »Der Joschel hat sich ja auch erst vor Kurzem so entwickelt. Von einem Tag auf den anderen. Vorher war er ja ein ganz normaler Schüler.«

»Normal« war für Hanne ein sehr dehnbarer Begriff, schien mir. Sie fand ja auch ihr Outfit »normal«, und den indianischen Marterpfahl in unserem Wohnzimmer. Und dass sie ständig bei offener Badezimmertür pinkelte.

JE betrachtete mich argwöhnisch über den Brillenrand, ich blickte schnell auf meinen Teller.

»Joseph ist wirklich schlau«, sagte Canan.

Sie sprach mit so einer Begeisterung, dass meine Handflächen anfingen zu kribbeln. Meinte sie wirklich mich?

»Wie läuft es eigentlich bei dir in der Schule, Canan?«, fragte JE.

»Bis auf Deutsch ganz gut.« Ihre Stimme klang etwas belegt, aber sie schlug sich gut. »Herr Kattmann findet, ich muss noch eine Menge tun für Deutsch.«

»Aber du bist doch hier geboren?«, fragte JE. »In Deutschland, meine ich.«

Einen Moment lang war es ganz still in der Küche.

»Ja«, sagte Canan schließlich. »Ich bin hier geboren. In Hamburg.«

JE nickte zustimmend.

»Wir müssen jetzt echt noch ein bisschen üben«, sagte ich und stapelte Canans und meinen Teller übereinander. Aber ich schaffte es nicht aufzustehen. Die Lähmung, die einen in bestimmten peinlichen Momenten überkommt, nagelte mich auf meinem Sitz fest.

»Moment noch«, sagte JE und fletschte die Zähne. »Ich möchte das jetzt mal genauer wissen. Dieser Kattmann gibt dir schlechte Noten, ja, Canan?«

Sie nickte. Ihre schlanken Finger schlossen sich um einen Puddinglöffel. Einen Augenblick hielt sie ihn umklammert, dann legte sie ihn behutsam wieder auf den Tisch.

»Also ich weiß wirklich nicht, was die ganzen Fragen sollen«, sagte Hanne. »Sie hat doch genügend Ärger in der Schule, da müssen wir jetzt nicht auch noch drüber reden.«

Streng streckte JE ihr den Zeigefinger entgegen. Und Hanne schwieg. An unserem Tisch. Unfassbar.

»Ich möchte das jetzt mal ganz genau wissen, liebe Hanne«, sagte er. »Türken werden nämlich oft unterschätzt. Weißt du, Canan, im Studium habe ich nebenbei eine Weile auf dem Bau gearbeitet. Und da hatte ich einen Arbeitskollegen, den Ömür. Das war ein Prachtkerl von einem Türken. Der war immer als Erster auf der Baustelle. Und hat nie mit den anderen Bier getrunken. Trotzdem hat der Ömür jede Woche einen Zwanziger weniger gekriegt als die anderen. So sieht es nämlich aus in Deutschland. Da brauchst du dir nichts draus zu machen.«

Canan nickte. Ihre Nasenspitze zitterte.

Die roten Flecken auf JEs Gesicht waren zu landkartenartigen Verfärbungen zusammengeflossen. Er ließ hinter vorgehaltener Faust einen schlecht unterdrückten Rülpser raus, es roch nach Kohlensäure und sauren Bratkartoffeln. »Ich habe lange nichts mehr gehört vom Ömür. Vielleicht ist der ja auch zurück nach Hause in die Türkei.«

Canan schnappte sich wieder ihren Löffel und schloss die Faust darum. Sie sah blass aus. Und ihre Nasenspitze zuckte ein Mal nach links und rechts. Ich kannte diesen Gesichtsausdruck. Gleich würde ihr Kopf trotzig nach vorne sinken, die Wimpern würden sich senken, bis man kaum noch etwas von ihren dunklen Augen sah. Dann war Schluss mit der Plauderei.

JE hob den Zeigefinger und holte tief Luft. »In Wirklichkeit ist es nämlich so. Beim Ömür hat man gar nicht so richtig gemerkt, dass er Türke i…«

»Papa hat geschrieben!«, platzte ich heraus. Vor Aufregung und Wut verschluckte ich mich, begann zu husten, griff nach meinem Glas und würgte etwas Orangensaft hinunter. »Er lässt dich ganz lieb grüßen«, keuchte ich in Hannes Richtung.

JEs Mund stand noch einen Augenblick lang offen, dann klappte er einfach so zu. Ein Schnauzbartzipfel klemmte in seinem linkem Mundwinkel fest.

Canan trat mir gegen das Schienbein. Ich konnte mir ein Grinsen nicht verkneifen und lugte nach rechts zu ihr hinüber. Ein kaum wahrnehmbares Lächeln stahl sich auf ihr Gesicht.

»Canan, erzähl doch auch mal ein bisschen was von dir. Wir reden ja die ganze Zeit und lassen dich kaum zu Wort kommen«, versuchte Hanne das Gespräch wieder in Gang zu bekommen. »Du bist ja der Gast. Wisst ihr denn schon, wo ihr in den Winterferien hinfahrt?«

»Der Ömür …«, begann JE.

Aber ich hustete so laut, dass er nicht weitersprechen konnte.

»Wir wissen es noch nicht«, sagte Canan. »Es kommt drauf an, wie Papa Urlaub bekommt.«

»Was macht der denn so den ganzen Tag?«, fragte JE. »Beruflich, meine ich.«

Verflucht, konnten die nicht einfach mal das Mädchen in Ruhe lassen, in das ich verknallt war? (Jetzt ist es halt raus, war vermutlich kein Riesengeheimnis mehr.) Ich zielte mit dem Ellenbogen nach JEs Bierglas. Jetzt würde es Scherben geben, und dann war Ende mit der Fragerei.

»Papa ist Bauchchirurg«, sagte Canan. »Seit zwei Jahren leitet er die Transplantationschirurgie. An der Uniklinik.«

JEs Bierglas kippte sauber über die Tischkante. Mein Ellenbogen streifte noch die Salatschüssel. Eine Flut aus Rucola und Cocktailtomaten ergoss sich über JEs vorgeschädigte Hose.

Klirrend und schäumend zerschellte das Bierglas auf dem Boden. Hanne stieß einen spitzen, leidenden Schrei aus. JEs wasserblaue Augen fixierten mich, als wäre ich eine Ausgeburt des Bösen, ehe er keuchend aufstand und sich Rohkost von der Hose wedelte.

Und unter dem Tisch griff Canan nach meiner Hand.

Echt. Nach meiner.

Ihr könnt jetzt behaupten, die Sache mit der Hand war nichts als Zufall. Egal.

Klar, vielleicht hatte sich Canan nur über den Schrei und das zerbrochene Glas erschrocken. Und ihre Finger waren ganz zufällig gegen meine gekommen und hatten vor Schreck danach gegriffen. Alles möglich.

Aber es ist nicht die Wahrheit.

Die Wahrheit konnte ich an meinen Fingerspitzen fühlen, zart und warm lag Canans Hand in meiner, nur für einen Augenblick. Elektrisch, magisch und echt.

Mit merkwürdiger Gelassenheit sah ich zu, wie sich JE prustend und schimpfend zu seiner ganzen Größe erhob. Während er zwischen den Glasscherben herumtänzelte, nahmen seine Wangen einen unangenehmen, violetten Farbton an. Hanne zupfte den Salat mit spitzen Fingern von seinem Pullover.

Keine Ahnung, mit welcher Ausrede wir vom Tisch aufgestanden und in mein Zimmer geflüchtet waren. Ich torkelte wie ein Besoffener durch die Wohnung, griff in den Glasperlenvorhang und riss einige Schnüre heraus, stieß mit der Hüfte schmerzhaft gegen den Telefontisch und humpelte weiter.

Und dann schloss sich die Tür meines Zimmers hinter Canan und mir. Einen Moment lang starrte ich auf das Türschloss und dachte daran, einfach den Schlüssel umzudrehen. Machte man das nicht üblicherweise in solchen Situationen, um nicht gestört zu werden?

Ein Junge und ein Mädchen, ganz allein?

Canan schien sich um solche Fragen nicht zu kümmern.

Mit vorsichtigen, kleinen Schritten ging sie durch mein ungelüftetes, peinliches Zimmer. Die knapp neunzehn verschwitzten Socken schien sie gar nicht zu bemerken. Sie betrachtete lächelnd das Poster mit dem Trollkrieger über meinem Schreibtisch und meinen Modellbausatz des Todessterns im Regal, die Schuhkartons voller Altpapier vor meinem Bett und meine ersten Babyschuhe (die Hanne vor Jahren an die Schranktür gehängt und die ich seitdem nicht mehr bewusst angesehen hatte), den erstarrten Bücherdämon neben dem Fernseher, den Stapel ausgedruckter türkischer Rezepte und die chaotischen Schulhefte auf dem Schreibtisch.

Den erstarrten Bücherdämon …

Schlagartig blieb mir die Luft weg. Meine Knie wurden weich, Schwindel erfasste mich.

Dort saß Fausto und starrte regungslos ins Nichts, nicht mehr als anderthalb Meter von Canan entfernt, die mit einem beinahe zärtlichen Gesichtsausdruck mein Zimmer erkundete.

Der Dämon hockte mit zusammengekniffenen Beinen auf dem Regal und rührte sich nicht, in der kleinen Faust eine zerknüllte Plastikfolie. Kleine Krümel bedeckten Lippen und Fell. Er saß da wie versteinert.

Canan *musste* ihn gesehen haben! Und ihn offensichtlich mit irgendeinem gehörnten Kuscheltier verwechselt haben, mit einer Monsterpuppe, wie sie zurückgebliebene Vierzehnjährige eben manchmal im Regal stehen haben.

»Es ist schön hier«, sagte Canan.

Sie drehte sich zu mir um. Ihr Gesicht glühte, und zwischen ihren Wimpern schimmerten die weißesten und braunsten und allergoldensten Augen, die ich je gesehen hatte, Animationsfilme inklusive, ich schwöre es.

»Findest du?«, röchelte ich. Meine Kehle tat weh. Es fühlte sich gut an.

Canan nickte.

»Es ist echt schön hier. Ich mag … es.«

Sie mochte es hier?

Glücksgefühle trommelten unkontrolliert durch meine Brust. Was bitte mochte Canan hier?

Ich wusste es nicht. Keine Ahnung. Allerdings hatte ich auch keine Zeit, darüber nachzudenken. Denn plötzlich geschah etwas Unerhörtes. Etwas, das eigentlich gar nicht passieren konnte, das noch viel verrückter und unwahrscheinlicher war als die Sache mit Fausto, ehrlich.

Meine rechte Hand bewegte sich selbstständig. Ganz von allein. Ich sage die Wahrheit, damit hatte ich nichts zu tun! Sie zuckte ein Mal, und dann hob sie sich, der ganze Arm ging langsam nach oben, immer weiter. Wie unter Hypnose oder Fernsteuerung stieg er in die Luft – und näherte sich Canans Gesicht!

Jeden Moment würde sie zurückweichen und schreiend aus dem Zimmer laufen. Nichts anderes würde passieren!

Hautkontakt.

Meine Fingerspitzen berührten Canan an der Wange, an der kleinen Stelle direkt vor dem Ohrläppchen. So sanft, dass ich fast nichts spürte.

Canan schloss die Augen. Sie lächelte.

Wahnsinn, sie lächelte wirklich. Das Ganze dauerte nicht länger als fünf Sekunden. Und Hanne machte wieder mal alles kaputt.

»Joschel!« Die Stimme meiner Mutter drang ohne Mühe durch das dünne Holz meiner Tür, Hannes angetrunkener Körper rammte dagegen. »Du hast bestimmt wieder abgeschlossen, darum versuche ich erst gar nicht, jetzt reinzukommen.«

Canans Wimpern flatterten, sie zwinkerte – und fing an zu grinsen. Und ich zog meine Finger so plötzlich weg, als hätte ich in einen vergifteten Kaktus gefasst.

»Der Jarg und ich müssen jetzt los«, rief meine Mutter durch die Tür. »Nur damit ihr Bescheid wisst. Dann könnt ihr es euch richtig gemütlich machen. Bis später!«

»Bis bald!«, röhrte JE.

Die Haustür wurde geöffnet und schloss sich wieder. Es wurde still in der Wohnung.

»Wir sind allein«, sagte ich.

»Ja«, sagte Canan.

Wir schwiegen einige Sekunden. Dann raschelte es im Regal neben dem Fernseher. Klar und deutlich zu hören. Ein viel zu lautes Bücherdämonenverräterrascheln! Bloß nicht hinsehen, sonst drehte Canan den Kopf, fing an zu schreien, rannte davon, wollte mich nie wiedersehen.

Es raschelte wieder. Ich versuchte, mit dem linken Auge zu Fausto zu schielen und mit dem rechten zu Canan.

»Wenn man sieht, wie jemand wohnt, kennt man ihn schon viel besser«, sagte sie.

Langsam wie Laub, das vom Baum fiel, segelte Faustos Plastikfolie zu Boden. Ich übertönte das Geräusch mit Worten. Irgendwelchen Worten. Einem sinnlosen Wortschwall: Ich lenkte Canans Aufmerksamkeit auf den Papierhaufen neben meinem Bett, auf die Sammlung handbemalter Miniaturkrieger auf der Fensterbank, auf Hannes alte verrostete Querflöte, die ich vor zwei Wochen aus dem Keller gekramt hatte. (Canan spielte gerüchteweise Querflöte.)

Drei Minuten lang laberte ich Canan voll, die mein sinnloses Geschwafel mit staunender Miene verfolgte.

Als ich danach unauffällig zum Fernseher rüberlinste, war Fausto verschwunden. Er war weg! Erschöpft sank ich auf die Bettkante, atmete tief durch.

Und dann geschah etwas Schreckliches.

»Ich muss jetzt nach Hause, Joseph. Ehrlich.« Canan schaute auf die Uhr. »Meine Mutter fährt in einer Viertelstunde weg, und meine kleine Schwester ist dann alleine.«

Sie – musste – heim.

Alles klar.

Ich hatte es vergeigt. Wer beim ersten Besuch so abging, sich die erste romantische Szene von der Mutter vermasseln ließ und dann Minuten lang nur Quark redete, hatte nichts Besseres verdient.

Die Enttäuschung schmerzte dumpf bis hinunter ins Rückenmark. Klar, sie musste jetzt weg, natürlich. Alles andere hätte mich auch ernsthaft gewundert. Wer würde auch freiwillig in so einer durchgeknallten Familie bleiben wollen? Wer ließ sich freiwillig nonstop mit sinnfreiem Mist vollquatschen? Wer stand gerne mitten in einem Haufen muffeliger Schmutzwäsche?

»Es ist ... nicht wegen ... eben«, sagte Canan.

»Meinst du ... du kannst nicht ... ein bisschen ...«

Sie schüttelte sanft den Kopf. »Es geht nicht. Heute leider nicht, Joseph.«

Ich nickte. »Klar«, sagte ich. »Kein Problem.«

»Bis bald«, flüsterte Canan. »Bis bald.«

Und dann ging sie. Sie ging.

10 die Macht des VOGELGOTTES

Den Nachmittag verbrachte ich damit, sämtliche Satellitensender im Suchlauf durchzusehen und alphabetisch zu speichern, mir einen halben Liter Pudding zu kochen und ihn nach ein paar Löffeln wegzuschmeißen, auf dem Bett zu liegen, eine der abgerissenen Glasperlenschnüre durchzuzählen (hundertzweiundneunzig Kugeln) und an die Wand zu starren. Ich las in der *Für Sie* einen Abschnitt über Liebeskummer (»Sprechen Sie mit Ihrem Stylisten über einen neuen Look! Machen Sie Pilates und straffen Sie Ihre Problemzonen!«) und zerschnitt das nutzlose Heft anschließend sorgfältig in gleich große Quadrate.

»Der Meister wirkt ein wenig unerquickt«, sagte Fausto. Er betrachtete mit besorgter Miene meine Bastelarbeit.

Ich antwortete nicht.

»Wenn sich dieser Bücherdämon die Bemerkung erlauben

dürfte«, sagte Fausto und machte einen weiten Satz von der Schreibtischkante mitten auf mein Kopfkissen, »dann täte dem Meister ein wenig Ruhe möglicherweise gut.«

»Du willst, dass ich schlafe?«

»Mit Verlaub, sapresti.« Fausto ließ sich auf den Rücken fallen und streckte sich. »Schlaf ist beileibe die vorzüglichste Medizin.«

»Dann schnarch nachts weniger!«, knurrte ich.

Die wenigen Minuten mit Canan in meinem Zimmer hatten mir stechende Bauchschmerzen verursacht. Meine Kehle tat immer noch weh, sie fühlte sich irgendwie zugeschwollen an. Vielleicht schwoll sie wirklich zu. Vielleicht würde ich ersticken. Vielleicht würde ich auch an durchgeeiterten Gedärmen sterben. Aber da musste ich durch.

Immer wieder überkamen mich Schübe von Bewegungsdrang. Ich tigerte durch die Wohnung, zählte jetzt auch die Schnüre des Glasperlenvorhangs (fünfundsiebzig ganze, ein paar halbe) und beobachtete die Teppichmuster, die in der untergehenden Sonne langsam verblassten.

Es war bereits dunkel, als Hanne nach Hause kam. Sie summte im Hausflur die Titelmelodie von *Cats*. Ich stand in der Küche und trank bei ausgeschaltetem Licht eine heiße Zitrone. Heute hatte ich grimmigen Spaß dabei, ohne Beleuchtung in der Wohnung herumzuschleichen. Gespenster mussten sich so fühlen, wenn sie in alten Häusern herumspukten.

Es gefiel mir. Hanne gefiel es eher nicht.

Sie stieß einen lang gezogenen, heiseren Schrei aus, als sie das Licht anstellte und mich eine Armlänge neben sich entdeckte. Affen schrien so, wenn sie sich paarten, das wusste ich vom Discovery Channel.

»Du bist schrecklich, Joschel!«, rief sie. »Ich habe dich nicht dazu erzogen, anderen Menschen Angst einzujagen.«

Das stimmte. Allerdings war das wirkliche Entsetzen ganz auf meiner Seite.

Hanne war beim Friseur gewesen. Der Größte Anzunehmende Stylingunfall war eingetreten. Ihre Haare waren größtenteils weg. Ab. Vernichtet.

»Das ist nicht dein Ernst, Hanne. Du hast deine Frisur zerstören lassen?«

Von ihrer unvorteilhaften Motorradhelmfrisur waren nur noch fingerlange Strähnen übrig geblieben, dunkelrot gefärbt und schockgefrostet.

Ich stellte mich auf die Zehenspitzen und begutachtete die Neugestaltung von Hannes Haupthaar. »Sag bitte, dass wenigstens die Farbe nach dem Duschen wieder rausgeht.«

Meine Mutter rümpfte die Nase und zupfte mit zwei Fingern an einer steifen Stirnlocke. »Gefällt es dir nicht, Joschel? Ich habe mir mal was gegönnt. Für die Seele, weißt du?«

Auf jeden Fall nicht fürs Auge. »Hat der Jarg-Erich dir das eingeredet?«

Das hätte nämlich gerade noch gefehlt: Erst belästigte und vergraulte er meinen Besuch, dann verunstaltete er meine Mutter, und demnächst bot er mir noch an, mir seinen Rasierapparat auszuleihen oder etwas ähnlich Ekliges.

»Der Jarg weiß noch nichts davon. Ich hatte mich so gefreut, weißt du?« Hanne befühlte ihre Haare jetzt mit beiden

Händen. Es knisterte. »Wegen Canan und dem Aufsatzwettbewerb. Und dass wir hier alle so nett zusammengesessen haben.«

»Ah ja«, sagte ich.

»Man muss sich auch mal verändern«, sagte Hanne. »Ich habe ja immer noch genauso ausgesehen wie auf dem Foto von deiner Einschulung.«

Das stimmte. Die Überprüfung war jederzeit möglich, denn Abzüge von dem besagten Foto hingen in beinahe jedem Zimmer. Darauf das Familienidyll: Hanne (mit der *alten* Problemfrisur), mein Vater (der Hanne den Arm um die Schulter legte), davor Joschel (mit Schultüte).

Ich nickte. Meine Mutter hatte sich seitdem wirklich kein Stück verändert. Sie hatte damals schon ausgesehen wie mit achtunddreißig.

»Hier können wir eigentlich auch mal ein aktuelles Bild hinhängen«, sagte Hanne. Sie nahm das A5-Einschulungs-Hochglanzexemplar im Korkrahmen vom Haken direkt über dem Küchentisch und wog es prüfend in der Hand.

Plötzlich überkam mich ein Anfall von tiefster Verärgerung. Darüber, dass überall dieses beschissene Foto hängen musste. Und darüber, dass Hanne es jetzt, im Zusammenhang mit dieser JE-Sache, offensichtlich abhängen wollte. Je mehr ich darüber nachdachte, desto aggressiver machte mich das.

»Häng ab«, sagte ich. »Schmeiß weg. Mir egal.«

»Das ist nicht so dein Lieblingsthema«, sagte Hanne. Sie nahm wahllos eines der gebrauchten Gläser vom Mittagessen, füllte es am Warmwasserhahn und stürzte es runter, widerlich. »Reden wir doch über was anderes. Ich habe mir was überlegt. Eine Belohnung, weil du mir solche Freude in der Schule machst. Was hältst du davon, wenn du dir ab jetzt ...«

»Abgelehnt«, sagte ich.

Mir war einfach die Laune für weitere Veränderungen (Lebensabschnittspartner, Frisuren, Fotos) oder andere Eingriffe in mein Leben vergangen.

»... wenn du dir ab jetzt selbst aussuchen kannst, wie viel Taschengeld du bekommst?«, fuhr meine Mutter unbeirrt fort.

Vor Überraschung hätte ich beinahe die heiße Zitrone durch die Küche gehustet.

»Ich darf WAS!?«

»Die Höhe deines Taschengeldes bestimmen«, sagte Hanne seelenruhig. »Weil du langsam erwachsen wirst und selbst weißt, was am besten für dich ist. Und weil ich so stolz auf dich bin.« Ihre Stimme brach. Sie tupfte sich die Augenränder und verschmierte ihre blaue Öko-Wimperntusche.

Sie war völlig von der Rolle, ganz klar, sie verlor den Verstand. Ich durfte sie jetzt auf keinen Fall weiter aus dem Tritt bringen. Sonst konnte ich ab morgen selber kochen und Hanne in einem abgeschiedenen Krankenhaus mit Höhenluft und bruchsicherem Fensterglas besuchen.

»Wären fünf Euro mehr pro Woche okay?«, fragte ich vorsichtig.

Meine Mutter nickte mit leuchtenden Augen. »Du, das ist völlig in Ordnung.«

Vor lauter Verblüffung hätte ich beinahe noch meinen Teller in die Spüle gestellt und zusammen mit dem Geschirr vom Mittagessen abgewaschen. Aber das wäre ja saublöd gewesen.

Ich brauchte Gesellschaft. Und zwar von jemandem, der möglichst normal war. Hanne schied also schon mal aus. Canan war weg, und ich würde ihr nicht hinterhertelefonieren. Und Lasse Fleischer war abgeschrieben. (Abgesehen davon, dass er nie wirklich zum Reden getaugt hatte und sich am liebsten über *Call of Duty* unterhielt.)

Aber ich brauchte wirklich jemanden zum Reden.

Auch wenn es deprimierend klingt: Außer dem Bücherdämon war da niemand. Immerhin war Fausto, wie er mir beiläufig erzählt hatte, einige hundert Jahre alt und hatte hoffentlich ein bisschen Peilung, was menschliche Probleme anging.

Also schloss ich mich in meinem Zimmer ein und kramte Faustos Vase unter dem Bett hervor. Das hatte ich in den letzten Tagen selten gemacht. Und ich wusste auch warum: Fausto ging mir ein wenig auf die Nerven. Er räumte ständig meine Schultasche auf, wenn ich schwermütig an die Decke starren wollte, fraß meine Canan-Tintenherzen von der Schreibtischunterlage, hatte ein brennendes Interesse an der Toilette entwickelt und versteckte sich ständig in meinen Klamotten. Und dass es kein Spaß ist, wenn man Tag und Nacht einen Dämon unter oder *im* Bett hat, brauche ich euch wohl nicht extra zu sagen.

Fausto sah heute nicht gut aus. Hatte er abgenommen? Er wirkte schmal, sein Fell hatte den nachtschwarzen Glanz verloren und stand struppig ab. Nur sein gräuliches Horn auf der Stirn schien weiter gewachsen zu sein. Vor einigen Tagen noch hatte der Dämon seine Vase vollständig ausgefüllt. Jetzt konnte man auf jeder Seite schon wieder einen Finger zwischen ihn und den schartigen Rand schieben.

»Hey, Fausto!«, sagte ich und schnippte mit dem Fingernagel gegen die Vase. »Alles klar bei dir in der Keramik?«

Fausto kroch träge aus seinem Unterschlupf, räkelte sich und gähnte. Seine Zähne sahen so lang und scharf aus wie die einer kleinen Katze.

»Fausto war kurz davor, in den Winterschlaf zu fallen«, murmelte der Dämon. »Um die Zeit des Hungern und Darbens zu überstehen. So wie in der Großen Fehlerdürre 1969.«

»1969?« War da die Mondlandung gewesen? Der Mauerbau?

»Da konnte jeder schreiben, wie er wollte«, sagte Fausto. »Keiner brauchte mehr die Dienste eines Bücherdämons. Fausto musste zehn Jahre in einem Telefonbuch überwintern.«

Ich fischte eine alte Erdkundearbeit aus einem der verbotenen Pappkartons und hielt sie Fausto vor die Nase. »War die letzten Tage vielleicht ein wenig abgelenkt. Kann ich das wiedergutmachen?«

Der Dämon saugte die Lippen so heftig in seinen Mund, dass es aussah, als wäre sein Kopf implodiert. Er schnüffelte am Papier, dann schüttelte er den Kopf. »Angenehm. Doch Fausto bevorzugt es, später zu essen.«

Irritiert blätterte ich die Arbeit durch. Siebte Klasse, erstes Halbjahr, glatte Fünf. »Orthografie!!!« stand doppelt unterstrichen neben der Note. (Erdkunde war angeblich Hannes Lieblingsfach gewesen. Ein Grund mehr, das Fach nicht übertrieben ernst zu nehmen.)

»Magst du keine Erdkunde?«, fragte ich. »Ich kann dir auch noch ein altes Diktat besorgen. Das hatte ich extra aufgehoben!«

»Fausto hat heute wohl gar keinen Appetit«, sagte der Dämon, sprang mit einem Satz zurück in seine Vase und schloss die Augen.

Mit dem Dämon stimmte was nicht. »Du bist jetzt aber nicht beleidigt oder so?«, fragte ich.

»Mitnichten. Jedoch hat Fausto keinen Appetit auf Diktate.«

»Oder bist du im Hungerstreik? Habe ich was verbockt?« Ich machte mir Sorgen um den Dämon. Vielleicht hatte ich ihn falsch ernährt. Oder gegen eines der seltsamen Gesetze verstoßen? Nicht, dass er mir noch einging. Ich war noch nie sehr erfolgreich mit Haustieren gewesen, und über die Sache mit Charly war ich immer noch nicht richtig hinweg.

Ein tiefer, knurrender Rülpser bahnte sich aus Faustos Eingeweiden, blähte seine Lippen und ging in einen Schluckauf über, der den Bücherdämon beinahe zu zerreißen drohte. Die Vase kippte um, Fausto purzelte heraus, riss das Maul auf, schüttelte sich und zuckte – und spie eine Handvoll gelber Krümel aus.

»Das tat gut«, sagte Fausto, streckte sich auf meiner Schreibtischunterlage aus und atmete tief durch. »Geht gleich viel besser.«

Die ausgerülpsten Krümel sahen staubtrocken aus. Zwischen ihnen lagen kleine Papierknäuel. Ich strich eins mit den Fingern glatt: *Auch wenn Sie unmusikalisch sind, pfeifen Sie drauf* – stand in gestochener Schrift auf dem schmalen Streifen aus Hochglanzpapier. *Grö&sze tötet den Zwerg* – auf einem anderen.

»Was ist das für ein Quatsch?«, murmelte ich. Hatte Fausto das gefressen? War er von mir so vernachlässigt worden, dass er sich an … ja, woran bloß? … vergriffen hatte? Ich schnüffelte am Erbrochenen. Es roch nach beinahe nichts, ein wenig süßlich. Wie billiger Keks.

Der Dämon kraulte sich den Bauch. »Fausto geht es schon besser, herzlichen Dank.«

Ich hielt Fausto die zerkauten Mottosprüche entgegen. »Was zur Hölle ist das? Bestimmt keine Hausaufgaben!«

Faustos Zunge fuhr blitzschnell über die Zettelchen und lutschte an den ausgebleichten Buchstaben. »Apart«, sagte er. »Den Fehler hatte Fausto übersehen.«

Grizzly tötet den Zwerg, stand jetzt auf dem Papier. Das ergab noch weniger Sinn.

Fausto gähnte. Hinter seinem linken unteren Reißzahn klemmte etwas Helles. Ich schnappte den Dämon, stemmte ihm den Mund auf und griff nach meiner Modellbaupinzette. »Stillhalten!«, befahl ich. »Ist gleich vorbei.«

Vier rot glühende, weit aufgerissene Augen starrten mir vorwurfsvoll entgegen. So mussten kleine Kinder schauen, die zum ersten Mal zum Zahnarzt geschleppt wurden und jetzt die fiesen Instrumente auf sich zukommen sahen. Gehörnte Kinder, die aus der Hölle kamen, zugegeben.

Ich zupfte ein zerknäueltes Stück Papier aus Faustos Mund und ließ den Dämon frei. Er schnappte sich seine Tonvase, stülpte sie sich über Kopf und Rumpf und huschte an die Tischkante. »Fausto sagt jetzt gar nichts mehr«, kam es gedämpft durch die Töpferware.

Das geborgene Dokument war ein bisschen angespeichelt, aber das machte nichts. Unter der Vergrößerungslampe faltete ich es mit der Pinzette auseinander.

Sie werden Wege beschreiten, die neue Energien für Sie freisetzen.

Ich kombinierte.

Halbgare Lebensweisheiten, vermutlich ursprünglich grauenhafte Rechtschreibung, die Gebäckkrümel …

»Das hat jetzt echt noch gefehlt«, murmelte ich.

Fausto hatte Glückskekse gefressen.

Es dauerte einige Minuten mit gutem Zureden, bis ich Fausto wieder aus dem kratzigen Tongefäß kriegte. Er musste sich da drinnen irgendwie verkrallt haben, auch mit Schütteln und Klopfen war nichts zu machen.

Der Dämon nahm meine Entschuldigung an, als ich ihm den Erdkundeaufsatz ganz langsam unter die Vase schob. Eine Weile knisterte und schmatzte es, ein paar dämonenhafte Tintenschatten flossen über das Papier. Es gab einen leisen Furz. Und endlich hob sich der Rand der Vase an. Vier Augen blickten scheu zu mir herauf.

»Sorry wegen der Pinzette«, sagte ich. »Aber ich musste sichergehen, dass du nicht an chinesischen Weisheiten erstickst.«

»Es ist Fausto verboten, sich zu beschweren, und es liegt ihm auch völlig fern«, sagte der Dämon. »Aber die feine Art ist es nicht, sapresti, den Bücherdämon erst hungern zu lassen, ihm dann schandhafte, süchtig machende Trockennahrung vorzusetzen und anschließend die Notration aus dem Munde zu rauben!«

»Ich habe dir bestimmt keine Trockennahrung gegeben!«, protestierte ich. »Schon gar keine Glückskekse!«

Fausto schenkte mir einen tief gekränkten Blick. »Warum lässt der Meister dann die schandhaften Kekse auf der Fensterbank liegen?«

»Gar nichts habe ich liegen lassen«, sagte ich.

Jemand ruckelte an der Klinke meiner Zimmertür, rüttelte am Schloss.

»Tschüss, Hanne!«, rief ich. »Kannst gleich wieder gehen!«

Sie war schuld, niemand sonst!

Sie hatte vermutlich wieder in meiner Abwesenheit in meinem Zimmer herumgesessen, sich Knabberzeugs reingezogen und in meinen Sachen geschnüffelt.

»Trockenwortgebäck ist weithin eine Delikatesse«, gestand Fausto. »Aber es ist unnahrhaft und begünstigt Verstopfung. Ein Vetter von Fausto ist an Trockenwortkekssucht eingegangen. Er bevorzugte, nichts anderes mehr zu fressen.« Fausto schloss die äußeren beiden Augen und blickte mich mit dem inneren Augenpaar vorwurfsvoll an.

Ich fegte die Glückskekskrümel in meine Handfläche und ließ sie in der Hosentasche verschwinden. Dann machte ich mich daran, die Wohnung systematisch von Trockenwortgebäck zu befreien. Ich spürte eine Monatspackung in Hannes Nachttisch auf und vernichtete sie. Mein Dämon sollte nicht beschädigt werden, nur weil Hanne gerne aus Reisschleimkeksen die Zukunft vorhersagte.

Ich brauchte mehr als eine Woche, um Fausto wieder an gesunde Aufsatzkost zu gewöhnen. Die Schule begann wieder, und ich versuchte nach Kräften, den Kopf unten zu behalten: Im Unterricht weise Zurückhaltung üben, in der fausto-gestützten Geschichtsarbeit richtig reinhauen, das war die Taktik, die mich an die Klassenspitze katapultieren würde ... und darüber hinaus. Direkt bis nach Berlin – und zur *Frankfurter Allgemeinen Zeitung*.

Von Canan bekam ich nicht viel zu sehen: Sie sei erkältet, hüte das Bett und lasse schön grüßen, richtete mir Kerstin Stifft aus und schob einen Zettel mit Canans Handynummer hinterher. Ehrfürchtig befühlte ich ihn: wunderbares echtes Canan-Papier! (Ich brauchte nicht länger als drei, vier Stunden, um einen passenden Klingelton zu finden, der nicht peinlich, nicht schmalzig und nicht zu offensichtlich verknallt klang – *Silbermond* war nicht schlecht, *Silbermond* ging vielleicht, ja! genau! – und nur für Canan reserviert war. Falls sie mal anrufen sollte, vielleicht, hoffentlich, irgendwann. *Dann kann ich es kaum glauben, dass jemand wie ich so was Schönes wie dich verdient hat* ... Ja, *Silbermond* war echt nicht übel.)

Auch Hanne war krank.

Ich fand sie zusammengekauert auf dem Sofa – begraben unter ungefähr sechs ungewaschenen Pferdedecken vom Dachboden. Sie trank Schwedentrunk durch einen Strohhalm und lutschte rohen Ingwer, näselte mir irgendwas von Nebenhöhlen und Mandelentzündung entgegen und zog dann die Decken wieder über sich.

War ich ein schlechter Mensch, weil mir Hannes Erkältung gerade recht kam? Heute war Elternabend mit Großer Runde: Das bedeutete, die Lehrer der Hauptfächer waren anwesend, ebenso die Klassensprecher. Hanne wäre vermutlich mit Fragen zu meinem schulischen Höhenflug überhäuft worden.

»Ich habe übrigens deine Glückskekse weggeschmissen«, sagte ich. »Wir haben in Bio rausgefunden, dass ich dagegen allergisch bin. Habe nachts immer so Asthma gekriegt, das kam von den Keksen.«

»Ach, du warst das«, schnaufte der Pferdedeckenhaufen. »Ich dachte, der Jarg-Erich hätte die aufgegessen. Der mag die ja so gerne.«

Der Gedanke, dass sich JE an ihrem Privatbesitz vergriff, sich an ihrem Nachttisch bediente und unser Familieneigentum mit seinen gierigen Psychologenhänden in seinen gierigen Psychologenmund stopfte, schien sie völlig kaltzulassen. Toll.

Ein hässlicher Hustenanfall fuhr durch den Deckenhaufen.

Der Elternabend war abgehakt, Hanne vorübergehend außer Gefecht, und Fausto ging es besser, was wiederum den Aufsatzwettbewerb günstig ausgehen lassen würde. Eigentlich sah alles gar nicht so schlecht aus. Es war Zeit für einen gemütlichen Abend vor dem Fernseher. Meinem eigenen.

Ich konnte mir ein zufriedenes Grinsen nicht verkneifen. Bei Stoff funktionierte Hannes Röntgenblick hoffentlich nicht.

»Ich habe den Jarg-Erich zum Elternabend geschickt«, schnaufte der Deckenhaufen.

Ich erstarrte. Hanne wühlte sich an die Oberfläche und versuchte ein schiefes Lächeln. »Du hast doch nichts dagegen, oder?«

Ich hielt mich am lebensgroßen indianischen Wappenpfahl fest, der seit Hannes letztem Selbsterfahrungsseminar das Karma in unserer Wohnung ruinierte.

Jarg!

Erich!

Elternabend ...

Das durfte einfach nicht wahr sein.

»Findest du nicht schlimm, oder?«, fragte Hanne. »Ich hätte dir vorher Bescheid gesagt, aber du hattest dich ja in dein Zimmer eingeschlossen, und da wollte ich nicht stören.«

»Warum der?«

»Besser, als wenn gar keiner hingeht, oder?«

»Der ist nicht mein Vater«, entgegnete ich. »Er ist ein Volltrottel.«

Hanne zog die Nase hoch und lächelte versonnen. »Der Jarg ist ein ganz Lieber«, sagte sie. »Du musst ihm einfach eine Chance geben.«

Vielleicht war es die Macht des geschnitzten indianischen Vogelgottes, an dem ich mich festklammerte, die mich davor bewahrte, jetzt laut zu schreien und mit Glasperlenvorhangschnüren um mich zu werfen. Vielleicht war ich nach fast fünfzehn Jahren Hanne auch einfach nur abgehärtet.

»Er hatte seine Chance, Hanne. Er ist ein Idiot. Fertig.«

»Ach«, seufzte Hanne, »du wirst dich bestimmt an ihn gewöhnen.«

»Wenn ich mich an ihn gewöhnt habe«, sagte ich grimmig, »hast du ihn dir schon längst wieder abgewöhnt.«

Hannes zuversichtliches Lächeln gab langsam den Geist auf. Es hing nur noch in einem Mundwinkel und zuckte dort vor sich hin. »Der Jarg ist ein ganz Lieber. Ich verstehe mich auf jeden Fall prächtig mit ihm, so richtig gut. Wir haben auch schon miteinander geschlafen, weißt du? Das war sehr schön.«

In diesem Moment bekam mein seelisches Gerüst einen entscheidenden Knacks. Ich glaube, mich verließ die beruhigende, unerschütterliche Macht des Vogelgottes. Vielleicht verließ sie mich für immer.

Die Herbstferien vergingen also, der Castor rollte durch Deutschland, Hanne reiste mit der *Friedensgruppe Nordstadt* hinterher und kam ohne Schuhe von den Demos zurück.

Ich hatte gehofft, die dämlichen Bleistiftzeichnungen auf meinem Tisch in der 9c nach den Ferien nicht wiederzusehen. Aber so einfach war das nicht. Denn auch wenn Markus Jahnke und das Horn auf seiner Brust mir etwas Ruhe verschafft hatten, wurde mein Leben in der Klasse nicht einfacher. Die 9c hatte ein langes Gedächtnis, sie war starrsinnig und pedantisch wie eine schlecht gelaunte Elefantenherde.

Daran änderten auch die Geschichtsarbeit, zwei Vokabeltests und das exzellente Bio-Referat über Hamster nichts, zu dem ich ehrlich mindestens ebenso viel beigetragen hatte wie Fausto.

Zwei Wochen nach den Herbstferien hockte ich nach Sport auf einem Fahrradständer, wartete auf Canan und wich dem erbarmungslosen Blick von Dörting senior aus, der auf kurzen fetten Beinen zu seinem Fahrrad watschelte und mich – wie eigentlich ständig seit der Wettbewerbssache – böse anglotzte.

»Was starrst du uns so an, Joseph?«, fragte er. Ein Streifen langer, ausgedünnter Locken lag wie ein Lorbeerkranz um seinen runden Kopf und wackelte bei jeder Silbe. Dörting senior sprach gerne in der Wir-Form. Er hatte ein paar Macken. Das war eine der harmloseren.

»Ich starre nicht, Herr Dörting, sondern ich gucke.«

»Du guckst nicht, sondern ... du starrst uns an und ... planst etwas!«, schnarrte er. Alle paar Sekunden kniff er beide Augen fest zusammen. Es war ein nervöser Tick, das wusste jeder an der Schule, aber Dörting senior sah dabei so aus, als versuchte er absichtlich zu platzen. »Du planst etwas, das ... wissen wir, und das finden wir gar nicht gut! Und eins ... empfehlen wir dir ...« Dörting senior kam auf Flüsterentfernung heran, sah sich gründlich nach links und rechts um und kniff beide Augen fest zusammen. »Wir empfehlen dir eins, Joseph: Lass es sein mit dem Wettbewerb! Du bist keine Konkurrenz für Udo-Kieron, verstehst du das? Du wirst auf die Nase fallen, merk dir unsere Worte! Bitter – auf die Nase!«

»Kann es sein, dass Sie mir irgendwie drohen, Herr Dörting?«

Auf so eine Frage antwortete man typischerweise: »Nein.« Erst recht, wenn man drohte.

Dörting senior aber schnalzte feucht, wuchtete seinen Hintern aufs Rad, radelte davon und fuhr vor Wut mitten durch eine Pfütze.

Wo blieb eigentlich Canan?

Seitdem die Schule wieder angefangen hatte, radelten wir auf dem Schulweg nebeneinander heim. Doch heute kam sie nicht.

Sieben lange Minuten wartete ich, dann rief ich sie an. Canan drückte mich weg. Das war ungewöhnlich, um nicht zu sagen: sehr ungewöhnlich!

Sofort machte ich mich auf die Suche nach ihr, irrte über den Pausenhof, rief ihren Namen über die Wand der Mädchenumkleide, suchte sie auf dem Sportplatz.

Ich fand Canan schließlich am Schulkiosk.

Sie lehnte am verschlossenen Rollo der Essensausgabe und unterhielt sich mit einem dicklichen Jungen, von dessen zerzauster Lockenfrisur ich Augenkrämpfe bekam: Udo-Kieron Dörting!

Ausgerechnet er!

Er hatte sich vor Canan wie ein Boxer aufgebaut und redete eindringlich auf sie ein. Von seiner rechten Armbeuge baumelte ein schwerer Stoffbeutel, der mich verdächtig an Canans mobile Abrüstungsbibliothek erinnerte.

Mit ausladenden Schritten durchquerte ich die Halle. Canan sah mich, lange bevor ich die beiden erreichte. Sie wirkte erschöpft.

Ich kam gleich zur Sache. »Was machst du mit Canans Büchern, Dörting?«

Er ließ die Tüte in seiner klobigen Hand kreisen. »Ich trag die. Siehst du doch. Männer helfen Frauen gelegentlich.«

Allein für die aufgeblasene Betonung von »gelegentlich« hatte er Strafe verdient. Man sollte ihn gelegentlich hauen, mitten ins Gesicht.

Ein stechender Schmerz schoss durch meinen Nasenflügel. Ein Pickel kündigte sich an. Ein dicker, gemeiner, der tief unter der Haut saß und der durch Ausdrücken nur noch schlimmer wurde und sich explosionsartig auf Daumennagelgröße aufblähen konnte.

»Lass die Tasche los«, zischte ich.

»Bitteschön«, sagte Dörting und überreichte Canan den überschweren Beutel mit spitzen Fingern. Wie viel Kraft hatte der Typ eigentlich?

»Der Kieron wollte mich mal kurz sprechen. Weil er mir etwas sagen wollte«, sagte Canan. Sie wirkte aus irgendeinem Grund amüsiert. »Er wollte mich anscheinend warnen.«

Dörtings Nasenspitze zuckte ein Mal nach rechts und ein Mal nach links. »Es ... Es ging um die Lerngruppe«, stammelte er. »Ich wollte noch mal auf die Lerngruppe für den Wettbewerb zurückkommen. Darüber hatten wir ja schon gesprochen, Joseph.«

»*Du* hast gesprochen«, sagte ich. »Ich habe geschwiegen.«

Canan schüttelte sanft, aber entschlossen den Kopf. »Kieron hat versucht, mich vor dir zu warnen«, sagte sie ganz freundlich. »Er sagte, du bist ein Lügner. Einer, der die ganze Klasse betrügt. Der mit ...« Sie schien angestrengt nachzudenken. »... dreckigen Tricks arbeitet, so hast du es doch gesagt, oder?«

Meine Eingeweide krampften sich schmerzhaft zusammen.

Dörtings Nasenspitze zuckte nach links und blieb dort. Vielleicht hatte er einen Nerv eingeklemmt oder so. »Nun ja«, sagte er. »Rein inhaltlich schon. So ganz grob zusammengefasst.«

»Echt schade, dass du jetzt schon gekommen bist, Joseph! Ich hätte gerne mehr gehört. Klang richtig interessant.«

»Wirklich?«, sagten Dörting und ich wie aus einem Mund.

»Wirklich«, sagte Canan. Sie klang echt vergnügt.

Ich musste die Augen schließen, um meine Gedanken zu ordnen. Glaubte sie Dörting? Hatte er ihr *irgendwas* erzählt?

Und wenn ja: Sollte ich Dörting hier an Ort und Stelle eins verpassen? Mit Canans Büchertüte oder mit dem extraschweren Hochsicherheitskabelschloss, das ich aus irgendeinem Grund immer noch in der Hand hielt? Oder lieber morgen auf dem Schulweg?

Canan lächelte versonnen vor sich hin. Was genau hatte Dörting ihr erzählt? Wusste er etwas über Fausto? (*Ausgeschlossen!*, schärfte ich mir ein. *Niemand!* wusste etwas darüber. *Niemand!* durfte etwas darüber wissen. *Niemals!*)

»Du siehst so nachdenklich aus, Joseph«, sagte Dörting. »Klingelt bei dir was?«

»Bei dir sollte was klingeln, bei dem ganzen Mist, den du rumerzählst«, knurrte ich heiser. »Und zwar die Alarmglocken.«

Es klingelte tatsächlich.

Allerdings nur zur siebten Stunde.

»Wir müssen dann mal.« Canan winkte Dörting zu und schwang sich die vollgestopfte Tüte mit überraschender Leichtigkeit über die Schulter.

Dann griff sie nach meiner Hand.

»Ich fand dich eigentlich immer ganz nett, Kieron«, sagte sie, während sie mich in Richtung Ausgang zog. »Bis heute. Schade eigentlich.«

Dörting sah noch blasser aus als sonst.

Ich aber sagte nichts, sondern starrte auf die schmutzigen Fliesen und versuchte alles, alles, um Canan nicht in die Augen zu sehen.

Ich war also ein mieser Lügner.

Vielleicht, weil ich so veranlagt war, ihr wisst schon, kriminelle Ader und so weiter. Kann sein. Vielleicht aber auch, weil sich zum ersten Mal überhaupt Leute drum scherten, was ich so machte, und sich für mich interessierten, und weil jemand, der sich in Südfrankreich sehr bequem eingerichtet hatte, bald erfahren würde, dass ich keine komplette Null war.

Konnte alles sein. Keine Ahnung.

Was ich allerdings genau wusste: Udo-Kieron Dörting hatte mich bei Canan in ein mieses Licht rücken wollen, und das machte mich verdammt wütend.

Canans Finger lagen leicht und selbstverständlich in meinen, Hand in Hand gingen wir zu den Fahrradständern. Das Fahrradschloss in meiner Rechten schien einen Zentner zu wiegen. Mindestens.

»Ich hatte ja schon gesagt, der Kieron ist neidisch auf dich«, sagte Canan und ließ meine Hand so selbstverständlich los, als wäre nichts geschehen, als wäre das nicht eben der Beweis dafür gewesen, dass sie mich ebenfalls ... Ihr wisst schon. »Ihr seid jetzt in der Klasse gleichauf. Das kann der einfach nicht ertragen.«

»Warum hast du mich weggedrückt? Und warum hast du ihn die Tasche tragen lassen?«, fragte ich. Meine Lippen waren staubtrocken, die Handfläche schwitzte wie verrückt, meine Knie wackelten hin und her.

»Damit er mir vertraut«, sagte Canan. »Damit ich zu hören bekomme, was er wirklich über dich denkt.«

»Aber du glaubst ihm nicht, ja?«, fragte ich, während ich länger als sonst damit zubrachte, das Fahrradschloss wieder am Rahmen zu befestigen.

Canan ging in die Hocke und sah mir in die Augen. Irgendetwas tief in mir drin versuchte, sich vor ihrem strengen Blick zu verstecken.

Es klappte.

»Ich würde ihm glauben«, sagte sie, ohne die Augen von mir zu wenden. »Aber ich kenne dich, Joseph. Und darum glaube ich ihm kein Wort.«

Ich wartete, bis Canans Rad hinter der Uni-Mensa am Schneiderberg verschwunden war, ehe ich mir erlaubte, wütend zu werden. So wütend, dass ich rechts ranfahren und einige Minuten lang den Fahrradlenker würgen und ein paar rissige Gummistreifen von den abgewetzten Griffen kratzen musste.

Canan anzulügen war nicht das Gleiche wie Hanne anzulügen. Aber mein Zorn spülte das schlechte Gewissen weg.

»Was für ein Verräter!«, keuchte ich.

Das war eine direkte Attacke auf mich. Das übertraf die Sache mit dem geklauten Deutschheft um Längen.

Dörting hatte soeben versucht, mir das Wichtigste kaputt

zu machen, das es in meinem Leben gab. Er wollte *alles* kaputt machen!

Natürlich hatte Dörting keine Ahnung von Fausto, beruhigte ich mich. Er bluffte und versuchte, Canan durch gute Manieren und großkotziges Gelaber zu beeindrucken und Misstrauen zwischen uns zu säen.

Vielleicht stand er selbst auf sie. Wahrscheinlich. Genau – so musste es sein! Canan war keine von denen, die mit jedem rummachten. Aber sie war schön, wunderschön, und witzig und klug, das konnte ihm nicht entgangen sein.

Er quatschte mir von der Seite rein, er fingerte in meinem Leben herum.

Aber damit war Schluss.

Er würde schon sehen, was er davon hatte, sich mit mir anzulegen.

(In der *Freundin* stand, dass zweiundvierzig Prozent aller Frauen es okay fanden, sich gegen Mobbing am Arbeitsplatz mit unsauberen Mitteln zu wehren. Das reichte mir.)

Die nächste Deutscharbeit war am Freitag.

Ich würde Udo-Kieron Dörting etwas servieren, das ihm gar nicht schmecken würde: eine abgehangene, gut gekühlte Portion Rache, tellerfertig, mundgerecht und ziemlich bitter.

»Di-di-diese Aufgabe vermag Fausto ni-nicht so recht zu behagen!« Der Bücherdämon hockte auf dem schmalen Regal über meinem Bett und ließ seine dürren Beinchen baumeln. »Durch...durch...«

»Durcheinanderbringen«, sagte ich. »Ganz einfach. Einen kleinen Aufsatz durcheinanderbringen, klar?«

»D-das ist kein appetitliches Werk. Selbstverständlich, sapresti, ist es Fausto äußerst fremd, die Aufgabe des Meisters zu kritisieren, mit Verlaub, Verzeihung, bitteschön.«

Der Dämon schien zu frieren. Ärmchen und Beinchen schlotterten hin und her, er pulte in den Zähnen, rieb an seinem Horn herum und fuhr sich immer wieder mit der dunklen Zunge über das Fell.

Meine Nachttischlampe beleuchtete Fausto von unten. Er warf einen monströsen Schatten an die Wand hinter ihm, ein fast menschengroßes Ungeheuer, das mit hässlichen Klauen an seinem tödlichen Stirnhorn herumscheuerte.

Ich hoffte, es gab keine Bücherdämonen, die zu solchen Riesenflecken zusammenschmolzen.

»Verstehe ich alles, kein Problem, du bist einer von den Guten, du machst gerne Sachen heile«, sagte ich. »Alles klar. Aber in diesem wichtigen, äußerst wichtigen Fall musst du einfach ne Ausnahme machen. Kapiert? Eine Ausnahme, mehr nicht!«

»Aufgabe ...«, würgte Fausto hervor. »... Ausnahme.«

»Dieser Typ, ja, dieser D-ö-r-t-i-n-g ...« Was für ein widerlicher Name! »Der möchte dem Meister etwas sehr Schlimmes antun. Der möchte, dass der Meister so traurig wird, dass er nie wieder einen einzigen Aufsatz schreibt!«

Fausto erschrak so sehr, dass er beinahe vom Regal gefallen wäre. »Nicht einmal einen kleinen?«

»Gar keinen mehr.« Und das stimmte. Wenn Dörting Erfolg gehabt und Canan gegen mich aufgehetzt hätte, wäre mir die Lust am Aufsatzschreiben tatsächlich vergangen. Aber Fausto verstand sicher nicht viel von der Liebe. Ich musste es ihm so einfach wie möglich verklickern.

»Dieser *D-ö-rting* ist *b-ö-s-e*, klar? Und deswegen machst du seinen Aufsatz kaputt. Damit er sich bessert.«

»Und wird er dann wieder gut?«, flüsterte Fausto. »Wenn Fausto seinen Text d-d-d...«

»Durcheinandergebracht!«

»... durcheinandergebracht hat? Hört er dann auf, böse zu sein?«

»Ja. Dann wird alles gut werden.«

Okay, das war sehr optimistisch. Aber besser, ich verunsicherte Fausto nicht noch mehr.

»Fausto wird tun, was er kann, sapresti. Auch wenn ihm gar nicht behaglich dabei ist.«

Ich streckte die Hand aus, um ihn beruhigend zu kraulen. Aber Fausto schreckte zurück, erblickte den riesigen Schatten hinter sich, stieß einen spitzen, pfeifenden Schrei aus und stürzte vor Schreck vom Regal.

Dort, wo er gesessen hatte, fand ich einen kleinen, schwarzen Tintenfleck. Entweder Fausto färbte ab ... oder er hatte mir vor Angst ins Regal gepinkelt.

Vier Tage vergingen.

Endlose Tage. Endlose Schulstunden, in denen ich niemandem in die Augen sehen konnte – aus Angst, mich zu verraten und zu viel von der Wut preiszugeben, die in mir brodelte.

Vier endlose Abende, an denen ich mich in meinem Zimmer einschloss und Fausto wieder und wieder im Flüsterton auf seine Aufgabe einschwor und ihm versicherte: Ja, bald würde alles wieder gut sein, und nein, niemand würde ihn,

Fausto, dafür bestrafen, ausnahmsweise mal einen kleinen Text zu zerlegen.

Niemand. Versprochen.

Der Deutschaufsatz begann wie jeder andere: Mit dem Geruch vergorener Fisherman's Friend, in die sich eine schale Zwiebelnote aus Kattmanns verwaschenem Karohemd geschlichen hatte.

Er marschierte mit schweren Schritten durch die Reihen, sein eingelaufener Hemdkragen schnürte den fetten Hals ein wie eine Garotte. Mit versteinerter Miene verkündete er das Aufsatzthema. (Eine Garotte ist ein italienischer Draht, mit dem sich Mafiosi gerne gegenseitig umbringen, behauptet Fausto. Er behauptet allerdings auch, mal im Vatikan gelebt zu haben.)

Es gab kein Zurück mehr für mich.

Der Plan war ausgereift, meine Geheimwaffe hockte unter meiner Kapuzenjacke, zusammengeschmolzen zu einem zähflüssigen, pelzigen Fleck aus pechschwarzer Farbe und schlechtem Gewissen.

Behutsam platzierte Kattmann mein Heft vor mir auf dem Tisch, rückte es zurecht und schenkte mir ein merkwürdig hungriges Lächeln. Es fehlte nur noch, dass er mir über den Kopf streichelte.

»Ich freue mich sehr auf deinen Text«, sagte er, während ihn Markus von hinten mit Tipp-Ex bespritzte.

Canan saß eine Reihe hinter mir über ihr Heft gebeugt, die Nase dicht über dem Papier, in den Fingern den grasgrünen Füller, mit dem sie in ihrer Canan-Handschrift ihre wunderbaren Canan-Gedanken aufschrieb.

Es klingelte. Die Klassenarbeit begann.

Und die Minuten fingen an, unterträglich zäh zu vergehen.

Das Aufsatzthema hätte mich vor wenigen Wochen noch in Angst und Schrecken versetzt. (Es ging immer noch um *Kleider machen Leute*. Wie viele Arbeiten konnte man bitte über so ein dünnes Buch schreiben?)

Dörting war heute laut und unruhig. In der ersten Reihe warf er sich über seinem Aufsatz hin und her wie ein schwitzender Wahnsinniger, der von Albträumen geplagt wurde. Vielleicht ahnte er bereits, dass der Schatten des Untergangs über ihn gefallen war und dass es nur noch eine Frage der Zeit war, bis er wegen vollkommener Verblödung aus der Klasse flog.

Er konnte nach diesem Aufsatz einpacken. Seine Tage als Klassenbester waren auf jeden Fall gezählt, da konnte er im Unterricht rumschwafeln, wie er wollte.

Siebzehn Minuten vor Schluss der Stunde schraubte Dörting seinen Füller zu und stapfte behäbig zum Lehrertisch, legte sein Heft ab. Er war als Erster fertig. Kein Wunder. Das war er immer.

Es wurde ernst. Mein Einsatz: Vorhang auf für Fausto.

»Ich müsste echt mal kurz raus«, stöhnte ich in Richtung Kattmann und stolperte dicht an ihm vorbei. Für einen Moment ließ ich es so aussehen, als bekäme ich keine Luft, stützte mich mit beiden Händen auf dem Lehrertisch ab.

»Jetzt«, zischte ich durch die geschlossenen Zähne.

Mit einem zarten, schmatzenden Geräusch sickerte Fausto aus meiner Jacke in Dörtings Deutschheft, das unschuldig darauf wartete, zusammen mit den anderen in Kattmanns Fahrradkorb gestopft und in sein Deutschlehrerzuhause verschleppt zu werden.

Punktlandung!

Eine halbe, vielleicht eine ganze Sekunde lang war Fausto zu sehen, nicht mehr als ein unheilvoller Schatten, der von den bügelglatten Seiten des Heftes aufgesaugt wurde.

Ich marschierte mit weichen Knien aufs Klo, drückte zwei Mal die Spülung und ließ warmes Wasser über meine eiskalten Unterarme laufen.

Genau *jetzt*, in diesem Moment, geschah es.

Fausto stellte Dörtings Aufsatz auf den Kopf, genau so, wie ich es ihm befohlen hatte. Er verschob Dörtings kunstvoll gedrechselte Sätze, er verdrehte seine Fremdwörter, zerlegte die Grammatik. Es gab wirklich kein Zurück mehr.

Als ich wieder auf das Klassenzimmer zuhielt, kam mir Dörting entgegen, seine Tasche fest vor die Brust gepresst. Kurz kreuzten sich unsere Blicke. Keiner von uns gab sich Mühe, mehr als eine halbe Sekunde standzuhalten, ehe wir uns in weitem Bogen auswichen.

»Wie lange haben wir noch, Herr Kattmann?«, fragte ich, als ich wieder drinnen war. Mit den Fingerkuppen trommelte ich auf den flachen Stapel aus Deutschheften, die sich jetzt, sieben Minuten vor Schluss, angesammelt hatten.

Kattmann beäugte mich prüfend. »Noch ein paar Minütchen, mein Lieber«, erwiderte er.

Fausto ließ sich nicht blicken.

Er kam nicht aus dem Stapel gekrochen. Höchstens ein feines Knistern war von dort unten zu hören.

»Ist noch etwas, Joseph?«

»Ich ... äh ... weiß nicht«, murmelte ich. »Mir ist nur ein bisschen ... schwindelig.« Warum kam der Dämon nicht raus? Wenn Kattmann ihn in weniger als sieben Minuten einpackte und entführte, hatte ich ein fettes Problem. (Mal ganz abgesehen von dem noch fetteren Problem, das Fausto wahrscheinlich kriegte.)

Kattmann stand auf. Begeistert schielte er in Richtung meines Heftes. »Wenn du mit deinem Aufsatz fertig bist, bring ihn her. Schön hier drauf!« Er klopfte mit der Faust auf den Heftstapel – mitten auf einen zarten, tintenschwarzen Fleck! Kattmann brauchte nur nach unten zu schauen, um zu sehen, wie mitten auf dem Deckel von Tine Schiwalskys Heft ein verschlungenes Muster aus dunklen Tintenadern erblühte, das sich langsam nach oben wölbte. Drahtige Haare bildeten sich, die Andeutung einer knochigen Dämonenfaust zeichnete sich ab ...

»Ich hab schon abgegeben, oder?«, keuchte ich und stürzte mich auf den Heftstapel. »Aber ich muss mein Heft noch mal kurz haben. Muss noch was ändern!«

»Joseph!« Kattmann sprang blitzschnell auf, der Lehrerstuhl hielt seinen dicken Hintern noch einen Moment mit den Armlehnen umklammert, ehe er dem Gesetz der Schwerkraft folgte. Kattmann griff nach mir, ich wich ihm aus und langte nach dem Heftstapel, geriet aus dem Gleichgewicht – und riss die Papiere mit zu Boden. Ein halbes Dutzend Deutschhefte flog durch die Luft, Aufgabenblätter segelten herum ... Da war ein knochiges schwarzes Ärmchen! Ein rot glühendes Auge! Fausto!

»Joseph Fittich!«, polterte Kattmann. »Dein Heft liegt da hinten auf deinem Platz! Sofort aufhören!«

»Fausto«, flüsterte ich und wühlte mich durch die Hefte. »Komm her! Jetzt!«

Endlich löste sich ein kleines, schweres Etwas aus dem Durcheinander aus Aufsatzheften, Löschblättern und Korrekturzetteln und klatschte an mein Bein. Ich fühlte winzige Klauen, die sich an meiner Jeans festhielten.

Als ich aufstand, blickte ich in die versteinerten Mienen der 9c-Musterschüler. Nur in Canans Gesicht erkannte ich eine Regung: Tiefe Besorgnis, zusammen mit einer Note von Zärtlichkeit, die mich fast wieder zurück auf den Boden geschickt hätte.

»Verzeihung«, murmelte ich. »Hatte einen Blackout.«

Ich ging in die Knie, um die Hefte wieder aufzusammeln.

»Nicht noch mehr Unordnung!« Kattmann hampelte in heller Aufregung vor mir herum. Sein Gesicht lief schon wieder bedenklich blau an, an einem seiner Vorderzähne klebte ein gräuliches Fisherman's Friend.

Als ich zurück zu meinem Platz ging, pfiff Markus leise durch die Zähne. Er grinste. »Tolle Show, Fittich. Hast du die geprobt oder ist dir das spontan eingefallen?«

»Äh ... spontan«, sagte ich. »Ziemlich.«

»Du hast übrigens einen Fleck auf der Hose«, sagte er. Markus' Blick hing an meiner Jeans in Kniehöhe. Der Fausto-Fleck war tatsächlich nicht zu übersehen. So groß wie ein aufgeschlagenes Oktavheft und von schillerndem Schwarzblau.

»Der wäscht sich raus«, antwortete ich.

Kattmann war schnell. Schneller als sonst. Als könnte er es nicht erwarten, uns die Arbeiten zurückzugeben.

Eine Woche später war es so weit: Freitag, fünfte Stunde, Kampfsportart Deutsch.

Ehe er die Aufsatzhefte austeilte, drehte ich mich kurz, wie zufällig, zu Canan um. Wir teilten einen verschwörerischen Blick, bei dem ich erstaunlicherweise nur ein bisschen rot wurde, während sich in meinem Mund ein pelziger Geschmack ausbreitete. Meine linke Hand zuckte, der deftige Pickel unter meinem linken Auge juckte wie verrückt.

Kattmann ging durch die Reihen und sagte die Noten laut an, während er die Hefte verteilte.

Markus Jahnke: Knappe Vier, dazu ein hungriges, wölfisches Schmatzen von Kattmann, das erahnen ließ, wie sehr er sich auf eine weitere *Zusammenarbeit* mit ihm freute.

Markus nahm die Note ungerührt zur Kenntnis. Er schien Kattmann nicht das kleinste bisschen Genugtuung zu gönnen. Er saß einfach nur da, starrte auf seine Tipp-Ex-Flasche und rieb mit den Fingerknöcheln über seine Hühnerbrust.

Canan Yilmaz: Vier! Ein langer lehrerroter Kommentar unter dem Aufsatz. Kerstin Stifft fing eine riskante Diskussion mit Kattmann an und verwies ihn darauf, dass Canan früher eigentlich immer ganz gut …

»Herzlichen Dank für diese qualifizierte Wortmeldung«, sagte Kattmann spöttisch und starrte auf seinen Sitzplan. »Du heißt … wie? Kerstin … Stifft, richtig?«

Sie nickte und wurde blass.

Für mich gab es eine Eins. Der extrabreite Rand war bis auf ein paar Ausrufezeichen leer. Fausto hatte wie befohlen zwei, drei Flüchtigkeitsfehler eingebaut. Aber nicht mal die hatte Kattmann korrigiert. *Sehr gut*, stand darunter. *Mehr ist zu dieser Arbeit wirklich nicht zu sagen*. Punkt.

»Schon wieder ne Eins, Fittich?«, grunzte Markus heiser. Er hatte sein Aufsatzheft zu einer improvisierten Waffe zusammengerollt und pfählte damit ein paar unsichtbare Feinde.

Ich zuckte mit den Achseln.

»Du lernst nicht für die Arbeiten, haste gesagt, ja? Schreibst einfach irgendwas hin?«

»Ich schreibe einfach irgendwas hin.«

»Und du hast nicht irgendwie einen Trick oder so was?«

Einen Trick? »Einen Trick? Wie ... Wie kommst du auf so was?«

»Weiß nicht, war nur so eine Idee«, sagte Markus. »Vielleicht weil du nie wen abschreiben lässt.«

Das stimmte. Und es war kein Zufall, dass ich mich während der Arbeit hinter Federmäppchen und Armen verbarrikadierte. Es würde Markus sicher irritieren, wenn er schwarze Tinte über die leeren Seiten fließen sähe, wo sie meine Handschrift hinterließ.

»Vielleicht habe ich einfach Glück«, sagte ich.

»Der Tscho-Man hat kein Glück, der ist einfach ein Genie«, warf Lasse, die illoyale Ratte, von der Seite ein. Okay, er war nicht im engeren Sinne illoyal, aber er war und blieb eine hässliche Ratte, die besser die Klappe gehalten hätte.

»Schnauze«, sagte Markus.

»Genau«, sagte ich. »Schnauze.«

Markus hob den Blick. Einen Moment lang schien es, als

ob er noch etwas nachschieben wollte. Aber stattdessen rammte er seine Zirkelspitze bis zum Anschlag in sein Aufsatzheft und nagelte es mit ganzer Kraft am Tisch fest.

Udo-Kieron Dörting bekam seine Arbeit als Letzter zurück – allerdings ohne die Ansage der Note, ohne ein einziges Wort des Lobes. Kattmann hockte sich neben Dörtings Tisch, rieb mit den Fingerkuppen über das Furnierholz und redete leise auf den Jungen ein.

Der ließ heute sein übliches Theater, sondern blätterte mit schmalen Augen durch sein Heft.

Ganz allmählich keimte das Entsetzen in seinem Gesicht, ein zartes, blasses, trauriges Pflänzchen, das von seinen Mundwinkeln aussprosss und langsam nach oben wuchs, bis es seine Augen erreichte. Seine Locken begannen zu zittern, als erfasste sie eine elektrische Aufladung.

Dörting klappte das Heft mit einer entschlossenen Handbewegung zu. Sein Blick irrte suchend in der Klasse herum, streifte mich kurz, wanderte weiter im Nichts herum.

Heute lachte er nicht.

12 M wie METZINGER

Am Wochenende kam ich zum ersten Mal seit langer Zeit dazu, endlich mal auszuschlafen. Fausto blieb die meiste Zeit unter dem Bett (»Etwas Schattigkeit ist Fausto heute äußerst angenehm«), pennte brav in seiner Vase und machte sich nicht wie sonst auf meinem Kopfkissen breit. Vielleicht hatte er Blähungen oder ein schlechtes Gewissen wegen des kaputten Aufsatzes, oder er wollte einfach mal seine Ruhe haben.

Ich bekam am Sonntag sieben SMS und eine Mail von Canan, in der sie mir berichtete, dass Dörting Tine Schiwalsky am Freitagnachmittag in der History-AG gesagt hatte, dass Tine beim Voltigieren zu Kerstin Stifft sagen sollte, dass Kerstin bei Canan anrufen und ihr sagen sollte, *sie* (= Canan) solle besser auf sich aufpassen und sich von *diesem Typen* (= Joschel Fittich) fernhalten. Von diesem Typen!

So sah es aus, Leute.

Dörting hatte noch nicht genug. Er schrie dringend nach noch mehr Problemen. Und die würde er bekommen. Denn morgen schrieben wir Geschichte – sein Lieblingsfach, direkt nach Deutsch, Französisch und Chemie.

Montag früh in Englisch schielte Dörting mindestens zwei Mal zu Canan hinüber. Englisch war früher echt nicht so mein Ding gewesen. Seit Fausto war es ein Kinderspiel: Frau Strawinsky hielt mich für ein verkanntes Genie, im Unterricht täuschte ich Nervosität und Schüchternheit vor, stammelte einfach etwas herum, wenn ich drangenommen wurde, stotterte und presste nach Kräften das Blut in meine Ohren, um ordentlich rot zu werden. Genies durften durchgeknallt wirken.

»Hier stinkt's!«, sagte Markus und unterbrach mich dabei, Dörting finster anzustarren. »Bist du das, Fleischer?«

Ich schnüffelte. Tatsächlich: Ein seltsamer Geruch hing im Raum. Ein Hauch von Mottenkugeln, alten muffigen Decken und dem Staub, der Hannes Soziologie-Büchersammlung bedeckte. Auch die anderen schienen etwas zu riechen, irgendetwas lag in der Luft. Und nicht bloß Gestank: mehr so eine schwirrende, negative *vibration*. Ein dunkle Vorahnung, ihr wisst schon, aufziehendes Unheil, Monster unter dem Bett, eine aufkeimende Durchfallerkrankung, mieses Karma eben.

»Das war wieder ein echter Fittich«, sagte Frau Strawinsky, als sie mir mein Englischheft in die Hand drückte. »Du liest englische Romane im Original, nicht wahr?«

»Äh ... Nur wenn sie ... noch nicht auf D-deutsch draußen sind.«

Neben mir stopfte Markus sein Englischheft tief in den Rucksack.

Es liest sich mitunter ein wenig abgehoben, und das Vokabular ist hier und da ein bisschen veraltet (1-), stand unter meiner Arbeit.

»Du liest echt englische Romane?« Markus knallte seine schwielige Faust auf meinen Tisch. »Irgendwann ist es auch mal gut.«

»Was hast du gegen englische Romane?«

»Ich habe was gegen Leute, die eine Eins nach der anderen schreiben und ihre *Freunde* nicht abschreiben lassen, klar?«

»Wenn mir einer draufguckt, werde ich total nervös«, sagte ich. »Hast du es schon mal mit Nachhilfe probiert? Hatte ich auch mal.«

»Vielleicht hattest du auch jemanden, der die Nachhilfe zahlt, Fittich«, sagte Markus düster.

Ich zog den Kopf ein und drehte mich unauffällig zu Canan um.

Zwei, signalisierte sie mir von hinten mit den Fingern. Kerstin Stifft führte neben ihr ein pantomimisches Freudentänzchen auf.

»Was guckste die denn die ganze Zeit an?« Markus rieb sich den Knochenwulst auf der Brust. »Stehst du auf die oder was?«

»Tscho-Man steht auf niemanden, Alter«, sagte Lasse. »Der steht nur auf sich selbst.«

»Schnauze«, kam es prompt von Markus.

Ehe ich »Schnauze« sagte konnte, fiel mein Blick auf Dörting.

Er sah heute anders aus als sonst, so blass, als hätte er nicht nur ein Gespenst gesehen, sondern wäre aus Versehen durch eins hindurchgelaufen, mitten durch das kalte, glibberige Ektoplasma.

Dörting blickte mich an.

Ausgerechnet mich. Niemanden sonst.

In seiner Miene erkannte ich nichts von der verträumten Überheblichkeit. Er sah blass aus und ein bisschen ängstlich. Und doch lag die Andeutung eines Grinsens auf seinem Gesicht. Man musste genau hinsehen, um es zu erkennen.

»Oder er steht auf Dörting«, sagte Lasse. »Tscho-Man steht auf Fette. Auf so richtig Fette, so fett, dass das Fett überall ...«

»Schnauze«, raunte Markus. »Und sag nie wieder Tscho-Man, klar? Kann ich echt nicht mehr hören.«

Dörting war eigentlich nicht der Typ, der rumgrinste. Es sah unheimlich aus.

Leonard Strehlau aus der 11b schenkte mir einen nachdenklichen Blick, als ich in der zweiten großen Pause mit dem Atlas in der Hand aus einer Klokabine kam.

Der Diercke schien wohl so eine Art Markenzeichen von mir geworden zu sein. Klar. Ich schleppte ihn ständig mit mir herum – auch wenn ich Fausto nicht dabeihatte, quasi als Ablenkungsmanöver.

Strehlau war eine Autorität in der Schülervertretung. Besser, ich war vorsichtig in seiner Nähe. Der kannte eine Menge Leute, die Zeug über mich rumerzählen konnten.

Auch auf dem Klo roch es echt muffig. Als hätte sich hier drin irgendein Tier zum Sterben zurückgezogen und wäre jetzt kräftig am Verfaulen.

»Falls du dich ohne Landkarte hier drinnen verläufst«, sagte Strehlau und wies auf die Ausgangstür, die fingerdick mit Aufklebern bedeckt war, »da geht's raus.«

»Danke«, sagte ich. »Ich finde es schon allein.«

Strehlau hob eine Augenbraue.

»Ich hab einen Rückenschaden«, versuchte ich mein Glück. »Kann keine schweren Taschen mehr tragen. Darum bunkere ich die schweren Teile hier drin.« Ich wies mit dem Daumen auf den Spülkasten. »So wie Superman mit den Kostümen, klar?«

Unbeeindruckt von meinem Witz zog Strehlau eine Zigarette aus der Brusttasche und klopfte sie auf dem Waschbecken aus. »Auch eine?«, fragte er.

Ich verneinte. »Hab aufgehört«, log ich.

»Du bist der Crack aus der 9c«, sagte er. »Joseph Fittich, oder? Die haben in der Schulkonferenz über dich gesprochen. Scheinst echt was auf dem Kasten zu haben.«

»Echt? Über mich?«

Ich schenkte mir einen raschen Blick im Klospiegel. Sah so ein Supergenie aus? Knallrot im Gesicht, schmale Schultern, eine Frisur, die aussah, als wäre sie letzte Nacht mit dem Kopfkissen gestylt worden?

Offensichtlich!

Es war kein übles Gefühl, erkannt zu werden!

»Ach, weißt du, Leo«, begann ich. »Eigentlich ist das alles gar nicht so schwer zu ...«

Es klingelte zur nächsten Stunde. Das brachte mich kurz aus dem Takt.

In der halben Sekunde zwischen den beiden Gongschlägen

pupste Fausto laut hörbar im Weltatlas, ein gepresstes, verquietschtes Geräusch, aber eindeutig ein Furz.

Strehlau und ich starrten uns einen Augenblick lang an. Dann steckte er sich betont langsam seine Kippe an. »Das hört sich echt ungesund an.«

Ich murmelte irgendwas von der Geschichtsarbeit, die wir gleich schreiben mussten, und drängte mich fluchtartig zur Tür hinaus.

Auf dem Flur machte ich einen kleinen Abstecher zu unserem Große-Pausen-Versteck und hielt Ausschau nach Canan. Aber sie war nicht da.

Die Leute aus der Elften kannten also meinen Namen. Fühlte sich nicht schlecht an. Leider verbanden sie ihn offensichtlich mit einem furzenden Streber, der nicht ohne Schulbücher auf die Toilette ging.

Als ich einige Sekunden später auf den Klassenraum zusteuerte, sah ich, wie Dörting die Jungstoilette verließ und mit schnellen Schritten im Klassenzimmer verschwand. Er trug einen Rucksack. Der musste da drinnen gehockt haben, während Strehlau und ich miteinander geplaudert hatten.

So einer war das also. Belauschte andere beim Pinkeln.

Ich war spät dran. Durch den Glaseinsatz der Klassentür erkannte ich, dass Frau Weber schon mit dem Austeilen der Hefte begonnen hatte.

Der ganze Flur stank nach Moder.

Ehe meine Hand die Klinke berührte, spürte ich ein heftiges Zucken und Vibrieren aus der Tiefe des Atlanten. Etwas klatschte gegen die Mauer.

Ein pechschwarzer Fleck breitete sich an der Wand aus, direkt neben dem halb verblassten Graffiti des Kunst-LKs.

Fausto! Das war eindeutig Fausto!

Schnell blickte ich mich um. Am Ende des Ganges lagen ein paar Schüler aus der Oberstufe auf dem Fußboden herum, stemmten die Beine gegen die Wand und tranken Kaffee.

Niemand schien etwas gesehen zu haben.

Der Fleck auf der grob verputzten Wand hatte die Größe eines aufgeschlagenen Schulbuchs und veränderte langsam seine Form.

»Fausto!«, flüsterte ich. »Was machst du an der Wand?«

Der Fleck floss an den Rändern ein wenig auseinander. »Fausto ist gerade unpässlich«, quiekte er leise. »Wenn der Meister in diesem speziellen Sonderfall eventuell eine Ausnahme machen würde …«

»Wir schreiben jetzt Geschichte! Komm da raus, ich brauche dich. Das ist ein Befehl!«

»Fausto kann einfach nicht«, wimmerte der Fleck. »Nicht heute!«

Ich legte die Hand auf die dunkel eingefärbte Mauer. Der Waschbeton war leicht erwärmt, als hätte die Sonne lange drauf geschienen. Der Fleck zitterte.

»Komm schon, Fausto! Lass dich nicht so lange bitten. Nur eine halbe Stunde, nur für Geschichte, ja?«

»Fausto lässt sich entschuldigen«, fiepte der Fleck. »Er ist indisponiert, kläglich indisponiert!«

»Du kannst mich nicht so einfach hängen lassen! Bitte, Mann!«

»Fausto bittet höflich darum, für eine halbe Stunde von seinen Pflichten entbunden zu werden.«

»Liegt es an mir?« Mir rannte die Zeit davon. Das Letzte, was ich jetzt gebrauchen konnte, war ein Dämon, der in die Trotzphase kam.

»Mitnichten, nein, selbstverständlich keineswegs!«, sagte Fausto. »Wenn der Meister freundlicherweise seiner Arbeit nachgehen würde ... Fausto wird einfach hier draußen warten.«

Aus der Tintenschwärze der Wand tauchten vier buschige Brauen auf, unter denen nacheinander rote Augen aufleuchteten. »Fausto kann nicht in das große Zimmer gehen. Es riecht so garstig ... nach ... Gefahr!«

»Bitte, Fausto!« Ich scheuerte mit der Hand auf dem Waschbeton herum.

»Joseph Fittich?«, fragte eine tiefe Männerstimme hinter mir.

Ich zuckte zusammen. Mein Atlas fiel zu Boden. Nacheinander verloschen Faustos Augen, ausgeknipst wie eine Lichterkette.

Langsam drehte ich mich um. Meine Gedanken überschlugen sich. Hatte man mich beobachtet? War Fausto entlarvt? Leugnen, beschloss ich, alles leugnen!

Hinter mir stand M.

Nicht etwa *die M* aus James Bond, auch wenn eine gewisse Ähnlichkeit nicht von der Hand zu weisen war.

M war Oberstudienrat Metzinger, Koordinator der Oberstufe, Schachpartner von Dörtings Vater, unterrichtete Latein, Deutsch, Erdkunde und Geschichte. (Wer bitte unterrichtet vier Fächer!) M sah aus, als hätte man einen alten, vertrockneten Römer mit Hilfe einer Sonnenbank und einem Lockenstab wiederbelebt: brathähnchenfarbene Haut und eine wuschelige, stahlgraue Cäsar-Frisur mit einem idiotischen Pony.

Ms knochige Finger ruhten auf einem verrosteten Landkartenständer, an dem mehrere Rollen mit Lehrmaterialien baumelten.

Das Spiel war aus.

M musste glasklar gesehen haben, wie ich mit Fausto geredet hatte. Keine Ahnung, wie er sich das erklären würde. Im besten Fall würde er in der Lehrerkonferenz berichten, dass ich mich mit Flecken an der Wand unterhielt. Dem bohrenden Blick aus den käferschwarzen Augen nach zu urteilen, war ich in fetten Schwierigkeiten.

»Ähm ... Ich habe dich beobachtet.« M lutschte an seinen langen, elfenbeinfarbenen Zähnen.

Ich wich zurück, bis ich mit dem Rücken an der Wand stand. Durch den Pullover konnte ich Faustos Wärme spüren. »Ich sch-schreibe jetzt Geschichte«, sagte ich. »M-muss jetzt e-echt in die Klasse zurück.«

»Ich bin dir ... ähm ... schon lange auf der Spur«, knurrte M. »Und jetzt habe ich dich! Auf frischer Tat ertappt! Jetzt kannst du dich nicht rausreden, Joseph Fittich. Wer vor ... ähm ... einem Mitglied der Schulleitung *so etwas* macht, darf nicht damit rechnen, ungeschoren davonzukommen. *Hoch... ähm ...begabt*, ha!«

»Keine Ahnung, was Sie meinen«, sagte ich. »So gar keine!«

»Du bist überführt, Joseph Fittich. Und die Beweise liegen auf der ... ähm ... Hand. Die schwarze Farbe, ha! Denk nicht, du kannst mir noch länger etwas vormachen!«

Er wusste Bescheid?

Hochbegabt?

Schwarze Farbe?

M konnte unmöglich von Fausto wissen. Und doch ... schien er alles durchschaut zu haben.

»Wissen Sie, Herr M...Metzinger, die Sache ist kompliziert«, murmelte ich.

»Wo hast du den Pinsel, Joseph ... ähm ... Fittich?« M machte einen Schritt in meine Richtung, der Kartenständer schepperte und quietschte, während sich die Faust des Oberstudienrates immer fester darum schloss. »Ich will den Pinsel sehen!«, rief er. »Gib mir dein Tatwerkzeug! Gib es mir!«

»Welchen Pinsel, Herr Metzinger?«, fragte ich verwirrt.

»Den Pinsel, mit dem du die schwarze Farbe herum... ähm ...schmierst!« Beinahe vorwurfsvoll rüttelte M am Kartenständer. »Mit dem du meine Karten beschmiert hast! Mit dem du die Wände dieser Schule versaust! Überall tauchen schwarze Flecken auf, sagt der Hausmeister. Es hat keinen Sinn zu leugnen, du bist ein Nestbeschmutzer ... ähm ... und ein Schmierfink! Die Sauerei auf der Wand ...« Er fasste mich hart am Ellenbogen und zerrte mich von der Wand weg. »Siehst du, Joseph, hier ist ganz ... ähm ... deutlich zu sehen, wie du ...«

Oberstudienrat Metzinger entglitten seine knitterigen Gesichtszüge. Seine solariumgetrockneten Lippen schnappten unmotiviert auf und zu.

Die Wand war vollkommen fleckenfrei.

Fausto war verschwunden.

Aus den Augenwinkeln konnte ich einen feinen schwarzen Film erkennen, der durch den Teppich in die Richtung meines Diercke sickerte und darin verschwand.

»Alles ist weg«, murmelte M. »Nichts mehr ... ähm ... da.«

Da musste ich ihm recht geben. Aber nicht nur Faustos Tintenschwärze war verschwunden. Auch sämtliche Kugelschreiber- und Eddingschmierereien waren weg. Das jahrzehntealte Grafitti erstrahlte in satten, fröhlichen Farben.

»Keine Ahnung, was Sie meinen, Herr Metzinger«, sagte ich. »Was soll denn da weg sein? Sieht so aus wie immer, finde ich.«

Ein bedenklicher Rot-Ton mischte sich in Ms Solarienbräune. Mit dem Kartenständer in der Hand trat er dicht an das Mauerwerk, rieb mit den Fingerspitzen über den Stein, roch sogar daran. »Trocken«, murmelte er. »Und geruchlos. Ein verschwundener ... ähm ... Fleck. Der kein Fleck mehr ist.«

»Da war nie ein Fleck, Herr Metzinger.« Ich pflückte meinen Atlas vom Boden. »Ich muss dann mal, okay? Wir schreiben Geschichte.«

Aber M hörte mich nicht. Er begann, nacheinander seine Karten aufzurollen. Keine Ahnung, warum er sich so aufregte. Für mich sahen die alle ziemlich sauber und in Ordnung aus. Zumindest für vierzig Jahre ständigen Gebrauch im Schuldienst.

»Du bist der Hochbegabte!«, keifte er hinter mir her. »Und dein Fleck ist verschwunden, dein Fleck ist verschwunden, ich werde dir auf die Schliche kommen. Eben habe ich ihn noch gesehen, mit diesen ... ähm ... alten ... ähm ... Augen!«

Die Geschichtsarbeit war ein einziger Reinfall.

Frau Weber hatte die Angewohnheit, sich einfach auf irgendwelche leeren Plätze in der Klasse zu setzen und von dort aus die Klassenarbeiten zu beaufsichtigen. Heute saß sie ausgerechnet auf meinem Stuhl und dirigierte mich mit einem Kopfnicken zum Lehrerpult.

Markus Jahnke hockte mit regungsloser Miene neben Frau Weber und starrte auf sein Blatt. Es lief nicht besonders gut für ihn in Geschichte. Und in Erdkunde. Deutsch. Englisch. Chemie. Als ob die Schulleitung beschlossen hätte, ihn so schnell wie möglich wieder loszuwerden.

Ich setzte mich mit glühenden Wangen. Fast zehn Minuten zu spät.

Natürlich war es ausgeschlossen, hier auf dem Präsentierteller an meinen Weltatlas heranzukommen. Abgesehen davon, dass Fausto die ganze Zeit ängstlich vor sich hin flüsterte und ich jedes Mal einen Hustenanfall vortäuschte, wenn sich Frau Weber meinem Platz näherte.

Also kritzelte ich einfach irgendwas aufs Blatt.

Dörting saß ganz vorne – also direkt vor meiner Nase. So gründlich wie heute hatte ich ihn noch nie ansehen können. Zum Beispiel war mir nie aufgefallen, dass Dörting Schuppen hatte. Sie hingen in seinen Locken wie Pollen an einer pelzigen, hässlichen Riesenpflanze.

Dörting verhielt sich heute echt seltsam. Klar, er war immer seltsam, er laberte hochgestochenes, wirres Zeug, trug zu enge Sackhosen und faselte ständig davon, dass alle Welt von ihm abschreiben wollte, wogegen er prinzipiell nichts hätte, wenn es die Abschreiber »nicht der gerechten Chance beraubte, ihr eigenes Leistungspotenzial abzurufen«.

Aber heute übertrieb er. Er hatte sich hinter einem riesigen Rucksack verschanzt und schrieb wie ein Verrückter, sah nicht nach links oder rechts, sondern starrte unverwandt auf seine Zettel. Seine Nasenspitze berührte beinahe das Papier, mit den Armen schirmte er sein Geschreibe gegen Abgucker ab. Hin und wieder fummelte er an einer mächtigen, orangefarbenen Thermoskanne herum. Aber er trank nicht. Keinen einzigen Schluck.

Geschichte war meine letzte Stunde. Beim Klingelzeichen stopfte ich mein Schreibzeug in den Rucksack, rammte den Atlas mitten hinein und verließ den Raum als einer der Ersten.

Ich hockte mich in eine Nische gegenüber den Toiletten, gestattete mir nach den Aufregungen der letzten Stunden einen Moment der Ruhe und wartete, dass Canan vom Klo zurückkam. Ich schloss die Augen und atmete tief durch, während sich um mich herum der Flur leerte, Türen klapperten und eine wohltuende Stille einkehrte.

»Meister?«, raschelte es leise aus dem Diercke. »Meister, ist alles überstanden?«

»Klappe halten«, flüsterte ich. »Du hast es vergeigt. Die Arbeit wird richtig, richtig mies.«

Fausto ließ im Atlas ein trauriges, schlürfendes Geräusch hören, dann war endlich Ruhe.

Im Jungsklo ging eine Spülung. Undeutlich erkannte ich plötzlich die Stimme von Dörting, er redete schnell und gepresst auf jemanden ein. Die Antwort seines Gesprächspartners bestand aus einem tiefen, gehässigen Lachen, ein kratziges, staubtrockenes Geräusch.

Ich richtete mich auf und horchte. War Dörting etwa in Schwierigkeiten? Unauffällig rutschte ich ein wenig näher.

»Danke, Mann«, keuchte Dörting. »Danke dir, ehrlich!«

»Nichts zu danken«, sagte die kratzige Stimme. »Das hab ich doch gern gemacht. Das solltest du doch am besten wissen, Dörting Junior-Junior.«

Junior? Junior-junior?

»Ich ... Ich muss jetzt echt nach Hause«, sagte Dörting. »Könntest du nicht einfach so freundlich sein und wieder ...«

Seine Worte gingen in heiserem Gelächter unter. »Freundlich!« Der Unbekannte schien sich nur mit Mühe wieder einzukriegen. »Freundlich bin ich tatsächlich. Das solltest du am besten wissen. Aber ich werde mir jetzt erst einmal eine schöne Pause gönnen nach der ganzen Zeit. Das verstehst du sicher, wenn du älter bist.«

Es klingelte. Die Fünfminutenpause war zu Ende. Dörtings Antwort ging im Stühlerücken des Informatikkurses nebenan unter.

»Du hast mir dein Wort gegeben, Junge, und daran wirst du dich halten«, sagte die Kratzestimme. »Wenn dein Vater rauskriegt, dass wir zusammenarbeiten, fliegen die Fetzen. Dann geht es dir erheblich dreckiger als mir!«

»Du wirst meinen Vater da rauslassen!«, erwiderte Dörting mit gedämpfter Stimme.

Ein raues Lachen war zu hören. »Das werde ich. Wir sehen uns heute Abend, Kleiner. Acht Uhr an der Bibliothek. Und sieh zu, dass dich niemand beobachtet. Und schon gar nicht dieser Junge.«

»Joseph Fittich«, sagte Dörting.

»Joseph Fittich«, sagte der Heisere.

Mein Name klang aus seinem Mund wie eine Drohung.

Eine Sekunde später stürmte Dörting aus dem Klo. Er sah zerzaust aus und presste seine Schultasche vor den Bauch, als wäre ihm schlecht. Kurz darauf verschwand er im Treppenhaus.

Was führte Dörting im Schilde?

»Hey, Joseph!«, rief Canan, als sie aus dem Mädchenklo kam.

Sie sah gut aus. Ihre neue kurze Jacke und die Jeans saßen wie angegossen.

»Was ist los?«, fragte sie. »Du guckst so komisch.«

Ich legte den Finger auf die Lippen und winkte sie ein Stück beiseite, ohne den Eingang zum Jungsklo aus den Augen zu lassen.

»Da kommt gleich ein Typ raus, ich muss wissen, wer das ist«, sagte ich. »Der hat mit Dörting rumgestritten. Ich hab sie zufällig belauscht.«

Canan hockte sich neben mich auf den Boden. Ihre Hand lag ungefähr siebzehn Zentimeter von meiner entfernt. Unauffällig verringerte ich die Distanz auf ungefähr neun.

»Dörting und der Typ treffen sich heute Abend um acht«, sagte ich. Warum konnte ich nicht über etwas Romantisches reden? Warum musste ich wie ein Stalker klingen, der seine Mitschüler ausspionierte? »In der Bibliothek. Ich dachte ... das könnte man sich mal angucken.«

»Du hast echt gelauscht! Joseph Fittich lauscht an der Klotür!« Canan kicherte leise vor sich hin. »Und was machst du bitte die ganze Zeit mit dem Atlas? Gibt's irgendeinen geheimen Erdkunde-Kurs, von dem ich nichts weiß?«

Mein Rucksack war offen! Der Diercke ragte weit heraus! Die schwarze Fausto-Färbung war klar und deutlich an der Buchkante zu sehen.

»Das ist ... äh ... für ne Reise«, stammelte ich mir zusammen. »Ich plane eine Reise. Nach dem Wettbewerb. Nur ... wenn ich gewinne natürlich. Nicht, dass ich glaube, dass ich gewinne ... Das ist ja echt total unwahrscheinlich. Aber wenn doch, dann verreise ich ... ganz allein, klar? Weiß auch noch nicht, wohin. Vielleicht China oder so. Oder Indien. Als Backpacker, weißt schon.«

Das waren viel zu viele Lügen für einen einzigen Atemzug. Schon wieder.

Canan betrachtete nachdenklich den Atlas. »Als Backpacker? Alleine?« Sie sah nicht aus, als ob sie das für einen ausreichenden Grund hielt, einen Drei-Kilo-Weltatlas mit herumzuschleppen.

»Oder Angola«, stammelte ich. Meine Ohren wurden heiß und leuchteten bestimmt schon im prächtigsten Feuerlöscher-Rot. »Die haben dort kaum Bücher, wusstest du das?«

»Hätte ich gar nicht gedacht, dass du so ein Abenteurer bist.« Sie griff nach dem Atlas und zog ihn aus dem Rucksack. »Zeig mal her!«

Meine Atmung spielte plötzlich verrückt, die Luft drückte und brannte in meiner Brust. Warum sprang ich nicht auf und drückte den Feueralarm? Warum hockte ich einfach nur wie gelähmt auf dem schmuddeligen Boden, während meine Ohren pochten, als würden sie gleich abfallen?

»Nicht anfassen«, krächzte ich. »Der ist voll schmutzig … schwarze Farbe …«

Aber Canan war nicht zu stoppen. »Total schwer, der Atlas. Meiner ist viel leichter. Der hier war bestimmt echt teuer.«

Sie schlug das Buch auf.

Das Buch, in dem sich Fausto versteckt hielt.

Ich hätte gern geschrien und Canan den Atlas aus der Hand gerissen oder einen schweren Herzinfarkt vorgetäuscht. Doch stattdessen tat ich gar nichts. Wie gelähmt und mit rasendem Puls musste ich zusehen, wie sie den Diercke aufblätterte. Jeden Moment musste ihr der Dämon entgegenspringen, gleich würde sie die seltsamen Tintenfiguren sehen, aus deren wirbelnder Schwärze erst ein paar Haare, dann eine Hand und schließlich vier leuchtende Augen auftauchen würden.

Und dann würde mit Canan alles anders werden.

Vielleicht bekam sie Angst vor mir oder dachte, sie würde verrückt oder es wären Drogen im Spiel. Oder sie rannte einfach schreiend weg. Ich hätte das vermutlich getan.

Jemand musste handeln. Schnell. Jetzt.

Und plötzlich wusste ich, was zu tun war. Das Wissen kam einfach über mich. *Zack*, alles war einfach. Jede Angst verschwand. Manchmal weiß ein Mann eben, was er zu tun hat. Es gab nur einen Weg, um ihre Aufmerksamkeit von Fausto abzulenken.

Ich würde Canan küssen.

Einfach so.

In der *Amica* habe ich gelesen, dass Frauen auf Männer stehen, die wissen, was sie wollen. Ich wusste ja, was ich wollte. Es sollte also alles kein Problem sein.

War es aber. Ein einziges fettes Riesenproblem. Wie küsste man ein Mädchen, ohne dass es davonlief?

Langsam, Fittich, ermahnte ich mich. *Mach es einfach wie in der Anleitung aus dem Internet.* (Ich hatte sie auf Schriftgröße 5 ausgedruckt und Kopien in Federmäppchen und Jacke, im Bezug meines Kopfkissens und in meinem linken Schuh hinterlegt. Aber das half mir hier kein Stück weiter!)

Schritt 1 – Nähe herstellen!

Meine Hand näherte sich Canans Schulter, berührte sie sanft und behutsam. Kaum spürbar zuckte sie zusammen. Aber sie nahm den Blick nicht vom Atlas, schaute hinein und blätterte weiter, als würde sie nichts merken. Waren ihre Wangen nicht etwas röter geworden? Ging ihr Atem nicht schneller?

Sie roch nach Nivea. O Gott, dachte ich, nie wieder würde ich mir normal die Flossen eincremen können, ohne an diesen Moment zu denken.

Schritt 2 – Blickkontakt!

Ich beugte mich ein wenig in ihre Richtung. Verdammt, wie stellte man das an? Musste sie als Mädchen nicht wenigstens ein bisschen mitmachen? Oder hatte sie was dagegen? Sie hatte neulich unter dem Tisch meine Hand berührt, sie hatte sich übers Gesicht streicheln lassen, zählte das etwa nicht? Vielleicht hatte sie es sich anders überlegt. Vielleicht hatte ich Mundgeruch!

Blickkontakt, verdammt! Und wie ging Schritt 3?

Egal, ich würde alles auf eine Karte setzen. Jetzt oder nie.

Ich lehnte mich noch ein Stück weiter in ihre Richtung. Mein rechtes Knie berührte Canans Oberschenkel, während sie weiter im Atlas blätterte.

Plötzlich fing sie an zu grinsen, ohne den Blick zu heben.

Dies brachte mich zugegebenermaßen ein wenig aus dem Konzept. Das war ein absolut todernster Moment, da passte Grinsen nicht rein. Fand sie es vielleicht lächerlich, dass ich ihr nahekam? Ich zog meine Hand langsam wieder weg.

Canans Grinsen wurde breiter, während sie in den Atlas starrte. Und jetzt begann sie zu kichern.

»Joseph!« Endlich wandte sie mir ihr Gesicht zu. Ihre Wangen waren helldunkelrosa. »Du willst gar nicht nach China.«

Meine Muskulatur erstarrte: Meine Hand zitterte Millimeter über Canas Schulterblatt, mein ganzes Körpergewicht ruhte auf dem rechten Knie, mein Oberkörper konnte sich nicht entscheiden, ob er zur Seite oder nach hinten umkippen wollte oder einfach schlaff in sich zusammensacken und sich tot stellen sollte.

Sie hielt mir den Atlas vor die Nase.

Die Karte der Türkei war aufgeschlagen. Irgendjemand hatte das komplette Land mit rosafarbenem Textmarker ausgemalt und »Canan« in Rot mitten hineingeschrieben. Und jeden einzelnen Buchstaben mit einem fetten Herz umkreist. Und »Du zauberhafte Rose des Orients« in verschnörkelten Buchstaben daneben gemalt.

Irgendjemand, der die landwirtschaftlichen Strukturen des Nahen Ostens letztes Jahr im Unterricht stinklangweilig fand und gerne in Büchern rumpinselte.

Irgendjemand, der offensichtlich ein verknallter, unzurechnungsfähiger Volltrottel war und seine verliebten Schmierereien vollkommen verdrängt hatte. Der zu blöd war, um zu verhindern, dass das Objekt seiner Verehrung die peinlichen Beweisstücke in die Finger kriegte.

Irgendjemand, der am liebsten im Boden versunken wäre. Verschluckt vom Erdreich. Hinabgesunken in die Hölle.

Ich. Joschel Fittich.

Wie bescheuert kann man eigentlich sein, wenn man Joschel Fittich heißt?

Nicht nur, dass ich Canan meine Verliebtheit rosa ausgemalt fett unter die Nase gerieben hatte. Nein, ich musste auch noch einen oberplumpen Annäherungsversuch starten. Vor dem stinkenden Schulklo. Auf dem fleckigen Teppichboden. Auf allen vieren. Wie ein Tier.

»Hast du das ausgemalt?«, fragte Canan.

»Hmpf«, sagte ich. Ich griff mir den Atlas und klappte ihn zu. Lügen half jetzt auch nichts mehr. Sie wusste es sowieso. »Hab ich.«

Verdammt, meine Schutzschilde waren komplett runtergefahren, jeden Moment konnte mich ein kritischer Treffer erwischen.

Canan lächelte. In meiner Brust zuckte es. Vielleicht war

es das Herz. Oder die Milz, wo auch immer die saß. Auf jeden Fall ein Organ, das verknallt war.

»Warst du überhaupt schon mal in der Türkei?«

Ich schüttelte den Kopf. Die Temperatur in meinen Ohren erhöhte sich bedenklich.

»Vielleicht fahren wir da ja mal zusammen hin«, sagte Canan. »Irgendwann.«

Im Flur stank es übel nach Muff und altem Teppich und nach Klärwerk, aber der Shampooduft von Canans Haaren war zehntausend Mal stärker. Plötzlich war ihr Gesicht sehr dicht bei meinem. Ich konnte Canans leichten, warmen Atem auf meinen Lippen fühlen. Mein Herz pumpte das Blut unkoordiniert von einem Körperteil ins andere und wieder zurück. Mir wurde schwindelig. Wenn ich jetzt den Mund aufmachte, würde sie meinen presslufthammerlauten Puls aus meinem Mund ballern hören.

Auch meine Füße fühlten sich komisch an. Als wenn kaltes Wasser durch meine Turnschuhe und Socken drang.

»Hallo, Joseph«, sagte Canan dicht an meinem Ohr.

»Hallo«, sagte ich.

Bitte, lieber Gott, lass es mich nicht versemmeln. Lass mich nicht versagen, und ich lasse mich freiwillig taufen, egal was Hanne dazu sagt. Wenn du willst, sogar katholisch.

Unsere Hände stießen aneinander, zuckten zurück, berührten sich wieder. Das staubige Aroma des abgewetzten Flurteppichs, den Kloakengestank der Jungstoilette, das alles konnte ich kaum noch riechen. Da war nur noch Canans Shampooduft.

Sie kam noch ein bisschen näher. Die Zeit verlangsamte sich. Meine Lippen fingen wie verrückt an zu kribbeln, mein

Blickfeld wurde vollständig von Canan ausgefüllt. Ihren Wimpern, ihrem Ohrläppchen, ihrem Mundwinkel.

So musste es sein, dachte ich, wenn man verliebt war. Genau so.

Ich lehnte mich in ihre Richtung. Gleich würde es so weit sein. Nichts konnte uns stoppen.

Plötzlich brach Canan den Blickkontakt ab.

Sie drehte den Kopf zur Seite, weg von mir. Etwas schräg hinter mir schien ihre komplette Aufmerksamkeit eingefangen zu haben. Ihr Gesichtsausdruck schlug plötzlich in Ekel um.

Ohne Vorwarnung sprang sie auf.

»Joseph!«, schrie sie. »Die Toilette!«

Ich fuhr herum.

Vom Jungsklo ausgehend hatte sich eine riesige, schlammfarbene Pfütze ausgebreitet, die beinahe den ganzen Flur überflutet hatte. Nur Canan und ich saßen noch auf dem Trockenen.

Beinahe auf dem Trockenen.

Die Überschwemmung aus dem Klo hatte meine Turnschuhe erreicht und leckte daran. Kaltes, stinkendes Toilettenwasser drang durch meine Socken an meine Zehen. Das war keine Halluzination gewesen! Meine Füße waren wirklich nass! Aber das war kein Wasser.

Das war einfach nur Scheiße.

Nur noch ein schmaler Korridor aus trockenem Kunstfaserteppich führte an der widerlichen, trüben Lache vorbei, die sich unaufhörlich ausbreitete und nur noch eine Handbreit von Faustos Weltatlas entfernt war!

Aus den Toilettenräumen drangen dunkle, gurgelnde Geräusche. Ein öliger Glanz lag über dem stinkenden See. Die Luft roch intensiv nach Kacke und WC-Reiniger, nussig und sauer, wie billiges Zitroneneis, das in ein Plumpsklo gefallen war.

»Hier lang!« Ich zerrte Canan auf die Beine, schnappte den Atlas, meinen Rucksack, Canans Tasche. »Lauf!«, rief ich.

Auf Zehenspitzen rannte Canan über den schmalen Streifen Festland. Sie stieß die Tür zum Treppenhaus auf.

»Joseph!«, schrie sie. »Worauf wartest du?«

Gute Frage.

Da war ein Typ auf dem Klo gewesen, oder? Der Kerl, der meinen Namen kannte und ihn so fies aussprach. Der musste immer noch da drin sein. Und das wohl kaum freiwillig!

»Ist da jemand rausgekommen?«, rief ich und wies auf die Klotür.

»Rausgekommen?«

»Hast du gesehen, dass da ein Typ rausgekommen ist? Aus dem Klo? Der, auf den wir gewartet haben?«

Canan schüttelte den Kopf. »Ich hab nicht aufgepasst.«

Sie hatte sich auf mich konzentriert und nicht auf die Toiletten, geschenkt! Auch ich hatte mich einen Dreck um die Klotür geschert. Andererseits: Wir waren vollkommen allein auf dem Flur gewesen. Wenn jemand an uns vorbeigeschlichen wäre, dann hätten wir das gemerkt. Garantiert.

Vielleicht war der Kerl beim Kacken eingepennt! Vielleicht nahm er Drogen, so was hörte man ja immer wieder, angeblich ging in der Oberstufe Stoff ohne Ende rum, vielleicht hatte der ja was genommen und war umgekippt und machte jetzt mit dem Mund große Blasen in den Fluss aus Scheiße.

»Ich geh da rein!«, verkündete ich. »Wenn der Typ da noch drin ist, muss ihm einer helfen. Vielleicht ist er k. o. gegangen oder so!« Oder er war tot. Erstickt in einer knöchelhohen Brühe aus Exkrementen.

Canan öffnete den Mund, brachte aber nichts heraus.

»Bring dich in Sicherheit!«, rief ich. »Und hol den verdammten Hausmeister.« Das war genau die richtige Aufgabe für ihn.

Ich schleuderte ihr die Rucksäcke entgegen. Und schließlich, nach zwei, drei Sekunden, auch den Diercke. »Und pass auf den Atlas auf!«, rief ich. »Pass auf den Atlas auf, alles andere ist egal! Der ist echt ein Sammlerstück. Pack ihn in deinen Rucksack, klar?«

Dann machte ich einen weiten Schritt mitten in das geflutete Gebiet. Meine Turnschuhe füllten sich vollständig mit Flüssigkeit. Der Teppich unter meinen Füßen blubberte und schmatzte bei jedem Schritt.

Das war wie die Wattwanderung, die ich vor fünf Jahren mit Hanne und Werner gemacht hatte. Nur ohne Hanne und Werner. Und ohne Watt.

Der Wasserspiegel stieg beständig. Es schwappte über den hochgezogenen Rand meiner Gummisohle. Die Socken konnte ich abhaken. Die Schuhe sowieso.

Der untere Rand meiner Jeans saugte sich von Sekunde zu Sekunde weiter voll. Sollte ich sie hochkrempeln? Ohne Gummihandschuhe? Nein. Vollsaugen lassen und ebenfalls wegschmeißen. Hanne lag mir ohnehin ständig in den Ohren, Menschen in den westlichen Industrieländern hätten zu viel Zeugs, Gandhi hatte angeblich nur eine Brille besessen. Weg damit.

Die Tür zur Jungstoilette war angelehnt und bewegte sich leicht in der bräunlichen Strömung. Drinnen brannte Licht.

»Hallo?«, rief ich. Niemand antwortete.

Das Bild eines regungslosen Körpers auf den Fliesen tauchte vor meinem inneren Auge auf.

Hoffentlich sah ich nicht gleich eine Leiche im Schmutzwasser liegen. Das hätte meinen Nerven echt den Rest gegeben.

Auf den weißen Bodenfliesen war die dreckige Färbung des Wassers noch deutlicher: Sandfarben, mit dunklen Schlieren und einigen unscharfen Festkörpern. Eine aufgeweichte Klorolle trieb mir gemächlich entgegen. Oben war sie weiß. Unten nicht.

»Hallo!«, versuchte ich es noch mal. »Ist irgendwer hier?«

Keine Antwort.

Aus einer der Klokabinen kamen blubbernde, gurgelnde Geräusche. Als ob die Schüssel mir eine ekelhafte Geschichte erzählen wollte.

Ob der Typ in einer Scheißkabine zusammengebrochen war? Vielleicht hatte er ja echt Drogen genommen. Goldener Schuss auf der Schultoilette und so weiter, solche Geschichten wurden überall rumerzählt, das hier war Hannover, das war nicht Paderborn oder so was.

Die Luft roch atemberaubend. Ein kribbeliges Gefühl kroch über meine Zunge nach hinten in den Rachen.

»Komm hier raus, Mann, das Klo läuft über!«, brüllte ich.

Je lauter ich schrie, desto mehr nahm der Würgereiz zu. Ich packte das nicht mehr lange ohne mich zu übergeben. Und der Gedanke an meine eigene Kotze ließ die Übelkeit nur noch weiter wachsen.

Beherzt machte ich einen Satz durch den Toilettenvorraum, hüpfte vorbei an den Pinkelbecken. Links und rechts spritzte bei jedem Schritt die braune Soße hoch. Niemand war hier.

Fing ich jetzt echt an zu spinnen? Ich hatte hier vorhin *zwei* Leute gehört, nur *einer* war rausgekommen, da ist Mitrechnen nicht schwer.

Ich trat eine Kabinentür auf. Einbeinig verlor ich auf den rutschigen Fliesen das Gleichgewicht, prallte gegen die gekachelte Wand und glitt daran zu Boden. Aquaplaning auf dem Schulklo, ging mir kurz durch den Kopf – ob ich der Erste war, der so was erlebte?

Ich knallte voll auf die linke Seite. Mein Unterarm und mein Pullover auf Hüfthöhe wurden verseucht. (*Pulli ebenfalls wegschmeißen*, schärfte ich mir ein. *Armbanduhr verschenken, vielleicht an JE.*)

Die Kabinen waren leer und dunkel.

Es war keiner hier, verdammt! Allmählich fing ich echt an zu spinnen!

Die mittlere Kloschüssel stieß einen tiefen Rülpser aus und spuckte ein paar Portionen Flüssiges und Festes aus. Auf dem Fußboden daneben lag eine Thermoskanne, und die stetige Strömung aus der Schüssel ließ sie langsame Kreise drehen. Wie eine orangefarbene Boje.

Eine orangefarbene Thermoskanne. Sonst nichts!

Alles umsonst. Niemand war hier. Und dafür hatte ich meine Lieblingsschuhe geopfert, dafür war ich Idiot durch mehrere Kubikmeter verdünnte Kacke gelaufen. Raus hier, und zwar sofort! Keine Rücksicht mehr auf meine Klamotten, die waren sowieso hin. Ohne auf das Spritzwasser zu achten, stürmte ich aus dem Jungsklo, japste nach Luft.

Jemand packte mich bei den Schultern, riss mich zur Seite.

»Bist du verletzt, Junge?«, schrie mir der Hausmeister ins Ohr. Er trug Arbeitshandschuhe und riesige gelbe Gummistiefel, in denen seine dünnen Opabeine fast vollständig verschwanden.

»Geht«, keuchte ich.

Canan stand hinter der Glasscheibe zum Treppenhaus und winkte. Neben ihr ein paar Dutzend Schüler und einige Lehrer mit betretenen Gesichtern. Irgendjemand lachte.

»Ist da noch jemand drin?«, wollte der Hausmeister wissen.

»Nee«, sagte ich. »Keiner. Alles klar.«

Aber nichts war klar.

Meine Klamotten sahen aus, als hätte sich ein Darmkranker mit fiesem Durchfall den Hintern damit abgewischt.

Und entweder hatte ich mir den Typen eingebildet, mit dem Dörting vorhin auf dem Klo geredet hatte. Oder – und das war nicht gerade eine beruhigende Alternative – er hatte sich in Luft aufgelöst.

Meine Klamotten mussten vollständig vernichtet werden. Ich wickelte sie in eine Plastiktüte und schleuderte sie in den Müllcontainer vor unserem Haus, ehe Hanne sie zu Gesicht bekam. Die war ja eher für Wiederverwerten und Auswaschen mit indischen Waschnüssen, stromsparend bei dreißig Grad. (Man *kann* tatsächlich ökologisch völlig korrekte Waschnüsse statt bösem, trinkwasserverschmutzendem Waschmittel benutzen. Der einzige Unterschied ist, dass sie nicht funktionieren.)

Kein Risiko.

Heute Abend war Hanne glücklicherweise beim Frauenyoga, und ich konnte mich ungestört sauber machen.

Meine Füße standen in einer Waschschüssel. Das Essigwasser darin war so heiß, dass ich meine Zehen nicht mehr spürte. Das war volle Absicht. Wenn sich der Gestank erst mal im Fettgewebe festgesetzt hatte, ging er erst nach Monaten wieder raus. Fett bindet fiese Gerüche, das hatte Markus Jahnke mit Edding auf Dörtings Turnbeutel geschrieben.

»Ein Scheißtag«, sagte ich.

»Fürwahr, unangenehm«, sagte Fausto und rollte seine Vase unter die Vergrößerungslampe.

»Canan hat gesagt, ich wäre ein Held oder so«, sagte ich. »Dabei bin ich ein Volltrottel. Vor der halben Schule durch die Scheiße gerobbt.«

Fausto knipste das Licht der Lupenlampe an und blinzelte hinein. Er gähnte.

»Ich glaube, den Rest der Woche mach ich krank«, sagte ich. Vielleicht hatte Mirko Steffel in ein paar Tagen den Spaß daran verloren, mich »KLOOOOOSEPH« zu nennen.

Aber da war noch was.

Die Stelle auf meiner linken Wange, ungefähr 5,3 Zentimeter vor meinem Ohrläppchen, wo Canan mich vorhin in einem unbeobachteten Augenblick hingeküsst hatte, kribbelte immer noch. Genau dort, wo mich kurz zuvor noch ein Spritzer Klowasser erwischt hatte. Das stellte mich vor ein schwerwiegendes Problem: waschen oder nicht?

In einer halben Stunde wollte Canan vorbeikommen und mich abholen. Mit Hilfe des Wasserkochers und einem ordentlichen Schuss Essig-Essenz verpasste ich meinen stinkenden Füßen einen weiteren Aufguss.

Nach der ganzen Klo-Aktion musste ich bei Canan ein bisschen Eindruck machen. Ich holte mein einziges Ed-Hardy-Shirt aus dem Schrank, das Tante Christiane letztes Weihnachten an Hanne vorbeigeschmuggelt hatte. (Hanne kannte bei kapitalistischen Markenklamotten keine Gnade, auch wenn sie Fälschungen waren.)

Beim Bügeln klebte es mir ein wenig am Bügeleisen fest. Lag wahrscheinlich an der Temperatur. Mit dem Ceran-Kochfeld-Kratzer war das Hemd aber problemlos abzukriegen. Die geschmolzene Stelle sah man nur, wenn ich den Kopf nach links drehte. Musste ich ja nicht machen.

»Ein wahrhaft liederlicher Tag geht zu Ende.« Fausto hangelte sich am Kabel des Bügeleisens entlang und betrachtete interessiert die geschmolzenen Farben. »Der Meister wird die Dienste des Dämons sicher nicht mehr benötigen, so dass dieser ein kurzes Nickerchen abhalten kann.«

»Tolle Dienste«, sagte ich. »Du hast mich im entscheidenden Moment im Stich gelassen. Kannst schlafen gehen.« Ich scheuerte mit der rauen Seite eines Schwamms auf meiner linken Handfläche herum und schnüffelte. »Ich kriege diesen Gestank einfach nicht von der Haut.«

»Fausto war heute schandhaft unpässlich und erfleht die Verzeihung des Meisters, sapresti!« Der Bücherdämon schnäuzte sich geräuschvoll in den Ellenbogen.

Fausto guckte echt komisch. Drehte sich andauernd um. Schielte in die Zimmerecken. Behielt das dunkle Fenster im Auge. Schnüffelte und schmatzte.

»Fausto möchte jetzt sehr gern in die Vase, fürwahr.«

»Irgendwas ist mit dir«, stellte ich fest. »Du bist echt unentspannt, kann das sein?«

»Entspannung ist die beste Medizin«, murmelte er. »Kann er jetzt in die Vase?«

Ich schnappte Fausto an seinem dünnen Ärmchen und zog ihn in die Höhe, ehe er in seinem Topf abtauchen konnte. »Sag mal, kann es sein, dass du irgendwie Angst hast?«

»A-angst?«

»Furcht. Schiss. Muffensausen. Angst eben!«

»W-wie fühlt sich das an?«

Wie fühlte sich Angst an? Eine gute Frage. Konnte man nicht erwarten, dass ein Dämon sich damit einigermaßen auskannte?

»Als ob einer hinter dir her ist«, sagte ich.

»Fürwahr«, presste Fausto mühsam hervor.

»Als ob das Schicksal dir auf der Spur ist.«

»Sapresti, genau!«

»Als ob bald irgendwas Schreckliches passiert ...«

Fausto quietschte erbärmlich. Charly hatte so ähnlich gequiekt, als sein Auge so fies entzündet war.

Ich setzte Fausto sanft neben seine Vase. »Du hast irgendwie Paranoia, kann das sein? Brauchst du nicht, ehrlich.«

Fausto schenkte mir einen traurigen Blick.

»Es ist wegen dem Aufsatz, schätze ich. Der vom Dörting. Weil du den kaputt gemacht hast. Du hast einfach ein schlechtes Gewissen.«

»G-e-w-i-s-s-e-n«, buchstabierte Fausto. »Sapresti, genau, das wird die Erklärung sein, jawohl, dankeschön!« Er schnappte sich seine Vase, hüpfte vom Tisch und rollte sie unter das Bett.

»Siehste!« Ich bemühte mich um einen zuversichtlichen, beruhigenden Ton. »Dann ist doch alles klar. Kein Grund zur Panik.«

Faustos Antwort bestand aus einem feinen, lang gezogenen Schnarcher. Es folgten einige pfeifende Atemzüge. Dann war es still unter dem Bett.

Alles in Ordnung, Joschel Fittich, schärfte ich mir ein. Fausto schob einfach ein bisschen Panik. Wirklich kein Grund zur Sorge.

Ich ertappte mich dabei, wie ich das nachtschwarze Fenster aus den Augenwinkeln beobachtete. Einen Moment sah es so aus, als glommen dort draußen ein paar Zigarettenspitzen vor sich hin.

Dann prallte ein schwerer Körper von außen gegen die Zimmertür.

»Joschel!«, brüllte meine Mutter und rüttelte an der Klinke. »Du hast die Tür abgeschlossen. Du weißt, wie sehr ich das hasse!«

Ein schneller Blick durch das Zimmer: alles durcheinander, Chaos aus Kartons, alten Briefen und Schulkram vor dem Bett. Von Faustos Vase war nichts zu sehen.

Ich sperrte die Tür auf.

Hanne wirkte ernsthaft besorgt. »Seit wann schließt du dich ständig ein? Ich dachte, ich hätte dich zu einem offenen Menschen erzogen? Und was machst du mit der Waschschüssel? Hast du schon wieder Fußpilz?«

»Seit wann kommst du früher vom Yoga?«

»Ich habe halt mal einen *abendlichen* Termin. Einen wichtigen.« Hanne zerwühlte ihre Frisur, das sah nach einem Date aus. »Hier stinkt es irgendwie komisch. So streng. Hast du geraucht?«

»Ich rauche nicht«, sagte ich. »Hab immer noch nicht angefangen. Kannst du mir ruhig glauben.«

»Aber irgendwann wirst du es mal probieren wollen«, sagte Hanne. »Das machen alle Kinder in der Pubertät, das ist ganz normal. Und vor mir brauchst du es nicht zu verheimlichen, da bin ich ganz tolerant.«

»Ich rauche nicht!«

Hanne hob eine Augenbraue, als hätte ich behauptet, ich *duschte* nicht.

»Ich wollte mal kurz für mich sein«, sagte ich und zeigte auf das Durcheinander vor meinem Bett. »Das ganze Chaos mal in Ruhe ausmisten. Ist alles klar mit dir und JE?«

»Mit wem?«

»Mit Äääährisch«, sagte ich in bester sächsischer Mundart. Die verstand sie immer noch am besten.

»Der Jarg ist ein ganz Lieber, wir verstehen uns blendend, schön, dass du dich dafür interessierst.« Hanne ging in die Hocke und suchte ein wenig zwischen den alten Klassenarbeiten herum – gefährlich nah an Faustos Versteck!

»Hier sind ja Briefe vom Papa dabei!« Hanne fischte eines der getippten Weihnachtsschreiben aus dem Altpapierhaufen. »Vom Heiko, meine ich. Die hast du ja alle aufgehoben.«

»Quatsch!« Ich riss ihr den Brief aus der Hand und stopfte ihn zurück unter das Bett. »Ein paar vielleicht. Kam noch nicht dazu, die wegzuschmeißen.«

»Darum hast du dich eingeschlossen!« Hanne strahlte. Die Erkenntnis schien sie richtig anzumachen. »Weil du das ganz für dich angucken wolltest, ja?«

»Hanne, jetzt ist mal gut!«

Ich schüttelte den Kopf.

»Ach, ich kenne dich doch«, sagte sie. »Man sieht's dir deutlich an. Du siehst so traurig aus. Ganz rote Wangen. Und die Ohren!«

Meine Wangen brannten bloß von der Scheuermilch! Und meine Ohren waren knallrot, seit Canan mich geküsst hatte.

Ich kickte Heiko Fittichs Briefe zurück unter das Bett. Wenn Hanne noch länger davorhockte, entdeckte sie noch die verhauenen Klassenarbeiten aus dem letzten Jahr oder ein, zwei Dutzend vollkommen unwichtiger Entwürfe für einen Brief an Canan.

»Ich bin ... noch nicht ... dazu gekommen ... das wegzuschmeißen!«, stellte ich klar. »Das vom Heiko, meine ich. Kapiert?«

»Natürlich«, flötete Hanne. »Ich gehe dann einfach wieder. Du brauchst dich nicht einschließen, ich komme nicht mehr rein, wenn du alleine ... *bloß deine Sachen durchsehen* wolltest. Versprochen.«

Hanne hüpfte fröhlich durch die Tür und schloss sie butterweich. Ehe ich hinterher konnte, um sie anständig zuzuknallen, klingelte es an der Haustür.

Ich erstarrte. Es war halb acht. Canan war da.

Das erste Date meines Lebens begann.

Es wurde ernst.

15 es ist Zeit, ein GESTÄNDNIS zu machen

»Ich geh schon«, schrie ich, warf mich durch den Flur und räumte versehentlich Hannes ayurvedischen Hausaltar ab, der ganze Hokuspokus flog zu Boden, egal, der sah sowieso echt peinlich aus.

»Ich mach schon auf«, sagte Hanne.

Sie war schon fast an der Tür und streckte ihre gierigen Tür-Aufmacher-und-Canan-Reinlasser-Finger nach dem Summerknopf aus!

Ich schmiss mich in letzter Sekunde zwischen sie und die Sprechanlage und nahm Verteidigungshaltung ein. »Finger weg!«

»Also du, so lasse ich eigentlich nicht so gerne mit mir reden«, sagte Hanne. »Ich kenne die Canan doch, da darf man doch wohl mal die Tür aufmachen. Kommt sie zum Lernen her, oder geht ihr noch weg?«

»Frage ich dich abends, wo du hingehst?«, knurrte ich. »Siehste? Frage ich nicht.«

»Na, dir ist es aber ernst.« Hanne knipste ihr verfluchtes Der-Junge-ist-in-der-Pubertät-Lächeln an. »Dann will ich mal nicht weiter stören. Du machst auf.«

Jetzt sagte sie mir schon, wann ich die Tür aufzumachen hatte!

Ich wusste nicht wirklich, was in mich gefahren war, warum mich Hanne so nervte! Vielleicht lag es an den Essigdämpfen. Oder daran, dass ich nicht noch mal zum Spiegel konnte, um mein Styling zu kontrollieren. Oder daran, dass dies der Beginn des *ersten Dates meines Lebens* war und sie schon wieder dabei war, sich in alles einzumischen!

»Du störst aber, kapiert, Hanne? Du störst!«

Und weil Hanne sich immer über das Falsche aufregte. Das konnte einen rasend machen!

»Ach, Joschel, ich störe doch gar nicht. Ich setze mich einfach kurz ins Wohnzimmer, ja? Und tue so, als wäre ich gar nicht da. Vielleicht hat die Canan ja Lust, mit uns noch einen Tee zu trinken. Und ich muss sowieso noch weg ...«

»Warum kannst du nicht einfach zehn Minuten ins Schlafzimmer gehen und die Klappe halten?«

Hanne öffnete betont langsam die Tür zur Abstellkammer und griff nach einer Zeitschrift.

»Bitteschön«, sagte sie, »du möchtest, dass ich mich unsichtbar mache, und das tue ich auch.« Sie quetschte sich zwischen den Vorrat ökologischer Reinigungsmittel und alter Putzlappen, die energiesparend mit der Hand gewaschen werden sollten. Von innen zog sie die Tür zu.

»Siehst du!«, sagte sie laut und deutlich, »und schon bin ich weg.«

»Jetzt komm da raus, Hanne! Wie peinlich ist das denn?«

Es klingelte wieder.

Durch das Holz hörte ich meine Mutter irgendwas über Jungs und die Pubertät und die erste Liebe murmeln, die man niemals vergisst.

Canans Anblick haute mich um.

Eigentlich sah sie nicht sehr anders aus als sonst. Sie trug Jeans (standen ihr phänomenal), eine Jacke (stand ihr phänomenal), und sie hatte die Haare auf diese göttliche Weise hochgesteckt, die mich noch mehr von ihrem Canan-Gesicht sehen ließ. Phänomenal.

Aber das Beste, das Umwerfende war: Sie hatte diese Klamotten angezogen, um sich mit mir, Joschel Fittich, zu treffen! Ha! Das waren Date-Jeans, das war eine Date-Jacke, das war Date-Wimperntusche an ihren unendlich langen, unendlich gebogenen Wimpern.

»Hallo«, sagte Canan. »Ist alles klar bei dir?«

Hatten wir schon über ihre Date-Sneakers gesprochen?

»Ich … äh … ja … Alles klar bei mir.«

»Weil du eben nicht aufgemacht hast. Ich dachte schon, die Klingel ist kaputt.«

»Die ist auch … äh … kaputt«, sagte ich. »Ich bin übrigens allein. Keiner da. Echt. Keiner.«

Canan betrat unsere Wohnung so ehrfürchtig, als wäre sie noch nie hier gewesen. (Es war ja auch ein Date! Ha!)

Vor der Tür zur Abstellkammer blieb sie stehen.

»Schuhe ausziehen?«

»Nee! Anlassen!«, rief ich. Bloß weg von dieser Tür! Hanne hatte Röntgenaugen.

Canan schaute mich an. Sie guckte echt nett. Fast zärtlich. Mann, vielleicht wurde es doch romantisch!

»Hallo, Joseph!«, sagte sie.

Mit dieser Hallo-Joseph-Hallo-Canan-Nummer hatte die Beinaheknutscherei vor dem Schulklo angefangen.

»Hallo ... äh ...«

In der Abstellkammer raschelte es. Hanne blätterte um. Unsere Wände und Türen waren aus Papier, hatte ich das schon erwähnt?

Hallo, Canan! Hallo, Hanne! Hallo, totaler Lauschangriff aus der Tiefe der Besenkammer!

Unruhig schaute ich aus dem Fenster. Es wurde dunkel. Bald war es acht.

»Ich bin echt gespannt, wie das wird, so nachts an der Schule«, sagte Canan. »Das ist dir echt wichtig, oder?«

In diesem Moment pfiff ich natürlich auf die Schule, auf diesen Idioten auf dem Klo, auf Dörting, auf alle. Aber wir mussten weg hier. Bevor Hanne wieder rauskam.

»Ist mir schon wichtig«, nuschelte ich. Warum konnte ich nicht einfach sagen: Lass uns ins Kino gehen. Lass uns spazieren gehen. Lass uns in meinem Zimmer auf dem Teppich sitzen bleiben, damit ich dich den ganzen Abend lang anschauen kann.

»Wenn's dir so wichtig ist«, sagte Canan fröhlich, »dann machen wir das auch!«

Als ich ein kleiner Junge war, gab es Gert.

Wenn man Wolli (aus dem Polen-Urlaub) und Herrn Schnabel (Korsika) rausrechnet, war Gert der unmittelbare Vorgänger von Werner. Klingt etwas unübersichtlich, ich weiß.

Gert war da gewesen, seit Heiko Fittich Auslandskorrespondent der *Frankfurter Allgemeinen Zeitung* geworden war und sich nach Tunis, Damaskus, Casablanca etc. absetzte. Das muss kurz nach meiner Einschulung gewesen sein, die hatte Heiko Fittich noch locker mitgenommen, wahrscheinlich fürs Fotoalbum. Da wusste er noch nicht, wie die ersten acht Schuljahre seines Sohnes ablaufen würden.

Gert war echt ganz okay. Ich habe die alten Fotos durchgesehen. Es gibt keins, auf dem er nicht rumgrinste oder Faxen machte oder erfolglos versuchte, vor der Kamera mit Hanne zu knutschen. Scheint ein fröhlicher Typ gewesen zu sein.

Aber irgendwann ist laut Hanne »der Chauvinist in ihm durchgebrochen«, und er wollte bei uns einziehen und aufräumen und mich adoptieren und die Wohnung neu anstreichen. Stattdessen ist dann Birgit aus dem Frauenladen bei uns eingezogen, hat mein Markenspielzeug in den Sudan und nach Angola weggespendet und ständig bröselige Kuchen gebacken. Hanne ist dann immer dicker geworden, und Gert hat was mit einer Frau aus dem Frühstücksfernsehen angefangen. (Er arbeitete selbst beim Frühstücksfernsehen, was die Geschichte etwas weniger spektakulär macht.)

Ich habe ihn nie wiedergesehen.

Ich mochte Gert. Schade, dass er weg war. Wenn ich Sat.1 gucke, bin ich immer noch etwas traurig. Keine Ahnung, ob er jetzt auf einem anderen Sender weitermacht. Aber ich habe ihn seitdem nie mehr gesehen. Die Brünette aus dem Frühstücksfernsehen mit dem falschen, widerwärtigen Lächeln ist nach ein paar Jahren auch aus dem Programm verschwunden. Hoffentlich wurde sie entlassen.

Heute Abend musste ich an Gert denken.

Nicht wegen Sat.1, sondern wegen der unbeleuchteten Schule, hinter der Canan und ich unsere Fahrräder anschlossen.

Als wir noch in Gießen gewohnt haben, hatte ich in einer ganz ähnlichen Schule Rhythmusgruppe mit Klanghölzern und Rasseln und so Zeug, für das man zum Glück nicht musikalisch zu sein brauchte. Gert hat mich immer hingebracht, mitten durch die menschenleere, unheimliche Schule, die anders aussah als die Freie Grundschule, auf die mich Hanne in Paderborn schickte und wo angeblich mal mehrere Lehrer nackt auf der Zeugniskonferenz erschienen sind.

Heute Abend, auf dem nächtlichen Gelände meiner neuen Schule, spürte ich das alte Gefühl wieder: Da war die Angst vor leeren, lichtlosen Fluren, Angst vor verwaisten Klassenräumen, Angst vor den Seilen und Haken, die hinter den verschmierten Fensterscheiben der Turnhalle von der Decke baumelten.

Die Chemieräume hinter den leeren, schmutzigen Fenstern glichen stillgelegten Laboren, in denen nachts grausame, verbotene Experimente durchgeführt werden.

Abgesehen von ein paar rumkrächzenden Nachtvögeln war es vollkommen still auf dem Schulgelände. Der uralte Porsche des Hausmeisters stand auf seinem Stammplatz vor der Einfahrt.

Was für ein Date war das bitte? Warum war ich zu blöd, um mit Canan einfach was ganz Normales zu machen?

»War vielleicht eine blöde Idee herzukommen«, sagte ich. »Mädchen sollten sich nicht im Dunkeln herumtreiben und irgendwelchen Leuten auflauern.«

Was redete ich da? Klang irgendwie nach TKKG.

Canan lächelte so bezaubernd, dass ich gegen einen Fahrradständer lief. »Ich mache Judo, seit ich fünf bin. Beruhigt dich das?«

»Ein bisschen.« Karate wäre mir lieber gewesen. Aber ich musste nehmen, was ich kriegte. Canans eng geschnittene Jeans sah übrigens super aus. Phänomenal.

»Ist was mit meinen Sachen?«, fragte sie.

Ich riss mich von ihrem Anblick los. »Nee ... Alles in Ordnung.«

Canan fischte eine schwarze Kapuzenjacke aus dem Rucksack und warf sie zu mir herüber. »Hier, zieh die an. Dein Hemd ist viel zu hell. Das sieht man sofort!«

Dass mein Shirt nicht etwa *hell*, sondern *englischweiß* war und eigentlich meinem Hauttyp schmeicheln sollte, behielt ich für mich.

Wir beide krochen im Schutz einiger Büsche und eines verrosteten Abi-Denkmals näher an die Schule heran. Durch die Glasfront der Halle linste ich ins Erdgeschoss.

Das einzige Licht kam von der schwach erleuchteten Hausmeisterloge. Von Weitem erkannte ich die dürre, gebeugte Gestalt des Hausmeisters im Schein einer Leselampe. Er schlief. Er wurde fürs Schlafen bezahlt. Ein Grund mehr, ihn nicht leiden zu können.

Es dauerte sieben wunderbare Minuten (in denen ich Canan beinahe gefragt hätte, was sie *so ganz allgemein* für Filme mochte), bis die massige Gestalt von Udo-Kieron Dörting auf dem Fahrrad herangeschaukelt kam und – wie immer – jeden Ansatz von Romantik zerstörte.

Dörting trug einen dunklen Anorak. (Der seinem Hauttyp definitiv nicht schmeichelte!)

Er lehnte sein Rad gegen einen Strauch, so dicht vor mir, dass ich über seinen Kopf hätte spucken können. Oder besser mittendrauf.

Dann huschte er geduckt und im Laufschritt zur Schule – erheblich schneller, als ich ihm zugetraut hätte. Kurz vor dem Haupteingang hielt er an, spähte durch die Glastür und schlüpfte hindurch. Er bewegte sich hastig und unsicher – nicht unbedingt wie jemand, der gerade ein Kapitalverbrechen begehen wollte. Eher wie einer, der unschuldig verhaftet werden sollte und jetzt auf dicken Beinen floh.

»Wollen wir?«, flüsterte Canan.

Am liebsten hätte ich mit ihr in diesem Gebüsch überwintert, aber der Vorschlag hätte sie vermutlich nur verunsichert.

»Wir wollen.«

Als wir losliefen, spürte ich die flüchtige Berührung von Canans Fingern auf meinem Handrücken.

Wir folgten Dörting durch den Haupteingang.

Hausmeister Kruse lag zusammengesunken über dem Schreibtisch, sein unregelmäßiges Schnarchen war in der ganzen Eingangshalle deutlich zu hören.

Dörting war nirgendwo zu sehen. Wahrscheinlich hatte er sich schon nach oben geschleppt: Die Schulbibliothek lag im ersten Stock. Man konnte sie über das große Treppenhaus erreichen. Oder hintenrum, durch den Naturwissenschaftstrakt.

»Wir gehen hinten hoch, ja?«, flüsterte ich.

Canan hielt entschlossen auf die zerkratzte Plexiglastür zu, die zu den Chemieräumen führte. Ihr Hintern sah aus wie aus der Werbung. Werbung für Hintern. Der tollste. Beste.

Im Naturwissenschaftstrakt roch es durchdringend nach Reinigungsmitteln und altem, feuchtem Muff. Die einzige Beleuchtung kam von den schmalen Oberlichtern hoch über unseren Köpfen. Am Ende des Ganges glomm ein grünes Notausgangsschild vor sich hin.

Im Glaskasten, der in die Flurwand eingelassen war, hockten ausgestopfte Vögel und Amphibien und verfolgten unsere Schritte mit ihren trockenen Augen.

Wir schlichen am naturwissenschaftlichen Geräteraum vorbei. Dahinter tropfte und zischte es beständig, irgendwelche Apparaturen flüsterten vor sich hin. Ich hatte eigentlich gedacht, dass der stillgelegt war. Aber vermutlich hatte sich die Chemie-AG hier breit gemacht und führte irgendwelche haarsträubenden Experimente durch.

»Irgendwie eklig hier«, flüsterte Canan.

»Irgendwie schon«, antwortete ich. Irgendwie war das hier das mieseste erste Date in der Weltgeschichte der miesen ersten Dates.

»Wir gehen bloß die Treppe hoch, bis zur Hintertür der Bibliothek«, sagte Canan. »Und wenn wir nichts hören oder sehen, dann ... fahren wir einfach nach Hause, ja?«

Die Worte *Nach Hause* klangen wunderschön aus Canans Mund. Sie versprachen echt eine Menge.

Einen Moment lang schien es, als wollte Canan noch etwas anderes sagen. Ein Streifen Mondlicht fiel durch das hohe Fenster über ihr Gesicht. Canans Haut schimmerte wie das teure, feine Briefpapier, das mir Tante Christiane zu Weihnachten geschenkt und das ich noch nie benutzt hatte, was sich bald ändern würde.

Canan lächelte.

Da war wieder das Gefühl in meinem rechten Arm. Als ob er sich jeden Moment in Bewegung setzte. Nach oben, hin zu ihrer Wange, ihren Haaren, ihrem süßen kleinen Ohrläppchen.

Doch daraus wurde nichts.

Ein furchtbarer Schrei drang aus dem oberen Stockwerk, dunkel und heiser, der Schrei eines großen, ausgehungerten Tieres. Ein verletzter Hund, überlegte ich, mehr noch: ein tollwütiger Wolf, genau! Ein wahnsinniger, blutrünstiger Monsterwerwolf, der gleich zum Angriff überging und irgendwem die Kehle wegfetzte.

Die Panik pulsierte durch meinen Körper wie eine mörderische Droge, die jeden Moment meinen Verstand ausknipsen konnte. Mein erster Impuls war, mich flach auf den Boden zu werfen.

Ich folgte ihm.

Unglücklicherweise warf ich mich gegen den Feuerlöscher. Meine Schläfe rumste schwer dagegen. Für einen Moment fühlte sich mein Kopf an, als wäre er aus Metall, stahlhart, rot lackiert und mit komprimiertem Schaum gefüllt.

Mit Schaum … und mit Dunkelheit, die sich explosionsartig ausbreitete.

»Joseph!« Canans Stimme klang gedämpft. Als hätte sie den Mund voller Löschschaum. »Joseph Fittich!«

Unerträgliche, rotierende Schmerzen hämmerten hinter meiner Stirn und nahmen mir die Sicht.

»Hier unten«, murmelte ich. »Alles klar bei mir.«

»Nee, gar nicht! Du bist umgekippt, Joseph!« Canan hockte über mir und presste mir einen Ärmel auf die Stirn. »Einfach umgekippt!«

»Bin doch nicht umgekippt ... Ich ... Ich habe mich in Deckung geworfen.« Es gelang mir, meine Gedanken zu sortieren. Da war was gewesen, oder? Etwas Schreckliches. Etwas Bissiges. »Da war so'n Tier.« Die ausgestopften Viecher im Schaukasten glotzten verächtlich zu mir runter. »Da war ein Tier. Hast du doch auch gehört, oder?«

»Klang wirklich fies.« Canans Blick huschte durch den dunklen Korridor. »Wir hauen einfach ab, würde ich sagen. Wenn du dich besser fühlst.«

Was für Monster trieben sich hier nachts bitte herum? Wenn ich mutiger gewesen wäre, hätte ich jetzt nach Dörting gesucht und ihn gewarnt. Glücklicherweise war ich nicht mutig.

Ich rappelte mich langsam auf. Blut lief mir aus dem Haaransatz ins Auge und brannte beim Blinzeln.

»Ist nur eine kleine Wunde«, sagte Canan. »Muss bestimmt nicht genäht werden.« Noch immer presste sie ihren Ärmel auf meine blutende Stirn.

»Du kannst nicht einfach so mein Blut anfassen!«, beschwerte ich mich. »Vielleicht bin ich ja krank oder so.«

»Mach dich nicht lächerlich«, sagte sie.

Es ist Zeit für ein Geständnis.

Ich liebe es, wenn man sich um mich kümmert. Versteht mich nicht falsch, ich bin echt nicht faul oder vollkommen unfähig oder so. Ich kriege Spaghetti mit Fleischsoße hin und Kartoffeln, alles kein Problem. Waschmaschine bedienen, notfalls sogar ein bisschen bügeln.

Was ich meine, ist so richtiges Kümmern. Besorgtsein. Eine Hand auf meiner Stirn. Prüfende Blicke. So eine gewisse zärtliche Strenge.

Liegt wahrscheinlich an Hanne. Seit sie in Paderborn angefangen hatte, ständig in Frauenläden rumzuhängen, meinte sie, wir würden in einer Art Zweier-WG wohnen. Ich weiß, das klingt eigentlich nicht schlecht. Weniger Vorschriften, kein ständiges »Zieh die warme Jacke an!« oder »Hast du deine Multivitaminkapsel geschluckt?«.

Vielleicht hat mich das verdorben. Ich stehe einfach auf Kümmern: Kamillentee ans Bett bringen, eine Hühnerbrühe kochen, Wunden verbinden. So wie Westernhelden, die angeschossen in irgendeiner Scheune liegen und die von einer rehäugigen Dorfschönheit den Fieberschweiß von der Stirn getupft kriegen.

Canan stützte mich an der Schulter, ihr Pferdeschwanz streifte meinen Hals, ich zog mich mühsam an der Chemieraumtür in die Höhe. Vorsichtig wischte mir Canan mit dem Pulloverärmel das Blut aus der Stirn.

Und da fühlte ich es: Wärme in meinem Bauch. Als hätte sich dort eben ganz von allein ein großer Knoten gelöst. Und als ich Canan ansah, wie sie durch das zerkratzte Plexiglas in die Eingangshalle spähte – die gekräuselten, vollen Lippen, der entschlossene Blick hinter der verrutschten Brille –, da wusste ich, dass ich nicht länger lügen konnte.

Ich würde Canan irgendwann die Wahrheit sagen müssen: Über mich, über die Sache mit den Aufsätzen und den Wettbewerb und ... über Fausto. Bald. Irgendwann. Keine Ahnung, wann, aber ich musste es tun.

Dörting tauchte in der Glastür am Fuße des großen Treppenhauses in der Eingangshalle auf. Er ging schleppend und gebückt und hielt irgendwas Schweres an seine Brust gepresst.

Wenn er dort oben irgendeinem fiesen Untier begegnet war, wenn ihn das Gebrüll auch nur ansatzweise so umgehauen hatte wie mich, dann ließ er sich davon nichts anmerken. Er stapfte auf seinen dicken Beinen zum Ausgang.

»Der haut einfach ab«, stellte ich enttäuscht fest. »Und wir haben alles verpasst.«

»Vielleicht hat der Kieron sich nur ein paar Bücher ausgeliehen«, überlegte Canan. »Sieht allerdings eher aus wie ne Thermoskanne, was er da trägt.«

Thermoskanne?

Ich dachte scharf nach. Da stimmte etwas nicht. »Thermoskanne? Hast du eben Thermoskanne gesagt?«

»Vielleicht war ihm bloß kalt, und er brauchte was Warmes zu trinken«, sagte Canan.

Wo hatte ich gerade erst eine Thermoskanne gesehen?

Und wo war der Typ, mit dem sich Dörting verabredet hatte?

Fragen über Fragen – und je mehr ich darüber nachdachte, desto mehr wurde mir eines klar: Dies war wirklich das bescheuertste Date, das man sich vorstellen konnte. Diese Schule war echt unheimlich, sie stank, hier waren Monster unterwegs. Scheiß auf den Heiseren, dachte ich mir, Scheiß auf die Thermoskanne – es war Zeit, zu retten, was zu retten war.

»Verschwinden wir«, sagte ich.

»Verschwinden wir«, sagte Canan. Sie lächelte.

Kurz bevor wir aus dem Naturwissenschaftstrakt abhauen konnten, begann der Hausmeister mit seiner letzten Runde. Mindestens drei Minuten fummelte er an den Feuermeldern in der großen Halle herum.

Drei Minuten voll gemischter Gefühle.

Canan hockte neben mir auf dem Boden und beobachtete die Halle. Der blutverschmierte Ärmel schien sie gar nicht zu stören. Ihr Atem ging leicht und entspannt.

»Kieron ist jetzt weg. Zum Vordereingang raus«, stellte sie fest.

Ich nickte. War er halt weg. Wir waren ja noch da. Und dieses Tier, das war auch noch irgendwo.

So gerne hätte ich Canan alles erzählt.

Die Wahrheit musste raus, das spürte ich. Sie lag mir auf der Zunge, ich konnte sie beinahe schmecken: dunkel und kratzig wie ein Bücherdämon, süß und geschmeidig wie eine Lüge, trocken und pappig wie ein Aufsatzheft voller Rechtschreibfehler und gefälschter Aufsätze.

Aber es ging einfach nicht. Canans Nähe, ihr Duft, die Art, wie sie ihre Finger ineinander legte, das alles machte mich verrückt. Mir wurde warm. Sehr warm. Zu warm.

Zuerst an dieser Stelle in der Brust, wo wahrscheinlich das Herz war. Dann wanderte die Hitze langsam nach Süden.

Der Hausmeister kramte einen riesigen Schlüsselbund heraus und machte sich in Richtung Sporthalle auf. Genau zum falschen Zeitpunkt. Denn bei mir hatte sich ein Problem entwickelt, das sich einer rasanten Flucht entgegenstellte. Zumindest in Canans Gegenwart.

»Jetzt, Joseph!« Sie schob die Tür einen Spalt weit auf. »Ehe er wiederkommt.«

Zu gerne wäre ich jetzt aufgesprungen und mit ihr losgerannt. »Noch einen Augenblick, ja?«

Noch immer kauerte ich mit angezogenen Beinen am Boden und versuchte, an etwas ganz und gar Bescheuertes zu denken. Etwas, das mit Canan und ihrer duftenden Nähe nichts zu tun hatte. Nichts mit ihrer niedlichen Nase.

»Nicht rumtrödeln«, sagte sie. »Der kann jeden Moment wiederkommen.«

»Lass uns noch einen kleinen Moment warten.« Ich machte einen Faktencheck: Die kurze Jacke konnte *mein Problem* ebenso wenig tarnen wie meine Jeans, die von den verdammten Waschnüssen jedes Mal enger wurde. »Noch eine Minute. Sicherheitshalber.«

»Du schwitzt so«, sagte Canan. »Hast du Schmerzen?«

»Ein bisschen.« Schmerzen war vielleicht der falsche Ausdruck. »Eher so ein Druckgefühl.« In Hüfthöhe.

Der Ausdruck zärtlicher Besorgtheit trat in Canans Augen. *Schluss mit der Fürsorge*, befahl ich ihr stumm. *Kein Mitleid! Und bloß nicht mehr an meiner Stirn oder sonst wo rumtupfen!*

»Kann ich irgendwie helfen?«, fragte sie und zückte den Pulloverärmel.

»Weiß nicht«, sagte ich. *Zum Beispiel könntest du mich ein-*

fach ignorieren. Erzähl mir was Ekliges! Stell mir eine Rechenaufgabe! Bohr dir in der Nase herum!

Ich suchte fieberhaft nach der abstoßendsten Erinnerung in Reichweite. Eine überschwemmte Jungstoilette, überall die braune Brühe. Benutztes Klopapier. Ja, das war gut, das half. Dann fiel mir Canan ein, die mir nach der verkackten Rettungsaktion einen sanften Kuss auf die schmutzige Backe gab. Nein, das war die verkehrte Richtung. Vollkommen verkehrt!

»Warte, ich helfe dir auf.« Canan griff nach meiner Schulter.

»Geht schon«, murmelte ich und streifte ihre wunderbare, duftende Hand ab. Wenn ich jetzt aufstehen musste, war alles verloren. »Vielleicht willst du lieber draußen schon mal gucken, ob die Luft rein ist. Ich verschnaufe noch ne Minute.«

»Okay.« Canan schlüpfte durch die Tür in die Eingangshalle. »Und dann zwitschern wir ab.«

Abzwitschern.

Wie ein Vogel.

Ha!

Ein geschnitzter Vogelkopf an der Spitze eines indianischen Wappenpfahls tauchte in meinen Gedanken auf. Der Vogelgott.

Ich sah Hannes lächelndes Gesicht vor mir. *Wir haben auch schon miteinander geschlafen*, sagte sie. *Das war sehr schön.*

Die Hitze verschwand schlagartig aus meinem Körper, als hätte man mich bis zum Bauchnabel in flüssigen Stickstoff getaucht. (Der ist echt ziemlich kalt, habe ich mal gelesen. Aber auch ziemlich schwer zu bekommen.)

Ich humpelte hinter Canan durch die Eingangshalle. »Warte auf mich!«, rief ich gedämpft, während ich unauffällig meine Garderobe richtete.

»Er ist weg, verdammt!« Ich versetzte dem verwaisten Gebüsch, an das Dörting sein Fahrrad gelehnt hatte, einen wütenden Tritt. Dornen stachen durch mein Hosenbein.

Die ganze Aktion war völlig umsonst gewesen, Canan und ich hätten genauso gut auf dem Teppich vor meinem Bett hocken und uns anschauen können!

»Ich weiß, wo Kieron wohnt«, sagte sie. »Ist gleich um die Ecke.«

Auch das noch!

Das überraschte mich ungefähr so sehr, als hätte sie mir eröffnet, sie wüsste, wo Til Schweiger wohnte: nämlich in Hannover, Nordstadt, dieser hässliche Wohnblock mit dem blassrosa gestrichenen Beton – der eigentliche Grund, warum Hanne Fittich vier Abende pro Woche nicht zu Hause war.

Canan wusste, wo Dörting wohnte?

»Er hat mir mal Nachhilfe gegeben«, sagte sie. »Letztes Jahr. Ganz kurz nur.«

Vor Entsetzen wäre ich fast in das Stachelgebüsch gestürzt. »Nee«, sagte ich. »Sag bitte, dass das nicht wahr ist.«

»In Englisch, da hatte ich eine schlechte Phase«, sagte Canan. »Herr Steiner hat mir das damals empfohlen. Brauchte ich eigentlich nicht. Aber Kieron hat es umsonst gemacht. Nur ein paar Wochen.«

»Du warst richtig bei ihm?« In seinem verlateinlehrerten Zuhause?

Canan nickte.

Mich fröstelte. Das war nicht nur Flüssigstickstoff, sondern Flüssigstickstoff mit Dörting-Geschmack. Schlimmer ging's nicht.

»Hat's denn wenigstens was gebracht?«

»Ich hab in der nächsten Arbeit ne Zwei geschrieben«, sagte Canan. »Und dann bin ich nicht mehr hingegangen.«

»Gut«, keuchte ich. *Waffensysteme runterfahren, Kurs stabilisieren.*

»Ich bin nicht mehr hingegangen, weil er irgendwie ... unheimlich war. Er wusste alles, verstehst du?«

»Dörting eben.«

»Aber noch anders als in der Schule. Er wusste einfach alles, er kannte jede Vokabel, auch die, die noch lange nicht dran waren. Als wäre er Engländer.«

»Vielleicht ist er das ja!« Canan sollte gar nicht erst glauben, dass Dörting ein Genie oder so was war.

»Nee«, sagte sie. »Der ist einfach ein Streber. Ich habe ihn lernen sehen, während ich die Aufgaben gemacht habe, die er mir gegeben hat. Der lernt wie eine Maschine. Stundenlang. Total unheimlich. Und dann das Haus. Die haben eine riesige Bibliothek, uralte Bücher, alles superkrass gesichert, wasserdicht verschlossen, in Hochsicherheitsschränken, mit einer Luftschleuse in der Tür. Wie bei James Bond. Das ist wirklich verrückt.«

Die Villa der Dörtings sah aus, als hätte man Draculas Ferienhaus mit einem Hochdruckreiniger bearbeitet und dann zartrosa angestrichen. Sie stand direkt am Wald. Ein hautfarbenes, zartes Türmchen ragte steil in den Nachthimmel und weckte unanständige Gedanken.

Wenn Canan die fette Villa von Familie Dörting genauso superprotzig fand wie ich, dann ließ sie sich nichts davon anmerken.

Das Grundstück war von einem mehrfach mannshohen Schmiedeeisenzaun umgeben, der immer wieder von Steinsäulen unterbrochen wurde. Oben drauf hockten hässliche Tiere aus Gips. Düstere Friedhofstannen verdeckten die Sicht auf die Fenster im Erdgeschoss.

Wahnsinnige wohnten so. Oder wahnsinnig Reiche. Was sich nicht ausschloss.

»Hier ist es.« Canan wies auf ein schwach erleuchtetes Zimmer im dritten Stock. »Das da oben ist Kierons Zimmer. Und eine Etage drunter ist die Bibliothek. Die ist riesig.«

»Ein bisschen protzig, oder?«

»Das Haus ist nicht das Schlimme. Das Schlimme sind die Dörtings. Weiß auch nicht warum. Aber sie sind furchtbar.«

Wenn Canan das Haus ganz normal fand, wie sah dann ihr eigenes aus? Immerhin war ihr Vater Oberchefarzt für Superchirurgie.

»In der Siebten hatte ich mal eine Probestunde Latein bei Kierons Vater. Das war echt genug. Hat die ganze Zeit von Rom und den alten Zeiten geredet. Als wäre er selbst dabei gewesen.«

Die uralten Tannen bewegten sich, als hätten sie ein Eigenleben. Irgendwo zwischen ihnen gluckerte ein Bach oder ein Brunnen vor sich hin, vielleicht auch eine Ölquelle.

Auf dem Grundstück klimperte ein Schlüsselbund.

»Jetzt komm endlich!«, sagte Dörting klar und deutlich zu irgendjemandem.

»Das ist er!« Canan stellte sich auf die Zehenspitzen. »Kannst du ihn sehen?«

»Ich sehe nur Tannen«, flüsterte ich zurück. Tannen – und Canans zart geschwungenes Kinn, das sich anmutig und verehrungswürdig über den Anorakkragen reckte.

Und dann, endlich, hörte ich die Stimme wieder.

Sie klang gepresst und kratzig, wie eine uralte Schallplatte, und auf eine grausame Art belustigt.

»Guter Junge, Junior-junior. Hast mich sicher heimgebracht.« Dieser Typ war dort im Garten, irgendwo hinter den nachtgrauen Tannen!

»Das ist er!«, zischte ich. »Der Typ ... Die Stimme vom Klo.«

»Das war das letzte Mal, verstanden?«, sagte Dörting. Er sprach so leise, dass seine Worte zwischen dem Rauschen der Zweige kaum zu verstehen war. Seine Stimme klang so flach und ängstlich, als hätte er gerüchteweise gehört, er würde in Französisch mündlich eine Drei plus kriegen. »Das allerletzte

Mal. Das war es. Aus, vorbei. Das eine Mal und nie wieder! Es war ein Fehler, dass du mir überhaupt geholfen hast!«

»Vorbei?«, fragte die Kratzestimme. »Das sagen sie am Anfang immer, die jungen Herren, die hoch hinaus wollen. Aber schon bald wirst du dich an mich wenden, wenn dein Feind dir zusetzt.«

Dein Feind? Meinte der mich?

»Mach dich nicht lustig über mich.«

»Du wirst doch wohl nicht weinen wollen, Junior-junior.«

»Ich weine bestimmt nicht!«, sagte Dörting.

»Das Beste!«, rief die Kratzestimme gebieterisch. »Du willst doch das Beste, oder?«

Dörting nuschelte vor sich hin.

»Aber das genügt bei Weitem nicht! Nicht gut genug für einen *Dörting*. Du musst dich noch mehr anstrengen. Man kann sich immer noch steigern! Denk nicht, ich helfe dir ganz umsonst, denk nicht, du könntest dich jetzt fein zurücklehnen, junger Mann. Für einen *Dörting* schickt sich das nicht.«

»Ich kann selbst auf mich aufpassen!«, zischte Dörting. »Und jetzt rein mit dir! Mein Vater kommt jeden Moment nach Hause!«

»Wer ist das?«, flüsterte Canan dicht neben mir. »Der Erwachsene, meine ich.«

»Das ist der Kerl von der Jungstoilette«, sagte ich. »Der, den ich retten wollte.« *Den ich mir doch nicht eingebildet hatte.*

»Lass mich doch den Moment genießen, mein ungeduldiger Freund. Die kühle, unverbrauchte Luft. Den frischen Duft der Nadelbäume. Die wilden Rufe der Raubvögel.«

Ich hielt es nicht länger aus. Wer auch immer da sprach: Ich musste ihn sehen. Er war der lebende Beweis, dass ich nicht rumgesponnen hatte.

Vorsichtig umfasste ich die Gitterstäbe des Zauns und ruckelte daran. Fühlte sich stabil an. Hochsteigen war wahrscheinlich gar nicht so schwer.

Ich stemmte den rechten Fuß zwischen zwei geschmiedete Rosen, die sich zwischen den Eisenstäben verzweigten.

»Joseph!«, flüsterte Canan und zupfte an meinem Pullover. »Mach keinen Unsinn.«

»Ich muss wissen, mit wem Dörting da spricht. Und wenn ich mir dabei ein Bein breche.«

Das Schmiedeeisen war alt und rau. Ich zog mich daran in die Höhe. Schon auf dem ersten halben Meter holte ich mir Dutzende kleiner Kratzwunden an den Fingern. Meine Hose verfing sich im scharfzahnigen Eisenblattwerk und riss am Saum ein. Egal. Ich brauchte Gewissheit, und die gab es nur mit guter Aussicht.

»Was sagt man höflicherweise?«, fragte die Kratzestimme in der Dunkelheit. »Wo bleiben deine Manieren, junger Dörting?«

»Danke, mein Freund, für deine fruchtbare Gegenwart und immerwährende Unterstützung.« Er klang, als läse er den Satz aus einem sehr alten Buch mit sehr wenig Lust ab.

Ich musste weiter rauf, wenn ich noch was sehen wollte, weiter in die Höhe, zwei Meter, drei Meter, keine Pause!

Die Kratzestimme lachte. »Na, geht doch, junger Freund. Und nun lebe wohl, bis bald, sehr bald!«

Unter Schmerzen quälte ich mich noch einen Meter rauf. Aber auch von hier oben waren bloß die verdammten Friedhofstannen zu sehen, die sich im Wind wiegten und zwischen denen ab und zu Dörtings blasses, teigiges Gesicht auftauchte. Wo zum Teufel war der andere abgeblieben?

»Komm da jetzt runter, Joseph!«, flüsterte Canan von unten.

»Gleich!«

»Du bist schon viel zu hoch!«

»Gleich! Dörting hockt auf der Terrasse. Sonst ist niemand zu sehen ... Ich muss wissen, wer da gespr...«

Da! Ein Geräusch!

Ein träges Vibrieren, als würde die nasse Erde langsam einatmen. Es ging in ein tiefes, metallisches Stöhnen über, zuerst dicht am Boden, dann höher und immer höher.

Ich zerrte an den Gitterstäben, zog mich hoch, verkrallte mich in geschmiedete Blätter und Trauben, kletterte weiter, bis ich die langen, gefährlichen Spitzen des Zauns zu fassen bekam.

Die Sicht war besser.

Und endlich sah ich es.

Einen Schatten, der an der Dachrinne in die Höhe stieg. Versteht mich nicht falsch, keine Gestalt oder einen Einbrecher oder einen Affen.

Nein, es war nicht mehr als ein Schatten, der auf der mondhellen Wand entlang der schimmernden Regenrinne langsam in die Höhe kroch. Ein riesiger, lichtloser Fleck. So als hätte man etwas im Auge. Aber mit meiner Sicht war alles in Ordnung – wenn ich nicht gerade auf das Dörting-Haus schaute.

Und plötzlich verschwand der Schatten. Er löste sich einfach auf. Ein Fenster klapperte kurz im Wind.

»Er ist weg.« Schon wieder. »Einfach so, weg.«

»Komm endlich runter!«, zischte Canan. »Wir sollten überhaupt nicht hier sein! Bitte! Joseph!«

Ich schaute über die Schulter nach unten. Hätte ich besser gelassen. Canan stand ungefähr fünfhundert Meter unter mir und winkte.

Ein Windstoß ließ den Zaun erzittern und schüttelte mich hin und her. Und ich kriegte die Hände nicht von dem angerosteten Zaun los, stemmte mich mit den Sneakers in das Schmiedelaub und konzentrierte mich darauf, nicht abzustürzen.

Wie betäubt registrierte ich, dass Dörting auf der Veranda mit einem Schlüsselbund klirrte und im Haus verschwand. Der Garten war leer, menschenleer.

»Komm runter!«, rief Canan wieder. »Sonst komme ich rauf, klar?«

Unter Schmerzen löste ich zwei Finger vom Metall. Blut und Eisenstaub brannten in meiner Handfläche. Mit den Füßen tastete ich nach Halt. Zentimeter für Zentimeter ließ ich mich nach unten gleiten, klammerte mich an die von Zeit und Regen zerfressenen Stäbe.

»Brauchst du echt keine Hilfe?«

»Alles total easy«, krächzte ich. »Noch ein paar Meter, dann kann ich vielleicht springen.«

»Nein, bleib oben!«, rief Canan plötzlich. »Da kommt ein Auto.«

Ich presste mich eng an den Zaun.

Ein großer, dunkler Wagen mit einem teuer brummenden Motor steuerte auf die Einfahrt der Villa Dörting zu. Seine Scheinwerfer jagten über die Straße, schnitten blendend weiße Fächer in die Dunkelheit.

Als meine Füße ins Rutschen gerieten, griff ich instinktiv mitten in den scharfkantigen Blütenzauber. Ein indischer Fakir mit vollendeter Selbstbeherrschung und einem nächtlichen Ruhelager aus gut gespitzten Nägeln hätte daran mit Freuden ein paar Klimmzüge gemacht.

Ich war aber kein Fakir.

Ich schaffte auch in der Turnhalle keinen einzigen Klimmzug.

Also brüllte ich meinen Schmerz laut in die Nacht, während sich mein Körper im freien Fall dem Asphalt in der Tiefe näherte.

Der dunkle Bordstein raste auf mich zu. Es war wie in einem dieser Träume direkt nach dem Einschlafen, in denen man irgendwo runterstürzt und beim Aufschlag mit einem Schrei erwacht.

Aber ich erwachte nicht.

Allerdings schlug ich auch nicht auf.

Mein Hirschledergürtel verfing sich in den verflochtenen Verzierungen aus Schmiedeeisen. (Werner hatte mir das ultrarobuste Teil vorletztes Jahr zu Weihnachten mit der Ansage geschenkt, ich sei jetzt zu alt für Spielzeug und würde von ihm nur noch Geschenke für *richtige Männer* bekommen. Für richtige Männer! Das hatte dem angeknacksten Verhältnis zwischen Hanne und ihm vermutlich den Rest gegeben. Es war Werners letztes Geschenk gewesen.)

Der Hirschledergürtel stoppte mich auf ungefähr zweieinhalb Metern Höhe, *zack!*, plötzlich hing ich bis zum Anschlag in meiner Jeans. Zwischen den Beinen klemmte es ziemlich.

Ich lebte! Canan musste an unserem ersten Date nicht mein Blut vom Bordstein aufwischen!

»O Gott, Joseph!«, schrie sie. »Ist dir was passiert?«

»Ich hänge fest«, erwiderte ich mit gedämpfter Stimme. Ein geschmiedetes Blatt hatte meine Jeans durchstochen und grub sich gefährlich in meinen Hintern.

Vorsichtig ruderte ich mit den Armen. Der Gürtel hielt, immerhin. Danke dir, Werner, danke auch dir, Hirsch und danke, blumenliebender Zaunschmied, der du von den lebensrettenden Verzierungen nicht genug gekriegt hast!

Plötzlich kam Bewegung in die Sache: Ich verlor das Gleichgewicht und kippte nach links, während sich der Gürtel noch fester in die verrostete Botanik zurrte. Das Eisen quietschte und ächzte, während ich mich langsam drehte. Meine Beine stiegen immer höher, der Oberkörper sackte dafür nach unten. Ich drehte mich wie ein schwindeliger Käfer, der in der Körpermitte festgepiekt war.

Als Canan und ich in der Dunkelheit verschwanden, kam mir der Gedanke, wie die Sache ausgegangen wäre, wenn ich Dörting alleine beschattet hätte. Wenn ich Canan nicht gehabt hätte. Wenn sie nicht zu mir raufgeklettert und mich mit ihren geschickten Händen befreit hätte. Ich hätte stundenlang kopfüber am Zaun gehangen, das Blut wäre mir in den Kopf geflossen. Benommen hätte ich beobachtet, wie die Sonne aufging und in der Villa Dörting die Rollläden hochgezogen wurden.

Und schließlich wäre Dörting rausgekommen, um die Zeitung reinzuholen.

Ich wusste, dass mit dir etwas nicht stimmt, Joseph Fittich, hätte er gesagt. *Aber ich hatte die Hartnäckigkeit unterschätzt, mit der du deine Dämlichkeit beweisen möchtest.*

Hol … mich … runter, hätte ich mit geschwollener Zunge genuschelt.

Ich sage dem Gärtner Bescheid, wäre Dörtings einzige Antwort gewesen. *Der macht dienstags immer das Ungeziefer weg.*

Ich gab mir Mühe, die Verabredung mit Canan mit so viel Würde zu Ende zu bringen, wie ich noch hatte. (Das war nicht besonders viel. Versucht mal, würdevoll Fahrrad zu fahren, ohne dass euer verwundeter Hintern den Sattel berührt.)

Es war knapp halb elf, als ich zu Hause den Schlüssel ins Türschloss schob.

Ich war zwei Stunden und vierunddreißig Minuten zu spät. (Diese Zeit hatte ich ziemlich effektiv genutzt: Die Stirn an einem Feuerlöscher aufgeschlagen, das Bein in einem Dornengebüsch verkratzt, mir anschließend die Hände an einem scharfkantigen Zaun zerschnitten und ein handgeschmiedetes Ahornblatt wie eine Speerspitze in den Allerwertesten gerammt. Die feuchtfröhliche Runde Aquaplaning auf dem überschwemmten Jungsklo vom Vormittag kam als Sahnehäubchen oben drauf.)

Ich streifte die Schuhe noch auf dem Fußabtreter aus und schlich mich in Richtung meines Zimmers.

»Hallo, Joseph«, brummte eine Männerstimme aus der unbeleuchteten Küche. »Du bist spät dran, wirklich äußerst spät.«

Ich fuhr herum.

Ein riesenhafter Schatten hockte am Küchentisch vor dem Fenster. Das Licht der Straßenlaterne in seinem Rücken umfloss seine massige Gestalt.

JE.

Das war wirklich ganz schlechtes Timing. Für ihn und für mich.

Ich zog mir die Kapuze von Canans wunderbarer Jacke vom Kopf.

»Hallo.«

Was sollte ich sonst sagen? Vielleicht, dass es echt unheimlich war, wie er bewegungslos im Dunkeln saß, in der totenstillen Wohnung. Und dass er, JE, mir nach einem langen, anstrengenden Tag echt noch gefehlt hatte. Und dass ich jetzt gerne meinen Hintern desinfizieren wollte.

JEs Stimme klang traurig und schwer. »Deine Mutter wäre bestimmt enttäuscht von dir, wenn sie wüsste, dass du ihr Vertrauen so hintergehst.«

JE glaubte mir also erklären zu müssen, wie sich meine Mutter fühlte. So sah es aus im Hause Fittich.

»Wie lange sitzt du hier schon rum?«

»Ein paar Stunden vielleicht«, seufzte JE und schnipste gegen eine hohe Flasche, die sich ziemlich leer anhörte. Ich hoffte, das war nur Mineralwasser. Der Schnapsgeruch ließ allerdings auf anderes schließen.

Ich knipste die Stehlampe mit dem bunten Glasscherbenschirm an, die ich Hanne vor zwei Jahren zum Geburtstag gebastelt hatte.

JE sah schlimm aus. Sein Gesicht wirkte aufgequollen, die Lippen fleischig und dunkel. Die Flasche vor ihm stellte sich als Grappa heraus. Sie war leer, ebenso wie das Bierglas daneben.

»Wo ist Hanne?«, fragte ich. »Noch unterwegs?«

JE seufzte schwermütig.

So fühlt sich das an, lieber JE, wenn Hanne unterwegs ist und man nie ganz weiß, wann sie wiederkommt.

»Ich weiß es nicht«, jammerte JE. »Deine Mutter ... trifft jemanden, oder?«

»Du meinst einen Mann?« Wenn JE schon so früh so anfing, konnte er die Sache gleich abhaken. Der würde bald feststellen, dass Hanne ihre »Freiheit« brauchte und ihre »Prinzipien« nicht verraten wollte.

Was immer Hanne trieb: Ich hätte es JE auch nicht verraten, wenn ich es gewusst hätte. »Soweit ich weiß, ist sie im Frauenladen. Die renovieren, weißte? So ganz unter sich Frauen. Darum heißt es ja auch Frauenladen.«

Vielleicht grinste ich ein ganz bisschen.

»Du findest das wohl witzig?« JE schnaubte empört. »Läuft da was, Joseph? Ich meine, sie mag mich doch, oder? Sie hat gesagt, sie mag mich. Hat sie dir gesagt, sie mag mich nicht mehr? Genüge ich ihr nicht?«

»Hanne sagt so einiges«, erwiderte ich kühl.

Und das war nicht mal gelogen.

JEs Miene verhärtete sich.

»Hanne ist ...« Ich rang nach Worten. Wie sollte ich ihm erklären, dass meine Mutter nichts so sehr hasste wie Männer, die sie »einengten«? Dass sie Gert und Werner und die anderen immer nur eine Zeit lang um sich haben konnte? Dass sie immer noch ein Foto meines Verpisser-Vaters in ihrer vollgemüllten Handtasche aufbewahrte? »Hanne ist halt schwierig. Damit musst du klarkommen.«

»Ich will deine Mutter einfach nicht verlieren.«

Mit müden Fingern griff er nach der Grappaflasche und schenkte sich nach. Ein einzelner Tropfen perlte ins Glas.

Ich konnte die Traurigkeit dieses großen, besoffenen Mannes sogar verstehen. Vielleicht, weil Gert damals von einem Tag auf den anderen verschwunden war. Und weil Hanne ihm verboten hatte, noch ein einziges Mal mit mir zu sprechen, um sich von mir zu verabschieden.

Vielleicht war *jetzt* eine schöne Gelegenheit, sich von JE zu verabschieden.

»Du solltest jetzt besser nach Hause gehen, Jarg-Erich«, sagte ich. »Keine Ahnung, wann Hanne wiederkommt.«

Ich streckte ihm die Hand hin, er zog sich daran hoch, grapschte nach seinem Mantel und schlurfte zur Haustür.

»Ich gebe mir echt Mühe, Junge, um deine Mutter glücklich zu machen«, sagte JE und wankte zur Haustür.

»Wenn das einer könnte«, sagte ich leise.

Im Türrahmen blieb JE stehen. »Du kannst mich nicht besonders gut leiden, oder, Joseph?«

Ich antwortete nicht.

Am nächsten Morgen wachte ich kurz vor dem Weckerklingeln vom Rumpeln der Keramikvase unter meinem Bett auf.

»Fausto!« Ich schob den Kopf über die Bettkante und spähte nach unten. »Muss das jetzt echt sein?«

Von Fausto war nicht viel zu sehen.

Der Blick war verstellt. Verstopft. Verrammelt, vernietet und vernagelt: Fausto hatte meine vollständige Büchersammlung unter das Bett verschleppt. Die war nicht besonders umfangreich, ich weiß. Dazu kamen allerdings Hannes halbe soziologische Bibliothek, ein Dutzend Illustrierte vom Klo, etwas ungespültes Geschirr, der Traumfänger aus dem Flur, ein zerfleddertes Exemplar Gelbe Seiten von 2002, ein Säckchen Hirse und ein Monatsvorrat Waschnüsse. Die Fugen seiner improvisierten Festung hatte Fausto mit meinen Entwürfen für einen Brief an Canan zugestopft. (Von denen es nicht mehr als ein paar Dutzend gab, ehrlich.)

»Alles klar bei dir?«, fragte ich.

»Fausto ist gar nicht da«, flüsterte der Bücherdämon. »Falls einer fragt.«

»Wer sollte bitte fragen?«

»Falls!«, zischte der Bücherdämon. »Man kann nie vorsichtig genug sein.«

Unter Faustos wildem, geflüstertem Protest schickte ich ihn in seine Vase zurück, räumte Hannes Sachen wieder an ihren Platz, schickte Fausto in seine Vase zurück, wusch das Geschirr ab und schickte Fausto in seine Vase zurück.

»Kann es sein, dass du mich verfolgst?«, fragte ich. »Nur, weil du immer einen Schritt hinter mir bist, anstatt dich unter dem Bett zu verstecken.«

»Fausto gelüstet nach ein wenig Geselligkeit. Zudem kann man nie vorsichtig genug sein.«

Okay, er litt immer noch unter Verfolgungswahn.

Ich stopfte den Bücherdämon kommentarlos in die Tasche meiner Kapuzenjacke und wusch weiter ab.

In der Küche hing der Geruch von Vanille und Ringelblumen noch deutlich in der Luft. Hanne war offensichtlich nachts nach Hause gekommen, immerhin, das sprach nicht für einen neuen Macker.

Dienstags fuhr sie immer früher in den Kindergarten, um vor der normalen Arbeitszeit Elterngespräche zu führen. Sie war also schon wieder weg.

Auf dem Küchentisch lag ein knochenhartes, von Laienhand gebackenes Körnerbrot. Daneben fand ich eine bunt bedruckte Broschüre mit ein paar hübschen alten Häusern drauf. Daneben stand in altdeutschen Nazibuchstaben:

SANKT BLASIUS

NICHT ALLE SCHÜLER SIND GLEICH.

HOCHBEGABTE SIND BESSER.

Die Werbung wurde tatsächlich immer aufdringlicher. Ich schmiss den Zettel ins Altpapier.

17 So was macht man unter FREUNDEN

Nach dem ganzen Ärger von gestern musste heute einfach ein besserer Tag werden. Er fing nicht schlecht an: Markus Jahnke saß nicht länger auf meinem Platz. Sondern auf dem daneben. Den er mir vor drei Monaten zugewiesen hatte.

»Hier«, sagte er und klopfte auf den freien Stuhl zwischen sich und Lasse Fleischer. »Dein alter Platz. Kannste wiederhaben. Ein kleiner Freundschaftsdienst. Hab gerne drauf gesessen, aber er gehört ja eigentlich dir.«

Irgendwas stimmte hier nicht. Aber was? Vielleicht lag es daran, dass Markus so freundlich guckte wie noch nie zuvor.

»Jetzt freu dich halt über deinen Scheißplatz!«, sagte er.

»Danke«, sagte ich. Dieser Tonfall war schon vertrauter.

»Bitte«, sagte Markus. Er lächelte.

Ich hatte ihn noch nie lächeln sehen.

In der großen Pause nach der zweiten Stunde legte sich eine schwere Hand auf meine Schulter, als ich mich auf den Weg ins Große-Pause-Versteck machte, wo ich mit Canan verabredet war, um das komische Date von gestern irgendwie wiedergutzumachen.

Markus.

»Hör mal, Joseph, gehen wir eine Runde?«, flüsterte er dicht an meinem Ohr. Sein wulstiger Arm lag so schwer auf meiner Schulter, dass mein Schlüsselbein jeden Moment wegbrechen konnte wie eine Salzstange. »Draußen ist doch super Wetter, oder?«

»Ja«, sagte ich. Es nieselte. »Könnte nicht besser sein.«

»Freut mich. Scheinst gute Laune zu haben. Läuft gerade echt gut bei dir, was?«, sagte Markus. Er zog einen zerknüllten Zettel aus der Hosentasche und trat die Tür nach draußen auf. »Kann ich von mir nicht behaupten.«

»Das ... äh ... das ... naja«, sagte ich. »Das hab ich mitgekriegt.«

Soweit ich das mitgeschnitten hatte, lief es für Markus alles andere als gut. Entweder er war wirklich eine ziemliche Niete, oder das halbe Lehrerkollegium tat alles, damit aus ihm eine wurde.

»Die machen mich fertig, Joseph, verstehste?«, knurrte er. »Die wollen mich hier nicht haben.«

»Quatsch«, log ich. »Klar wollen die dich hier haben.«

Um ehrlich zu sein, wollte irgendwie niemand Markus Jahnke haben. Zumindest nach allem, was ich gehört hatte. (Man erzählte sich so einiges über seine alte Schule: Dass er dort angeblich einen Amoklauf angekündigt hatte. Dass er angeblich eine Lehrerin flachgelegt hatte. Dass er angeblich Drogen verkauft hatte, selbst hergestellt im Chemieunterricht. Und dass das angeblich nur selbst gestreute Gerüchte waren, mit denen Markus von den Sachen ablenken wollte, die er *wirklich* gemacht hatte. Markus sagte dazu: »Frag nicht.« Also fragte ich nicht.)

»Wir sind doch Freunde, Joseph, oder?«, sagte er und führte mich auf den Hinterhof der Schule.

Ich hatte ihm neulich beim Müllsammeln auf dem Pausenhof geholfen. Er hatte mir dafür die alte anatomische Sammlung im Schulkeller gezeigt und mir beigebracht, wie man beim Basketball auf den Korb warf, ohne total bescheuert auszusehen.

»Kann man sagen.«

»Es ist schön, Freunde zu haben«, sinnierte Markus, ohne den stahlharten Griff um meine Schulter zu lösen. Er bugsierte mich zielstrebig hinter die Sporthalle. Zigarettenkippen pflasterten unseren Weg. »So gute Freunde wie Fleischer und dich hatte ich irgendwie noch nie. Ihr seid lustig, ihr versteht meinen Humor. Hat sich gelohnt, in eure Klasse zu kommen. Ehrlich.«

»Das ... freut mich«, sagte ich. »Echt, das freut mich!«

Markus klang nicht, als würde er Witze machen. Hatte er wirklich keine besseren Freunde als uns?

Hatte ich bessere?

Ich meine ... naja ... die ganze Umzieherei hatte mir ganz schön zugesetzt. Es gab Canan. Und Fausto. Und irgendwie zählte Lasse, die illoyale Ratte, auch noch dazu, immerhin waren wir letztes Jahr acht Wochen zusammen im Tischtennisverein gewesen, bis Hanne mich abgemeldet hatte, nachdem sie erfahren hatte, dass dort Jungs und Mädchen nicht in einer Mannschaft trainieren durften.

»Freunde teilen miteinander.« Markus zog mich hinter die Turnhalle, fingerte zwei verknickte Zigaretten aus der Brusttasche seiner Jeansjacke und hielt mir eine vor die Nase. »Freunde halten zusammen. Sie haben keine Geheimnisse. Sie helfen sich.«

»Äh ... genau. Helfen. Klar.« Ich griff nach der Zigarette, drehte und knetete sie zwischen den Fingern. Tabak rieselte in meine Handfläche. Die Sache roch nach Ärger.

»Jetzt rauch halt!«, sagte Markus und schnipste mit dem Feuerzeug vor meiner Nase herum.

Ich ließ mir Feuer geben, zog ein bisschen Rauch in den Mund und glaubte zu spüren, wie meine Mundschleimhaut in einem lautlosen Erstickungskampf zugrunde ging.

»Brauche ich Hilfe, Joseph?«

»Ich ... Ich weiß nicht.«

»Natürlich brauche ich Hilfe, Mann! Kapierst du es nicht? Die wollen mich hier nicht haben!«

»Quatsch, natürlich wollen die dich hier ...«

»Laber nicht rum!« Mit einem mächtigen Lungenzug vernichtete er die Hälfte seiner Zigarette. »Die halten mich für einen Psychopathen, Joseph.«

»Quatsch«, begann ich.

»Sag nicht immer *Quatsch*!«, schrie Markus. »Und antworte endlich mal richtig! Du bist doch hochbegabt, oder nicht?«

»Äh ... ja.«

»Oder nicht?« Er zerbröselte seine Kippe und schnipste mir die Überreste auf die Schuhspitzen. »Erzähl keinen Mist, Mann. Bist du hochbegabt?«

Jetzt ging die Lügerei schon wieder los! Ich wollte ja eigentlich aufhören, ermahnte ich mich, aber vielleicht konnte ich fünf Minuten eine Ausnahme machen. »Zumindest sagen das die ... äh ... Psychologen, zu denen muss ich immer hin, die haben so Testmaschinen ... mit denen die mein Gehirn untersuchen ... Ich schreibe einfach irgendwas hin in den Arbeiten. Irgendwas, was mir gera...«

»Schnauze!«, rief Markus. »Einen Scheiß machst du. Du bist nicht hochbegabt.«

»Bin ich nicht?«

»Nein!«

Ich schwieg.

Keinen Bock mehr auf die andauernde Lügerei.

»Gib es zu!« Markus' Brandstifterpranke presste mich hart gegen die Mauer. »GIB ES EINFACH ZU!«

»Verdammt, dann bin ich halt nicht hochbegabt!«, spie ich ihm entgegen. »Ich hab das auch nie behauptet!«

Jetzt war es raus.

Markus entspannte sich, seine Hand sank herab, und schon wieder fing er an, so komisch zu lächeln.

»Dann ist ja alles gut, Mann«, sagte er. »Dann ist doch alles völlig in Ordnung, oder? Dann wirst du ja wissen, wie du mir helfen kannst.«

»Ich ... weiß nicht ... Du ... weißt ja nicht, was du ... da sagst.«

»Ich kann dir sagen, was ich weiß«, sagte er. »Ich weiß,

dass ich echt in Schwierigkeiten bin. Und ich weiß, dass Freunde ihre Geheimnisse teilen.« Markus tätschelte meine Schulter. »Du hast ein wunderbares kleines Geheimnis, oder?«

Ich hielt das nicht mehr lange aus. Der Kerl war wirklich ein Psychopath, und er wollte Fausto, er wollte mein Geheimnis aufdecken! Meine Zunge fing an zu kribbeln. Helle Pünktchen tanzten mir vor den Augen.

»Ich ... bin nicht hochbegabt ... sondern ... schreib einfach irgendwas hin, genau!«, japste ich mit tauben Lippen. »Frag den Kattmann, warum der mir so gute Noten gibt.«

»Ehrlich?«, fragte Markus – plötzlich ganz ruhig und verständnisvoll. »Ist das wirklich wahr? Kein Trick dabei, kein Betrug, kein Geheimnis?«

»Ja«, log ich. »Genau so.«

»Du bist ein gerissener kleiner Betrüger!«, schrie Markus und stieß mich mit seiner Karatefaustbrust gegen die Wand. »Und ein Scheißfreund. Ich helf dir ständig, und du lässt mich hängen! Du hast deine Chance gehabt, Joseph Fittich!«

Er rammte mir das Knie in den Bauch. Mir blieb die Luft weg, ich rutschte nach vorn und sackte zusammen. Plötzlich waren da Markus' Hosenbeine links und rechts von meinem Gesicht. Sie umklammerten meinen Kopf so eisenhart, wie es sonst nur die Schenkel durchtrainierter russischer Geheimagentinnen bei James Bond konnten.

»Wie schmeckt dir das?« Markus fasste nach meinem rechten Ohr, schloss es zusammen mit einem Haarbüschel in seine kräftige Faust und drehte das Paket. Es fühlte sich an, als würde er mir die Kopfhaut vom Knochen zwirbeln.

»Du denkst, ich bin ein Idiot, richtig? Du denkst, du kannst hier alle verarschen, ja? Erst helf ich dir dauernd, und dann lässt du mich am Ende hängen, ja? Nicht mit mir. Nicht mit MIR!«

Der schmerzhafte Druck um meinen Kopf nahm zu. Meine Stirn klemmte in Markus' Schritt. Die Atemluft wurde durch seine Jeans und den Spalt zwischen seinen Hosenbeinen gefiltert.

»Pack endlich aus, ich sag's dir nicht noch mal«, sagte er. Er scherzte nicht mehr, er laberte nichts mehr von Freundschaft. Das hier war Markus Jahnke im Kampfmodus, Vollautomatik, geladen und entsichert.

»Joseph!« Das war Canans Stimme! Nicht weit von hier – und ziemlich aufgeregt! »Joseph! Wo bist du?«

Ich ruderte verzweifelt mit den Armen, erwischte Markus' Körper irgendwo, wo er fest und muskelbepackt und offensichtlich völlig schmerzunempfindlich war.

»Joseph!«

Canan kam näher! Sie suchte mich. Klar! Wir hatten verabredet, zusammen zum Deutschunterricht hochzugehen, und ich war verschwunden.

Bitte, lieber Gott, lass sie an der Turnhalle vorbeilaufen! Besser, ich war Markus noch eine halbe Stunde ausgeliefert, als dass Canan mitansah, wie ich mich als menschlicher Fahrradsitz machte.

Eine Hüftdrehung von Markus schleuderte mich in das heruntergetretene Gras. Ich landete neben einer halb aufgerauchten, regenwasserdurchnässten Kippe.

»Joseph!«, rief Canan, eindeutig näher als vorhin. Ihre

Stimme klang aufgebracht, besorgt. In meinem Bauch kribbelte es wunderbar warm.

»Das hört sich nach deiner kleinen Freundin an«, knurrte Markus.

»Lass ... Lass Canan da raus«, quetschte ich mühsam hervor.

Er setzte mir seinen riesigen Joggingschuh auf die Brust. »Schön, dass du endlich den Mund aufkriegst, Joseph Fittich! Dann haben meine Lektionen ja doch was gebracht.«

Ich hörte schnelle Schritte ... irgendwo, ganz nah. Markus zog den Fuß von mir weg.

»Jo...« Canan bog um die Ecke und verstummte. »Was passiert hier?«, rief sie.

»Wenn das nicht die kleine Canan ist«, entgegnete Markus düster.

Ich rappelte mich hoch. Ein stechender Schmerz zuckte durch meinen Nacken, als ich mich zu Canan umdrehte. Sie stand schwer atmend da, den Kopf zwischen die Schultern gezogen, ihre Fäuste schlossen sich und öffneten sich wieder. Hinter den Brillengläsern glitzerte es.

»Kieron ... Kieron hat gesagt, du hättest vielleicht einen Unfall gehabt«, sagte Canan. »Wahrscheinlich hinter der Turnhalle.«

Einen Moment lang sagte niemand etwas.

Langsam stand ich auf und versuchte erfolglos, mir den Dreck aus der Kleidung zu klopfen. Eine zerdrückte Kippe klebte an meinem Knie.

»Der Joseph hatte auch nen kleinen Unfall«, sagte Markus. »Ist hingefallen. Direkt auf sein verlogenes Maul. Brauchst dich nicht zu beunruhigen, kleine Canan. Dem geht's wieder prima. Ich hab ihm auf die Beine geholfen.«

Er machte einen Schritt auf Canan zu und streckte die Hand nach ihrer Brille aus. Kurz wich sie zurück, dann hielt sie still.

Markus pflückte die Brille von Canans Nasenspitze, hielt sie gegen das Licht und hauchte dagegen. »Ist voll verheult, deine kleine Freundin«, sagte er und putzte demonstrativ die Gläser mit seinem Pulli.

Canans Kehlkopf schob sich rauf und runter, als müsste sie etwas Zähes herunterwürgen, das nach Markus Jahnke schmeckte. Sie starrte ihn an.

»So ein nettes Mädchen sollte sich hier besser nicht hinter der Turnhalle herumtreiben, wenn sich die Jungs unterhalten möchten«, sagte Markus. »Nicht, dass sie auch noch mal hinfällt.«

Seine Hand zuckte. Einen Moment lang dachte ich, er wollte Canans Brille in den Schlamm vor meinen Füßen werfen. Aber dann setzte er sie ihr wieder auf die Nase. Ganz vorsichtig.

»Wenn du sie nicht in Ruhe lässt ...« Meine Kehle fühlte sich so heiß und eng an, als hätte ich sie mit einem Bunsenbrenner ausgekocht. »Wenn du Canan nicht in Ruhe lässt, dann ... dann ...«

»Was willste dann machen, Joseph Fittich, mich umbringen?«, sagte Markus, während er seelenruhig davonspazierte. »Bring dich lieber selber um. So ein toller Freund wie du kann einem echt das Schuljahr versauen. Morgen, gleiche Zeit, gleicher Ort, erzählst du mir von deinem Scheißfittichgeheimnis.«

»Jetzt nicht …«, sagte Canan, als ich sie trösten wollte. Sie schob meine Hand sanft zur Seite.

Egal, wie viel Mühe ich mir gab – es gelang mir nicht, Blickkontakt zu ihr herzustellen.

»Tut mir leid«, sagte ich. »Ich hab versucht, mich zu wehren, aber er war zu schnell. Und der Typ weiß, wie er zupacken muss.«

Sie antwortete nicht, sondern fixierte wütend die verschrammte Rückwand der Turnhalle.

Was war los mit ihr, warum stellte sie sich so komisch an? Wenn sie es peinlich fand, wie ich fertiggemacht wurde, konnte sie das auch direkt sagen.

»Kieron hat gesagt, du hättest einen Unfall gehabt. Ich hab mich erschreckt. So richtig erschreckt …«, sagte Canan. Endlich schaute sie mir in die Augen. Ihre Pupillen waren groß und dunkel, wie polierte, feuchte Mantelknöpfe.

»Hatte ich nicht«, sagte ich. »Markus war der Unfall.«

Canan schwieg. Ihre Schultern bebten. Die Mantelknopfaugen wurden immer nasser. »Der wusste, dass ich mir Sorgen mache.«

Was tut man, wenn vor einem ein weinendes Mädchen steht? Sich höflich wegdrehen? Ihr ein Taschentuch anbieten? Sie ganz kumpelhaft und ohne romantischen Beigeschmack in den Arm nehmen?

Ich legte Canan vorsichtig die Hand auf die Schulter. »Ist das okay so?«

»Okay«, schniefte sie.

Als wir nach der sechsten Stunde in der Schulbibliothek saßen, sah Canan wieder normal aus. Sie heulte nicht mehr und warf mir auch keine langen, besorgten Blicke aus den Augenwinkeln mehr zu.

(Sie hatte sich wirklich erschreckt, überlegte ich, als sie gehört hatte, dass es mir an den Kragen ging. Kein schlechtes Gefühl, das wog die Prügel locker auf.)

»Noch eine Woche und zwei Tage«, stellte sie mit nüchterner Stimme fest. Sie schob die schweren Bücher vor uns zu einem stabilen Stapel zusammen.

»Eine Woche und zwei Tage bis was?«

»Bis zum Wettbewerb!« Canan schüttelte den Kopf. »Joseph, wirklich! Nächste Woche Donnerstag ist der Wettbewerb!«

Der Aufsatzwettbewerb! An den hatte ich ewig nicht mehr gedacht. Am Anfang war die Vorstellung ja noch echt gruselig gewesen. Aber man gewöhnte sich ja an alles, besonders wenn man einen Bücherdämon für die Drecksaufgaben und den Kopf voller Canan-Gedanken hatte.

»Hast du denn wenigstens die Übungsaufsätze fertig?« Canan warf dem Bücherstapel einen hoffnungslosen Blick zu.

»Nicht komplett«, log ich. »Ich bin mittendri…«

Ich stockte. Mein Mund versagte mir mitten im Satz den Dienst. Er hörte einfach auf zu arbeiten.

Es funktionierte nicht mehr.

»Was ist los?«, fragte Canan. Mir entging nicht, wie fürsorglich sie den Jahnke-Kratzer auf meiner Stirn betrachtete, ich zählte jeden ihrer zärtlichen Blicke, mit denen sie die dicke Feuerlöscher-Beule bedachte. Sie sorgte sich um mich. *Um mich!*

Und darum konnte ich auch nicht weitersprechen.

Mit der Lügerei war spätestens heute Schluss.

Aus. Vorbei. Abgewöhnt!

Es ging einfach nicht mehr, mir wurde das zu viel. Ich schaffte es, ihnen allen was vorzumachen: Für Hanne gab ich das chaotische Genie, für Kattmann den introvertierten Hochbegabten. Bei Markus und Lasse war ich der Ahnungslose, der völlig unabsichtlich zum Erfolg gekommen war. Aber bei Canan ... Bei ihr war ich Joseph Fittich. Nicht mehr und nicht weniger.

»Es gibt da etwas, das du wissen musst«, sagte ich.

Canan schaute mir wortlos in die Augen. Schließlich fing sie an zu lächeln. Ganz zart.

»Es ist wegen ...«, begann ich.

Verdammt, war das schwierig. Lügen war so viel leichter. Hatte ich eine unheilbare Charakterschwäche, weil mir die Wahrheit so schwer fiel?

Canan lächelte immer noch. »Wegen was denn?«

»Wegen ...« Ich packte das nicht. Warum laberte ich sie nicht mit irgendeinem nuklearen Abrüstungsthema zu? Warum musste ich genau jetzt alles kaputt machen?

»Ist es wegen ... uns?«, fragte sie.

»Nein.« Ich schüttelte den Kopf. »Ich meine, ja, natürlich wegen uns. Mist, warum ist das so schwierig?«

»Ist es denn eher eine gute oder eine schlechte Nachricht?«

Was sollte das Rumreden? Scheiß drauf, dachte ich. »Es ist ne schlechte Nachricht. Ne ganz schlechte.«

Canans tanzende Augenbrauen zuckten ein Mal, dann sanken sie herab. Sie begann, sich konzentriert mit dem Bücherstapel zu beschäftigen.

»Es hat was mit dem Wettbewerb zu tun, also nicht direkt mit dir ... und mir ... also mit uns«, stammelte ich. »Unter anderem.«

»Du willst aussteigen«, stellte Canan fest. »Die Sache ist dir zu stressig.«

»Nein.« Hielt sie mich wirklich für so einen Warmduscher, der kniff, wenn es spannend wurde? »Nein! Natürlich nicht!«

»Das wär echt nicht schlimm«, sagte sie. »Echt! Das ist ein Riesenwettbewerb! Ganz normal, dass du davor Angst hast. Also wenn es dir zu viel wird ...«

»Ich will verdammt noch mal nicht aufhören! Überhaupt nicht!«, platzte ich heraus. Die Bibliothekarin warf mir einen Blick zu, als hätte ich ein antiquarisches Buch geschändet.

Canan schnappte sich einen richtig dicken Wälzer, schlug ihn irgendwo auf und tat so, als läse sie. »Es ist wegen mir, oder?«, fragte sie aus der Tiefe des Buches. »Weil ich dich stresse, ja? Und weil ich immer mit dem Üben ankomme. Du würdest das lieber alleine durchziehen, aber stattdessen hast du mich an der Hacke. Ich nerve dich.«

»Quatsch. Du nervst mich nicht, Canan, wirklich nicht, überhaupt gar kein kleines bisschen«, sagte ich leiser.

Einen Moment lang sah Canan aus, als erwartete sie, dass dieses Gespräch doch noch eine positive Wendung nehmen würde. Dass ich endlich das über die Lippen brachte, was wir beide schon längst wussten.

Aber ich musste sie enttäuschen.

»Es gibt da etwas, das du nicht weißt«, begann ich.

Canan holte tief Luft – und schwieg, erwartungsvoll, neugierig, scheinbar auf alles gefasst.

Und dann erzählte ich ihr alles.

Alles.

Dass Markus recht hatte mit seinen Vorwürfen. Dass ich nicht hochbegabt war. Dass ich meine Aufsätze nicht selbst schrieb. Dass ich sehr wohl etwas mit Dörtings schlechtem Aufsatz zu tun hatte.

Ich erzählte alles. Außer der Sache mit Fausto.

Langsam erlosch die Begeisterung auf Canans Gesicht. Als würden in einem vertrauten, wohnlichen Haus nach und nach die Lichter ausgehen.

Sie wurde blass. Ihre Augenbrauen rutschten immer weiter zusammen, das Blut wich ihr aus den Lippen. Und schließlich fing sie an zu zwinkern.

Einen Moment noch hoffte ich, ich könnte zurückrudern, das Steuer herumreißen – und Canan würde das alles am Ende doch für einen Scherz halten. Hey, sie hatte seit Wochen, Monaten bei allen Leuten rumerzählt, was ich für ein Genie war, und mich vor den ganzen dummen Sprüchen in Schutz genommen. Warum hatte das denn nicht so bleiben können?

Wer glaubt denn bitte, dass man einfach, *zack!*, ein halbes Dutzend Arbeiten fälschen kann?

Die Antwort war: Canan.

Jedes andere Mädchen hätte mich wahrscheinlich für einen monsterkartenspielsammelnden, bemitleidenswerten Streber gehalten, dem es einfach peinlich war, dass er in der Schule so durchstartete. (Ziehen Sie nicht über Los, sondern begeben Sie sich *direkt* in psychologische Behandlung.)

Aber nicht Canan. So war sie nicht. Sie glaubte mir jedes einzelne Wort. Aber das machte es nicht besser. Ganz im Gegenteil.

Wir redeten eine Weile, zuerst laut und aufgeregt, und am Ende ganz leise.

»Du hast mich die ganze Zeit ...«, murmelte Canan. »Du hast mir die ganze Zeit nicht die Wahrheit ... Du hast die ganze Zeit ...«

Gelogen, das Wort suchte sie. Ich kannte es gut.

»Ich habe dich angelogen«, sagte ich betreten. »Ja.«

Und dann sprach eine Zeit lang niemand mehr. Canan starrte auf den mächtigen Bücherstapel vor uns. Aber sie fasste ihn nicht an. Warum konnte er nicht einstürzen und mich und meine Lügen für immer unter sich begraben?

»Du solltest das nicht machen«, sagte sie schließlich. »Du solltest den Wettbewerb ehrlich gewinnen und nicht mit so einem ... Trick.«

Das war alles? Sie regte sich nicht über meine Lügerei auf? Sie wollte nicht mal wissen, *wer* meine Aufsätze geschrieben hatte? Sie fragte nicht nach einem einzigen Beweis?

»So einfach ist das nicht«, sagte ich. »Wenn du wüsstest, wie ...«

Sie schüttelte energisch den Kopf. »Nein, Ich möchte das alles nicht wissen! Das ist deine Sache, Joseph. Du solltest das nicht machen. Aber das ist nur ein Rat. Unter Freunden. Ich kann dir nicht vorschreiben, was du zu tun hast.«

Bei der Art, wie Canan *Unter Freunden* sagte, lief es mir kalt den Rücken herab. Waren wir das? *Freunde?* Mehr nicht?

Ich hatte meinen ganzen Mut zusammengenommen und

Canan mein Herz ausgeschüttet. Ich hatte sie in meinen Atlas gucken lassen. Hatte versucht, sie zu küssen.

Mir wären so viele Sachen eingefallen, die ich jetzt gern gesagt hätte: *Mach dir keinen Stress, Canan. Ich ziehe das einfach durch. Alles wird gut werden, versprochen. Wir werden glücklich sein. Kein Stress mehr, kein Terror in der Schule, einfach nur glücklich.*

Aber die Worte kamen mir nicht über die Lippen. Ich zwang mich zu einem Lächeln, das entspannt und siegesgewiss sein sollte. War es aber offensichtlich nicht. Canan senkte den Kopf, öffnete ihre Haare und verschwand hinter dem vertrauten Vorhang aus dunklen Locken.

»Ich muss jetzt los, Joseph.« Müde schob sie die nutzlosen Bücher zusammen und trug sie zur Ausleihe zurück.

Sagen wir es klar und deutlich, Leute:

Ich hatte es verkackt.

18 V IS FOR Verzweiflung

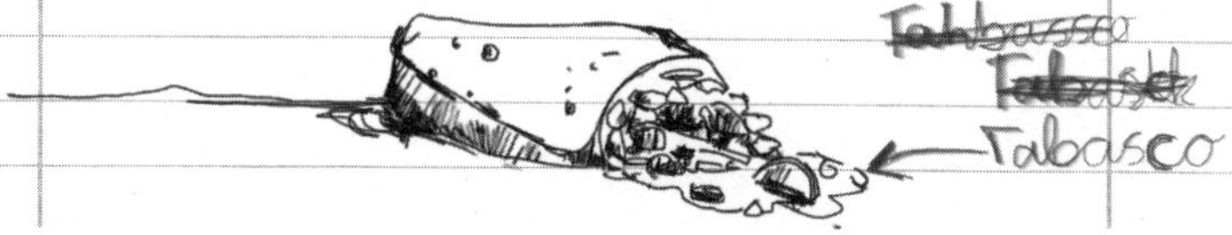

»Ich hab's verkackt!«, schleuderte ich Hanne entgegen, als ich nach Hause kam, wich ihren aufdringlichen Blicken aus, knallte meine Zimmertür zu und drehte den Schlüssel laut und deutlich um, riss die Babyschuhe von der Schranktür, sperrte die Zimmertür wieder auf und schmetterte Hanne (die sich auf Wurfdistanz rangeschlichen hatte) die Schuhe vor die Füße.

Hanne hielt mir mit besorgter Miene ein Aromakissen entgegen. »Brauchst du das? So ein frischer Duft kann Wunder wirken!«

»Ich hab es verkackt! Verkackt! Verkackt!«, tobte ich, schmiss die Tür wieder zu, verschloss sie und brach dabei beinahe den Schlüssel ab, warf mich in Richtung Bett, rutschte auf dem verfluchten Teppich weg und knallte der Länge nach aufs Laminat.

Die Feuerlöscherbeule fing an zu pochen.

»Viele Mütter würden sich jetzt möglicherweise ein wenig Sorgen um ihre Söhne machen«, erklärte Hanne seelenruhig durch die Tür.

»Du bist aber nicht viele Mütter! Du machst dir keine Sorgen!«, antwortete ich vom Fußboden aus. Von hier unten hatte ich einen hervorragenden Blick auf die Entwürfe für einen Brief an Canan, viel zu peinliche, viel zu nutzlose, sinnfreie und vollkommen vergebliche Entwürfe! Ich zog die Decke über mich und meine Schande. »Du bist nicht viele Mütter, sondern Hanne Fittich und Tschüss!«

»Du *könntest* zur Abwechslung mal ein wenig offener sein, ohne dass man dich drum bittet«, konjunktivierte Hanne. »Wenn *ich* unentspannt bin, tut mir ein Aromakissen wirklich gut.«

Schweigen.

»Rede mit mir!«, klagte Hanne. »Rede mit deiner Mutter!«

Noch mehr Schweigen.

»Joschel!«

»Das mit dem Reden fällt dir spät ein!«, presste ich heraus. Ungefähr fünf Jahre zu spät, dachte ich grimmig, zehn Jahre, hunderttausend Jahre zu spät fragte Hanne, wie es *mir* ging! Anstatt mich mit nutzlosen Ratschlägen, CO_2-Bilanzen und News aus Angola, Eritrea und Venezuela vollzulabern. »Als wenn es jetzt noch was zu bereden gäbe! Musst du nicht zum Sport? Zum Yoga? Atmen? Kochen? Tanzen? Was ist heute dran?«

»Hm ... ja ... Lachyoga!«, sagte Hanne. »Ist das nicht lustig? Der Kurs hat wieder angefangen.«

Lachyoga. Ich bemühte mich, laut und verbittert zu lachen. Aber mehr als ein kraftloses Keuchen war nicht drin.

Alles, was ich sagte, wurde am Ende gegen mich verwendet. Ich würde schweigen. Auf diesem Teppich liegen und schweigen. Bis das Schuljahr zu Ende war und Canan mich endgültig vergessen hatte und Hanne wieder beschloss umzuziehen.

»Ich lass dich dann mal lieber in Ruhe«, sagte Hanne nach einigen Minuten Geschirrklappern. »Das Kissen lege ich einfach hier vor die Tür. Direkt neben einen ganz frischen Anistee, ja? Der tut so richtig gut!«

»Leg hin ... stell ab ... und verzieh dich.«

Ich schlang mir die Bettdecke um den Kopf, um Hannes Ausführungen über die Pubertät nicht hören zu müssen: Dass sie wirklich schlimm war, aber irgendwann vorbeiging, bestimmt, hoffentlich, vielleicht, irgendwann.

Fausto kroch erst aus seiner Festung, als Hanne tatsächlich abgehauen war, zum Lachyoga, ha!, und ihre Absätze deutlich hörbar auf dem Bürgersteig davonklackten.

Der Bücherdämon schielte besorgt auf meinen regungslosen, vom Elend gezeichneten Körper.

»Dieser Tag scheint noch liederlicher gewesen zu sein als der vorige«, stellte er fest. »Fausto würde gern sein ordentliches Bedauern bekunden. Allerdings ... allerdings ...« Unruhig hüpfte er von einem Bein aufs andere.

»Allerdings was?«, fuhr ich ihn an. Jetzt fing auch noch Fausto mit irgendwelchen *Allerdings* an! »Was willst du, Dämon, was? *Was?*«

Fausto schreckte zurück, stieß sich das Horn an der Bettkante, taumelte hin und her und kippte um. »Fausto war lediglich etwas appetitlich zumute«, flüsterte er betreten.

»Appetitlich?« Ich litt, und Fausto dachte ans Fressen? *Ich* verreckte hier fast auf dem Teppich, und *der* dachte an Rechtschreibfehler? »Mehr hast du nicht im Kopf? Hunger? Fressen?«

Fausto krabbelte unter das Bett und verschanzte sich hinter einer fleckigen Cornflakesschale. (Hatte ich nicht erst heute Morgen alles entsorgt? Musste ich in dieser verlotterten Wohnung alles selber machen?) »Verzeihung«, sagte er, »Fausto hat sehr gerne gehungert, wenn es dem Meister genehm ist, sapresti, bitteschön.«

Ein greller Geistesblitz erhellte die Dunkelheit meiner hoffnungslosen Gedankenwelt.

Fausto!

War er nicht ein Dämon? Kam er nicht aus der Hölle? Mit Fausto hatte alles angefangen! Ha! Er hatte das Unglück über mich gebracht, vorher war alles ganz normal gewesen. Und jetzt: Alles im Arsch.

»Du«, sagte ich und stach mit dem Zeigefinger nach der Cornflakesschale. »Mit DIR hat der ganze Ärger begonnen. Du ... du ... du bist schuld! Wenn du nicht gewesen wärst, hätte ich mit der ganzen Lügerei gar nicht erst anfangen müssen!«

Fausto zuckte zusammen, stieß einen heiseren Schrei aus und tauchte im Altpapier ab.

Ich setzte ihm nach, durchwühlte den ganzen alten Müll, tastete und grub nach dem Bücherdämon. Aber ich fand ihn nicht. Er versteckte sich vor mir! Vor mir – seinem Meister!

»Fausto!« Ich schleuderte die Sachen hinter mich ins Zimmer, Mappen, zerknüllte Briefe, Turnschuhe, weg mit dem ganzen alten Mist, an die Wand mit den Grundschulerinnerungsstücken!

Die alten Hefte erinnerten mich an eine Zeit, in der Hanne noch gern mit mir Hausaufgaben gemacht hatte, wir beide am großen Wohnzimmertisch, dicht über die Schulsachen gebeugt. Klingt vielleicht komisch, damals mochte ich das.

»Fausto! Mit dir hat alles angefangen, und jetzt ist alles im Arsch. Alles ist hin! Alles, verdammt!«

Plötzlich kriegte ich Faustos Vase zu fassen. Sie war schwer und schartig.

»Meister?«

Die Stimme kam von hinten, von oben, der verdammte Dämon führte mich an der Nase herum, er drückte sich vor der Verantwortung, er spielte ein fieses Spiel mit mir, und erst jetzt hatte ich ihn durchschaut! »Du kommst hierher«, tobte ich, »du wirst tun, was ich dir sage!«

»Meister! Bitteschön!«

Ich rollte mich unter dem Bett hervor, zog mir dabei einen brennenden Kratzer im Genick zu und entdeckte Fausto.

Er stand auf der Fensterbank über meinem Schreibtisch, schmal und ängstlich, das Horn zitterte hin und her. Er blickte mich an.

Ohne den Hauch eines Vorwurfs. Scheu. Schüchtern. Bücherdämonenhaft hilfsbereit.

Faustos Vase war schwer und schartig. Sie schrie danach, zerschmettert zu werden.

Ich weiß nicht, was geschehen wäre, wenn ich schwach geworden wäre und sie wirklich nach dem Dämon geworfen hätte, sie ihm mit voller Kraft an den Kopf geschmissen, ihn mit einem fiesen Treffer von der Fensterbank gefegt hätte.

Wahrscheinlich nicht viel.

»Fausto ist hier ... Er ist hier«, sagte der Bücherdämon.

Ich glaube, ich hätte den Blick aus diesen roten Augen nie wieder ertragen können. Ich hätte kein einziges Wort mehr mit diesem Dämon wechseln können, der ... natürlich ... an nichts, an überhaupt nichts schuld war, sondern nur helfen wollte, während ich, Joschel Fittich, Tag für Tag gelogen und betrogen und es einfach VERKACKT hatte, einfach so, ohne dass mich irgendwer dazu gezwungen hatte.

Faustos Vase war schartig und unendlich, unendlich schwer. Meine Hand zitterte und sank, und schließlich rollte mir die Vase aus den Fingern.

»Es tut mir leid«, sagte ich zu Fausto. »Es tut mir wahnsinnig leid.« Und ich meinte es ehrlich.

Fausto schloss die Augen, eins nach dem anderen, atmete ein, atmete aus.

»Ich weiß«, sagte er schließlich.

Fausto und ich haben nie wieder ein Wort über die Sache mit der Vase verloren. Er tat so, als wäre das nie passiert, und ich tat so, als hätte ich das Wort nicht gehört, das eine, das einzige, das nicht zu seinem Wortschatz zu gehören schien: *ich*.

Ich warf mich ausgestreckt aufs Bett, setzte den Bücherdämon vorsichtig auf das Kopfkissen und gab ihm die nutzlosen Entwürfe meines Canan-Briefs zu fressen, den ich wahrscheinlich niemals zu Ende schreiben würde.

Morgen, beschloss ich, morgen würde ein besserer Tag werden. Es musste einfach so sein. Denn wenn es weiter bergab ging mit meinem Leben, würde ich bald hart und blutig auf den Brettern landen.

Markus Jahnke fing mich am nächsten Tag am Schulkiosk ab. Es hatte schon zur nächsten Stunde geklingelt, die Gänge leerten sich, und hinter mir ratterte das Rollo der Essensausgabe herunter.

Markus war allein, wie meistens, seit ich in den Pausen jede freie Minute mit Canan verbrachte.

»Na, heute ganz ohne die kleine Canan unterwegs?«

Canan.

Ich hatte seit gestern nichts mehr von Canan gehört. Sie hatte keine SMS beantwortet, hatte nicht zurückgerufen, und im Unterricht war sie nur die ersten beiden Stunden gewesen und hatte nachdenklich ihr Federmäppchen betrachtet, danach hatte sie sich krankgemeldet.

»Hau ab«, sagte ich. »Ist heute kein guter Tag für dumme Sprüche.«

»Muss der arme Joseph Fittich heute sein Brötchen etwa alleine essen?«, fragte Markus und schwang sich auf die Metallabsperrung, die den Pausenraum von der verwaisten Kioskwartezone abgrenzte.

Ich versuchte, mich an ihm vorbeizudrücken. »Das ist ein Burrito, kein Brötchen«, murmelte ich. *Ich hatte seit gestern nichts mehr von Canan gehört. Seit zwanzig Stunden. Seit tausendzweihundert sadistischen Minuten. Seit zweiundsiebzigtausend Sek…*

»Hast du es dir überlegt, Joseph?«, fragte Markus. Sein linkes Bein versperrte mir den Weg. Hinter mir schoss sein rechtes Bein in die Höhe und verbarrikadierte den Rückweg: Er hatte mich in der Kioskwartezone eingekeilt. Auf drei Seiten Markus Jahnkes fleischiger Körper, hinter mir die verschlossene Theke. Die einzige verfügbare Waffe in Reichweite war der Serviettenstapel. »Lust, dem guten alten Markus ein bisschen unter die Arme zu greifen?«

»Warum lässt du mich nicht einfach in Ruhe?«

»Warum sagst du mir nicht einfach, wie du das machst mit deinen Aufsätzen, statt dir schwule Türkenbrötchen zu kaufen?«

Markus steckte seinen kleinen Finger mitten in meinen Cajun-Chicken-Hirse-Burrito, zog ihn raus und schnüffelte an der Soße. »Riecht echt eklig«, sagte er und schnipste mir Soßenspritzer ins Gesicht.

»Das ist ein Burrito«, sagte ich. »So was isst man in Texas.«

»Das ist ein verdammt überteuertes Türkenbrötchen«, sagte Markus. »Hat das die kleine Canan geschmiert?«

Und dann machte es *Klick* in meinem Kopf. Hart und metallisch, wie eine entsicherte Pistole, die auf Markus zeigte.

Klick, und plötzlich war alles klar. Wenn der Typ nicht verstand, dass ein Cajun-Chicken-Burrito kein Brötchen war, dann hatte er kein Mitleid verdient. Wenn er nicht verstand, dass ich seit gestern (gestern!) nichts mehr von Canan gehört hatte (nichts!), und er trotzdem in der Wunde herumbohren musste, dann hatte er erst recht kein Mitleid verdient.

Ich hatte seit gestern nichts mehr von Canan gehört.

Kein Mitleid.

»Das ist ein Burrito, du Idiot. Mit Tabasco.« Ich rammte Jahnke meine scharf gewürzte Mahlzeit zwischen die Augen.

Wie angeschossen ruderte er mit den Armen in der Luft herum, während er auf seiner Sitzstange das Gleichgewicht verlor. Dann fing er an zu zwinkern – nicht so schön wie Canan, aber nicht weniger engagiert. Es dauerte weniger als zwei, drei Sekunden, bis der Tabasco zu wirken begann.

Tabasco ist eine Soße aus Essig, Salz und extrascharfen Chilischoten. (Hab ich später nachgeschlagen.) Man hat seine Schmerzensschreie angeblich bis in die Musikräume gehört. Und die sind schallisoliert. Naja, angeblich.

Markus Jahnkes erbärmliches Gejammer und Geheule waren ein Grund mehr, ihn mit einem kräftigen Schubser endgültig von seinem wackeligen Sitz auf der Metallabsperrung zu fegen.

Er stürzte zu Boden. Es gab ein dumpfes Geräusch, als sein Kopf auf den Fliesen aufschlug.

Die Schreie verstummten von einer Sekunde auf die andere.

Ein dünnes Rinnsal Blut lief aus Markus' Nase und vermischte sich mit der Tabasco-Soße. Marinierte Hähnchenstücke hingen ihm im Gesicht und ließen ihn aussehen wie das Opfer eines irren Messerstechers.

Markus schnappte nach Luft, röchelte, atmete stöhnend aus.

Dann war alles still.

Auf unserem Küchentisch lag eine Sonderausgabe von *Eltern: Pubertät – wenn die Hormone verrückt spielen.*

Wenn es bei Hanne und JE mal ein zwischenmenschliches Problem gegeben hatte, dann war davon nichts mehr zu merken. So unterschiedlich die beiden auch aussahen – sie knochig und hanne-henna-rot gefärbt, er mit fleischigen Gliedmaßen und bis auf etwas weißblonden Flaum beinahe kahl –, ihre Gesichter waren sich heute so ähnlich wie noch nie.

Die verkniffenen Münder, während sie Kopf an Kopf den schriftlichen Verweis der Schulleitung lasen, den ich wegen der Jahnke-Schubs-Aktion erhalten hatte. Zusammen mit einer Schulsuspendierung bis zum Wochenende um »einen beschulbaren Gemütszustand wiederherzustellen«, wie es hieß.

Die kühlen Blicke, die unablässig auf mir ruhten. Die strengen Gesichter, die zu sagen schienen: *Wir haben lange genug versucht, dich zu verstehen. Aber jetzt hast du eine Grenze überschritten.*

»Wir haben lange genug versucht, dich zu verstehen«, sagte Hanne. »Aber jetzt …«

»… habe ich eine Grenze überschritten. Hab ich mir schon gedacht«, ergänzte ich.

Hanne hob eine Augenbraue.

Ich saß auf meinem Stammplatz in der Küchenecke. (Der mit dem superdicken Polster: Ein Überbleibsel meiner Kindheit, an das man sich zu sehr gewöhnt hat, um es noch zu ändern.) Hanne kauerte zusammengesunken mir gegenüber und rührte in einem Kamillentee, der geschätzt seit einer Stunde zog.

Nur JE war in Bewegung. Er hatte sein Jackett ausgezogen, die Ärmel hochgekrempelt. Jetzt war Problemlösen angesagt, schien das zu bedeuten: anpacken, durchfegen, wegräumen.

»Das mit der Grenze würde ich so nicht sagen«, sagte JE und ließ seinen dicken Zeigefinger in der Luft kreisen. »Das Problem bei dir ist, Joseph, dass du viel zu lange gar keine Grenzen mehr gehabt hast. Deswegen – und nur deswegen – konnte das alles überhaupt passieren.«

»Da muss ich dem Jarg-Erich wirklich mal recht geben«, räumte Hanne zerknirscht ein. »Ich habe ja eine Abneigung gegen Zwänge und Einengungen.«

»Und genau das ist dein Fehler gewesen«, sagte JE.

Fehler! Was wusste JE schon von unserer Familie?

War es ein Fehler gewesen, Markus Jahnke von der Stange zu hauen? Nein! Ich war im Recht, einhundertprozentig, ohne Widerspruch: moralisch, ethisch, theoretisch und praktisch im Recht. War es falsch, zu »Gegengewalt« (Hanne) zu greifen, zum »Faustrecht« (JE), zu »miesen, dreckigen Tricks, du feige kleine Schwuchtel« (Markus)?

Nein.

Ich meine, hey, Markus war echt stabil, der hatte zwischen den Ohren nichts als Knorpel und feuchte Luft, er war am ganzen Körper schwer gepanzert mit Muskeln und Sehnen und diesem komischen Horn auf der Brust. Was sollte groß passieren, wenn er mal eine Fußbodenkachel kaputt haute?

»Dem Markus geht es noch sehr schlecht«, sagte JE. »Ich habe bei seiner Mutter angerufen. Er war sogar eine Nacht im Krankenhaus. Euer Klassenlehrer hat ihn besucht, gemeinsam mit einem deiner Mitschüler. Der hat den ganzen Abend an Markus' Bett gesessen.«

»Wer war denn so blöd?«

»Joschel!«, empörte sich meine Mutter. »Das ist so nett von dem gewesen ... Der hatte so einen komischen Namen, so einen Doppelnamen ...«

»Sag bitte, dass es nicht Dörting war! Udo-Kieron Dörting? Dörting mit *ö*, wie in b-*ö*-sartig, wie in Verschw-*ö*-rer?«

»Genau der!« Hanne klatschte vor Begeisterung in die

Hände. »Der hat sich im Namen der Klasse beim Markus entschuldigt, dass so was überhaupt passiert ist. Der Markus hatte es ja nicht leicht, so als Neuer, das müsstest du ja eigentlich am besten verstehen.«

»Sind ja echt ganz tolle Jungs«, sagte ich. »Vielleicht macht ihr ja mal einen Familienausflug mit den beiden.«

JE lehnte sich an die Spüle und durchbohrte mich mit seinem Psychologenblick. »Es ist dir egal, wie es ihm geht. Das passt zu dem Joseph, den ich kenne. Alles ist egal.«

»Habt ihr auch über Markus gesprochen, wie mies er sich mir gegenü…«

»Es geht hier um dich!« JE brüllte so laut, dass die Gläser im Schrank klirrten. Er schrie tatsächlich in unserer Küche rum, und Hanne pustete yogische Luftstrahlen in die Gegend. »Um dich und deine Verantwortung! Du wirst den Markus nicht mehr angreifen, du wirst ihn nicht einmal berühren, verstanden?«

»Markus hatte nur ein bisschen Nasenbluten«, wand ich ein. Nach gefühlten zehn Sekunden Bewusstlosigkeit hatte Markus nämlich die Augen aufgerissen und war schreiend auf mich losgegangen, während ich mich leichtsinnigerweise über seinen scheinbar leblosen Körper gebeugt hatte, um ihn wiederzubeleben. Das bisschen Blut an der Nase hatte den Kerl kein Stück daran gehindert, mich durch die halbe Pausenhalle zu schleudern, ehe ich ihm auf flinken Füßen entkam.

Ungünstig war, dass er sich anschließend filmreif ins Schulsekretariat geschleppt hatte, um vor der versammelten Mannschaft röchelnd zusammenzubrechen. Er würgte gerade noch meinen Namen über die blutüberströmten Lippen, ehe er in scheinbar tiefstes Koma fiel.

»War echt nur ein bisschen Blut.«

Wenn ich mit diesem Argument Boden gutmachte, war nicht viel davon zu spüren.

Hannes Tee schwappte über. »Jetzt reden wir schon über Blut!« Ihre Stimme klang brüchig und krank. So wie vor drei Jahren, als es ihrem Uropa so schlecht ging, nachdem er bei einer Fahrradtour aus dem Sattel gekippt war. »Wir reden über Blut, als wäre es das Normalste von der Welt! Als wäre es ganz normal, wenn mein Sohn seine Mitschüler blutig schlägt.«

So hatte ich meine Mutter noch nie erlebt. Ihre Augenbrauen bildeten ein struppiges, ungezupftes V der Verzweiflung.

»Mama«, rutschte es mir raus. »Ich meine nur ...«

»Hanne ...« stöhnte sie. »Nicht mehr Mama, sondern Hanne. Wir sind erwachsene Leute und sollten uns auch so benehmen. Ich habe dich zu einem friedlichen Menschen erzogen und nicht zu einem wilden Tier!«

»Markus hat mich fertiggemacht!«

»Warum bist du nicht zu deinen Lehrern gegangen? Warum bist du nicht zu mir gekommen?«

»Du warst beim Sport«, stellte ich klar.

»Habe ich mich ständig in meinem Zimmer eingeschlossen? Du weißt, wie sehr ich abgeschlossene Türen hasse. Erst gestern Abend habe ich eine halbe Stunde vor deinem Zimmer gestanden ...«

JE zog sich einen Stuhl an den Tisch und legte Hanne seine Pranke auf die Schulter. Die beiden gaben ein vollkommenes

Bild der Eintracht ab. Die vollkommene moralische Überlegenheit von Erwachsenen, die kein Unrecht je erschüttern konnte, troff ihnen aus allen Poren.

»Lass es gut sein, Hannelore«, sagte JE. »Der Junge versteht es nicht.«

»Du hast recht.« Hannes Stimme hatte schon fast wieder Zimmerlautstärke erreicht. »Die ganze Zeit schon. Der Junge braucht Struktur.«

»Struk-tur!« JE nahm einen Schluck von Hannes hochkonzentriertem Teegebräu. Aus der gleichen Tasse.

»Wenn ihr euch lieber zu zweit unterhalten wollt ...«, begann ich, »kann ich auch rübergehen.«

»Du gehst rüber, wenn wir fertig sind«, sagte Hanne. »Ich bin dicht davor, mir schwerste Vorwürfe zu machen. Seit ich von deiner Begabung erfahren habe, habe ich dir so viele Freiheiten eingeräumt. Dabei sind Kinder in so einer Grenzsituation ganz schnell überfordert.«

JE nickte so abgeklärt, als hätte er schon zwanzig Hochbegabte persönlich unter seinem Herzen getragen, auf die Welt gebracht und mit der Flasche aufgepäppelt. »Diese schlauen Köpfchen wissen ja gar nicht, wie man mit so einer Begabung umgeht.«

»Naja, war schon okay«, sagte ich. »Bin ganz gut klargekommen, bis mich Markus Jahnke mit dem Kopf zwischen seine Beine ...«

»Die Schuld auf andere schieben, das geht nicht«, sagte Hanne. »Du möchtest gerne, dass ein anderer die Verantwortung trägt. Aber du bist für deine Taten verantwortlich, und nicht deine Opfer.«

Meine Opfer.

Wenn Hanne jemals jung gewesen war, dann vermutlich unter militärischer Abschirmung von Gleichaltrigen. Auf einem schwer bewachten, hermetisch abgeriegelten Ponyhof. Deswegen habe ich auch einen Pferdenamen.

»Legen wir doch einfach die Karten auf den Tisch«, sagte JE gönnerhaft. »Keine Vorwürfe mehr.«

Allein seine Anwesenheit erfüllte mich mit hochkonzentriertem Ekel. Was dachte er sich dabei, sich hier wie mein Vater aufzuführen? Nicht, dass *der* hier etwas zu melden gehabt hätte. Aber JE? Der war nicht mehr als ein heuchlerischer Angeber, ein aufdringlicher Eindringling, der zu viel soff und meiner Mutter zu oft in den Ausschnitt glotzte und sie ständig betatschte.

L-e-c-k-m-i-c-h, dachte ich.

»Wir haben darüber nachgedacht, ob du nicht an einer anderen Schule besser aufgehoben bist«, sagte Hanne mit tonloser Stimme.

Eine andere Schule?

Was?

Ein Fluchtreflex schüttelte mich durch. (*Abhauen, Joschel! Verstecken! Nicht abschieben lassen!*) Ich rammte mit der Kniescheibe gegen die fies herausstehende Schraube, die noch aus der Zeit stammte, als Hanne meinte, alles selbst reparieren zu können.

Vor Schmerz stiegen mir Tränen in die Augen.

Hanne schob mir ihre halbvolle Teetasse rüber, in der ein aufgedunsener, schwarzbrauner Beutel auf eine fachgerechte Entsorgung wartete. »Jetzt brauchst du doch nicht zu weinen.

Jarg-Erich hat eine ganz tolle Schule für dich gefunden. Trink erst mal einen Schluck.«

Ich betrachtete die Tasse fassungslos. Erwartete Hanne wirklich, dass ich aus einem Pott trank, an dem nicht nur sie, sondern auch JE genuckelt hatte? Erwartete sie ernsthaft, dass ich noch länger mit ihr an einem Tisch saß, dankbar darüber, irgendwohin abgeschoben zu werden?

»Ich. Weine. Nicht.«

»Ist nicht schlimm«, klärte mich Hanne auf, »auch Jungs dürfen mal weinen.«

»Ich *weine* nicht, verdammt!«, schrie ich.

»Rede nicht so mit deiner Mutter«, sagte JE. Sein rechter Unterarm zuckte gefährlich, als würde er jeden Moment den Tisch zertrümmern. »Auf dem Internat wirst du es mit so einer Haltung ganz schwer in der Gruppe haben.«

I-n-t-e-r-n-a-t.

Das Wort huschte in meinem Gehirn herum wie ein bösartiger, flinker Marder, der mir jeden Moment die Kabel durchbeißen konnte.

Internat bedeutete: lange Flure mit gewachsten Holzdielen, knarrenden Hochbetten, morgens Frühsport in der Eiseskälte, abends Früchtetee aus der Metallkanne – und ständig Sitzkreise in der Wohngruppe. Es bedeutete, als Aufnahmeritual von den Älteren mit dem Kopf ins Klo getaucht zu werden.

Und Internat hieß: Canan war weg. So richtig weit weg. Noch mehr weg als sowieso schon, keine Chance auf Versöhnung. Game over, Lizenz abgelaufen, goodbye to all that.

Internat hatte nichts mit TKKG zu tun. Und überhaupt gar nichts mit Hogwarts.

Internat war einfach scheiße. Mehr nicht.

JE stand hinter Hanne und kraulte ihr den Nacken. Wenn sie seinen kalten Blick hätte sehen können, hätte sie ihm vielleicht in die Finger gebissen. Hoffentlich.

»Ihr wollt mich also loswerden, okay, hab ich kapiert«, stellte ich klar. »*Du* willst mich loswerden, *Jarg-Erich*, du willst mich hier raushaben. Alles klar.«

JE kraulte ungerührt weiter, während Hanne zu zwinkern anfing.

»Joseph ...« Sie zupfte nervös mit den Fingerspitzen an den Nasenlöchern herum, als wäre da ein Popel versteckt, den sie mir ganz dringend zeigen musste. »Wir meinen es gut. Bei Jungs wie dir muss man eben ...«

»Jungs, die eine Zwei Plus in Deutsch haben oder Jungs, die von ihren Mitschülern erpresst werden und endlich mal zurückschlagen?«

»Hochbegabte«, sagte JE.

Ein lauernder Ausdruck schlich sich in seine Züge. Seine Mundwinkel begannen, unkontrolliert hin und her zu zucken. »Das bist du doch, oder?«

»Woher soll ich das wissen?«, raunzte ich ihn an. Ihm war ich hier keine Rechenschaft schuldig, ihm nicht! »Und was weißt du schon? Du kennst mich überhaupt nicht, du hast keine Ahnung, wer ich bin und wer Hanne ist! Wir sind super ohne dich ausgekommen, Jarg-Erich. Und du bist nicht mein V...«

Ich sprach das Wort nicht aus. Das Wort mit V, das ich am liebsten aus meinem Wortschatz gestrichen hätte.

»Nein«, sagte JE. »Bin ich nicht. Muss ich auch nicht sein.«

»Der Jarg-Erich und ich werden dir helfen, Joseph. Später wirst du uns dankbar sein.«

»Wenn ich euer Gekraule nur sehe, kommt's mir hoch. Aber freu dich nicht zu früh, *Jarg-Erich*. In drei Wochen serviert sie dich sowieso für einen aus der Töpfergruppe ab.«

Ich wünschte mir so sehr, JE würde mit seiner hässlichen Riesenhand einfach ausholen und mir eine verpassen. Dann hätte ich mich einwandfrei zu Boden geschmissen, die Polizei geholt und den Penner wegsperren lassen, und zwar für immer.

Aber JE war viel zu gerissen. Lächelnd zauberte er einen gefalteten Hochglanzprospekt aus der Innentasche seines Sakkos und legte ihn mir in die nass geschwitzten Finger. Es kam mir irgendwie bekannt vor:

Niedrige, weiß gestrichene Häuser lagen in einer Landschaft aus Hügeln und Seen. Eine friedliche, bäuerliche Idylle, im Hintergrund leuchteten die Alpen. Jeden Moment konnten ein paar Hobbits aus den Häusern kommen und auf dem tadellosen Rasen eine Runde Minigolf spielen.

SANKT BLASIUS, stand in kantigen Nazibuchstaben auf dem Titel.

NICHT ALLE SCHÜLER SIND GLEICH.

HOCHBEGABTE SIND BESSER.

»Von dir ist das, Jarg-Erich!«, knurrte ich. »Du hast das geplant! Schon lange! Jetzt ist klar, was du wirklich ...«

»Stopp!«, rief Hanne. »In diesem Ton geht's hier nicht weiter, Joschel! Entweder du kriegst die Kurve, oder du wechselst die Schule, okay?« Auf ihrem Gesicht lag nicht die Spur ihres üblichen Der-Junge-ist-in-der-Pubertät-Lächelns.

Dabei hätte ich gerade heute eins gebrauchen können.

Keine Ahnung, wie oft ich schon die Schule gewechselt habe. Vielleicht vier, fünf Mal. Ich kannte das Gefühl gut, der Neue zu sein und niemanden zu kennen und die üblichen geflüsterten Kommentare zu hören und so weiter. War vertraut damit, angestarrt zu werden. Hatte kein großes Problem damit, nicht dazuzugehören. Ich brauchte keinen, um klarzukommen, klar?

Aber so wie heute war es noch nie gewesen. Und ich glaube nicht, dass es an den beiden Monsterpickeln lag, die aus meiner Stirn wuchsen und wegen denen ich Sport geschwänzt hatte. (Endlich wusste ich, wie sich ein vieräugiger Dämon fühlte.)

Nein, als ich nach dem Wochenende die 9c betrat, war alles anders als sonst – nach einem Wochenende ohne Telefon, ohne Handy, ohne Computer, dem ersten Hausarrestwochenende meines Lebens. (»Damit du mal merkst, Joschel, wo dich dein Weg hinbringt«, hatte Hanne gesagt, während JE dämlich über ihre Schulter rübergrinste und sich wahrscheinlich wie der geilste Oberpädagoge fühlte, den die Welt je gesehen hatte, und der Familie Fittich mal so ganz entspannt zeigen konnte, wie das Leben so läuft.)

Vergesst die Sache mit den Aufsätzen und dem Bücherdämon: Das hier war echte Magie. Als wäre irgendein Depp von Zauberer über Nacht in der Schule aufgekreuzt und hätte alles verwandelt und aus der 9c eine Gang von allerbesten Freunden gemacht und aus Markus Jahnke ein bemitleidenswertes Opfer mit dickem Kopfverband, das jetzt vorne neben Dörting saß und allen schrecklich leidtat, und aus den Leuten auf den Fluren eine Schar von Klugscheißern, die sich darum rissen, Joseph Fittich, den irren, durchgeknallten Gewalttäter, unauffällig mal mit eigenen Augen zu sehen. Als wäre ich nach einem bestialischen Doppelmord auf Bewährung draußen und könnte jeden Moment den Nächsten anfallen und verstümmeln.

Es gab niemanden in der Pausenhalle, der mich nicht ansah. Es gab niemanden, der mir dabei in die Augen schaute. Der sich normal verhielt, der lächelte oder der »Hallo, Joseph!« sagte oder: »Du hattest bestimmt ein tolles Wochenende! Klasse, dass alle über dich reden, oder?«

Auch Canan war nirgendwo zu sehen.

Vielleicht wartete sie irgendwo auf mich, wo wir nicht gesehen wurden und ungestört reden konnten, überlegte ich und eilte zum Große-Pause-Versteck.

Fehlanzeige. Es war leer und wartete darauf, dass ich mich hier verkroch.

Ich war allein. Vollkommen allein.

Englischstunde.

Ich weiß, ich hab gesagt, ich brauche eigentlich keinen, um klarzukommen. Aber lasst euch das gesagt sein, Leute: Es macht einen fetten Unterschied, ob ihr keinen braucht oder ... naja ... umgekehrt ... oder ob keiner *euch* braucht.

Keiner, dachte ich, wirklich *keiner*.

JE und Hanne hatten für mich wahrscheinlich schon eine schicke Zugfahrt zweiter oder dritter Klasse im Arschloch-express zum Hochbegabteninternat gebucht. Canan brauchte mich nicht, sie war auf jeden Fall nicht zur Englischstunde aufgekreuzt, vielleicht hatten sie ihre Eltern ja von der Schule genommen, dieser Fittich-Junge war gefährlich!

Nicht mal Frau Strawinsky ließ sich irgendwie anmerken, dass sie es komisch fand, dass neben Joseph Fittich links und rechts ein Platz frei war.

Der einzige, lachhafte Trost war Martino Beck, der sich beim Vorbeigehen mit der rechten Faust auf die Brust schlug, was einen Ehrengruß der Zwergenlegion darstellen sollte, wie er mir später verriet.

Und Markus Jahnke!

Er sah aus, als hätte ihm der Schlag auf den Kopf so richtig gutgetan. Er wirkte auf eine grimmige Weise zufrieden, sehr zufrieden, mehr als an jedem anderen Tag zuvor. Sein Grinsen war so breit, dass er es nur mit Mühe unter den breiten Kopf-verband gequetscht kriegte.

»Good morning, class nine-ceee«, sagte Frau Strawinsky in ihrer übertrieben britischen Aussprache. »How was your weee…«

Sie fing nicht etwa an, schlecht zu reimen.

Sondern: Canan stand plötzlich in der Klassentür, atemlos, nass und verschwitzt. Ihre Locken pappten feucht an der Stirn, der grüne Anorak war durchnässt, Schlamm klebte an ihren Stiefeln.

»You are much too late, Canan«, sagte Frau Strawinsky. »Maybe you were singing in the rain?« Sie kicherte und schien nach Verbündeten für diesen unterirdischen Witz zu suchen. In der schleimigen 9c klappte das immer.

»Meine Tasche.« Canan schaute ein Sekundensplitterbruchstück lang zu mir herüber, schloss die Augen und sah danach demonstrativ an der Klasse vorbei zur Tafel. »Meine Tasche war weg. Nach dem Sport. Einfach weg. Hab sie überall gesucht.«

Normalerweise hätte ich jetzt eine offizielle Ausschüttung von feinstem, ironischem Mitleid über Canans Kopf durch die üblichen Verdächtigen erwartet, ein platter Spruch von Mirko Steffel, ein schlecht verstecktes Grinsen von Lasse Fleischer. Aber die blieben still. Und das gefiel mir nicht.

Kerstin Stifft spitzte die Lippen und ließ ihren blonden Pferdeschwanz immer wieder durch die Finger gleiten. Als wäre das ein verabredetes Geheimzeichen für denjenigen, der sich ein superlustiges Versteck für Canans Rucksack ausgedacht hatte, um ihn jetzt unter großem Hallo rauszuholen.

Markus schenkte mir ein scheißfreundliches Lächeln.

Mirko kaute Kaugummi mit offenem Mund und starrte unbeteiligt neben die Tafel. Lasse kramte gierig in seiner Schultasche herum. Axel schaute wie immer apathisch aus dem Fenster.

»How does your bag look like?«, fragte Frau Strawinsky taktvoll. »Did you already inform the janitor?«

»Was heißt denn janitor?«, fragte Lasse.

»Janitor heißt *Schnauze*«, klärte ihn Markus auf.

Axel schob umständlich seinen Stuhl zurück und erhob sich. Sein Blick hinter den leicht getönten Brillengläsern war in unergründliche Fernen gerichtet. Die sorgfältig gegelten Haare standen in alle Richtungen ab. Er sah aus wie ein durchgeknalltes Medium, durch das ektoplasmatische Energien flossen, während es ins Jenseits schaute.

»Ist dein Rucksack grünblau?«, orakelte er mit heiserer Stimme.

Canan nickte.

»Dann habe ich ihn gefunden.« Axel wies auf das Fenster. Seine Stimme kippte, als würde er jeden Moment anfangen, hysterisch zu lachen oder zu weinen oder in den Stimmbruch zu kommen wie jeder *normale* Junge. »Er ist ganz in unserer Nähe.«

Die Köpfe der Klasse drehten sich zum Fenster. Ich musste aufstehen, um an Markus' massiger Gestalt vorbeizusehen.

Im Baum direkt vor unserem Klassenfenster hing ein Rucksack zwischen den Ästen. Alle Reißverschlüsse waren geöffnet, die Fächer weit aufgerissen, Klappen und Laschen flatterten im Wind. Ein Luftstoß fuhr zwischen die Zweige und blähte die Tasche auf, die scheinbar widerwillig einige letzte Schulhefte ausspuckte und dem Wind überließ.

Der Rucksack war beinahe leer. Im Geäst hingen einige zerfledderte Hefte, und im Schatten des Baumes lagen verstreute Schulbücher herum, platt und verknickt wie bunte, zerquetschte Früchte.

»Diese miesen Schweine«, flüsterte Kerstin. »Diese miesen ... miesen ...«

»Canan, is this ...«, begann Frau Strawinsky. »Is ... this ... your ... Schultasche?«

Nacheinander drehten sich die Köpfe der 9c wieder zu Canan herum, die hinter der letzten Stuhlreihe auf den Zehenspitzen stand und mit aufgerissenen Augen aus dem Fenster starrte. »Mein Rucksack«, murmelte sie. »Das ist er.«

Dann machte sie auf dem Absatz kehrt und huschte aus der Klasse, blass, schnell und lautlos wie ein Gespenst auf Rollschuhen.

»Stopp! Keiner verlässt die Klasse!«, rief Frau Strawinsky, die in der Aufregung ihr bescheuertes Englisch vergessen hatte. »Auch du nicht, Joseph!«

Ich erstarrte auf halbem Wege zur Tür mitten in der Bewegung.

Wie, was, halt ... Moment! Ich durfte nicht rausrennen? Ich sollte Canan da alleine runterlaufen lassen?

»Wie?«, keuchte ich. »Ich soll hierbleiben?«

»Genau«, sagte Frau Strawinsky. »Du setzt dich wieder.«

»Das ist nicht Ihr Ernst.«

Die Klasse schwieg. Dort saß die 9c und starrte mich an. Dort hockten sie, sie alle zusammen.

Und hier stand nur einer: Joseph Fittich, niemand sonst.

Frau Strawinsky wies streng auf meinen Platz. Und Markus drehte die Tipp-Ex-Flasche in den Fingern.

Wäre wahrscheinlich besser gewesen, ich hätte mich sofort wieder hingesetzt und den Kopf unten behalten. Aber meine Beine ließen sich nicht bewegen. Ehrlich. Die Schwerkraft hielt sie am Boden fest. Sie machten keinen einzigen Schritt auf meinen Platz zu, wo ich mich untätig hinhocken und Canan und ihren Rucksack sich selbst überlassen sollte.

»Kerstin, du gehst runter und hilfst Canan beim Aufsammeln. Die anderen bleiben hier und schlagen das Workbook auf Seite neununddreißig auf. Alle!«

Ich befahl meinem Körper, sich an den Tisch zu setzen, doch er verweigerte den Befehl. Der Puls raste durch meine Brust und pochte in den Unterarmen, als hätte ich eine Doppelstunde beidseitiges Armdrücken mit Markus Jahnkes Oberschenkeln hinter mir.

Tuschelnd wurden Theorien ausgetauscht, auf welchem Weg Canans Rucksack in den Baum gekommen war. Markus' Name fiel. Und meiner.

»Dschoosef«, fragte Frau Strawinsky. »Is everything alright with you?«

Irgendwelche Idioten dachten, *ich* hätte den Rucksack auf den Baum geworfen?

»Is Dschoosef sick?«, fragte Mirko. »Or is Dschoosef einfach nur ein Spast?«

Markus' Grinsen war so breit, dass der Verband um seinen Kopf jeden Moment reißen konnte.

Jahnke! Er steckte dahinter, wer sonst?

Und jetzt versuchte er, mich zu einem Wutausbruch zu provozieren.

Meine Augen suchten nach einer geeigneten Waffe in Greifweite. Plötzlich schien das ganze Klassenzimmer mit brauchbaren Gegenständen gefüllt zu sein: mein Zirkelkasten, der Kartenständer, der Zeigestock, der schwere Riesenlocher (beidhändig zu führen).

»Sit down, please, Dschoosef, now!«, sagte Frau Strawinsky. Sie sah eindeutig besorgt aus. Allerdings nicht um mich. Sondern *wegen* mir.

Ich sollte hier der Psychopath sein? Der Verrückte? Der, der hier nicht reingehörte? Niemals!

Natürlich hätte ich kämpfen können, rausrennen, rumschreien, Markus mit dem Locher angreifen. Aber ich konnte einfach nicht mehr.

Erst knickte mein linkes Knie ein, dann das rechte. Irgendwann setzte mein Hintern langsam auf der Stuhlkante auf. Ich saß.

Saß auf dem Hintern, so wie alle anderen.

Folgsam, brav und tatenlos.

»Markus war es nicht!« Canan wich vor mir zurück. Vor mir! »Er war es bestimmt nicht, Joseph!«

Okay, es war nicht die feine Art, sich in der kleinen Pause hinter Canan aufs Mädchenklo zu drängeln. Aber sonst gab es keinen Ort, wo wir uns ungestört unterhalten konnten.

»Doch, er war es!« Ich holte weit aus, um meine Worte durch einen gezielten Hieb gegen den Papierhandtuchspender zu untermauern. Aber Canans kritischer Blick hielt mich zurück. »Wer soll es sonst gewesen sein, wenn nicht er? Wer, Canan? Wer?«

»Bitte, Joseph«, sagte sie. »Lass es gut sein, ja? Du hast ihn schon verprügelt, warum musst du jetzt wieder auf ihn losgehen?«

»Ich habe ihn nicht verpr...« Ich stockte. »Du glaubst echt, ich hätte ihn verprügelt? Ich *ihn*? Der wiegt fünfzig Kilo mehr als ich.«

»Die sagen, du hast ihn verprügelt, bis er bewusstlos war!« Canan wich vor mir zurück. Allerdings nicht in Richtung der Tür, sondern nach hinten, dort, wo uns keiner hören konnte. »Er hatte gar keine Chance. So wie Kieron, du weißt schon, mit dem Aufsatz.«

Klar! Genau! Ich war ein unberechenbarer Serientäter! Jetzt endlich hatte ich es kapiert!

»Canan, er macht alle Leute fertig. Warum schützt du ihn?«

»Er hätte beinahe operiert werden müssen!«

»Operiert?« Wenn mich Markus nach dem Sturz in seine blutigen Finger gekriegt hätte, hätte ich ein Dauerabo für den Schönheitschirurgen gebraucht. »Wer sagt das?«

»Kierons Vater«, gestand Canan. »Der war Freitag in der Klasse und hat das erzählt.«

»Und dem glaubst du? *Dem?*«

»Ich weiß nicht. Vielleicht ja. Ich weiß es nicht.«

Ich näherte mich auf Armeslänge dem Mädchen, das vor Kurzem noch in einer vergleichbaren Situation rot geworden wäre und jetzt langsam vor mir zurückwich. Tiefer in die Toilette hinein.

Warum mussten die wichtigen Dinge ständig vor oder in

einer Toilette stattfinden? Warum nicht zum Beispiel in einem Garten voll blühender Pfingstrosen oder in einer einsamen, romantischen Hütte am See, über dem die Sonne unterging?

»Dörting und sein Vater und Markus und der ganze Rest dieser Scheißklasse«, klärte ich Canan auf, »die stecken alle unter einer Decke. Die wollen mich fertigmachen!«

Okay, das hörte sich eindeutig eine Spur zu sehr nach Verschwörungstheorie an. Aber irgendwie stimmte es, oder nicht?

»Joseph ... bitte!« Canans Stimme klang nicht mehr vertraut in meinen Ohren. So resigniert hatte ich sie noch nie gehört. »Bitte, hör einfach auf mit diesen Geschichten ...«

»Nee, jetzt nicht Josephbitte, sondern erst mal zuhören! Die haben mich absichtlich so weit provoziert, verstehst du? Und jetzt bist du dran, jetzt hacken die auf dir rum. Weil die genau wissen, dass ich nichts machen kann. Dass ich mir nichts mehr leisten kann, sonst ... schicken die mich weg.«

»Das weißt du doch alles gar nicht, du hast keinen Beweis«, beteuerte sie. »Vielleicht war es ja ein Versehen. Vielleicht hat ihn wer verwechselt ...«

Verwechselt?

Canan log, ich hörte es deutlich. Sie log mich an. *Mich!* Das konnte einfach nicht wahr sein.

»Einer von denen war es«, stellte ich fest. »Und du schützt ihn.«

Sie zuckte mit den Achseln. »Mein Rucksack ist wieder da, reicht das nicht?«

»Ach so, er ist wieder da! Warum hast du das nicht gleich gesagt? Dann ist ja alles super. Dann können wir ja die ganze

9c mal zum Grillen zu dir nach Hause einladen, weil dein Rucksack wieder da ist.«

»Joseph, bitte ...«

»Josephdanke! Danke, dass du mir die Augen geöffnet hast! Dein Rucksack ist wieder da, die 9c ist supernett, und alles ist in bester Ordnung, vorausgesetzt, du lernst gerne aus Büchern, die ein Arschloch zehn Zentimeter tief in den Matsch getrampelt hat, ehe er deinen Rucksack mit Wasser aus dem Schulteich gefüllt und auf einen Baum geschmissen hat!«

»Ich habe noch einen anderen Rucksack.« Canan schien sich mühsam überwinden zu müssen, einen winzigen Schritt auf mich zuzugehen. »Okay?«

»Okay«, sagte ich. »Ist alles okay. Wenn du mir nur eine Frage beantwortest. Warum schützt du diese Penner?«

Sie zuckte mit den Achseln. »Was soll ich dazu sagen?«

»Keine Ahnung. Musst du wissen.«

Aber natürlich hatte ich eine ganz genaue Vorstellung davon, was sie sagen konnte. Zum Beispiel hätte sie sagen können: *Ich schütze sie, damit du dich nicht weiter aufregst. Weil ich nicht will, dass du von der Schule fliegst und wir uns dann nicht mehr sehen können.*

Das wäre schon mal ein Anfang gewesen.

Aber Canan sagte: »Ich will niemanden zu Unrecht beschuldigen. Solche Sachen passieren eben.«

Okay. Verstanden.

Kompletter Systemabsturz.

»Soll ich dir sagen, was für Dinge passieren?« Ich suchte nach den passenden Worten. Es passierte nämlich so viel Scheiß, dass ich gar nicht wusste, wo ich anfangen sollte.

»Zum Beispiel passiert, dass Markus ja keine Ahnung hat, mit wem er sich da angelegt hat. Er hat *keine Ahnung*!«

»Wenn es wegen mir ist«, bat Canan, »dann mach ihm bitte keinen Ärger, ja? Hör einfach auf, dich mit denen anzulegen.«

»Und wie ich mich mit denen anlegen werde«, sagte ich. »Und keine Angst, ich werde niemandem mehr aufs Maul hauen oder so, nee. Ich habe ganz andere Methoden. Ganz andere Methoden.«

Canans Gesichtsausdruck schlug von einem Moment auf den anderen um. Eben hatte ich noch das Gefühl gehabt, sie wollte mich jeden Moment anschreien.

Aber plötzlich war sie ganz still, zog sich vor mir zurück.

Sie schwieg.

Und ich ... Ich schwieg ebenfalls.

Ich hatte mehr als genug gesagt.

»Versuch nicht, es mir auszureden«, sagte ich in die Stille hinein. Dann machte ich auf dem Absatz kehrt und verließ das Mädchenklo mit großen, entschlossenen Schritten.

»Joseph, bitte ...« Ich hörte nicht, was sie sonst noch zu sagen hatte, als ich um die Ecke war, und ich wollte es auch nicht mehr hören, ich hatte genug davon gekostet: *Josephbitte*, die faulen Ausreden, das lauwarme Beschwichtigen, die ganze verlogene Geschichte. *Solche Sachen passieren eben.*

Bis Canans Stimme aus meinen Gedanken verschwand, dauerte es knapp eine halbe Stunde.

20 spätere HEIRAT nicht AUSGESCHLOSSEN

»Solche Sachen passieren eben!«, tobte ich.

Mit einem Küchenmesser säbelte ich die Poster von den Wänden meines Zimmers. Ich musste einfach irgendwas kaputt machen. (Und sie sahen inzwischen tatsächlich etwas peinlich aus.)

»Was ist das für eine bescheuerte Ausrede?«, fragte ich den zerschnittenen Troll über dem Schreibtisch. »Wie kann ein Mädchen so dumm sein und so … so … überhaupt?«

Wie konnte sich Canan so wenig für die Wirklichkeit interessieren? Wie konnte sie so blind für die Wahrheit sein?

Um ehrlich zu sein: Mir gingen echt die Antworten aus.

Es war einfach alles im Arsch.

So musste sich Darth Vader gefühlt haben, als die Rebellen den ersten Todesstern plattgemacht haben. Aber er hatte wenigstens noch die schwer bewaffnete Flotte des Imperiums hinter sich. Und zwei komplette Spielfilme, in denen er noch was reißen konnte. Ich nicht. Meine Zeit lief ab.

Ich war heute Abend Hannes betroffenen Blicken ausgewichen (»Sprich mit mir«, hatte sie in die beklommene Stille geflüstert. Aber nach einem anklagenden Blick auf den Sankt-Blasius-Prospekt an der Pinnwand war ich wortlos in meinem Zimmer verschwunden.) Hier hatte ich ein Leberwurstbrot gegessen und mein Zimmer verwüstet. Seitdem starrte ich in die Dunkelheit.

Es war der geeignete Zeitpunkt für einen ausgeklügelten Plan gekommen, beschloss ich.

Leider fiel mir keiner mehr ein.

Jeder anständige Held in einem Film hätte jetzt am Schreibtisch gesessen und einen unbezwingbaren, diabolischen Schlachtplan ausgetüftelt. Hätte im Labor so lange experimentiert, bis er sich das brodelnde, frisch zusammengekochte Mutantenserum in die Venen jagen konnte, um seine Feinde endgültig zu vernichten. Hätte vielleicht ein Schwert geschmiedet, eine Beschwörung gemurmelt, uralte Verbündete geweckt.

Das Einzige, was ich wollte, war doch nur simple, ehrliche Gerechtigkeit. Ich litt – sie sollten leiden. Das war doch nur fair! Oder nicht?

Die schienen jetzt alle dicke Freunde zu sein, hatten wahrscheinlich die Partyeinladungen schon rausgeschickt. Und wenn ich Fausto noch mal auf die 9c hetzte, wurde er völlig paranoid.

Der verdammte Wettbewerb war in drei Tagen, und ich wusste immer noch nicht, ob ich mitmachen sollte und damit Canan endgültig verlor – oder den Wettbewerb sausen lassen sollte und es niemals bis nach Berlin schaffte. Niemals bis nach Frankfurt.

»Fausto!«, schrie ich. »Dein Meister braucht ausnahmsweise mal deine Hilfe!«

Doch der Bücherdämon antwortete nicht.

Er antwortete nicht?

Er hatte gefälligst zu antworten. Verdammte Axt, immerhin war ich sein *Meister*, und er war der *Dämon*, klare Arbeitsteilung, da gab es wenig Diskussionsspielraum.

Okay, ich gebe es zu, einige Tage hatte ich nicht nach ihm geguckt und mich drauf verlassen, dass er sich unter dem Bett irgendwie durchwurschtelte.

»Fausto, aufwachen!«, zischte ich, während ich das Altpapier, die Schuhkartons und die Schmutzwäsche vor dem Bett zur Seite räumte. »Dein Meister braucht deine Hilfe, und zwar sofort!«

Unter dem Bett war ein müdes, kraftloses Geräusch zu hören. So quietschten alte Gummienten. Ein Bücherdämon hatte sich anders anzuhören!

»Fausto?« Ich kramte mit beiden Händen den Krempel unter dem Bett hervor und schleuderte ihn in die Zimmermitte. Schließlich fischte ich Faustos Vase aus dem hintersten Winkel. Was ich sah, gefiel mir überhaupt nicht.

Der Dämon war darin fast nicht zu sehen, er war klein und verhutzelt wie einer von Hannes Bio-Schrumpeläpfeln, die sie im Oktober kistenweise einbunkerte und den ganzen Winter über futterte.

Ich schnipste kräftig gegen den Vasenrand. »Fausto! Mann, das ist jetzt wichtig!«

Er atmete pfeifend durch die Nase aus. »Meister«, nuschelte er. »Wie spät ist es? Hat das Scriptorium schon geöffnet?«

»Nix mit Scriptorium, was immer das auch ist! Hier braut sich Ärger zusammen!«

Faustos Augen waren geschlossen, seine kleinen Fäuste zuckten. »Fausto Flamingo hat nichts vom Eisengallus genascht, ehrlich«, sagte er mit verwaschener Stimme. »Der Prior hat die Tinte gemopst.«

Ich stupste den Dämon mit der Fingerspitze an. Er fühlte sich ziemlich ausgetrocknet an. Durch das kratzige Fell waren die zarten Rippen deutlich zu fühlen.

»Der Prior!«, keuchte Fausto.

»Hey, Fausto, du träumst!«

»Nein!«, rief Fausto. »Fausto träumt nie!«

Ich kniff ihn vorsichtig ins Bein.

Faustos zweites Auge von rechts öffnete sich zaghaft. Es war noch geröteter als sonst. »Meister?«, piepste er.

»Richtig.« Dieser Bücherdämon war echt fertig. »Ich bin's, Joschel, der Typ, dem zufällig das Bett gehört, unter dem du wohnst, und die Aufsätze, von denen du dich ernährst.«

»Fausto hat die Eisengallustinte wirklich nicht getrunken!«, beteuerte der Dämon. Er blinzelte und öffnete nacheinander die anderen Augen.

Widerstrebend tätschelte ich ihm den Bauch. »Vergiss die Scheißtinte, die gibt es nicht«, sagte ich.

»Mmhh.« Fausto zwinkerte einige Male und presste sich die Finger auf die samtschwarzen Lippen.

»Was macht denn der Hunger? Lust auf ein bisschen Fresschen?«

Fausto zuckte mit den Achseln und quetschte einen kaum hörbaren Rülpser heraus. »Fausto ist nicht ganz herzhaft entschlossen. Vielleicht morgen, da käme ein fehlerliches Textlein eventuell ganz recht.« Er bleckte die Zähne und rieb sich halbherzig den mageren Bauch.

Hier stimmte etwas nicht. Fausto hatte keinen Hunger auf verkorkste Aufsätze? Drei Tage vor dem Wettbewerb? Auch das noch!

Ich packte den Bücherdämon, hob ihn dicht vors Gesicht, beäugte ihn prüfend. Seine spitze schwarze Zunge tastete sich über meinen Handrücken und leckte daran.

»Schmeckt salzig«, flüsterte er.

Winzige, hellgelbe Krümelchen hingen im Fell des Dämons. Fausto roch nach Süßigkeiten, nach Gebäck.

Ich kombinierte: Abgemagerter Bücherdämon + Krümel im Fell + Tagträume + rote Augen + kein Appetit auf Texte = GLÜCKSKEKSE!

Fausto hatte einen Rückfall. Und wahrscheinlich nicht erst heute. Ausgerechnet jetzt!

Tief unter dem Bett, in einem ausgebeulten Bein meiner uralten Sporthose, fand ich fünfunddreißig knisternde Glückskeksverpackungen. Fausto war in meiner Hand eingeschlafen und schnarchte leise vor sich hin. »Der Prior hat sie gemopst, ehrlich«, murmelte er noch mit schwerer Zunge.

Verdammte Dämonenkacke, gerade jetzt! Wo ich ihn am dringendsten brauchte. Aber mal ehrlich: Wer verließ sich auch auf einen Höllenbewohner? Noch dazu auf einen, der von Keksen abhängig war!

Ich schüttelte dem dämmernden Fausto die Krümel aus

dem Fell, fegte sie zusammen, schnürte sie mit den Glückskeksverpackungen aromasicher in einer Plastiktüte ein und vergrub alles tief im Restmüll.

Dann bettete ich Fausto in eines meiner letzten verbliebenen Diktathefte aus der Grundschule und quetschte den Deckel drauf. Er war krank, er brauchte jetzt gute, nahrhafte Rechtschreibfehler.

Mir wurde seltsam zumute, als ich mein altes, mit Wachsmalkreiden bekritzeltes Heft über ihm zuklappte. Es stammte aus guten Zeiten.

Aber die Zeiten änderten sich.

Der Dämon schlief unruhig. Er murmelte vor sich hin, schmatzte und drehte sich ununterbrochen von einer Seite auf die andere. Immer wieder blätterte er das Heft auf und versuchte schlaftrunken rauszuklettern. Ich musste ihn vier Mal wieder zurückstopfen, ehe er endlich leise glucksend als schwarzgrauer Tintenfleck im Papier versank.

»Schön fressen. Bald geht es dir wieder gut«, flüsterte ich ihm zu und zog die wärmende Vergrößerungslampe dicht über das Papier.

Es dauerte über eine Stunde, bis der Dämon aus dem Heft auftauchte. Sein verstrubbeltes Fell stand wild vom Körper ab, und die vier unterschiedlich großen Augen hatten ein wenig von ihrem dämonischen Höllenglanz zurückbekommen.

»Wachsstiftfehler.« Fausto schob seine lange dunkle Zunge aus dem Mund und knetete sie genüsslich mit den Fingerspitzen. »Könnte man wahrlich öfter verspeisen, beileibe, bitteschön.«

»Sie werden knapp«, stellte ich klar.

Und wenn ich nicht besser auf den Bücherdämon aufpasste, machte er es vielleicht nicht mehr besonders lange.

»Fausto hat sehr lange geschlafen und schlecht geträumt, außerordentlich schlecht«, beklagte er sich. »Ihm war, als wäre die Inquisition hinter ihm her.«

»Weil du diese Dingsdatinte getrunken hast?«, mutmaßte ich.

Fausto zog drei Augenbrauen hoch. »Woher weiß der Meister davon, bitteschön?«, flüsterte er misstrauisch. »Hat die Inquisition ihm bereits …«

»Du hast geträumt, klar?« Der Dämon schob immer noch Paranoia! »Alles sicher hier, keiner da außer uns beiden. Und im Zweifelsfall beschütze ich dich, versprochen, kleiner Freund.«

»Freund?« Faustos Augen nahmen einen warmen Orangeton an. Ein feuchter Schimmer lag über ihnen, tintendunkel und ölig. »Dieser Dämon bittet inständig darum, solche unschicklichen Wörter zu vermeiden, bitteschön, sapresti.«

Fausto wich meinem Blick aus.

»Freund? Das hörst du nicht gerne?«

»Sehr wohl«, sagte Fausto. »Bitteschön. Angenehm.«

Der Bücherdämon zog den Heftdeckel wie eine Bettdecke über sich. Nur seine krummen Beinchen schauten noch raus. »Fausto würde sich gerne noch einmal hinlegen dürfen, wenn es dem Meister recht wäre«, raunte er. »Und morgen kann dann weitergearbeitet …«

Lautes Geschrei aus dem Wohnzimmer unterbrach ihn.

»Du bist ein Stalinist!« Hannes Stimme überschlug sich, ein Zeichen höchster, kristallklarer Wut. »Wir haben nur miteinander geredet! Am Telefon! Es ist nichts passiert! Und wenn schon! Selbst wenn ich mit ihm geschlafen hätte, und das habe ich nicht, was interessiert es dich? Ich bin nicht dein Besitz!«

»Das ist mir so was von scheißegal!«, brüllte jemand, der sich nach JE im Ausnahmezustand anhörte. Als ich das Ohr gegen die Wand legte, spürte ich die Raufasertapete an meiner Haut vibrieren, während JE sein mächtiges Organ noch weiter aufdrehte. »Denkst du, mich interessiert, ob dieser Kerl extra für diesen unnützen Wettbewerb anreist? Es geht mir tatsächlich um den Jungen, genau das wolltest du doch, darum ging es dir doch die ganze Zeit! Dem Jungen wird das nicht guttun!«

»Was dem Jungen guttut, entscheide immer noch ich! Dich stört nur, dass ich ihm angeboten habe, hier zu übernachten!« Hannes Lungen mussten das Volumen des riesigen Blasebalgs haben, den Wolli (der aus dem Polen-Urlaub, ihr erinnert euch) für die Paddeltour gekauft hatte. Leider hatte Hanne die Tour dann abgesagt, mich auf dem Sommerseminar *Weltmusik und Ausdruckstanz für Kinder* angemeldet und unsere Telefonnummer ändern lassen.

JEs Antwort ging im Klirren von Porzellan unter.

»Die Einzige, die hier Geschirr zerschmeißt, bin ich!«, brüllte Hanne. Es klirrte wieder.

»Das war ein Versehen!«, schrie JE zurück. »Und erzähl mir nicht, du hast keine Hintergedanken gehabt, als wir uns kennengelernt haben. Alleinstehende Frau mit Problemkind sucht netten Psychologen für gemeinsame Unternehmungen und mehr. Spätere Heirat nicht ausgeschlossen.«

»Heirat?« Das war das Wort, auf das Hanne am zweitallergischsten reagierte, dicht gefolgt von *autoritär*. Spitzenreiter war *Adoption*. »Wenn du denkst, dass ich so abhängig von dir bin, dann täuschst du dich! Ich kann mich jederzeit woanders umsehen!«

»Dann tu's doch!«, brüllte JE. »Dann tu's doch offen, anstatt hinter meinem Rücken mit diesem ... diesem Mistkerl ...«

»Ich stelle dich ihm vor, wenn er hier ist!«, schrie Hanne. »Wenn du es so willst, dann stelle ich dich ihm vor. Damit du weißt, mit wem du es zu tun hast.«

JE gab ein leidendes Stöhnen von sich. Unwillkürlich musste ich an einen unbeholfenen Bären denken, der sich auf der Suche nach Futter in unsere Küche verirrt hatte und nur versehentlich ein schlecht sitzendes kariertes Sakko trug.

»Dass du immer noch seinen Namen trägst, sagt ja alles.«

Das war also der mysteriöse Fremde, um den es hier ging! Es gab nur einen Namen, den Hanne trug: meinen Namen. Den von Heiko FITTICH. Den meines Vaters. *Der extra für diesen unnützen Wettbewerb anreiste?*

»Du kommst allein mit dem Jungen nicht klar«, ächzte JE. »Er ist aggressiv, er lügt dich an, er schlägt seine Mitschüler! Und jetzt auch noch das, das wird ihn völlig aus der Bahn werfen.«

»Er ist hochbegabt! Hochbegabt, Jarg-Erich. Du wirst es sehen. Übermorgen ...«

»Übermorgen sollte er besser im Zug zum Internat sitzen, wenn du mich fragst. Der Wettbewerb ist nichts für ihn, das merkst du doch selbst.«

»Übermorgen steht mein Sohn in der Aula«, sagte Hanne

stolz. »Und er wird uns allen zeigen, was er leisten kann, wenn man ihm nicht ständig neue Grenzen setzt, Jarg-Erich.«

»Er kriegt dich jedes Mal rum, nicht wahr, Hanne?«

»Dieses eine Mal noch!«, rief Hanne mit schriller Stimme. »Danach können wir immer noch über dieses ... Internat ... reden, ja?«

»Ich störe nur ungern«, log ich. »Aber ihr habt so laut rumgeschrien, dass ich eh keine Hausaufgaben machen konnte.«

Im Fernsehen lief eine Sendung mit Chinesinnen, die alle gleich (und gleich knapp) angezogen waren und die Hanne jeden Moment wegschalten würde, um der »chauvinistischen Ausbeutung einer ganzen Frauengeneration kein Forum zu bieten«.

»Wir streiten gerade«, sagte Hanne.

»Nein, wir diskutieren«, sagte JE.

»Nein, mit dir kann man nicht diskutieren!«, sagte Hanne.

»Ich wollte echt nicht stören«, sagte ich. »Ihr habt ja über mich geredet, war ja kaum zu überhören.«

»Der Lauscher an der Wand ...«, schnaufte JE.

»Unter anderem über dich, richtig«, unterbrach ihn Hanne scharf.

»Okay, Leute. Ich wollte euch nur sagen, ich mache den Wettbewerb auf jeden Fall. Ihr könnt aufhören, deswegen rumzuschreien, klar?«

»Ich ... wusste ... es!«, rief Hanne. Ihre Worte wurden durch glückliche Gluckser unterbrochen, einer Mischung aus Husten und Schluckauf. »Siehst du, Jarg-Erich, er ... macht mit, hatte ich doch gleich gesagt.«

»Das wollen wir mal sehen«, grummelte JE.

»Das wird superlustig«, sagte ich. Das Wort *superlustig* lag so falsch in meinem Mund wie eine zweite Zunge, die einem über Nacht in der Backentasche gewachsen war.

Hanne zwinkerte mich begeistert an. Kein Wort davon, dass sie eben noch über Sankt Blasius gesprochen hatte.

»Ach, Jo...schel!«, schluckaufte sie. »Das ist ja ... so toll! Dass du den Auf...satzwettbewerb noch machen willst!«

»Deine Mutter und ich hatten erwartet, dass du nicht mehr teilnimmst«, sagte JE.

»Du hast das erwartet!«, sagte Hanne. Zorn funkelte in ihren Augen.

»Ich hatte das befürchtet«, sagte JE, »da will ich mal ganz ehrlich sein. Ich hatte nicht erwartet, dass du zur Vernunft kommst.«

Meine *Vernunft* sagte mir, dass ich JE mit dem Insektenvernichtungsspray aus der Wohnung vertreiben sollte, das Werner bei uns vergessen hatte und das ich zur Selbstverteidigung gegen Einbrecher unter dem Bett versteckte.

»Tja«, sagte ich, »da hast du dich wohl verschätzt.«

JE taxierte mich, und ich starrte zurück. Er wollte mich weghaben, ich wollte ihn weghaben, die Sache war klar und einfach. Ich hatte es mit eigenen Ohren gehört.

Am nächsten Tag versuchte ich in der Schule, jedem aus dem Weg zu gehen, der meinen Vornamen kannte. Ich war Joseph Fittich, hochbegabt, freundlich und unverbindlich. Und vor allem zu keiner Gemeinheit fähig. Der Wettbewerb würde kommen, niemand konnte mich aufhalten. Auch Canan nicht, die mich sicher wieder nur volllabern wollte, wie harmlos es in unserer Klasse zuging und dass alle Menschen Brüder waren. Den ganzen Friedensscheiß musste ich mir zu Hause seit Jahren anhören.

Bald würden die Karten neu gemischt werden.

Und zwar in dem Moment, in dem ich mit Faustos Aufsatz in der Hand auf die Bühne treten und JE und der 9c einen fetten Tritt in den Hintern verpassen würde.

(Heiko Fittich war auf dem Weg hierher und würde mit eigenen Augen sehen, was er verpasste und von wo er sich verpisst hatte. Hatte ich das schon erwähnt?)

Dieser wunderbare Moment brannte wie ein Leuchtfeuer am Ende eines langen Tunnels. Vielleicht hätte ich einen Moment die Augen schließen sollen, um nichts Wichtiges zu übersehen. Aber wahrscheinlich hätte ich auch dann nur das glühende Nachbild auf meiner Netzhaut gesehen, den Wettbewerb, den Wettbewerb, den Wettbewerb, das Ende aller Kämpfe.

Es dauerte knapp vierundzwanzig Stunden, bis die Katastrophe ihren Lauf nahm.

21

SCHIMMEL IST schweigsam

»Ich finde es gut, dass wir uns wieder vertrauen können«, sagte Hanne am nächsten Tag nach der Schule, während sie mir angebranntes Spargelragout auf den Teller schaufelte.

Du vertraust *mir*, Hanne, dachte ich. Ich selbst vertraute hier niemandem mehr. Zumindest so lange der Sankt-Blasius-Prospekt noch an der Pinnwand über dem Küchentisch hing.

Direkt unter meiner Nase brannte ein unendlich kleiner, unendlich schmerzhafter Pickel.

»JE hat seine Zahnbürste im Bad stehen lassen. Das ist echt eklig.«

»Ach, Joschel, du bist ihm doch nicht mehr böse, oder? Er ist eigentlich ein ganz Lieber. Morgen nach dem Wettbewerb gehen wir alle zusammen essen.«

Ich sagte nichts.

Essen hörte sich nicht schlecht an. Essen mit Hanne: naja, notgedrungen. Aber Essengehen mit JE? Um es richtig lustig werden zu lassen, konnten wir ja gleich meinen Vater mit dazu einladen.

Wenn ich morgen mit allen feiern wollte, die zu mir hielten, konnte ich gleich eine Party unter dem Bett schmeißen, mit einem Bücherdämon und einigen Kisten Müll.

»Streit gehört eben manchmal dazu«, sagte Hanne nach einer Weile. »Ich hatte immer gedacht, du und ich ... wir zwei ... kriegen nie Probleme. Aber da habe ich mich wohl getäuscht.«

»Sieht ganz so aus.«

»Wenn der Wille zum Vertragen da ist, kommen zwei Menschen auch wieder zusammen. Der Wille ist doch da, oder?«

Ich piekste den Rest des angeblichen Ragouts vollständig auf der Gabel zusammen und schob mir den Klumpen in den Mund. »Vertragen wir uns eben, wie du willst.«

»Vertragen wir uns, einverstanden.« Hanne strahlte. »Als Wiedergutmachung habe ich ein bisschen dein Zimmer aufgeräumt. Da hat man ja gar nichts mehr gefunden. So als Neuanfang für uns beide.«

Du hast nichts gefunden, korrigierte ich in Gedanken, und genau das war das Ziel, liebe Hanne.

Der Spargel rutschte in Zeitlupe durch die Speiseröhre.

Unter dem Bett.

»Du musst nicht danke sagen, habe ich gar nicht erwartet«, sagte Hanne. »Ich hab das gern gemacht.«

Der Spargel bewegte sich nicht mehr, er steckte fest. Aufkommende Panik begann in meiner Magenkuhle zu pochen. *UnterdemBettunterdemBettunterdemBett.*

»Aber an den Schulsachen warst du nicht, Hanne, oder?«, würgte ich am Spargelklumpen vorbei.

Meine Mutter hob nicht einmal den Blick, sondern tunkte ungerührt Spargelstückchen in die hautfarbene Soße. »Ein paar Sachen mussten schon lange weg. Unter dem Bett sah es ja aus wie auf der Mülldeponie. Was du bloß mit diesen ganzen alten Heften willst? Die stammen doch aus einer ganz anderen Zeit, wo wir von deiner Hochbegabung noch nichts wussten ...«

Sie verstummte.

Vielleicht irritierten sie meine zittrigen Hände, die sich Halt suchend an der Tischplatte festklammerten, während mir die ersten Schweißtropfen auf die Stirn traten.

Hanne hatte *unter dem Bett* rumgewühlt.

Angst fegte durch meine Synapsen.

Oh, wie ich Synapsen hasste.

Ich verteilte die kümmerlichen Überreste von acht Jahren Schulversagen auf meinem Zimmerfußboden.

»Es ist nichts mehr da!«, schrie ich. »Es ist alles weg, aus und vorbei, weggeschmissen. Du hast es vernichtet, ausgelöscht, terminiert!«

Blank geputzte Regale, ein geleerter Mülleimer, auf dem Schreibtisch ein Stapel mit nagelneuen Heften, liniert, kariert, blanko. Von den Titelseiten grinsten mich idiotische WWF-Pandabären mit Bambus im Maul an.

Meine Babyschuhe hingen wieder am Griff des Kleiderschranks.

Mitten auf dem Schreibtisch lag in einer Klarsichthülle

mein Teilnahmeformular für den Selbstmörderwettbewerb, Kategorie: *Wie blamiere ich mich in kürzester Zeit vor der ganzen Schule?* Unterkategorie: *Weltfrieden und Abrüstung.*

Meine Mutter atmete zur Beruhigung in ihr handbesticktes Aromakissen, während meine Beschimpfungen auf sie niedergingen.

»Du hast mein Zimmer geschändet! Und deine Nase in Sachen gesteckt, die dich zum Teufel noch mal nichts angehen. Du hast es ...« Ich rang nach Worten. *Beschmutzt?* Zu schwach. *Entweiht?* Schon besser. »Du hast es *besudelt*!«, brüllte ich.

Schlagartig verließ mich alle Kraft. Das Blut schoss mir in die Beine, mir wurde schwindelig. Meine Stimme nahm einen flehenden Unterton an. »Da war so eine alte Vase unter dem Bett ...«, stammelte ich. »Du hast sie weggeschmissen, oder?«

Hanne schwieg.

»Sag es«, befahl ich.

»Da war wirklich eine Vase«, erinnerte sich Hanne. »Die war so voller Tintenreste. Hast du die nicht früher zum Malen benutzt? Du hast doch immer so gerne gemalt.«

»Wo ist die Vase?«, rief ich. »Wo ist die verdammte Vase?«

»Im ... Müll, glaube ich«, stammelte Hanne. »In der Küche.«

Mit jagendem Herzen raste ich in die Küche, warf Spargelschalen und Waschnüsse aus dem Biomüll, zerrte zerknüllte Alufolien und Faustos alte, leere Konservendose aus dem Wertstoffmüll und barg dutzende, hunderte Glückskeksverpackungen aus dem Restmüll, eine zerdrückte Kopfschmerztablettenpackung, abgerissene Schnüre des Perlenvorhangs, angekaute Stifte, zerknitterte Schokoriegelhüllen und mumifizierte Apfelreste. Und das verbogene, verrostete Feldbesteck, das Wolli mir für die geplante Paddeltour geschenkt hatte, die niemals, niemals stattfinden würde.

Ich hatte das Gefühl, mein ganzes Leben zog an mir vorbei. Es bestand aus Müll.

Und schließlich fand ich Faustos Vase, ganz unten, angeschlagen und staubig.

Und einhundertprozentig bücherdämonenfrei.

Hanne fand mich auf dem Küchenfußboden sitzend. Ich nestelte mit nass geschwitzten Fingern die Alukügelchen in der Wertstoffkiste auseinander. »Fausto«, jammerte ich. »Bist du hier drin?«

Weit und breit keine schwarze Farbe, keine struppige Hand, keine roten Augen oder pieksige Hörner.

Fausto war weg. Einfach so.

Entsorgt.

»Die war dir wichtig, die alte Vase«, sagte Hanne zerknirscht. »Weil die noch von damals stammt, richtig? Aus der Zeit, wo der Heiko und ich noch ...«

»Der Heiko kann mich mal!«, fuhr ich sie an. »Wenn du denkst, dass es immer nur um die gute alte Zeit geht, hast du dich geschnitten. Die Vase war wichtig, du hast überhaupt keine Ahnung, wie unglaublich wichtig sie für mich war. Sie bedeutet alles, alles, ALLES!«

Hanne ließ sich mit betretenem Gesicht auf einen Hocker sinken.

»Es tut mir schrecklich leid, dass ich dein Zimmer aufgeräumt ...«

»BESUDELT!«

»In der Vase war fast nichts mehr drin. Und die schwarze Farbe hat die ganzen Hefte unter dem Bett eingesaut.«

Schwarze. Farbe.

Hefte. Unter. Dem. Bett.

Ich sprang auf und schüttelte Hanne so heftig an der Schulter, dass die Holzperlen um ihren Hals klackerten wie ein Säckchen Murmeln. »Wo sind die Hefte? Hanne, wo sind die verdammten Hefte?«

»Beim Altpapier«, flüsterte Hanne. »Hab ich schon runtergebracht.«

»Der arme, arme Junge.«

Das Mitleid in Frau Schüttlers Stimme war nicht zu überhören. Auch wenn sie außer Sichtweite war, konnte ich mir ihr Gesicht lebhaft vorstellen: dunkel bemalte, faltige Äuglein unter einer verrutschten Perücke, eine schlanke Zigarette im winzigen Greisenmund.

Sie bemühte sich wohl zu flüstern, aber Herr Schüttler hatte seit dem Krieg ein Pfeifen in den Ohren und hörte schlecht.

»Wer ist da im Container drin, sagst du? Der Fittich-Junge?«, krächzte er. »Die haben wohl nichts mehr zu fressen da oben, oder was macht der im Müllcontainer?«

Es war schön, dass ich den bohrenden Blick seines Glasauges nicht ertragen musste. Der prallte am Altpapiercontainer ab, in dem ich kopfüber steckte.

»Willst du ihm nicht einen Schein geben?«, fragte Frau Schüttler. »Er hat doch nichts.«

»Ich habe dem Roten Kreuz schon zu Weihnachten fünfzig

Mark gespendet. Aber er kann Sonntag zum Mittagessen kommen.«

Ich geriet ins Rutschen und bekam nur gedämpft mit, wie Herr und Frau Schüttler diskutierten, ob es am Sonntag lieber Rouladen oder Bregenwurst geben sollte, der Junge war ja ziemlich mager, angeblich gab ihm diese Mutter kein Fleisch zu essen.

Der Container war leer – bis auf Joschel Fittich, der es sich eigentlich auch gleich bequem machen konnte, um sich anschließend fachgerecht entsorgen zu lassen.

Ich leuchtete mit der Taschenlampe die verschimmelten Zeitschriftenreste ab, die am Boden klebten. »Fausto!«, schrie ich die schwarzblauen Schimmelflecken auf dem Containerboden an. »Ich bin es. Du kannst rauskommen! Du bist in Sicherheit. Komm raus, verdammt!«

Aber nichts rührte sich.

Der Schimmel blieb schweigsam.

Ich platzte ohne anzuklopfen in die Besenkammer im Keller, die dem Hausmeister unseres Wohnblocks als Werkstatt, Aufenthaltsraum, Fundbüro, als Schlaf- und vermutlich auch als Brutstätte diente.

Wie hatte ich die Mächte des Schicksals so brutal gegen mich aufbringen können?

Wie hatte ich Hanne uneingeschränkten Zugang zu meinem Zimmer geben können? Wie hatte ich glauben können, Fausto wäre sicher in meinem Zimmer, unter meinem Bett, wenn Hanne, solange ich mich erinnern konnte, nicht einmal eine ungefähre Vorstellung davon hatte, was *Privatsphäre* bedeutete und dass es *nicht* normal war, bei offener Tür aufs Klo zu gehen und überall Tampons rumfliegen zu lassen!

»Wohin wird das Altpapier gebracht? Das Altpapier, Herr Buhr! Es geht um Leben und Tod!«

Aus den Kuhaugen von Hausmeister Buhr troff künstliche Tränenflüssigkeit, die er alle paar Minuten nachtropfte, wenn er nicht damit beschäftigt war, auf dem Hof herumzustehen, hinter die Fahrradständer zu pinkeln und in alle Wohnungen reinzuglotzen, die keine Gardinen, sondern nur Glasperlenvorhänge hatten. Je mehr ich von ihm mitkriegte, desto weniger konnte ich ihn leiden.

»Dat is weg.«

Der Hausmeister holte rasselnd Luft und röchelte danach ein paar asthmatische Sätze zusammen, irgendwas über Ruhestörung, die Hausordnung und die unverschämten Rezeptzuzahlungen seit der letzten Gesundheitsreform. Hier unten stank es unterirdisch. Meine Lider begannen trocken zu brennen. Vielleicht mutierte man hier, überlegte ich. Und war dann zeitlebens auf Augentropfen und Einmalunterhosen angewiesen.

»Sagen Sie mir einfach, wo das Altpapier hingebracht wird!«, unterbrach ich seine Tirade. »Schnell, Herr Buhr, es ist wirklich wichtig. Ein Notfall sozusagen!«

Hausmeister Buhr schüttelte sein Doppelkinn und schenkte mir ein krötenhaftes Zwinkern, das er sich von Jabba, dem Hutt, abgeschaut haben musste. »Wertstoffhof Nordstadt, junger Fittich«, gurgelte er. »Nordstadt 2. Aber warum willste dat wissen? Warum kommste zum Hausmeister in den Keller? Haste Müll verloren?«

»Kann schon sein ...«, flüsterte ich.

Buhr erhob sich, schwankte auf mich zu und reckte seine nikotinbraunen Finger in meine Richtung. »Da findeste nie wat wieder! Da liegt dat Papier von der halben Stadt!«

Dass der Typ nicht ganz richtig tickte, wusste ich vorher schon. Aber hier war es echt unheimlich. Und es roch stechend nach Urin.

»Sie sind super, Herr Buhr!« Und schon war ich aus der Tür und auf dem Weg nach oben, ans Tageslicht, zurück in die Welt der Menschen.

Ich raste mit dem Rad quer über den Spielplatz vor unserer Wohnsiedlung, im Zickzack zwischen den Zweijährigen hindurch, vorbei an ihren aufdringlichen Müttern, die schon jetzt nichts Besseres zu tun hatten, als ihren Kindern auf die Pelle zu rücken und ihnen ständig im Gesicht herumzuwischen.

Als ich die fünf Stufen hinunterschoss, die den kleinen Spielplatz vom Gehweg trennten, klingelte mein Handy. Es war *der* Klingelton, der eine, der besondere, der nur für einen einzigen Menschen klingelte.

Ich habe einen Schatz gefunden, säuselte das Handy, *und er trägt deinen Namen*. Ich bremste mit beiden Händen, rutschte mit dem Hinterrad weg – und stand.

Canans Name blinkte einige Sekunden auf dem Handydisplay. Welcher Idiot hatte diesen grauenhaften Klingelton eingestellt? *So schön und wertvoll*, hauchte das Gerät, *und mit keinem Geld der Welt zu beza...*

Ich konnte die Musik nicht ertragen – ich drückte sie weg.

Und Canan auch. Sie war nicht auf meiner Seite, nicht in

dieser Sache. Sie würde mich nur davon abhalten, Fausto zu retten.

Mit klopfendem Herzen sah ich ihren Namen erlöschen. (Ich sah die schwarzgoldenen Lichtreflexe der Sonne in ihrem Haar, ich sah ihre Beine, im Schneidersitz, in unserer Ecke hinter dem Computerraum.)

Ich brauchte dringend einen neuen Klingelton, vielleicht irgendwas von den *Ärzten* oder so.

Ich hasse *Silbermond*.

Die Regenwolken hingen tief über den Schornsteinen der Hundefutterfabrik. Die schon vor langer Zeit aufgegebenen Produktionsgebäude umarmten das Ziel meiner Reise: den Wertstoffhof Nordstadt 2.

Endstation.

Das hier war die Endstation. Nicht nur für alles, was im Bezirk Nordstadt 2 geschrieben, gedruckt und müllgetrennt wurde und fachgerecht entsorgt werden sollte. Sondern auch für mich.

Ich war vollkommen allein. Es war, als hätte alles, die ganze BücherdämonenCananundDörtingundMarkus-Geschichte nur auf diesen einen Punkt zugesteuert. An dem ich hier stand, allein, mit niemandem an meiner Seite.

Bald würde es ganz dunkel sein. In die immer tieferen Schatten der Backsteingebäude duckten sich unzählige flaschengrüne Container. Ein paar aufgeweichte Papierfetzen bedeckten den Boden. Ungefähr vierhundert Tauben hockten bewegungslos in den Regenrinnen und starrten zu mir herunter.

Ansonsten war ehrlich gesagt nicht viel Müll zu sehen. Die Container schienen leer zu sein.

Das Stahltor ließ sich mit einem ohrenbetäubenden Quietschen aufschieben. Ich machte einen vorsichtigen Schritt, dann noch einen, und blickte mich um. Die Häuserreihe wurde von einem nagelneuen, stahlblitzenden Gebäude unterbrochen, breit wie ein Space-Shuttle, obendrauf ein metallischer Schornstein, so groß wie eine Kanone, mit der man einen ganzen Stern einäschern konnte.

»Hallo? Ist jemand da?«, rief ich.

Das Gurren der Tauben war die einzige Antwort.

Ich zog das Tor hinter mir zu. Besser, man sah von außen nicht, dass gerade unangemeldeter Besuch da war.

Hier war allerdings weit und breit niemand zu sehen. Es ging bereits auf fünf Uhr zu. Vermutlich arbeitete hier niemand mehr. Eigentlich war das auch keine schlechte Kulisse für ein Verbrechen, überlegte ich. Abgelegen und keine Menschenseele weit und breit, leer stehende Gebäude mit exzellenten Entsorgungsmöglichkeiten.

Ich zog mich auf eine verrostete Laderampe und spähte in den ersten Container: ein paar zerrissene, gequetschte Papierreste. Größtenteils Zeitungen und verschlissene Werbeplakate. Nicht die Spur eines Schulhefts.

»Fausto!«, schrie ich. »Komm raus! Bitte!«

Irgendwo knurrte es. Jemand … *etwas* … knurrte. Allmählich wurde es dunkler. Und es gab keine Beleuchtung.

»Fausto? Bist du das?« Ich beugte mich herab.

Die Antwort bestand aus einem lang gezogenen, kehligen Grollen! Ein *Etwas* bewegte sich im Schatten eines Containers, schnüffelte, keuchte, knurrte. (Eins von diesen fiesen, ekligen, unheimlichen *Etwas*en, von denen man nichts Genaues erkennen kann, was sie noch fieser, ekliger, unheimlicher macht.) Das klang nicht nach Fausto. Sondern eher nach dem Vieh aus der Schule!

Verflucht, hielten die hier einen Wachhund? Was bewachte der? Weggeschmissenes Papier? Oder hatten hier irgendwelche Wildtiere ihr Winterquartier? Füchse, Dachse, Kojoten?

Wieder knurrte es. Dieses Mal lauter.

»Adalbert!«, rief eine heisere, wahrscheinlich weibliche Stimme. »Adalbert, hörst du jemanden?«

Ich presste den Rücken gegen das rostige Tor des Lagerhauses, bewegte mich nicht, atmete flach.

Ein Flutlicht erwachte zum Leben. Die Laderampe flammte in gleißendem Licht auf. »Ha!«, rief die Stimme. »Du hast was gefangen, guter Hund, braver Hund.«

Mit tränenden Augen erkannte ich eine gedrungene Gestalt, deren Rollstuhl im Schneckentempo auf mich zuzitterte. »Sie!«, schrie sie. »Sie da oben!«

»M-meinen Sie mich?«, fragte ich.

Das fiese, unheimliche, eklige Etwas stellte sich als Hund heraus. Was es kein Stück weniger fies machte – ein riesiger, verwahrloster Boxer, an dessen Hals eine losgerissene Kette baumelte und dessen scharfes Gebiss vor Speichel triefte. Manchmal ist es besser, das Licht bleibt aus.

»Ich sehe hier sonst keinen Einbrecher!«, rief die Frau und zuckelte mit ihrem Gefährt noch ein Stückchen näher an die Laderampe. Meine Augen gewöhnten sich an das harte Licht. »Außer Ihnen da!«

Die Rollstuhloma musste die siebzig längst überschritten haben. Irgendwie hatte sie es geschafft, sich in einen Rollstuhl zu quetschen, der in einem Antiquariat einen schönen Preis erzielt hätte. Sie trug eine verwaschene karierte Decke über den Beinen und einen Haarschnitt, der in den Achtzigern vielleicht mal modern gewesen und seitdem systematisch vernachlässigt worden war. Auf ihren Knien lag die größte Taschenlampe, die ich je gesehen hatte, Golftaschenformat, mindestens.

Auf ihrem Kopf saß ein gefalteter Zeitungshut.

»Ich ... äh ... bin von der Schülerzeitung«, stammelte ich. Schülerzeitung, das war nicht schlecht, ha!, das machten die bei TKKG auch, das zog immer. »Ich wollte eine ... Reportage, genau, ne Reportage über den Müllplatz schreiben.«

»Müllplatz? Sie sind aber nicht einer von diesen Öko-Fuzzis?«, fragte die Alte mit schneidender Stimme. »Die kann ich hier gar nicht leiden, die stecken immer ihre Nasen überall rein.«

»Ehrlich gesagt habe ich es nicht so mit Öko!«

Die Rollstuhloma nickte beifällig. »Sehr ordentlich. Solche Bengels kann ich nämlich gar nicht ausstehen. Wollen alles kaputt machen, besonders den schönen neuen Drehrohrofen. Der schafft tausenddreihundert Grad, wussten Sie das? Der heizt dem Platz hier nachts ordentlich ein, so richtig gemütlich haben wir es hier, nicht wahr, Adalbert?«

»Echt ganz schön warm«, räumte ich ein. Wie sollte ich anständig nach Fausto suchen, während diese Irre mit ihrem Köter hier rumhing?

»Deswegen sind der Adalbert und ich auch hierher gekommen. Weil's so schön warm ist. Aber die wollen unsere schöne

Verbrennungsanlage wieder weghaben, diese jungen Leute. Aber dabei ist sie arg praktisch, nicht wahr, Adalbert?«

Der Hund fixierte mich böse und knurrte. Der brauchte keine Verbrennungsanlage, der fraß vermutlich alles selbst.

»W-was machen Sie denn mit dem Altpapier, das geliefert wird? Wo kommt das denn hin ... z-zum Wiederverwerten ...«

»Hier wird nix mehr wiederverwertet«, krächzte die Oma. »Hier geht alles direkt in den Ofen. Und dann wird geheizt!«

»Okay ...« Sie schien es nicht zu kapieren. »Ich meinte das Papier, das heute angekommen ist. Heute Nachmittag.«

»Direkt in den Ofen!«, rief die Oma begeistert. »Die haben so ein prächtiges Auto, das wird direkt an die Laderampe angeschlossen, und dann geht alles ganz von selbst. Die ganzen Container hier, das ist alles Schnee von gestern. Abfalltechnik ist ein sehr ergiebiges Hobby, nicht wahr, Adalbert?«

Der Hund fraß keuchend einen faustgroßen Stein.

Alles ging ganz von selbst?

Ich sprang von der Laderampe. »Das Papier von heute!«, schrie ich. »Das wurde noch nicht verbrannt, oder? Das liegt hier irgendwo!« Ich sprang hoch, um einen Blick in einen grellgelben Container zu erhaschen, wich dem Hund aus, aus dessen Maul zerkaute Kiesel auf den Asphalt bröselten.

»Alles da drin!«, jubilierte die Oma und wies auf den glänzenden Neubau, aus dessen Schlot sich noch ein paar Rauchschlieren kräuselten.

»NEIN!«

Da drin? Im *Ofen*? Nein!

Der Hund setzte mir kläffend nach, als ich auf die Müllverbrennungsanlage zuspurtete und mit Knien und Fäusten auf die schwere Doppeltür eintrommelte. Das Schild darauf sprach eine überdeutliche Sprache:

DURCHGANG VERBOTEN – LEBENSGEFAHR

ZUTRITT NUR FÜR MITARBEITER

»Fausto! Mann, Fausto!«, schrie ich, als sich Adalbert schmerzhaft in meinen Schuh verbiss. »FAUSTO! Ich habe das nicht gewollt! Ich habe dich nicht weggeschmissen, ich habe nicht auf dich aufgepasst, komm raus, Mann!«

»Fass den Öko-Fuzzi!«, heulte die Rollstuhloma plötzlich wie von Sinnen. »Er will den schönen Ofen kaputt machen!« Der brennend weiße Lichtkegel der Taschenlampe huschte über die Mauer, über die Tür zur Verbrennungsanlage, über meine Hände. Der Hund zerrte an meinem Bein, riss mich nach hinten, zu Boden, der sich nass anfühlte, warm und zitternd. »Genauso!«, rief die Oma, »bring ihn schön her, hierher, bei Fuß!«

Er war tot.

Er, Fausto, der Bücherdämon war tot. Verbrannt. Vernichtet, bei tausenddreihundert Grad Celsius.

Der bissige Hund schüttelte mich hin und her, sabberte, spuckte, tobte mit meinem Schuh im Maul. Wenn er das mit meinem Genick machte, war ich erledigt, ich musste weg hier, ich konnte Faustos sterbliche Überreste nicht bergen, ich musste weg! Weg!

»Fausto!«, jammerte ich. »Ich bin zu spät, viel zu spät, es tut mir leid! Es tut mir l…«

Das Erdreich unter meinen Füßen explodierte. Kies und Schlamm spritzten mir entgegen.

Adalbert jaulte schrill.

Das unaufhörliche Schnüffeln, Sabbern, Beißen hörte schlagartig auf, und der Köter ... hob ab. Schwerelos flog er durch die Luft, eine kläffende, um sich beißende, zappelnde Silhouette vor dem mörderischen Licht des Scheinwerfers.

»Adalbert!«, kreischte die Rollstuhloma. »Was machen Sie mit Adalbert, Sie Schuft?«

Eine urgewaltige, starke, pelzige Kraft drückte mich zu Boden. »Meister!«, keuchte es dicht an meinem Ohr. »Der Meister ist gekommen, um Fausto zu retten. Er ist zurückgekommen!«

Fausto.

22 ich bin nur Joschel Fittich

Der Hund musste draußen vor dem Tor aufgeschlagen sein wie ein Fallschirmspringer ohne Fallschirm. Glas klirrte, eine Autoalarmanlage heulte auf, während ich mein Gesicht in Faustos Fell vergrub und der Rollstuhl sich surrend entfernte und draußen in der Dunkelheit verschwand.

»Sie haben ihn ermordet!«, geiferte die Oma und stieß mit bemerkenswerter Kraft das Schiebetor zu. Es schloss sich mit dem Geräusch eines bremsenden Güterzuges. »Sie haben meinen Adalbert ermordet, Sie Unmensch, Sie grauenhafter Öko-Fuzzi!«

Doch dann kläffte irgendwo vor dem Tor ein unzerstörbarer Hund. Sein ängstliches Winseln entfernte sich langsam, in rollstuhlgerechter Geschwindigkeit.

»Fausto«, flüsterte ich und presste den Bücherdämon an mich.

Ich hatte ihn gefunden.

Er war nicht verbrannt oder wiederverwertet worden, war nicht in einer Kläranlage desinfiziert, verdünnt oder gehäckselt oder bei tausenddreihundert Grad verdampft und rauf zu den Sternen gepustet worden.

Nein, Fausto lebte.

Er – oder das, was einmal Fausto gewesen war.

Der Dämon war gewachsen.

Er würde knapp in die stinkende Kiste passen, in der Hanne ihre Waschnüsse aufbewahrte! Er war größer als ein Otter.

Der Bücherdämon reckte sich im Scheinwerferlicht. Einige Papierfetzen waren auf sein Stirnhorn gespießt, das die Größe eines handlangen Brieföffners erreicht hatte.

»Fausto hat einen großen appetitlichen Fresshunger!«, grummelte er. »Alle kaputten Wörter sind schon lange verspeist. Nur ungenießbare fehlerfreie Zeitungen sind noch übrig.«

Er schmatzte und schaute mich gierig an.

Ich wich einen kleinen Schritt zurück, dann noch einen.

Mein Hals fühlte sich echt komisch an. Als würde ich gleich anfangen rumzuheulen oder so.

»Es tut mir so leid, Fausto ... so schrecklich leid ... Mann, ich weiß gar nicht, wie das passieren konnte.«

»Der Meister ist gekommen«, schluchzte Fausto. »Um Fausto zurückzuholen, nicht wahr, sapresti?«

Schritt für Schritt näherte er sich mir, bis wir uns auf Armeslänge gegenüberstanden. Der Dämon strahlte Hitze aus, körperliche, dampfige Wärme, vermischt mit dem staubigen Geruch trockenen Zeitungspapiers.

»Erst schickt der Meister Fausto in die Fremde, und jetzt holt er ihn zurück.« Der Dämon stieß einen gequälten, klagenden Tierlaut aus. »Wie soll dieser Bücherdämon glücklich sein? Wenn er nicht weiß, ob er gebraucht wird?«

»Du ... Du wirst gebraucht«, stammelte ich. »Wirklich!«

»Fausto ist sich nicht sicher!«, klagte er und knurrte gefährlich. »Der Meister muss es beweisen!«

Der Dämon war ein Monster geworden, ein übel riechendes, Angst einflößendes Ungeheuer mit mattschwarzen Klauen, sandgelben, geschwungenen Zähnen und einem schartigen Horn, das einem jungen Hochlandrind alle Ehre gemacht hätte.

Das also wäre passiert, wenn ich Fausto die nächsten Jahre von meinen Aufsätzen ernährt hätte. So, als würde man einen Eisbären großziehen.

Mit dem Rücken stieß ich an das verrostete Schiebetor, während Fausto Zentimeter für Zentimeter näherkam. »Der Meister ...«, zischte er. »Der Meister hat gesagt, dass er Fausto braucht! Und dann schickt er ihn fort.«

»Nein! Ich hab dich nicht fortgeschickt, meine Mutter ...«

»Fort!« Fausto stieß ein hohles, wölfisches Heulen aus. »Die Scherze des Meisters behagen Fausto nicht. Sie sind grauslich!«

Für einen Augenblick sah es so aus, als wollte sich der Dämon mit gefletschten Zähnen und gespreizten Klauen auf mich stürzen. Aber mitten im Sprung schien ihn die Kraft zu verlassen. Er sackte zu Boden, fiel schwer vor meine Füße, umklammerte mit knochenharten Fingern meine Unterschenkel.

»Und doch ist der Meister gekommen, um Fausto zu retten.« Seine Stimme war nicht lauter als der Wind, der über die Häuserspitzen strich. »Er hat sich ein Herz gefasst und sich im allerletzten Moment des treuen Dämons erbarmt.«

Schwülstige Dinge lagen mir nicht so. »Äh ... korrekt«, sagte ich. »Erbarmt, genau ...«

»Der Meister wird ihn wieder aufnehmen, nicht wahr, sapresti, als seinen gehorsamen Diener?«

Mann, der Dämon hatte echt eine Klatsche. Er stand offensichtlich darauf, komplett ausgenutzt zu werden. Irgendwie fühlte ich mich damit nicht besonders wohl. Warum konnten wir nicht einfach *Freunde* sein?

»Was ich gesagt habe, zum Thema Freunde ...«, begann ich.

»Freunde!«, keuchte Fausto und zog die Nase hoch. »Fausto ist dieses Wort missliebig, es behauptet so viel und hält so wenig. Fausto ist der ergebenste Diener des Meisters, der unterwürfigste, folgsamste und zu allem entschlossenste Dämon. Nur ein einziges Wort des Meisters, und Fausto, sein untertänigster Sklave ...«

»Stopp! Das reicht. Ich kann mir das echt nicht anhören!«

Fausto ließ meine Hose in Ruhe und blickte skeptisch zu mir auf. »Nicht? Sapresti, der Meister möchte das nicht hören? Was, bitteschön, wünscht er denn stattdessen? Ein adrettes Sonett? Eine klagende Ballade? Ein pathetisches Epos?«

»Nee«, sagte ich. »Jetzt ist es mal gut.« Ich tätschelte ihm das Horn, vielleicht beruhigte ihn das. Es war kein Stück mehr pieksig, sondern rau und schwer wie das einer Kuh. »Jetzt ist mal Schluss mit Rumschleimen, klar?«

Hand aufs Herz: Hatte ich eigentlich eine Macke, dass ich mich von einem sprechenden, denkenden Wesen mit »Meister« anreden ließ? Nicht, dass ihr meint, ich hätte Minderwertigkeitskomplexe oder so. Diese Meister-Nummer hatte sich völlig verselbstständigt, und allmählich wurde es peinlich.

»Ich bin für dich der Joschel, klar?«, sagte ich und schüttelte Faustos Hand. »Mehr nicht.«

»Joschelmeister?«, fragte Fausto. »Oder Meisterjoschel?«

»Nur Joschel«, sagte ich. »Und Punkt.«

»Joschel-und-Punkt«, flüsterte Fausto und sabberte auf meine Knie.

»Und mit dieser Dienernummer ist jetzt Ende. Du hast mir geholfen, ich habe dich gefüttert, du wurdest weggeschmissen, ich hab dich wiedergefunden. Wir sind quitt.«

»Quitt ...«, sinnierte Fausto, als hörte er das Wort zum ersten Mal. »Ist das schlimm?«

Ich schnappte den Dämon, hievte ihn hoch, schüttelte ihn sanft durch. Er war schwer wie eine Kiste Sprudel. »Erde an Fausto! Mann, wir sind quitt, wir haben was zusammen durchgemacht, wir sind Buddys, wir sind Kollegen, wir sind Freunde.«

Fausto schlang seine erstaunlich dünnen Arme um meine Schultern. »Buddyskollegenfreunde«, nuschelte er in meine Jeansjacke. »Der Meister beliebt sehr wohl zu scherzen, jawohl, sapresti, aber dieses Mal ist es ihm ...«

»Ist es mir ernst, Fausto. Großes Dämonenehrenwort. Wir sind Freunde, okay?«

»Okay«, schniefte Fausto. »Okayfreundeokay.«

Für einen Moment war die Welt in Ordnung.

Ich hatte meinen einzigen wirklichen Freund aus den

Klauen der Entsorgungskette befreit. Hatte das verwundete Herz eines übersensiblen Dämons geheilt. Und einen Freund gewonnen.

In der hereinbrechenden Dunkelheit ertönte eine Fahrradklingel. Draußen vor dem Tor huschte ein Scheinwerferlicht über die kahle Straße, begleitet vom vertrauten *Klickklick* eines hochwertigen Kettler-Rades im Leerlauf.

»Joseph?«, rief eine helle Stimme. »Joseph!«

Sie gehörte Canan.

Genau.

Was macht man mitten in der Nacht mit einem heulenden, sabbernden, zehn Kilo schweren Monster, das sich an einem festklammerte und kuscheln wollte und einem dabei mit dem Horn im Gesicht herumpiekte?

Noch dazu auf einem Wertstoffhof!

So sehr ich mich auch über das vertraute Klickern ihres Fahrrades freute: Wenn Canan uns in dieser sehr persönlichen Situation erwischte, war es aus. Wer wollte schon einen Jungen küssen, der mit einem scharfzahnigen, sprechenden und gehörnten Vertreter der Niederwelten rummachte?

»Bist du hier? Joseph?«

Wenn Canan mich mit einem anderen Mädchen beim Händchenhalten erwischt hätte – schlimm genug. Aber Pfötchenhalten mit einem Dämon?

Dann fing es endlich an zu regnen. Ein einzelner, schwerer, beschissener Tropfen löste sich aus dem wintergrauen Himmel und fiel mir hinten in den Kragen.

Canans Umrisse zeichneten sich gegen das Licht der Straßenlaternen ab. Sie lenkte ihr Rad in großem Bogen draußen am Schiebetor vorbei und leuchtete mit dem Scheinwerfer mal hierhin, mal dorthin.

»Jo-seph!«, rief sie. »Wenn du mich hörst, dann sag was, bitte! Bitte sag was!«

»Versteck dich, kleiner Freund!«, flüsterte ich Fausto zu und schob ihn hinter meinen Rücken. Er war ein bisschen zu groß und zu zappelig und zu verheult, um anständig in Deckung zu gehen.

»Freund!« In Faustos Schluchzer mischte sich ein kräftiger Schluckauf.

»Joseph, Jo...« Canans heisere Stimme schlug in Husten um. Ich hörte sie geräuschvoll nach Atem ringen.

Der Regen klopfte in den groben Kies und schwoll zu einem allgegenwärtigen Rauschen an.

»Ich bin hier, Canan.« Ich trat langsam an das Werkstor, darauf bedacht, den Bücherdämon genau hinter meinem Rücken zu halten. »Hier, hinter dem Tor.«

Canan verlangsamte und rollte im Schritttempo auf mich zu. Wo kriegte man solche Fahrradscheinwerfer her, die nicht dunkler wurden, wenn man langsamer wurde, und bleibende Augenschäden hervorrufen konnten?

Unscharf erkannte ich Canans Gesicht hinter den Gitterstäben des Tores. »Warum gehst du nicht an dein Handy?«, rief sie mir entgegen. »Was machst du hier?«

»Ich suche was. Im Müll.«

Sie schaute mich so entgeistert an, als hätte ich auf dem Wertstoffhof ein Zelt aufgebaut, um von nun an hier als prophetischer Einsiedler zu leben, der Insekten futterte und für Kleingeld Pilger segnete.

»Du suchst was im Müll?«, sagte sie ungläubig.

Ich nickte.

»Und, hast du es gefunden?«

Durch die Jacke fühlte ich Faustos Körperwärme, die langsam in den Stoff sickerte. Wispernde, knisternde Geräusche waren von ihm zu hören, beinahe zu leise für das menschliche Ohr. Vermutlich fraß er gerade mein imitiertes Marken-Logo auf der Rückseite der Jacke.

»Nee. Irgendwie nicht so richtig. Also, ich meine ... Ich hab's erst gesucht, aber jetzt ist es auch egal, weil ... Ja, weil es regnet. Genau!«

Kurz sah es aus, als würde Canan einfach über meine Bescheuertheit schmunzeln. Aber dann schlich sich eine Bitterkeit in ihre Stimme, die ich von ihr nicht kannte. »Und was mache ich hier eigentlich, Joseph?«, fragte sie.

»Keine Ahnung«, sagte ich. Das war mir vielleicht etwas zu kühl rausgerutscht. Aber um meine Nerven war es wirklich nicht besonders gut bestellt.

»Ich bin so bescheuert«, sagte Canan. »Ich fahre zu dir nach Hause und suche nach dir, bis mir dieser widerliche Hausmeister sagt, wo du hinwolltest. Ich fahre durch die halbe Stadt, und alles, was dir dazu einfällt, ist: keine Ahnung. Weißt du, was heute für ein Tag ist?«

»Keine A-« *-hnung* wollte ich sagen. Doch das Wort blieb mir im Hals stecken. »Es ist Mittwoch?«, brachte ich unsicher heraus. Klar war Mittwoch. Gestern war ja Dienstag.

»Mittwoch. Richtig.« Langsam erlosch das Licht von

Canans Scheinwerfer, und ihre Züge traten immer deutlicher aus der Dunkelheit hervor. Sie stand auf der einen Seite des Gitters, ich auf der anderen, und niemand machte Anstalten, das Tor aufzuzerren. »Heute ist die Vorbesprechung. Heute werden noch mal die Regeln erklärt.«

Die Vorbesprechung des Wettbewerbs. Der *morgen* stattfinden würde.

Das hatte ich vollkommen verdrängt. Wie oft waren Canan und ich die ganze Abfolge des Aufsatzwettbewerbs durchgegangen? Zehn Mal? Und fast jedes Mal hatte ich die Vorbesprechung vergessen. Vielleicht weil ich nicht bei einer unnützen Besprechung mitmachen wollte, in der noch einmal die Regeln der »Fairness« und des »Anstandes« und der »Kollegialität« durchgekaut wurden.

Aber die Vorbesprechung war eigentlich vorgeschrieben. Genau jetzt hockten sie vermutlich alle um einen Tisch herum, heuchelten ein konkurrenzloses Miteinander und schauten auf den leeren Platz, den man mir frei gehalten hatte. Zwei leere Plätze, einen für Canan und einen für mich.

Es war ziemlich nett, dass sie hier war, oder?

»Sag mir bitte, warum ich hier rausgefahren bin, wenn es dir offensichtlich völlig egal ist«, sagte Canan leise.

»Es ist mir nicht egal«, erwiderte ich mit belegter Stimme. Faustos Wärme in meinem Rücken sickerte mein Hosenbein hinunter und versank im nassen Kies. Fausto konnte sich einfach verflüssigen, wenn es Stress mit Mädchen gab. Beneidenswert.

»Canan ... ich bin hier, weil Hanne ... weil ich ...« Wie sollte ich ihr nur erklären, was passiert war? Sie war *gegen* meinen

Plan, sie würde mir alles ausreden wollen. Sie war für Ehrlichkeit, ich war für Gerechtigkeit. (Okay, und ein bisschen für Rache.) Das passte heute nicht besonders gut zusammen.

»Warum bist du nicht ans Telefon gegangen, Joseph?«

»Es hat nicht geklingelt«, log ich. »Bei mir hat nichts geklingelt. Ehrlich.«

Ich hatte sie weggedrückt. Sie und *Silbermond*. Das war die Wahrheit. Und wir kannten sie beide.

Beinahe unmerklich schüttelte Canan den Kopf. »Alles klar, es hat nicht geklingelt«, sagte sie. »Ich hab's kapiert.«

Warum war es nur so schwer, Canan zu erklären, wie kompliziert die Wahrheit war? Sie hatte ja keine Ahnung, wie es war, wenn man sich in einem Netz aus Lügen verheddert hatte.

»Ich hab's kapiert, Joseph«, sagte Canan. Mein Name klang aus ihrem Mund plötzlich nur noch wie ein stinknormales Wort. »Heute ist die Vorbesprechung für den Wettbewerb, für *unseren* Wettbewerb, und du hängst hier draußen rum anstatt hinzugehen. Ich bin dir völlig egal, oder? Weil ich dich immer noch motivieren möchte, obwohl wir nicht ...«

Sie schaute zur Seite und zog die Luft durch die Zähne, als wollte sie die letzten Worte wieder zurück in ihren Kopf atmen.

Ich hätte Canan einiges zu sagen gehabt. Über das, was schiefgelaufen war, und über das, was richtig war. Aber in meinem Mund war ein Vakuum, ein schwarzes Loch, das alle meine Worte verschluckte.

»Keine Ahnung, warum ich mich überhaupt um dich sorge«, sagte sie.

»Canan«, presste ich heraus.

Sie war mir nicht egal, das musste sie wissen. Sie musste es *jetzt* wissen.

»Okay«, sagte sie. »Ist schon okay, Joseph.«

Das Vorderlicht ihres Fahrrades saugte den letzten Rest Elektrizität aus dem Akku und spie sie mir als bösartige kleine Blendung entgegen, ehe das Licht endgültig erlosch. Als ich Canan ansah, legte sich das Nachbild der Lampe wie ein Heiligenschein um ihren Kopf.

»Ist schon okay«, flüsterte sie.

Dann wendete sie ihr Rad und fuhr in die Dunkelheit davon. Scheinwerfer und Rücklicht sprangen nach einigen Metern wieder an, das Licht erfasste die verrosteten Maschendrahtzäune, ein paar krumm gebogene, vergessene Fahrräder am Straßenrand. Kurz schienen mir meine Sinne einen Streich zu spielen, als ich hinter einem abgestellten Auto einen Kopf zu sehen glaubte, der in meine Richtung blickte. Aber als Canans Lenker nach links schwenkte und dann wieder zurück, war der Kopf verschwunden.

Canans Rücklicht glomm in der Nacht vor sich hin. Ein glühendes Auge, das sich unaufhaltsam entfernte. Unerreichbar weit weg war es.

Da hatte ich ihn, meinen hypnotischen Punkt.

Er verschwand im Regen.

Ich weiß nicht, ob es so was wie Hypnose gibt. Aber anders war es nicht zu erklären, dass mich plötzlich eine unerklärliche Leichtigkeit überkam. Meine Zungenspitze prickelte wie verrückt.

Meine Sicht verschwamm, als ich den Kopf in den Nacken legte. Regenwasser lief mir über die Stirn in die Augen, Fausto gurrte auf der Plakatwand, Canans Speichen klickerten in der Nacht davon – und dann hörte ich meine Stimme. Sie wurde einfach aus mir herausgeschwemmt.

»Ich bin hier, um einen Freund zu retten! Der mir geholfen hat, die ganzen Aufsätze zu schreiben!«, schrie ich Canan hinterher. »Und wenn ich nicht hierhergekommen wäre ... wäre er in echten Schwierigkeiten gewesen! Und wenn ich dir was davon erzählt hätte, hättest du ... hättest du mir alles ausgeredet! Und du bist mir nicht egal! Es spielt keine Rolle, wie du mich findest, aber du bist mir nicht egal! Nee, ist mir überhaupt nicht egal, wie du mich findest! Aber es ist okay, wenn du jetzt abhaust, es ist okay. Ich weiß, dass ich es nicht draufhabe. Dass das alles nichts als ein einziger Beschiss ist und dass ich kein Stück besser bin als die anderen. Und ... ich bin kein Held, ich weiß, auch wenn du das irgendwann mal geglaubt hast. Ich bin nur irgendein Typ, der sich so durchwurschtelt. Ich bin nur *Joschel Fittich*, und du bist ein Mädchen, das auf dem Rad davonfährt, weil es den ganzen Mist nicht mehr ertragen kann. Und weißt du was? Ich kann es verstehen.«

Die Regenwolken am lichtlosen Himmel machten ein Geräusch wie ein einstürzender Wolkenkratzer. Der Regen war eiskalt. Ich hielt mich am Werkstor fest und brüllte einfach alles durch die Gitterstäbe hinaus. Ohne nachzudenken.

»Canan, ich kann es verstehen! Ich würde auch einfach davonfahren, aber es geht nicht. Ich komme einfach nicht weg. Egal, wo ich hingehe, ich bin immer nur Joseph Fittich, ich komme einfach nicht weg. Und weißt du was? Es ist okay. Dann bin ich eben so. Dann kacke ich eben manchmal ab. Dann mache ich eben den Wettbewerb ohne Hilfe, und alle sehen, dass ich es nicht draufhabe. Das mache ich alles *für dich*, wenn du das willst. Aber wenn du glaubst, ich lasse meinen einzigen echten Freund hängen, dann täuschst du dich!«

Mein Atem schmeckte salzig, die Luft verschwamm im Regen. Wahrscheinlich hörte mich Canan schon lange nicht mehr. Aber was spielte das jetzt für eine Rolle. Es war sowieso alles vorbei.

Ich schloss die Augen, atmete tief durch und öffnete sie wieder.

Der Regen hing wie ein blickdichter, silbergrauer Schleier über der Straße und brannte unter den Lidern. Nur die groben Konturen der schwarzblauen Gebäude waren noch zu erkennen. Innerhalb von Minuten waren die letzten Reste des Tages vom Himmel verschwunden und einer eiskalten, nebligen Dezembernacht gewichen.

Der hypnotische rote Punkt war verschwunden.

Der Gedanke, dass Canan weg war, erfüllte mich mit einer fiesen schmerzlichen Leere, als hätte man mir mit einer Kanone ein armdickes Loch durch die Brust geschossen.

»Canan!«, brüllte ich. »Komm zurück! Canan! Komm zurü…«

Da war eine Hand im Regen. Sie teilte den Vorhang aus Wasser und Dunst und legte sich über meine Lippen.

»Hallo, Joseph«, sagte Canan.

Ihr Gesicht schälte sich aus dem Regenschleier. Das Haar fiel nass und glänzend über ihre Schultern.

Feuchte, verrostete Metallstäbe trennten uns, zweifingerdick und so dicht beieinander, dass nicht einmal ein Kopf ganz hindurchpasste. Aber das war nicht notwendig.

Alles war einfach.

Canans Kuss schmeckte wie ein Gewitter über der Großstadt.

23 Die Wahrheit ist ein Arschloch!

Irgendwann hörte der Regen auf. Fragt mich nicht wann. Ich weiß es nicht. Wird wohl eine Weile gedauert haben. Der Himmel klarte auf und zeigte das tiefe Königsblau der hereinbrechenden Nacht.

Es war, als hätte das Gewitter etwas aus mir rausgewaschen. Hatte ich einmal Rache gewollt? Dieser Gedanke war mir in diesem Moment so fremd, als hätte ihn ein anderer gedacht und nicht *Joseph Fittich*.

Das Werkstor ließ sich auch zu zweit nicht öffnen, es klemmte so fest, als ob sich eine ganze Busladung Bücherdämonen dagegenstemmte. Also kletterte ich auf einen Container, warf mich oben über die Mauerkante und hangelte mich zu Boden. Ich landete in einem dichten Gebüsch, das aus Disteln, Stacheldraht und zerbrochenen Bierflaschen zu bestehen schien. Aber Schmerz war jetzt unwichtig.

Canan wartete vor dem Werkstor auf mich. Es hatte sich nie leichter angefühlt, auf sie zuzugehen. Jeder Schritt war einfach und selbstverständlich.

»Wo ist er?«, fragte sie.

»Wo ist wer?«

»Dein Freund, meine ich.«

Scheiß drauf, dachte ich, mit dem Rumlügen war Schluss, für immer. »Es ist etwas komplizierter, als du denkst …«

»So kompliziert ist das bestimmt nicht«, sagte Canan. »Ich würde ihn ganz gern kennenlernen, wenn das okay ist.«

»Das ist schon okay. Es ist nur … Mein Freund ist … äh … kein Mensch.« Jetzt war es raus. Endlich.

»Ein Tier?«, sagte Canan begeistert. »Ein Hund, Joseph? Vorhin hat hier ein Hund gebellt!«

»Nee. Hmm … auch kein Tier. Kein Mensch, und auch kein Tier. Klingt komisch, ist aber so.«

Canan runzelte die Stirn.

Attacke. »Eher so ein Bücherdämon. So ein Dämon für … äh … Bücher! Der in Büchern wohnt, genau! Der versteckt sich gerade – genau dort!« Ich wies auf den verwitterten Fleck an der Plakatwand, der ungefähr die Form von Südamerika hatte. »Du kannst rauskommen, Fausto Flamingo Esteban de Rioja. Canan darf dich sehen.«

Sie hielt meine Hand (ihre Finger suchten meine, ganz von selbst, als wäre es nie anders gewesen!), als Fausto aus der Pappe sickerte, als er wie der mächtige Schatten eines Flugsauriers über die Wand glitt und schließlich umständlich und mit gesträubtem Fell aus einer Pfütze kletterte.

Ich beschloss, die Taschenlampe erst mal ausgeschaltet zu

lassen, um Canan nicht zu sehr zu erschrecken. Aber der klare Himmel und das Mondlicht enthüllten genug von dem Wesen, das einmal ein handgroßer Bücherdämon gewesen war.

Ich spürte, wie sich Canans Finger verkrampften. Sie keuchte, hustete in ihre Handfläche, wich einen Schritt zurück.

Andere Mädchen hätten jetzt wahrscheinlich geschrien und wären davongelaufen. Okay, Canan hat vielleicht auch kurz aufgeschrien und ist ein paar Meter nach hinten gestolpert. Aber sie war echt tapfer.

Fausto kräuselte die Lippen zu einem dämonischen Lächeln und kratzte sich geräuschvoll unter der linken Achsel, während er mit der Zunge seine glänzenden spitzen Zähne säuberte.

»Nein«, flüsterte Canan. »So was gibt es nicht. So etwas kann es nicht geben. Das ist ein Trick, Joseph, oder? Das ist nicht echt.«

»Fausto bekundet sein vorzüglichstes Vergnügen«, sagte der Dämon und deutete eine steife Verbeugung an, »der erwählten Dame des Meisters die geschätzte Aufwartung zu machen. Sapresti. Dankeschön.« Er wies mit einer Klaue auf die Brackwasserlache, aus der er eben aufgestiegen war. »Wenn der Bücherdämon etwas gerupft aussieht, liegt das an der Pfütze. Zu viel gelöste Druckerschwärze im Wasser, äußerst unerquicklich.«

Abgesehen von der Sorge um sein Fell schien sich Fausto super zu fühlen. Er strahlte uns aus vier orangefarbenen Augen an und keckerte wie eine heisere Ziege.

Canan näherte sich ihm langsam, ging in die Hocke und

streckte vorsichtig die Hand nach ihm aus. »Kann er verstehen, was wir sagen?«

»Er ist wahrscheinlich das klügste Wesen, das ich je getroffen habe.«

Canans Hand berührte die Haarspitzen von Faustos borstigem Fell (mit Sicherheitsabstand zum beeindruckenden Stirnhorn) so vorsichtig, als könnte sie einen tödlichen Stromschlag kriegen. Der Dämon stellte sich auf die Zehenspitzen und schmiegte sich an ihre Hand.

»Wa…was frisst er?«, fragte sie.

»Frag ihn selbst.«

»Fehlerliche Worte«, schmatzte Fausto und schielte hoffnungsvoll auf Canans Rucksack. »Wenn es nur noch welche gäbe. Ein appetitliches Portiönchen käme Fausto recht gelegen.«

»Hanne hat ihn aus Versehen mit dem Altpapier weggeschmissen«, erklärte ich. Über Hannes *Versehen* unterhielten wir uns ein andermal. »Und hier hat er alles gefressen, was er kriegen konnte. Darum ist er so groß. Vorher hat er unter mein Bett gepasst. Stehend.«

Ich berichtete Canan von den Aufsätzen und den Vokabeltests, von der Vase unter meinem Bett. Auch wenn sie einen Teil schon gehört hatte, hing sie an meinen Lippen. Jedes Wort schien auf eine neuartige Weise Sinn zu geben.

Klar. Jede Geschichte fühlt sich irgendwie echter an, wenn dir ein hochintelligenter, sprechender Dämon währenddessen den Markenaufdruck vom Jackenärmel leckt.

»Kannst du verstehen, warum ich nie was über Fausto erzählt habe?«, fragte ich. »Wenn irgendwer was davon erfährt …«

»Mir hast du es erzählt«, antwortete Canan. »Zwar ein bisschen spät, aber du hast es erzählt.«

Schließlich passierte etwas Seltsames. Canan ging vorsichtig in die Hocke, nahm Fausto hoch, schloss ihn in die Arme und streichelte ihm den Kopf.

»Er ist so zutraulich«, flüsterte sie. »Und er schnurrt. Schnurrt er sonst auch?«

»Nö«, sagte ich. »Bei mir nicht.«

Das war allerdings nicht weiter verwunderlich.

Erstens: Ich hatte den Dämon nie in den Arm genommen.

Und zweitens: Ich konnte mir kein Lebewesen auf der Welt vorstellen, das in Canans zärtlicher Umarmung nicht angefangen hätte, Geräusche der vollkommenen Glückseligkeit von sich zu geben.

Es war ein komisches Gefühl, Fausto und Canan so dicht beieinander zu sehen. Ich weiß nicht, was mich mehr faszinierte: Faustos seliges Schnurren (das ich nie zuvor gehört hatte) oder der Anblick von Canans wunderbaren Canan-Fingern, die das Dämonenfell streichelten und kraulten.

»Morgen ist der Wettbewerb«, sagte ich schließlich.

Denn das blieb ein Problem.

Morgen wurde es ernst, und ich hatte keine Ahnung, wie ich die Sache angehen sollte. Und was ich tun durfte, ohne dass Canan mich für einen miesen Betrüger hielt.

»Sapresti«, schmatzte Fausto und reckte seine magere Faust. »Dieser Bücherdämon fühlt sich durchaus vorzüglichst in der Lage, das ganze Lager von Feinden auszuheben, sie fürwahr niederzumachen, ihnen eine grauslige Niederlage beizubringen, sie in den Staub zu werfen, niederzustrecken, ihnen den Garaus zu ...«

»Fausto!«, rief ich. Ganz schlechtes Timing.

»Joseph Fittich!«, rief Canan. »Hast du ihm das beigebracht? Dieses Gewaltzeug?«

»Mitnichten«, schnurrte Fausto. »Dieser Bücherdämon hat sich ganz allein dazu entschlossen, die Übelwollenden und Argwöhnischen und Unbelehrbaren in den Staub zu werfen, die Feinde des Freund-Meisters Joschel-und-Punkt niederzustrecken, ihnen den Garau...«

»Fausto!« Der kleine Mistkerl versaute mir das hier! »Ist gerade wirklich ganz schlecht. Nix mit niederwerfen, klar?«

»Wir wollen friedlich sein?«, fragte Fausto. »Keine erbarmungslose Rache mehr an den Niederträchtigen?«

»Nee«, sagte ich. »Gerade nicht.«

»Aber der Meister hatte sich das ausdrücklich gewünscht!«, gab Fausto zu bedenken.

»Du willst Fausto missbrauchen!« Canans strenger Blick brannte auf der Haut, das hatte sie wirklich drauf, fies moralisch gucken und so, noch besser als Hanne. »Er ist so lieb und kuschelig, und du willst ihn immer noch zum Bösen einsetzen? Guck mal, wie süß er sich bei mir ankuschelt.«

Fausto kuschelte nicht *süß*, sondern eher etwas *aufdringlich*, aber das Argument half mir nicht viel weiter.

»Er ist ein Dämon«, erklärte ich den offensichtlichen Sachverhalt. (Das konnte doch nicht so schwer zu kapieren sein, er kam aus der Hölle, er war eine Ausgeburt der Finsternis!) »Er hat ein Horn! Fausto hat kein Problem mit dem Bösen, das macht er so nebenbei.«

»Blödsinn, Joseph!« Canan hielt den schmusewütigen Dämon im Arm wie ein unschuldiges Findelkind, das nur zufällig mit drahtigem schwarzen Fell bedeckt war und rot glimmende Augen hatte. Fausto gähnte und präsentierte sein Gebiss. »Er ist so ein lieber kleiner Kerl, und du willst ihn als Waffe einsetzen? Ohne mich, Joseph Fittich!«

Peng.

Sie hatte mich. Canan wusste ganz genau, dass ich nach der Knutscherei meines Lebens nichts, absolut gar nichts tun würde, um meine Chancen auf eine Wiederholung zu zerstören.

»Fausto darf echt nicht mit zum Wettbewerb?«, fragte ich skeptisch. »Das ist nicht dein Ernst.«

»Doch«, sagte sie und schlang die Arme noch fester um Fausto. »Er bleibt bei mir, bis der Wettbewerb vorbei ist.« Sie tätschelte ihm das Horn. »Du musst keine gemeinen Sachen mehr machen, kleiner Freund. Canan passt auf dich auf.«

»Canan ... Du kannst nicht ... Der Wettbewerb ... Fausto ist ... Er ist *mein* Dämon!«

»Er gehört niemandem!«, verkündete Canan. »Er ist ein freies Lebewesen, kein Besitz.«

Jetzt musste ich vorsichtig sein. Denn auch wenn offensichtlich und vollkommen klar war, dass Fausto *mir* gehörte, schien dieser Teil der Realität bei Canan keine guten Karten zu haben.

»Fausto hilft mir gerne«, sagte ich. »Er hat ein Helfersyndrom. Ehrlich. Er steht drauf, wenn ich ihm Befehle gebe.«

»Fürwahr ...« Fausto räkelte sich in Canans Umarmung. »Ein herrlicher Befehl am Morgen ist gut gegen Hunger und Sorgen. Und Mundgeruch. Sapresti.«

»Nein, nein, nein!« Canan kraulte nun entschlossener. »Du kannst machen, was du möchtest, Fausto, du bist frei. Du musst niemandem dienen, ehrlich.«

»Woher willst du das wissen?«, warf ich ein.

»Ich weiß es eben«, sagte sie. »Weil es eben logisch ist.«

»Ein Dämon, der sich dem Meister widersetzt«, erklärte Fausto feierlich und bleckte sein scharfes Gebiss, *»bleibt nur selten unverletzt.* Grundregel Nummer Eins.«

Ermattet ließ sich Canan auf den Bordstein sinken und setzte Fausto auf ihren Rucksack. »Okay«, sagte sie resigniert, »dann seid ihr beide eben einer Meinung.«

Ich hockte mich neben die beiden und kraulte ein bisschen mit.

»Die machen mich fertig«, sagte ich, »die grillen mich. Die nehmen mich auseinander, alle, Kattmann, Markus, Mirko, die Jury, die ganze Scheißschule. Die warten nur darauf, dass ich da aufkreuze und den Wettbewerb voll verhaue. Verstehst du?«

Canan nickte.

»Ich will niemandem was Böses. Ich will gar keinen fertigmachen.« Okay, das war nicht ganz die Wahrheit, aber es ähnelte ihr. Ich wollte *fast* niemanden fertigmachen, aber so weit war Canan noch nicht.

»Und wenn ich da nicht aufkreuze und einen einigermaßen normalen Eindruck mache, dann schicken mich Hanne und JE weg. Auf ein Internat.«

Canan hörte einen Moment mit der Kraulerei auf und blickte mich ernst an. »Die wollen dich wegschicken?«

»Nach Bayern oder so, dahin, wo Berge sind«, sagte ich. »Die glauben immer noch, ich bin durchgedreht, ich bin eine Gefahr.

Meine Mutter und dieser Jarg-Erich, meine ich. Die beiden wollen mich abschieben. Ich muss da hin, zum Wettbewerb.«

Und Heiko Fittich war auf dem Weg hierher.

»Mit Fausto?«, fragte Canan.

»Sapresti«, nuschelte Fausto, der sich immer noch in ihren Arm schmiegte, am Kragen ihrer Jacke knabberte und sich in ihre Locken hineinwühlte.

Jetzt wurde es ernst. Canan war nicht für Betrügereien und so. Und ich hatte nicht vor, wie sonst die ganze Situation zu ruinieren.

»Mit Fausto ... oder ohne. Ehrlich. Ich mach's. Ich gehe da ohne ihn hin und ziehe das durch und mache mich zum Vollidioten. Die grillen mich, die reißen mich wirklich in Stücke. Aber ich mach's, wenn du das möchtest.«

Sie betrachtete mich nachdenklich. Da war er wieder, dieser goldene, strenge Blick, der tief in mir drin alles in Brand steckte. »Das würdest du tun? Für mich?«

Ich nickte – vollautomatisch. Mein Körper tat es, damit sich Canan nicht wieder auf ihr Rad setzte und davonfuhr.

»Für dich«, brachte ich hervor.

Es war Zeit, sich der Wahrheit zu stellen. Die Wahrheit war ein Arschloch.

»Ich bin echt nicht hochbegabt. Ganz im Gegenteil«, sagte ich. »Das wird morgen niemandem entgehen.«

»Ich bin auch da. Und wir schaffen das«, sagte Canan. »Auch ohne Hilfe.«

»Okay.« Ich lächelte zaghaft.

Dann würde ich eben morgen untergehen.

»Okay.« Canan grinste.

Sie würde dabei an meiner Seite bleiben.

»Sapresti!«, ertönte es kampflustig aus Canans Frisur.

Die Geschichte mit dem Bücherdämon war tatsächlich zu Ende, könnte man meinen. Sie würde morgen brutal, aber irgendwie romantisch enden.

Nur dass romantische Geschichten *niemals* damit enden, dass einem jemand mit einer Halogentaschenlampe ins Gesicht leuchtete.

»Mist«, entfuhr es mir. »Pack Fausto weg!«

»Ihr braucht euch nicht zu beeilen«, sagte eine vertraute Stimme. »Kein Stress meinetwegen, ehrlich.«

Eine Gestalt trat aus der tiefen Dunkelheit. Sie schob ein Fahrrad mit ausgeschalteter Beleuchtung vor sich her.

Ich knipste meine eigene Taschenlampe an und richtete sie auf ein rundes, blasses Gesicht, das von tiefen Augenringen gezeichnet war.

»Hallo«, sagte Udo-Kieron Dörting. »Ich hoffe, ich störe nicht. Habe ganz in Ruhe gewartet, bis ihr zu Ende gebusselt hattet.« Er schwenkte die Lampe nach links, ihr feiner, harter Strahl teilte die Dunkelheit wie ein Laserstrahl und verharrte schließlich auf Canan und Fausto.

Panisch wandte ich mich um. Canans kraulende Hand war in Faustos Fell festgefroren, der Dämon starrte Dörting mit offenem Mund an, während sein rechter Fuß anfing, im Boden zu versickern.

»Scheiße«, entfuhr es mir.

»Scheiße«, flüsterte Canan.

»Freut mich auch, euch zu sehen«, sagte Dörting.

24 DAEMONOCERUS LIBRORUM

Dörting war allein gekommen.

Ich näherte mich ihm Schritt für Schritt. Die Wärme, die sich seit Canans Kuss in meinem Bauch ausbreitete, schlug plötzlich in kochende Wut um.

»Was hast du hier zu suchen?« Ich wies mit dem Kinn auf den Wertstoffhof. »Spionierst du mir nach? Beobachtest du uns?«

»Ich störe euch ... ungern.« Dörting sah übel aus. Als hätte er seit Tagen nicht geschlafen. »Offensichtlich hat dir Canan nichts gesagt.«

Canan?

»Lass Canan aus dem Spiel!« Mir gefiel nicht, wie er ihren Namen aussprach. Vielleicht weil bei ihm das »Tsch« so butterweich klang, als hätte er seine Kindheit in Anatolien verbracht, wo er den lokalen Dialekt erlernt hatte. Ich griff nach dem Lenker seines Rades und drückte ihm den Griff gegen den dicken Bauch. »Verpiss dich, Dörting, du hast hier nichts zu suchen. Kannst ja rumerzählen, was du gesehen hast. Es wird dir niemand glauben.«

Ich drehte mich zu Canan und Fausto um, der sich offensichtlich nicht entscheiden konnte, ob er lieber im Boden versank oder einfach so unauffällig tat, wie es ein borstiges Monster mit Horn sein konnte.

»Ich habe ihm nichts gesagt, Kieron«, sagte Canan. »Wir kamen noch nicht dazu. Hab's vergessen.«

»Was hast du mir nicht gesagt?«, fuhr ich dazwischen.

Was hatte sie mit diesem Penner zu schaffen? Die Wut tastete sich schmerzhaft und aufdringlich durch meinen Bauch, wühlte sich hoch bis in den Brustkorb.

Ich packte Dörtings Rad am Lenker und schleuderte es zur Seite.

»Du hast gesehen, was ich mit Markus mache, wenn er mir in die Quere kommt!«, herrschte ich ihn an. »Und jetzt kreuzt du hier mitten in der Nacht auf und sagst meiner Freundin, was sie zu tun und zu lassen hat?«

Meine Freundin, so war es, ha! Ich hatte keine Angst mehr vor diesen Worten. Hoffentlich sah Canan das genauso.

Dörting erwiderte meinen Blick mit ausdrucksloser Miene. Sein riesiger Kopf wackelte auf dem massigen Hals hin und her. »Ich spioniere dir nach, ja?«

Ich packte ihn vorne am Pulli. Seine warmen, kräftigen Hände schlossen sich um meine Fäuste. Mann, war der stark.

»Schnapp dir dein Rad und schaff dich hier weg!«, knurrte ich.

»Ich hab dir nichts getan, ehrlich«, sagte Dörting. »Und da Canan dir nicht ausgerichtet hat, was ich von dir möchte, musste ich selbst mit dir sprechen.«

»Ich habe es halt vergessen«, sagte Canan.

Einen Moment lang war es still.

»Wie hast du uns gefunden?«, fragte ich.

Dörting nickte auf eine ruhige, beinahe zärtliche Weise zu Canan hinüber. »Ich bin ihr nachgefahren.«

Ich griff wieder fester zu. »Du bist ihr nachgefahren? Wie ein Stalker, ja? Wenn ich mit dir fertig bin, wirst du nie wieder Rad fahren.«

»Jetzt reicht es, Joseph!« Canans Stimme war laut und vorwurfsvoll. »Lass ihn in Ruhe. Er hat mich heute Nachmittag angerufen und mir gesagt, dass er mit dir sprechen wollte. Ich hätte es dir noch erzählt, aber es ... war nicht der richtige Augenblick.«

Ich löste meine Finger vom weich gespülten Dörting-Pullover und schüttelte sie aus. »Du lässt dich von ihm anrufen? Er hat deine Nummer? Du überbringst Nachrichten von dem Typen?«, fragte ich verständnislos.

»Du verstehst irgendwie nicht, was los ist«, belehrte mich Dörting. »Sie hat dir die Nachricht *nicht* überbracht, klar?«

Fausto war inzwischen bis zur Hüfte im Matsch versunken und sickerte weiter ins Erdreich, als wäre es das Allernormalste der Welt, als gehörte er zur ganz gewöhnlichen Grundausstattung dieses Industriegebiets.

Moment mal. Der Dämon *war* das Allernormalste der Welt. Dörting schien sich kein Stück über ihn zu wundern, sondern betrachtete ihn mit allenfalls höflichem Interesse!

»Was wollte der von dir?«, fragte ich Canan. »Sag es!«

»Ich habe ihr bloß gesagt, dass ich mit dir sprechen muss«, antwortete Dörting. »Dass es wichtig ist. Dass es um den Wettbewerb geht. Und um dein Geheimnis. Deine Geheimwaffe.«

Unsere Blicke trafen sich. Wenn sich Schwerter auf die gleiche brutale Art gekreuzt hätten, wären sie ziemlich zerschrammt worden.

»Meine Geheimwaffe, ja?«

»Den da«, sagte Dörting. Sein Streberfinger wies auf Fausto.

»Was weißt du von ihm?«, keuchte ich.

»Fragt lieber, was ich nicht über ihn weiß ... Fausto«, sagte Dörting. »Oder hast du geglaubt, ich merke nicht, wenn du mir einen Bücherdämon auf den Hals hetzt?«

»Ehrlich gesagt hatte ich das geglaubt«, gab ich verdutzt zu.

»Kannst du mal sehen«, sagte Dörting und lächelte spöttisch. »Immer wieder für eine Überraschung gut.«

»Wie hast du das rausgekriegt?«, zischte ich. »Wen hast du bestochen? Hanne? Hat sie dich in mein Zimmer gelassen?«

Dörting haute sich mit der flachen Hand auf die fettige Stirn. »Du bist echt bescheuert, Joseph. Ich hätte es wissen müssen. Glaubst du echt, es gibt nur einen einzigen Bücherdämon auf der Welt?«

»Ja!«, sagte ich empört.

»Tja ... Typisch Joseph Fittich, würde ich sagen. Maßlose Selbstüberschätzung bei unterdurchschnittlicher Intelligenz.«

»WER?« Ich tippte ihm hart gegen die Brust. »Sag mir, wer noch einen Bücherdämon hat!«

»Ihr habt einen«, sagte Canan. »Bei euch in der Bibliothek,

richtig? Luftschleuse, wasserdichte Schränke, alles hochsicherheitsmäßig ausgebaut …«

»Mann, hast du eine schlaue Freundin, Joseph«, sagte Dörting. »Ich weiß nicht, ob ihr wirklich so gut zusammenpasst.«

»Das … Das kann nicht sein«, flüsterte ich. »Ein Bücherdämon?«

»Ein Bücherdämon.« Canan nickte.

»Ja, Mann, ein Bücherdämon!«, sagte Dörting. »Sehr richtig. *Daemonocerus librorum*, um genau zu sein. Dass dich das immer noch überrascht, ist fast zum Heulen.«

Es überraschte mich.

Oh Mann. Genau. Es war wirklich zum Heulen.

Ich brauchte frische Luft.

Streng genommen war die Luft zehn Meter weiter kein bisschen frischer und stank genauso nach Verbrennungsanlage und Industriegebiet und nach unangenehmen Überraschungen. Dörtings Anblick verursachte mir einen echt üblen Geschmack im Mund.

Ich ließ mich auf den regenfeuchten Boden sinken. Die Gefühle hüpften wild in meinem Bauch herum, Gedankenfetzen tobten durch meinen Kopf: *Canan wunderbar, Fausto gerettet, Canan wunderbar, Dörting ein Arsch, Canan wunderbar, morgen der Wettbewerb, Canan wunderbar, Dörting ein Arsch … Und er hatte einen Bücherdämon!*

»Das ist doch alles Wahnsinn!«, schrie ich.

Ich sprang auf die Beine, war mit einem großen Satz an Canan vorbei und baute mich vor Dörting auf. »Jetzt reicht's mir endgültig! Das hier war unser Abend, Canans und meiner, und du kreuzt hier auf und machst alles kaputt!«

Ich versuchte ihn wegzuschubsen, aber er schob mich einfach von sich weg, ohne sich vom Fleck zu rühren.

Aber ich wollte ihn kriegen, er sollte dafür büßen, dass er sich hier einfach so einmischte und verlogene Geschichten erzählte und *ebenfalls einen Bücherdämon besaß*! Wie hatte ich nur so blind sein können?

Mein Kopf schoss nach vorn, jetzt einen ordentlichen Kopfstoß, k.o. und finish!

Unsere Schläfen krachten aneinander.

Ein Bogen aus neongrünem Licht segelte über den Nachthimmel, langsam und knisternd wie ein entferntes Feuerwerk. Einen Moment lang war mir so wohlig zumute, als läge ich gemütlich in meinem Bett. Ich sank zu Boden.

Plötzlich war ich sehr, sehr müde.

Warum nicht einfach noch eine Runde schlafen, wo ich gerade so entspannt dalag?

»Ist er tot?«, fragte eine Stimme neben meinem Kopf.

»Mach dich nicht lustig über ihn«, sagte Canan. »Er wacht auf. Das hat bestimmt wehgetan.«

»Und mir nicht? Er wollte mir die Nase brechen!«, sagte die Dörting-Stimme. »Du weißt, dass der Typ gefährlich ist, oder?«

»Wenn du wüsstest, wie gefährlich ich bin ...«, murmelte ich. Meine Augenlider waren schwer. Ich sah verschwommen. »Hab ich ihn erwischt?«

»Du hast dich selbst mit meinem Kopf k.o. geschlagen«, sagte Dörting. »Herzlichen Glückwunsch.«

»Schnauze«, sagte ich und rappelte mich auf. Meine Stirn pochte.

»Mir reicht's jetzt«, sagte Canan. »Entweder, ihr klärt eure Sachen, oder ich radele nach Hause.«

»Ich glaube, ich kann meine Beine nicht fühlen«, sagte ich.

»Du stehst auf zwei Füßen, also wirst du nicht querschnittsgelähmt sein«, sagte Dörting.

Canan streichelte mir den Kopf. Das tat gut.

»Du hast mir den ganzen Ärger eingebrockt«, sagte Dörting. »Also jammer jetzt nicht rum. Ich brauche nämlich deine Hilfe.«

Ich hatte *ihm* das eingebrockt? War er verrückt geworden? War bei ihm eine Strebersicherung durchgebrannt?

»Ich hab dir *was?*«

»Den ganzen Ärger eingebrockt«, sagte Dörting.

»Moment mal«, sagte ich. »Du bist hier der Idiot und nicht ich, klar?« Es gab hier eine klare Rollenverteilung, und an die hatte sich der fette Streber zu halten. »*Du* hast mich provoziert, *du* hast mit den anderen mein Heft geklaut, *dein* Vater hat mir gedroht, ja, Canan, *sein* Vater hat mir gedroht, so was macht der, wie ein Mafiapate!«

Dörting lachte – ein unangenehmes, dämliches Mädchengekicher.

»Ach, mein alter Herr übertreibt es manchmal. Der wollte dir nur einen Schrecken einjagen. Dafür hat er dich später auf der Klassenkonferenz rausgepaukt. Sonst wärst du gar nicht mehr an unserer Schule«, sagte Dörting. »Ich habe Canan einen Tipp gegeben, dass man dich verprügeln will – auch schlecht. Ich habe Mirko und Axel gesagt, dass sie euch in Ruhe lassen sollen. Und du sagst nicht mal Danke!«

Ich schüttelte den Kopf. Wie konnte er die Tatsachen nur so verdrehen?

»Und habe ich dich mit einem Bücherdämon angegriffen?«, sagte er so selbstverständlich, als könnte jeder einfach mal so einen Bücherdämon bei Amazon bestellen oder für fünfzig Bonuspunkte bei Aral einlösen.

Und endlich fiel bei mir der Groschen. Udo-Kieron Dörting, Supergenie, tadellose Aufsätze. *Natürlich* hatte er einen Bücherdämon. Wieso war ich nicht vorher draufgekommen?

»Die kratzige Stimme auf der Toilette«, sagte ich. »Die Stimme in eurem Garten. Das Knurren in der Schulbibliothek.«

»Nur für's Protokoll«, sagte Dörting. »Wer hat hier gleich wen ausspioniert?«

»Wir«, sagte Canan. »Dich.«

Am Nachthimmel tanzten immer noch einige leuchtende Punkte. Ich konnte nur hoffen, dass das Sternschnuppen waren und nicht Folgen des Zusammenpralls mit Dörtings Betonschädel.

»Du bleibst ein Arsch, klar?«, stellte ich fest. »Ob mit oder ohne Bücherdämon.«

»Bin ich das, ja?«, fragte Dörting. »Du greifst mich an, spionierst mich aus, hast offensichtlich Pläne geschmiedet, mich während des Wettbewerbs vor der ganzen Schule mit unsauberen Mitteln wegzuputzen. Und ich bin ein Arsch. Ist klar.«

»Du kriegst nur gute Noten, weil du schummelst!« Okay, das Argument war zweischneidig. Auch ich hatte bei ein paar

Aufsätzen ordentlich gemogelt. Aber Dörting hatte *seine komplette Schullaufbahn …*

»Nein«, sagte er. »Ich habe nicht geschummelt. Ich bin wirklich so schlau.«

Wie ich ihn für diesen arroganten Satz hasste! Und am schlimmsten war: Ich glaubte ihm auch noch! Dörting redete mit so einer gelassenen Selbstverständlichkeit, er sah derart entspannt und begabt und hochintelligent aus, dass ich ihm einfach glaubte.

Verdammt!

Plötzlich wusste ich, wie er es letztes Jahr ausgehalten hatte, von der halben Klasse fertiggemacht zu werden – und wie er da von allein wieder rausgekommen war. Er glaubte an sich. Beneidenswert.

»Der Dämon gehört meinem Vater«, sagte Dörting. »Und dessen Vater und so weiter. Familienerbstück, klar?«

»Ihr benutzt ihn alle?«, fragte ich.

Fausto richtete sich zu seiner vollen Größe auf und schmatzte angeregt.

»Niemand benutzt ihn!« Dörting sah noch eine Spur blasser um die Nase aus als bisher. »Mein Vater unterhält sich mit ihm über vergangene Zeiten. Aber er lässt sich nicht helfen. Das ist unmoralisch, findet er.«

»Ist es auch«, sagte Canan. »Für mich hört sich das nach Ausnutzung an.«

»Quatsch«, sagte ich. »Die Dämonen wollen es doch selbst. Die stehen drauf.«

»Sapresti«, wisperte Fausto. Seine Augen glühten im wärmsten Rot.

Dörting zuckte mit den Achseln. »Ich kam gut zurecht. Brauchte keinen Bücherdämon, verstehst du? Bis Kattmann mir einen gewissen Aufsatz vorlegte. Verdrehte Wörter, verschluckte Kommazeichen, du weißt, was ich meine, Joseph.«

Canan hob eine Augenbraue.

»Das Werk eines Dämons, eindeutig. Mein Vater hat mich rausgeredet. Hat gesagt, ich hätte eine Migräneattacke gehabt. Also hat mich Kattmann den Aufsatz noch mal schreiben lassen.«

»Er hat *was?*«, entfuhr es mir.

»Mich den Aufsatz noch mal schreiben lassen«, sagte Dörting ungerührt. »Warum nicht? Wenn man krank ist, schreibt man nach, ist doch nichts Ungewöhnliches. Ich hätte ihm ja schlecht sagen können, was wirklich passiert ist.«

»Das hätte Kattmann mir nicht durchgehen lassen«, sagte Canan.

»Mir erst recht nicht«, sagte ich.

»Er ist ja auch ein Penner«, sagte Dörting. »Aber er gibt mir gute Noten. Was soll ich machen? Mich beschweren?«

»Ich hätte mich ...« *... auch nicht beschwert*, vollendete ich den Satz in Gedanken.

»Nee«, sagte Canan. »Da kann man nichts machen.«

»Ich habe *Tristrant* mit zur Schule genommen, ist doch klar. Er hat mir nicht bei den Aufsätzen geholfen, das habe ich nicht nötig. Aber er hat gut aufgepasst.«

Was war das überhaupt für ein Name: *Tristrant*. Konnte der Dämon nicht einen anständigen Namen haben, Gorm oder Zabothel oder Iranthindur oder wie sie alle hießen? Fausto, das hatte eine gewisse höllische Gewalt, das klang nach Faustrecht, nach miese Faust, Faustkampf, auf eigene Faust. Aber *Tristrant*?

»Du hast ihn in die Schule geschmuggelt.« Plötzlich fügten sich alle Puzzleteile lückenlos zusammen. »Und dein Vater durfte nichts davon merken.«

»Natürlich durfte mein Vater nichts davon mitkriegen«, sagte Dörting. »Beinahe wäre er Tristrant auf die Schliche gekommen. Hat ihn fast in Metzingers Erdkundekarten erwischt. Aber der Alte vertraut mir. Und am Ende hatten die dich im Visier, wie ich gehört habe. Fittich schmiert schwarze Farbe herum.«

»Tristrant ...« Der Name ging mir schwer über die Lippen. Ihn auszusprechen bedeutete anzuerkennen, dass es so etwas wie Fausto zwei Mal auf der Welt gab. »Tristrant hat mit dir auf der Jungstoilette gesprochen. Er war das!«

»Der Arme war jahrelang nicht mehr rausgekommen. Er wollte ein paar Nächte in der Bibliothek verbringen. Das hab ich ihm eben gegönnt. Es war eine ordentliche Schlepperei, ihn in die Schule zu kriegen. Die Thermoskanne wäre fast geplatzt. Aber es hat sich gelohnt. Fausto hat sich ja nicht mal in die Nähe meines Heftes getraut.«

Fausto quietschte wie ein erstickendes Meerschweinchen.

Die Thermoskanne, erinnerte ich mich. Wie eine orangerote Boje auf der überschwemmten Toilette.

»Er wollte unbedingt durch das Toilettensystem tauchen«, sagte Dörting. »Keine Ahnung, was er daran fand. Aber da konnte ich schlecht Nein sagen.«

»Er hat den ganzen ersten Stock überflutet«, sagte Canan.

»Er ist stecken geblieben. Ich dachte schon, ich sehe ihn

nicht wieder. Aber am Ende konnte er sich befreien. Gerade noch rechtzeitig. Am Tag darauf wollte mein Vater mit ihm ein paar klassische Übersetzungen für den Latein-LK diskutieren. Hätte ziemlichen Ärger gegeben.«

»Du hast ihn durch die Regenrinne ins Haus geschmuggelt.«

»Mann, natürlich! Tristrant kann ja schlecht klingeln. Das durfte keiner merken! Ich habe einfach am Fenster ein bisschen Isolierung weggekratzt, da ist er dann durchgesickert.«

»Das ist wie Achterbahnfahren«, mischte sich Fausto ein. Seine Stimme klang schwärmerisch. »Regenrinnen, Toilettenrohre, das ist alles ganz wunderbar herrlich! Da hätte Fausto auch nicht widerstehen können. So schön eng und rutschig.«

»Ihr hört es«, sagte Dörting lässig. »Die fahren auf enge Tunnel ab.«

Plötzlich musste ich an Charly denken. Der hatte schon genau gewusst, warum er Röhren nicht mochte.

»Woher wusstest du, dass ich es war?« Ich gab mir keine Mühe, die Feindseligkeit in meiner Stimme zu unterdrücken. »Warum ausgerechnet ich?«

»Du bist in Deutsch abgegangen wie eine Rakete. Und wie du mich immer angestarrt hast. Tristrant hat es mir schließlich gesagt. Er hat gespürt, wessen Dämon mich angegriffen hat. Die können sich gegenseitig wittern, wusstest du das? Ein praktisches Talent.«

Ich fuhr zu Fausto herum. »Warum hast du mir nichts gesagt?«

»Der Dämonenkodex!«, sagte Fausto mit flehendem Unterton. »Grundregel Nummer 7. *Wenn der Dämon sich verplappert, wird ihm der Kodex an die Knie getackert.* Die Regel müsste der Meister inzwischen kennen. Fausto waren die Hände gebunden.«

»Tristrant ist nicht so zimperlich mit den Regeln«, sagte Dörting. »Hat Fausto eben ein bisschen nachspioniert, bei euch zu Hause hin und wieder durch die Fenster geglotzt und so weiter. Aber das hilft ihm jetzt auch nicht weiter. Wir brauchen nämlich eure Hilfe.«

»Wir?«, fragte ich. »*Wir* brauchen gar nichts. Wenn hier jemand etwas ...«

Canan unterbrach mich und legte mir sanft die Finger über die Lippen. »Lass ihn erst mal reden«, sagte sie.

Der Duft ihrer Hände (sie rochen nach Nivea und Regenwasser, nach rostigen Werkstoren und Canan-Berührungen) besänftigten mich für einen Augenblick.

»Tristrant ist verschwunden«, sagte Dörting.

»Er ist *was?*«, rief Canan.

»Er ist weg. Jemand hat ihn geklaut. Oder entführt. Oder beides.«

Canan fuhr zu Fausto herum, als wollte sie verhindern, dass irgendein wahnsinniger Dämonenkidnapper aus dem Stacheldrahtglasscherbengebüsch sprang und ihn wegschnappte.

»Das ist ja ...«, stammelte sie. »Kieron ... Joseph, das ist einfach ...« Ihr schienen die Worte zu fehlen.

Machte nichts. Mir fielen genügend ein.

Das war einfach *wunderbar*.

Besser hätte es gar nicht kommen können.

»Irgendwer hat Tristrant geholt!« Dörting starrte wütend zu Boden. »Irgendwer ... oder irgendwas! Seit ich ihn mit zur Schule genommen hatte, war er anders. Er fühlte sich verfolgt. Hatte Albträume.«

Fausto stieß ein zaghaftes Grollen aus.

»Und jetzt ist er weg.«

»Schade«, sagte ich gedehnt. Klang das zu gemein? *Schade* war ein neutrales Wort, es zeugte von Mitgefühl, da konnte sich niemand beschweren. »Echt schade. Aber du schaffst das schon ohne Dämon. Hast ihn ja angeblich sowieso nicht gebraucht.«

»Du verstehst das nicht!«, brauste Dörting auf. »Du scheinst hier überhaupt nichts zu kapieren! Tristrant war nicht meine Hausaufgabenhilfe. Ich kenne ihn seit meiner Geburt. Er weiß alles über mich, alles, und du findest das *schade*? Tristrant war mein Freund!«

Fausto stieß ein gequältes Quietschen aus. Sein Anblick war erbärmlich. Das struppige Fell klebte ölig an seinem Körper. Das Rot war aus seinen Augen gewichen. Eitergelb und voll entsetzlicher Angst starrten sie uns entgegen.

»Wir müssen ihn wiederfinden«, sagte Dörting mit gepresster Stimme. »Wir müssen ihn einfach finden. Wer weiß, wer ihn hat. Wer weiß, was man mit ihm ...« Er verstummte.

Und als ich Dörting in die Augen blickte, sah ich endlich den Gesichtsausdruck, nach dem ich mich bei ihm so gesehnt hatte: Angst. Nackte, echte, reine Angst.

Darauf hatte ich lange gewartet. Und ich würde es mir nicht nehmen lassen, das auszukosten.

1. Morgen war der Wettbewerb.

2. Fausto ging es ausgezeichnet.

3. Dörting stand alleine da. Ohne Hilfe.

4. Ha!

Das waren die Fakten. Alles andere war weichgespültes Geschwurbel.

»Tut mir echt leid für dich«, sagte ich zu ihm. »Ist dein Dämon. Ist also auch dein Problem, würde ich sagen.«

Dörting erwiderte meinen Blick mit ausdrucksloser Miene. Seine Locken hingen schlaff herab, als hätte man einen Eimer Traurigkeit über ihnen ausgegossen.

»Joseph!« Canan trat zwischen uns. Mann, sie sah echt müde aus, richtig abgekämpft. Stand ihr aber irgendwie. »Wir werden nicht zulassen, dass sie Tristrant was antun, nicht wahr?«

Vor Überraschung verschluckte ich eine Portion Spucke, die mir brennend hinten zur Nase hochstieg.

»Aber morgen ist der Wettbewerb«, wand ich ein, »und es ist spät.« Und niemand aus der 9c hatte an der Vorbesprechung teilgenommen.

»Genau«, sagte Canan. »Darum müssen wir uns beeilen.« Und da war er wieder, dieser goldfarbene, herzerweichende Blick zwischen ihren langen, gebogenen Wimpern, der immer noch – und vielleicht für immer – in der Lage war, meinen Widerstand wegzuschmelzen.

In Wirklichkeit bist du ein richtiger Held, sagte Canan in meinen Gedanken. Und mein Herz zuckte wie eine sterbende Auster.

»Wir werden dir helfen, Kieron. Nicht wahr, Joseph?«

Dörting zog die Nase hoch. Da stand er, sagte weder Bitte noch Danke. Er starrte mich einfach nur an.

Canan stand an meiner Seite, ihre Finger mit meinen verschränkt, ihr schneller Atem strich über meinen Hals. »Bitte, Joseph«, flüsterte sie.

Es gab keine Gerechtigkeit auf der Welt.

Es gab nur noch die Möglichkeit, diesem arroganten Idioten aus der Patsche zu helfen und ihm meinen verbliebenen Stolz in Scheiben geschnitten auf dem Dessertteller zu servieren.

Oder das Mädchen am Ende meiner linken Hand zu enttäuschen, deren Finger so unwiderstehlich und verlockend in meinen lagen.

Ich schlief unruhig in dieser Nacht.

Alles war durcheinandergeraten. Was gestern richtig gewesen war, schien heute falsch zu sein. Und egal, wie ich es machte – es lief auf das ganz Verkehrte hinaus.

Morgens um halb sechs machte ich auf dem Klo in der *Brigitte* den Test »Lassen Sie sich leicht um den Finger wickeln?«. Ich war Typ C: »Sie durchschauen Männer schon beim ersten Date.« Es beruhigte mich kein Stück.

Warum kreuzte ich heute nicht einfach trotzdem beim Wettbewerb auf, erfand für die Vorbesprechung eine »Migräneattacke« und gewann? Die Endrunde in Berlin wartete.

Und mit ihr die *Frankfurter Allgemeine Zeitung*.

Und Heiko Fittich war auf dem Weg in die Stadt, war vielleicht schon hier. Und plötzlich wäre aus mir, einem wütenden Irren, wieder ein ganz normaler Typ geworden, dessen

Wort etwas galt. Jemand, den man nicht einfach links liegen ließ. Von dem man sich nicht abwandte.

Und das ließ ich mir entgehen. Für ein Mädchen.

»Warum mache ich das alles?«, fragte ich Fausto, dessen feine Atemzüge unter dem Bett deutlich zu hören waren. »Was ist bloß los mit mir?«

Der Bücherdämon schmatzte in der Dunkelheit, raschelte ein wenig in den Papieren herum und schnarchte weiter.

Hanne polterte so plötzlich zur Tür herein, dass ich die Bettdecke schreiend in die Zimmermitte schleuderte.

»Über-ra-schungs-we-cken!«, schrie sie und knipste ohne Vorwarnung das Licht an. »Heute ist der Wettbewerb! Ich bin so wahnsinnig stolz auf dich, Joschelmaus!«

Ich starrte sie an, sie starrte mich an, Fausto schnarchte kaum hörbar unter dem Bett. Der Wecker zeigte 7:03 Uhr an. Ich musste tatsächlich eingenickt sein.

»Ich habe schon Kaffee getrunken!«, kreischte Hanne.

»Der koffeinfreie …«, murmelte ich. »Ist der alle?«

»Spielt heute alles keine Rolle!« Hanne ließ sich auf meinen Drehstuhl fallen und drehte ein paar Runden auf dem Laminat. »Heute ist der Wett-be-werb! Und ich habe eine Überraschung für dich!« Sie zögerte. »Warum schläfst du ohne Decke? Ist dir nicht gut? Bist du krank? Der Wettbewerb …«

Ich winkte ab. Eine Überraschung?

»Was für eine Überraschung?« Ich setzte mich auf und gab dem Altpapierstapel, der unter dem Bett hervorquoll, einen kräftigen Hackentritt. Fausto röchelte ein Mal laut, verstummte dann.

Aber Hanne war viel zu sehr über dem Strich, um sich von solchen Geräuschen irritieren zu lassen. »Das siehst du danach!«, flötete sie.

»Willst du nicht lieber jetzt schon sagen ...«

Plötzlich wusste ich es. Ich kannte diesen feucht-fröhlichen Gesichtsausdruck. *Heiko Fittich war da.* War hier. War irgendwo in der Nähe, und nachher würde er ...

»Sag-ich-nicht!«, krähte Hanne. Ihre Augen waren gerötet. Hatte sie geweint? Oder wieder irgendwelche Entspannungskräuter geraucht? »Erfährst du nach-her! Ist was Schö-hönes!«

Ganz klar: Sie sprach von Fittich senior. Ich wusste nicht, ob ich es im engeren Sinne *schö-hön* fand, wenn mein Vater vorbeikam, mich unterstützte, mir Mut zusprach, mir zusah, beistand, die Daumen drückte ...

Mein Hals zog sich beim Gedanken daran schmerzhaft zusammen. Das Schlucken fiel mir schwer. Verdammt, es war echt nicht leicht, sich selbst anzulügen.

Hanne rollte mit dem Schreibtischstuhl auf mich zu und beäugte mich prüfend. Was glotzte sie so? Sah sie mir an, wie ich mich fühlte? Ahnte sie, dass ich etwas ahnte? Hatte ich etwa (bitte, bitte, bitte nicht!) Tränen in den Augen?

»Joschel«, sagte Hanne, kniff die Augen zusammen und inspizierte kritisch mein Gesicht. »Joschel, das ist ja der größte Pickel, den ich bei dir je gesehen habe!«

Heute hatte der Pickel die Farbe einer reifen Brombeere. Er saß vorne am Kinn und schmerzte höllisch, wenn ich draufdrückte. In Hannes Kosmetik-Vergrößerungsspiegel sah er hart und dunkel aus wie ein Hustenbonbon.

Das war tatsächlich der größte Pickel, den ich je gehabt hatte.

»Oh, Kacke«, würde Hellboy sagen.

Was würde heute bloß passieren?

Und was schmierte ich da drauf?

»Hat Joschel-und-Punkt sich endlich entschieden, was er zu tun gedenkt?«, fragte Fausto mit heiserer Stimme. Der Bücherdämon saß auf dem Klodeckel und zerzupfte mit den Pfoten ein Blatt Toilettenpapier nach dem anderen. Er hatte die Größe eines ausgewachsenen Bibers. Das bleiche, schartige Horn ragte gefährlich weit in die Luft.

Hoffentlich passte er in Hannes gigantische Riesenthermoskanne, die für die Entspannungsgruppen reserviert war und die ich fünfzehn Mal mit kochendem Wasser ausgespült hatte, um alle eventuellen Reste bewusstseinserweiternder Substanzen rauszuwaschen. Natürlich erst, als Hanne in den Kindergarten gefahren war.

»Aronal, glaube ich«, sagte ich und kramte nach der Zahncreme. »Elmex brennt wie die Hölle.«

Fausto zuckte zusammen, biss sich beherzt auf die Unterlippe und schenkte mir einen nachdenklichen, beinahe ängstlichen Blick.

»Oder meintest du, ob wir den anderen Dämon wirklich suchen oder nur so tun?«, fragte ich. Geplant war eigentlich: Wir – Canan und Fausto und ich – holten Dörting zu Hause ab und nahmen dort Tristrants Spur auf. Alle Teilnehmer des Wettbewerbs hatten vormittags frei, niemand in der Schule würde uns vermissen.

Der Pickel sah übrigens echt übel aus. Wenn der Canan vollspritzte, hatte ich ein fettes Problem.

»Eigentlich schon«, flüsterte Fausto. »Joschel-und-Punkt.«

»Weiß noch nicht«, murmelte ich. »Ist mir eigentlich auch egal. Vielleicht nehme ich doch Elmex. Das wirkt wenigstens. Oder lieber Alkohol? Gib mir erst mal noch Klopapier.«

Plötzlich kam Bewegung in Fausto. Er zerrte einen halben Meter Klopapier vom Halter und wickelte es hektisch um seine Unterarme. »Diese Zettel haben kein Ende«, knurrte er, »und sie riechen gefährlich gut! Fausto muss mehr fressen, fressen, er hat unerträglichen Hunger! Hunger!«

Der Dämon verbiss sich in die Toilettenrolle, rüttelte mit Händen und Füßen am Halter, schmatzte, knurrte und fauchte.

»Fausto!«, rief ich. Elmex war die falsche Wahl gewesen. Es brannte wie Salzsäure. »Schluss damit!«

»Der Meister will den ...« Faustos Zähne schrammten über die Kacheln. »... den anderen Dämon ... den Feinden ... Der Meister hat gesagt, er und Fausto sind ... Hat gesagt, er und die Bücherdämonen sind F...«

»Fausto!« Stechender Schmerz pochte durch meinen Pickel. »Aufhören!«

»F...f...f...«, stotterte Fausto. »F...f...freundeokay ... freundeokay!«

»Schluss jetzt!«, schrie ich. »Ist mir mal ganz kurz scheißegal, was mit dem anderen Dämon passiert. Ich hab hier einen Pickel, klar? Erst kümmere ich mich darum, dann sehen wir weiter, heute Mittag haue ich mich irgendwie durch den Wettbewerb, und dann ist endlich Ruhe.«

Sobald ich Hanne gesagt hatte, dass ich nicht hochbegabt war.

»Meister«, keuchte Fausto. Klopapierfetzen hingen ihm aus dem Maul. Er schien schlecht Luft zu kriegen. »Fausto f-f-freut sich untertänigst, dem Meister diese F-f-freude machen zu können.«

Warum redete der Dämon so komisch?

Ein schwerer Schlag traf plötzlich die Badezimmertür, jemand pochte heftig gegen die Milchglasscheibe. Eine riesige Silhouette zeichnete sich dahinter ab.

Und ich hatte nicht abgeschlossen.

»Joseph!«, donnerte JE. »Was treibst du da?«

»Ich ... sitze auf dem Klo!«, stammelte ich panisch. Fausto hockte auf den Fliesen. Hier konnte er nirgendwo versickern, und er war zu groß, um sich hinter der Klobürste zu verstecken.

»In den Mülleimer!«, krächzte ich. »Sofort!«

»Ich wusste, dass es besser ist, heute früh nach dir zu schauen!«, stellte JE fest. »Hast du Drogen genommen? Gib's besser gleich zu, Joseph, denn ich werde jetzt reinkommen und deiner Mutter beweisen, dass sie besser auf mich gehört hätte!«

Ich stürzte mich auf den zitternden Bücherdämon, riss ihn hoch und stopfte ihn in den Badezimmermülleimer. Und dann stieß JE die Tür auf. Er trug zum senfgelben Jackett den Gesichtsausdruck höchsten Triumphes.

»Was ist hier los? Bezahlst du jemanden für deine Aufsätze? Handelst du mit Drogen?« JEs gelbliche Augen tasteten den Raum ab. »Mit wem hast du geredet?«, fuhr er mich an.

Höchstens eine halbe Sekunde blickte ich den Mülleimer an, dessen Deckel leicht vibrierte. Doch JE reichte das. Er schnappte sich den Mülleimer. »Was ist hier drin?«, schrie er und riss den Eimer triumphierend wie einen Pokal in die Höhe.

Wenn er den Deckel öffnete, würde er alles erfahren. Dann sah er Fausto in seiner ganzen Dämonenhaftigkeit. Und mein Spiel wäre vorbei.

JE öffnete den Deckel.

Ganz langsam.

Ich kann kein Kung-Fu oder so. Und ich bin auch nicht besonders gelenkig oder athletisch oder schnell. Deswegen habe ich keine Ahnung, wie ich es schaffte, JE mit Hannes Waschnüssesack so kräftig auf die Finger zu schlagen, dass es ein fieses, knackendes Geräusch gab (wahrscheinlich bloß die Nüsse), und dann mit Mülleimer, Fausto und Waschnüssesack im Gepäck zur Badezimmertür herauszufallen.

Das alles, ohne die Elmex-Tube loszulassen.

Ich hörte JEs wütende Rufe (»Finger gebrochen! Drogenabhängig! Wahnsinnig! Und: Kein Stück hochbegabt!«), während ich – in der einen Hand den Mülleimer, in der anderen Turnschuhe, Elmex-Tube und meine Jacke – barfuß das Treppenhaus hinunterstürmte.

»Fausto, es tut mir leid!«, rief ich, während ich auf den Fahrradunterstand zuhielt. Beim Laufen streichelte ich den Deckel des Mülleimers. »Ich hab's nicht so gemeint! Ich bin dein Freund, klar?«

Hektisch fummelte ich das Fahrradschloss zwischen den Speichen hervor. Aus dem Mülleimer kam ein hohler, klagender Laut. Faustos Horn ragte unter dem Mülleimerdeckel hervor und zitterte.

Ich klemmte mir den Mülleimer wieder unter den Arm, lenkte das Rad über den Hof, über den Spielplatz und streichelte das Blech mit der Daumenkante. »Joschel ist dein Freund!«, redete ich dem Dämon zu. »Joschel passt auf dich auf, okay?«

Während ich den Engelbosteler Damm hinunterraste, tauchte immer wieder ein schmerzhaftes Bild vor mir auf: JE, der Fausto in den Händen hielt und ihn mit gierigen Augen anstarrte. Ich wusste nicht, was ich machen würde, wenn Fausto etwas zustieß ... meinem einzigen richtigen Freund.

Was auch immer mit Tristrant gerade geschah, wer auch immer ihn hatte, ihn gefangen hielt, den ältesten und besten Freund von Udo-Kieron Dörting, vermochte ich mir nicht auszumalen. Und so entschied ich mich.

Wir würden ihn suchen. Egal, was dann passierte.

Wir trafen uns wie verabredet vor dem Haus der Dörtings. Natürlich wartete Dörting junior schon.

Sonst genügte es schon, ihn von Weitem zu sehen, um die Abscheu zäh und gallig in meiner Speiseröhre hochgluckern zu lassen. Perfekt angezogen mit Outdoor-Jacke und Markengummistiefeln, um seinen dicken Hals ein karierter Schal, der vermutlich intellektuell wirken sollte. An jedem anderen Morgen hätte ich darüber nachgedacht, wie ich möglichst schnell von hier wegkam. Aber heute nicht.

Ich begrüßte Dörting mit einem Nicken.

»Du bist echt gekommen, Joseph.« Er wirkte ehrlich überrascht. Und erleichtert. »Ich war mir da ... nicht so sicher.«

»Ich auch nicht. Aber er hier ...« Ich klopfte auf den Mülleimer, aus dem immer noch die Spitze von Faustos Horn und ein Streifen Klopapier ragte. »Er hat mich überzeugt. Er und ein Riesenidiot, der Fausto beinahe gekriegt hätte.«

»Gekriegt?« Dörtings Gesicht hellte sich auf. »Du ... Du hast eine Ahnung, wer Tristrant geklaut hat?«

Finster schüttelte ich den Kopf. »Nee. Ist nur der Macker meiner Mutter. Der hat keine Ahnung, der weiß nur, dass bei mir irgendwas ... nicht so ist, wie es sein soll.«

Dörting nickte grimmig.

»Was ... Was ist mit dem Wettbewerb?«, fragte ich. »Ich meine, wenn wir Tristrant bis dahin nicht gefunden haben.«

Dörting starrte mich düster an. »Erstens haben wir ihn bis dahin wieder. Und zweitens schreibe ich bestimmt keinen Aufsatz, während Tristrant irgendwo gefangen gehalten wird. Klar?«

»Klar«, sagte ich.

Wir schwiegen, bis Canan auf ihrem Fahrrad heranklackerte. Es war Viertel vor acht. Wir waren vollzählig.

»Hallo, Jungs!«, rief Canan. »Ihr seht echt entspannt aus. Alles klar bei euch?«

»Nichts ist klar. Tristrant ist noch nicht wieder aufgetaucht«, sagte Dörting und zerrte wütend an seinem Schal herum.

»JE hätte Fausto fast erwischt«, sagte ich. »Beziehungsweise Faustos Eimer.«

Vorsichtig spähte der Bücherdämon aus dem Mülleimer, den ich hinter der Lutherkirche ausgeleert hatte und in dem er sich ausgesprochen wohlzufühlen schien. »Joschel-und-Punkt hat das nicht zugelassen«, flüsterte er. »Hat den hässlichen Mann in die Flucht geschlagen.«

Fausto schnurrte genießerisch, als Canan ihn unter dem Kinn kraulte.

»Was machen wir mit dem Wettbewerb, wenn wir Tristrant bis dahin nicht gef…« Canan verstummte, als sie Dörtings entschlossene Miene sah.

»Fällt aus«, sagte Dörting.

»Fällt aus«, bekräftigte ich und zuckte mit den Achseln.

»Dann fällt er wohl aus«, sagte Canan und trat in die Pedale.

Kurz verharrte mein Blick auf dem nachtblauen Mercedes, der die Straße hinter uns im Schritttempo kreuzte, ehe er davonbrauste.

Fausto führte uns durch die erwachende Stadt. Allmählich dämmerte es. Über dem Asphalt und den menschenleeren Gärten lag das matte Licht eines Frühwintermorgens.

Der Dämon kauerte im Mülleimer, den Canan und ich abwechselnd unter dem Arm trugen, während wir durch die Nordstadt radelten. Der Bücherdämon trug zur Tarnung eine alte McDonald's-Tüte auf dem Kopf und gab kryptische Kommandos. »Fausto wittert etwas im Osten.« Oder: »Sollte die nächste Straße rechts bergab führen, so ist sie höflicherweise zu nehmen, sapresti.« Oder: »Wenn Joschel-und-Punkt freundlicherweise etwas langsamer fahren könnte, das Kopfsteinpflaster verursacht Fausto Darmwinde.«

Wir zogen den kompletten Engelbosteler Damm hinunter, vorbei an der Christuskirche, über den Klagesmarkt bis runter in die Altstadt.

»Wie lange dauert das denn, bis die Dämonen sich gegenseitig wittern?«, fragte ich nach einer knappen Stunde und schüttelte meinen linken Ellenbogen aus. Wir hatten inzwischen eine lange Runde gedreht und waren wieder halb in der Nordstadt angekommen.

»Kommt drauf an.« Dörting schenkte Fausto einen prüfenden Blick. »Tristrant konnte das ohne Schwierigkeiten. Aber er war auch ... eine Ecke größer.«

Wir schwiegen.

»Wird schon nichts sein – mit Tristrant, meine ich«, sagte ich nach einigen Sekunden.

»Du wirst es wohl wissen«, sagte Dörting eine Spur zu scharf.

»Wenn ich mich richtig erinnere, radele ich hier durch die Kälte, weil ich dir einen Gefallen tue. Also spar dir deine Sprüche, klar?«

»Wenn *ich* mich richtig erinnere«, sagte Dörting, »wäre Tristrant ohne deine grundlose Attacke nichts passiert. Der würde schön bei uns zu Hause sitzen und an seinem Lieblingsfüller lutschen.«

Ich stoppte. Dörtings Gesicht hatte die Farbe von frisch geschnittenem Weißbrot.

»Ich bin schuld, dass Tristrant weg ist?«, fragte ich. »Das ist nicht dein Ernst.«

»Es ist nicht dein Ernst, dass du jetzt echt anhältst, während Tristrant jede Minute sonst was passieren könnte!« keuchte Dörting.

»Streitet euch nicht«, sagte Canan. »Da kommt die Polizei.«

Und tatsächlich. Ein Polizeiwagen bog um die Ecke und fuhr langsam auf uns zu.

»Fausto, runter!«, zischte ich.

Der Bücherdämon duckte sich tief in den Mülleimer.

Am Steuer des Wagens saß eine zierliche Polizistin, die in ihrer dicken Lederjacke aussah wie eine ausgehungerte Schildkröte in einem zu großen Panzer. Ihr Beifahrer war auf seinem Sitz zusammengesunken und schien zu schlafen.

Der Streifenwagen hielt neben uns. Eine Fensterscheibe senkte sich surrend herab. »Steffen, guck mal«, sagte die Polizistin. »Die sammeln Papier. Ich dachte, so was machen die Jugendlichen heutzutage gar nicht mehr.«

Ihr Beifahrer zuckte ein Mal und schlief dann weiter.

»Finde ich schön, was ihr da macht, Kinder«, sagte die Schildkröte.

»Machen wir echt gerne«, sagte Canan und trat mir auf den Fuß.

»Man muss Spaß am Helfen haben, das ist alles«, sagte Dörting und rang sich ein blasses Streberlächeln ab. »Ist doch Ehrensache.«

»Mit guten Freunden sammelt es sich ganz wie von selbst«, sagte ich, fuhr Dörting kumpelhaft über den Kopf, knetete ein Mal kurz durch seine Frisur und zerstörte mal so ganz nebenbei sein Haarstyling.

Fausto lotste uns durch die halbe Innenstadt, über den Hinterhof einer verlassenen Tankstelle und vorbei an einer angetrunkenen Punk-Clique im alternativen Kulturzentrum (wo wir ein Bierfrühstück dankend ablehnten). Gelegentlich murmelte der Dämon etwas von »missverständlichen Schwingungen« und versank schließlich müde im Mülleimer.

»Wir schaffen es nicht«, jammerte Dörting. »Verdammt, verdammt, verdammt!«

»Langsam sehe ich auch schwarz«, sagte ich. »Und der Wettbewerb fängt in weniger als zwei Stunden an. Wollen wir nicht vielleicht doch …«

Ein strenger Blick von Canan brachte mich zum Schweigen.

»Machen wir eine Pause. Fausto ist auch ganz müde«, sagte sie, griff in den Mülleimer und nahm Fausto die McDonald's-Tüte ab. »Guck mal, der sieht schon ganz traurig aus.«

Fausto reckte sich, schob den Kopf über den Rand des Mülleimers und atmete tief und geräuschvoll ein.

»Wie lange willst du … Ich meine …« Ich suchte nach Worten. »Wie lange möchtest du, dass wir weitermachen, Dörting?«

Er antwortete nicht, sondern betrachtete sein Spiegelbild in einer fleckigen Schaufensterscheibe.

Niemand sagte etwas.

»Fausto riecht etwas!«, krähte der Bücherdämon unvermittelt in die Stille hinein. »Die liederliche Tüte hat die Witterung kaputt gemacht! Sapresti, bitteschön!«

Dörting sprang vom Rad, rempelte Canan an und stolperte über den Bordstein.

SCHROEDER – LEBENSMITTEL – HAUSHALTSWAREN stand in blassblauer Leuchtschrift über dem Eingang, ein paar verbeulte Einkaufswagen waren an einen Verschlag vor dem Haus gekettet. Drinnen stapelten sich im grünlichen Schimmer der Nachtbeleuchtung uralte Konservendosen, Milchtüten, Papierwaren. Sämtliche Preisschilder waren mit zittriger Handschrift ausgezeichnet. In D-Mark.

»Der Duft des Dämons«, flüsterte Fausto. »Hier ganz in der Nähe.«

Ich stellte mich auf die Zehenspitzen und spähte durch die schmuddelige Fensterscheibe. Der Laden sah aus, als würde er einer sehr ungepflegten Tante Emma gehören. An der Kasse stand eine mächtige Waage mit vielen kleinen Gewichten aus angelaufenem Metall.

Dörting presste das Gesicht neben mir an die Scheibe. »Siehst du was?«, drängelte er.

»Nichts. Keiner da.«

Dörting rüttelte an der Tür. »Hallo? Ist jemand hier?« Sie war verschlossen.

»Jetzt passt mal auf, was ich mache, wenn mir einer meinen Bücherdämon klaut«, brummte er, nahm Anlauf – »Kieron, nicht!«, rief Canan – und warf sich mit vollem Kampfgewicht gegen die Tür. Es klingelte und schepperte, als hätte man da drinnen ein Tamburin eingebaut.

Aber die Tür hielt.

Irgendein Bewegungsmelder spielte drinnen die Titelmelodie von *Star Light Express*.

Dörting fixierte den Laden düster, nahm fünf, sechs, sieben Schritte Anlauf und senkte die Schulter. »Tristrant, ich komme!«

»Was treibt ihr hier, ihr kleinen Scheißer?«, rief eine helle Männerstimme von oben. »Macht, dass ihr verschwindet, sonst komm ich gleich mal zu euch runter!«

Im ersten Stock hing ein Mann aus dem Fenster. Er hatte ein gelblich verfärbtes Gesicht voller Leberflecke, kaum ein Haar auf dem lang gezogenen Schädel und ähnelte einer hässlichen, fleckigen Banane.

»Wir … wollten gerade mal kurz was kaufen«, sagte Canan. »Schulhefte und so. Für die Schule.«

»Genau«, sagte ich. »Wir wollten auch den Laden mal unterstützen und nicht immer nur die kapitalistischen Großkonzerne.«

»Der Laden macht erst abends auf. Seid ihr Freunde vom Markus?« Der Bananenmann spuckte zielsicher zwischen Dörting und mir aufs Pflaster. »Ich habe dem kleinen Scheißer gesagt, wenn mich noch mal irgendwelche Dreckskinder morgens aus dem Bett klingeln, gibt's Ärger.«

Markus?

Ich blinzelte. Dörting blinzelte auch. (Hoffentlich sah ich dabei nicht so dämlich aus wie er.)

Und Canan – huschte zur Tür, zum Klingelschild, und las mit offenem Mund die Namen ab.

»Was glotzt ihr so dämlich hoch? Habt ihr nichts Besseres zu tun? Ich hab eine eigene Brut und kann keine verrotzten Kinder gebrauchen, die mir …«

»›Jahnke‹«, sagte Canan. »Hier steht ›Jahnke‹.«

»Wir wollten zum Markus«, sagte Dörting mit versteinertem Gesicht. »Wir wollten ihn besuchen.«

»Wir sind Freunde von ihm, Herr Jahnke«, sagte ich.

»Der ist schon längst zur Schule, da, wo ihr auch hingehört«, sagte der Bananenmann. »Hat irgendeinen Aufsatz zu schreiben, hat er gesagt. Und da solltet ihr euch jetzt auch hinscheren, sonst komm ich runter und mach euch Beine.«

Aber dazu kam es nicht.

»Markus hat ihn! Der Dreckskerl, der Penner, der Verräter, er muss irgendwas von Tristrant mitgekriegt haben, als ich ihn im Krankenhaus besucht habe!«, keuchte Dörting, tief über den Lenker seines Fahrrads gebeugt. Er fuhr so schnell wie wahrscheinlich noch nie in seinem Leben als übergewichtiger Klassenbester. »Er ist in der Schule. Tristrant ist in der Schule!«

»Ihr habt Markus im Krankenhaus besucht?«, schrie Canan gegen den Fahrtwind an. »Tristrant und du?«

»Er wollte unbedingt mal ein Krankenhaus sehen. Und ich kann so schlecht Nein sagen.«

Tristrant war in der Schule.

Wo es vor Sadisten, Strebern, Lügnern und Betrügern nur so wimmelte. Wo Hunderte, Tausende alter Aufsatzhefte gelagert wurden. Unsere gute alte Schule:

Der perfekte Ort, um einen Dämon zu fangen.

Feiner Nieselregen wehte uns ins Gesicht. Der Schulparkplatz war bis an den Rand zugeparkt, die Elterndichte auf dem Pausenhof beunruhigend hoch: Der Wettbewerb würde bald beginnen. Und wir waren hier – und nicht dort.

Dörting, Canan und ich schlenderten über den Pausenhof, so unauffällig wie möglich. Wenn uns Kattmann oder einer der anderen Wettbewerbsleute erwischten, wurde es ganz schnell ganz schwierig.

Canan setzte Fausto hinter einem Busch auf den Boden. »Such hier«, sagte sie und streichelte ihn im Nacken. »Such die Spur von Tristrant, ja?«

Faustos Zunge näherte sich dem feuchten Gras. Er schnappte nach Luft, seine Augen zogen sich tief in die Höhlen zurück und glommen in schwarzrotem Feuer.

»Fausto ... riecht ... Schmerzen«, krächzte er. »Blut und Schmerzen ... in der Tiefe ... unter der Erde.«

Dörting packte Fausto und stopfte ihn vorn in seine Jacke. »Tristrant!«, schrie er.

Während wir auf die Schule zurannten, kreuzte ein dunkelblauer Mercedes unseren Weg. Freundlicherweise verlangsamte er, ehe er uns erreichte. Hinter der regennassen Scheibe erkannte ich eine große, geduckte Gestalt.

Dörting war als Erster im Gebäude, Canan und ich folgten ihm im Laufschritt.

»Hier ... Hier ist es, beileibe!«, schnaufte der Bücherdämon unter Dörtings Jacke. »Die Treppe hinunter! Es riecht nach D-d-dämonenblut. Dort unten!«

Wir stürmten nacheinander die Treppe hinunter, die zum Schulkeller führte.

Im Sockelgeschoss sah es aus wie in einer typischen deutschen Schule: grüngraues Linoleum auf dem Boden, verblichene Holzverkleidung an den Wänden, Türen aus sandfarbenem Kunststoff. Es roch nach verstaubten Akten, nach scharfem Essigreiniger und nach Generationen von verhauenen Klassenarbeiten, die in den Archiven vor sich hin schimmelten.

»Tristrant! Tristrant, wo bist du?« Dörting hatte anscheinend vollkommen die Fassung verloren, brüllte aus Leibeskräften, trat gegen die Wände. »Tristraaant!«

Wenn dieses Geschrei so weiterging, hatten wir in wenigen Minuten das ganze Haus am Hals.

Ich setzte Dörting nach, packte ihn bei den Schultern, rammte ihn gegen eine klapprige Stellwand. »Hör auf rumzuplärren!«, fuhr ich ihn an. »Wenn wir einigermaßen ungesehen reinkommen wollen, sollten wir leise sein!«

Dörting wand sich aus meinem Griff. »Fass mich nicht an!«, fauchte er. Seine Stimme klang feucht und klebrig. »Ich kenne Tristrant seit meiner Geburt, Mann, kapierst du es nicht? Und ich hole ihn jetzt hier raus. Wenn er überhaupt noch l… Wenn er noch hier ist. Seid ihr dabei oder nicht?«

»Ist ja okay, wir sind ja dabei«, sagte Canan und warf mir einen besorgten Seitenblick zu.

»Wenn du dich beruhigt hast«, sagte ich.

»Ich *bin* ruhig!« Dörting schüttelte sich, als wüsste er ganz genau, wie man gepflegt durchknallte, da musste man sich von Anfängern wie uns nicht reinquatschen lassen. »Ich werde ihn retten! Ob mit euch oder ohne euch!«

Eins war klar: Von dem Dörting, den ich kannte (Burberry-Schal, »Ist doch Ehrensache, Herr Kattmann!«, Latein-AG in der nullten Stunde) war nichts mehr übrig. Vor mir stand ein dicklicher, hysterischer Junge, der nur noch unscharf zwischen Freund und Feind zu unterscheiden schien und der ein neues Lieblingswort hatte:

»Tristrant! Tristraaant!« Dörtings massiger Körper schwitzte und bebte. »Tristrant ist hier, Tristrant ist verletzt, ich spüre es. Ich werde ihn retten.«

»Wen gleich?«, fragte ich.

»Tristrant natürlich!«, schnaufte Dörting ironiefrei.

Der Typ war echt fertig.

Erstaunlich, wenn man mal überlegte, wer von uns beiden wochenlang gedemütigt worden war, wer eine Achterbahnfahrt zwischen Hochbegabung und drohender Internatseinweisung hinter sich hatte, ständig ungefragt über das Sexualleben seiner Mutter informiert wurde und unter strengster Geheimhaltung Bett und Kopfkissen mit einem Dämon teilte.

Und jetzt half ich *ihm*. Komisch, oder?

Ist euch mal aufgefallen, dass einem tausend gute Gründe einfallen, etwas Verkehrtes zu tun? Wenn man etwas macht, von dem man zwar irgendwie spürt, dass es falsch ist, aber es trotzdem durchzieht? Abschreiben, Zuspätkommen, Lügen, immer gibt es gute Gründe dafür. Ich glaube, je verkehrter man handelt, desto mehr Rechtfertigungen und Erklärungen fallen einem ein.

Und manchmal tut man das Richtige, obwohl einem kaum ein vernünftiger Grund dafür in den Sinn kommt.

Seit die Sache mit dem Bücherdämon angefangen hatte, ging es für mich darum, irgendwie durchzukommen, in der Schule einen auf Überflieger zu machen, Rachepläne zu schmieden und nicht beim Betrügen erwischt zu werden. Alles andere war egal gewesen.

Bis jetzt.

Die Tür ins Untergeschoss – dorthin, wo die Speicherräume, die Leitungen, die Öltanks untergebracht waren – stand offen.

»Hier ... hier ... hier entlang, leider, bitteschön!«

Faustos leises Krächzen erstarb.

»Wir gehen jetzt runter und holen Tristrant raus«, sagte ich mit fester Stimme. »Ganz langsam und ruhig und geordnet. Und wenn es Stress gibt, werden wir das schon überstehen. Alle behalten die Nerven. Keiner dreht durch, klar, Dörting?«

»Warum sagst du nicht einfach Kieron?«, sagte er gepresst. »So wie die anderen auch.«

Wie sollte man einen *Dörting* sonst nennen? Kieron klang viel zu nett, okay, ein bisschen wie Sauron, aber irgendwie trotzdem zu harmlos.

Allerdings – der Junge brauchte dringend Hilfe.

»Okay ... Kieron, in Ordnung?«

Canans Hand schloss sich fest um meine.

»Ist was?«, fuhr sie Dörting und Fausto an, die irgendwie betreten an unserem Händchenhalten vorbeiguckten. »Man wird sich doch noch mal anfassen dürfen.«

Fausto sprang aus Dörtings Jacke und fing an zu knurren. »Hinter dieser Treppe liegen die Überreste eines Artgenossen.«

Der Dämon wechselte ununterbrochen seine Gestalt, glitt die Treppe als knurrender Schemen aus Fell und Klauen und schwarzgrauen Farbschlieren hinunter.

Jeder Schritt in die Tiefe schien uns näher an den alten Baukern des Gebäudes zu führen. Die Stufen, oben am Treppenabsatz noch glatt und kantig, wichen nach wenigen Metern alten, rund getretenen Steinen mit unregelmäßigen Vertiefungen, in denen Kondenswasser glänzte.

»Hier ist es!« Die Treppe mündete in einer schlichten, schweren Metalltür. Fausto schnüffelte am Türspalt. »In diesem Gemäuer, wahrhaftig! Tod und Verderben ...«

Ich rüttelte am Knauf. Verschlossen. Natürlich.

Dörting versetzte der Tür einen Tritt, rutschte am staubigen Blech ab und rammte mit dem Knie meinen Oberschenkel. »Da ist er drin!«, schrie er. »Tristrant! Tristrant! Wir kommen!«

»Vielleicht können wir sie mit dem Feuerlöscher einschlagen«, überlegte Canan und wies auf ein eingestaubtes Gerät an der Wand, das so alt war, dass man damit vermutlich nicht viel mehr anstellen konnte, als irgendwas zu demolieren.

Mit Feuerlöschern hatte ich allerdings keine guten Erfahrungen gemacht.

»Ich kriege die auch so auf, das habe ich mal im Fernsehen gesehen!« Dörting zog ein Taschenmesser heraus und fing an, ungeschickt am Türschloss herumzupulen. Vermutlich musste er ein paar Jahre kratzen, um es zu beschädigen. Aber er konnte sich jeden Moment die Klinge in die Handfläche rammen. »Tristraaant!«

Das Rumgeschreie musste aufhören. Entweder ich kriegte die Tür irgendwie auf, oder ich brachte Dörting zum Schweigen.

Der Feuerlöscher lag ganz leicht in meiner Hand. Vermutlich war er leer – oder mit hochexplosiven Gasen gefüllt, die bei der kleinsten Erschütterung einen Menschen in blutiges Konfetti verwandeln konnten.

Ich nahm Anlauf, stieß mich von der Treppe ab und zielte mit meiner Waffe auf das Türschloss. »Weg, da, Kieron!«, donnerte ich.

Der stählerne Rand des Feuerlöschers und die Tür trennten vielleicht noch so anderthalb, zwei Meter, als sie sich plötzlich öffnete.

»Markus, bist du das?«, rief eine tiefe Stimme.

Ich frage mich, was im Kopf des Hausmeisters vorgegangen sein musste, ehe ich ihn mit voller Wucht erwischte. Ich meine, hey, stellt euch vor, es klopft, ihr macht auf, und dann haut euch ein Schüler aus der Mittelstufe einen Feuerlöscher vor den Latz, während sein dicker Kumpel mit gezücktem Messer danebensteht. Das kann Spuren in einer Hausmeisterseele hinterlassen.

In diesem Fall ganz klar Pech gehabt, Hausmeister, würde ich sagen. Wenn es klopft, macht man entweder gleich auf – oder man lässt es. Wer zu spät kommt, den bestraft das Leben.

Ich hatte nie besonderes Glück mit Hausmeistern. Ich mochte sie nicht, sie mochten mich nicht. Aber irgendwie war man sich immer einigermaßen aus dem Weg gegangen. Den Schulhausmeister hatte es allerdings übel erwischt.

Der Feuerlöscher traf ihn direkt in den Magen und schleuderte ihn weit in den Gang zurück.

Canan fühlte den Puls des Hausmeisters und strafte mich mit einem beunruhigten Blick, den ich noch von der Burrito-Aktion mit Markus Jahnke kannte. »Er lebt«, sagte sie. »Glück gehabt, Joseph!«

»Das war ein Versehen!«, rechtfertigte ich mich. »Er hätte auch gleich aufmachen können.«

»Er hätte aufmachen *müssen*. Aber der wird schon wieder«, sagte Dörting düster. »So was nennt man Kollateralschaden.«

Wir betteten den Hausmeister sanft auf einen Stapel alter Sportmatten und folgten Fausto tiefer in den verwinkelten Schulkeller, in das Gewirr aus blinden, unbeleuchteten Gängen und stinkenden Betonzellen, die vor Jahren zum letzten Mal betreten, gewischt und gelüftet worden waren.

Der Dämon presste die Nase auf den Fußboden, leckte und schnüffelte, zerrte uns voran, nach links, einen Flur entlang – und zu einem niedrigen Raum, der fast vollständig mit Spinnweben gefüllt war. Dicht und schimmernd wie schmutzige Seidentücher teilten sie die Luft.

»Hier ist es, sapresti«, keuchte er. »Todhaftiger Bücherdämonenduft, fürwahr!«

Der stechende, muffige Geruch nahm mir den Atem. Canan presste beide Hände auf Mund und Nase und verzog das Gesicht.

»Tristrant ...« Dörtings heisere Stimme war kaum zu verstehen. »Das ist sein Geruch!«

Kein einziges Möbelstück war vorhanden. Den Wänden fehlte der Anstrich, der Tür fehlte von innen der Knauf, und mir fehlte jede Lust, dieses schreckliche Zimmer zu betreten.

Schales Licht sickerte durch ein winziges, staubbedecktes Kippfenster. In einer schattigen Ecke lag ein pelziger, lebloser Haufen.

»Tristrant«, flüsterte Dörting und ließ das Taschenmesser fallen.

Fausto sackte plötzlich zusammen, knurrte, keuchte und erbrach sich zitternd auf den ungefegten Boden. »Tod«, presste er hervor.

Canan fasste meine Hand fester.

»Tristrant!«, brüllte Dörting und stürmte in den leeren Raum.

»Er ist tot!« Dörtings Gesicht war mit Spinnweben und Tränen verschmiert. Er hockte in der Ecke vor dem Fenster und wiegte das ausgebleichte, haarige Bündel sanft in den Händen. »Das ist alles, was von ihm übrig ist!«

Ich hätte echt lieber eine Nacht auf dem Stöckener Friedhof unter einer Mülltüte gecampt, als diesen Raum des Todes zu betreten. Ich konnte mir keinen grauenhafteren Ort vorstellen, um ein Leben zu beenden. Der Gedanke, dass ein hilfsbereiter, aufrichtiger Bücherdämon hier seine letzten Atemzüge ...

Canan zog mich sanft hinter sich her, sie teilte die Spinnweben mit schnellen, entschlossenen Bewegungen und sank schließlich neben Dörting in die Knie.

»Es tut uns so leid.« Ihre Hand schwebte einen Moment über dem pelzigen Rest, der von Tristrant übrig geblieben war, dann legte sie sich auf Dörtings Schulter. »Es tut uns furchtbar, furchtbar leid, Kieron. Uns beiden.«

Fausto kroch langsam auf uns zu. Schniefend und zitternd näherte er sich. »Alles ist so trocken ...«, ächzte er. »Trocken und leblos, sapresti.«

»Seht ihr, was von ihm übrig geblieben ist?«, rief Dörting und hielt Tristrants sterbliche Überreste in die Höhe. Sie hingen schlaff herab wie ein luftgetrockneter Pelzmantel, der ein paar Jahrhunderte in einer Gruft vor sich hin gemodert hatte. »Eine leere Hülle!«

Fausto zog scharf die Luft ein, richtete sich langsam auf, schlich näher. Mit dem Horn stieß er gegen das ekelhafte Ding.

»Ausgeleerte, todhaftige Hülle«, murmelte er und wiegte sich hin und her. »Lebloses, hornloses Felldings, fürwahr, eine Ekelhaftigkeit!«

»Was redet er da?«, fragte Canan und streckte die Hand nach Fausto aus. Doch der Dämon zuckte vor ihr zurück.

»Dämonenkodex ... sapresti ... *Wird ein Dämon dem Herrn*

entrissen, muss seine Haut den Boden küssen … Haut, Joschel-und-Punkt-Meister!«

Haut?

»Mein Gott«, flüsterte Canan. »Das ist seine Haut!«

Voller Entsetzen faltete Dörting den trockenen, haarigen Klumpen auseinander. »Haut!«, stieß er hervor. »Das ist Tristrants Haut! Man hat … man hat ihn … gehäutet!«

Canan wandte den Blick ab. Und auch ich konnte nur schwer den Anblick der sauber geschälten Dämonenhaut ertragen, die außen ein verfilztes Fell trug und innen – nichts. Sie war rosig und glatt wie der zarte Schorf, der sich unter einem Sonnenbrand bildete.

»F-f-f …«, stammelte Fausto. »Okayfreundeokay … Der d-d-dämonische Bruder muss jetzt einem neuen M-m-meister dienen. Und seine Spur v-v-verliert sich.«

»Er lebt?«, keuchte Dörting.

»Dem Herrn entrissen«, sinnierte Fausto, ohne seinen glühenden Blick von dem leblosen Fell zu nehmen.

»Man hat ihn gezwungen, sich von uns loszusagen?«, brachte Dörting hervor. Im schwachen Licht hatte sein Gesicht den gleichen aschfarbenen Ton angenommen wie das leblose Dämonenfell in seinen Händen.

»Ge-z-zwungen«, schnaufte Fausto. »Liederlich gezwungen!«

Canan schluckte drei, vier Mal deutlich hörbar. Und dann weinte sie.

»Ich kann mir das nicht ansehen«, presste Dörting hervor und legte das Fell tief in die schattigste Ecke. »Niemand kann sich das ansehen!«

Er sprang auf und trat kraftvoll und vermutlich schrecklich schmerzhaft gegen die dreckige Wand. »Ich halte das nicht mehr aus! Ich rufe meinen Vater an! Ich werde ihm alles erzählen. Ich werde ihn hierher bringen.« Er zog sein iPhone aus der Tasche, starrte auf das Display. »Kein Empfang hier unten!«

Gerne hätte ich ihn jetzt wieder bei den Schultern gepackt und irgendetwas in ihn hineingerüttelt, einen klaren Gedanken, einen Plan, eine vernünftige Lösung. Ein kleines bisschen Trost. Aber da war nichts.

Nichts außer dem Gedanken: Tristrants Haut musste so versteckt werden, dass ich sie niemals, niemals wieder würde sehen müssen.

Dörting sprang auf, rannte zur Tür.

»Warte!«, rief Canan. »Tu nichts Unüberlegtes!«

»Tue ich nicht.« Seine Stimme klang wund und heiser. »Ihr bleibt hier, bis ich wieder da bin. Lasst … das da … nicht aus den Augen.«

»Ich werde nicht hier drinbleiben!«, rief ich. »Nicht hier! Und nicht mit diesem Haufen!«

»Ich bin gleich wieder da, wenn ich telefoniert habe.«

Noch ehe ich aufspringen und ihm nachsetzen konnte, zog Dörting die Tür kraftvoll hinter sich ins Schloss. Spinnweben dämpften das Geräusch.

Die Tür schluckte seine Schritte.

Eine Tür, die innen keine Klinke hatte.

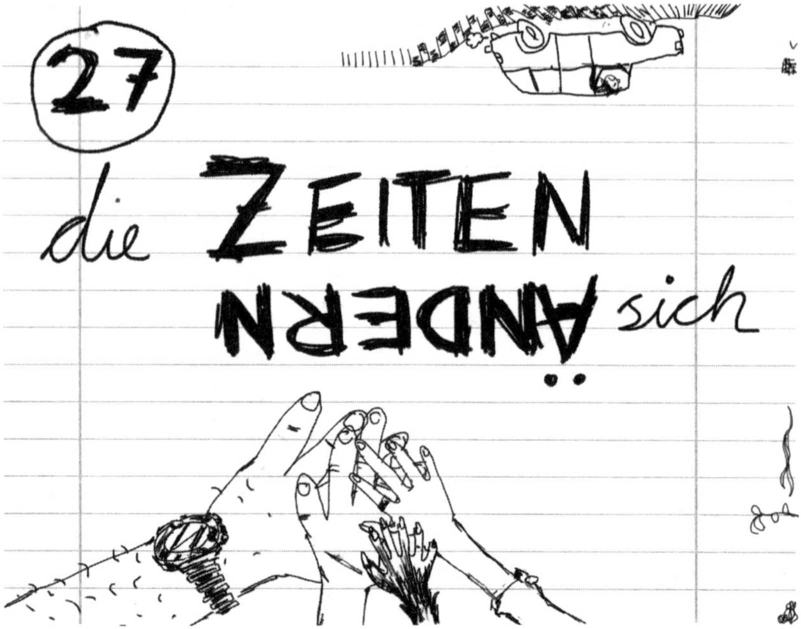

Totenstille hinter der Tür.

Egal, wohin ich sah, erblickte ich nichts als Tod und Vergänglichkeit. Den Staub von Jahrzehnten. Fette, satte Spinnen, die sich träge in ihren Netzen drehten. Und einen leblosen Klumpen Fell, das letzte Anzeichen von Tristrant.

»Fausto wü-wünscht, den Boden nicht zu berühren, sap-p-presti.«

Wortlos nahm ihn Canan auf den Arm und streichelte seinen schmutzigen Kopf, fuhr mit den Fingern sanft das Horn entlang und befreite es von Spinnweben.

»Wir sind hier eingesperrt«, sagte ich.

»Sind wir nicht«, sagte Canan, lehnte die Stirn an meine Schulter und schloss die Augen. Warmer, regelmäßiger Atem strich über meinen Hals. »Wir können Fausto durch den Türspalt schicken, damit er aufmacht.«

Der Bücherdämon zuckte zusammen. »Nicht allein und menschenlos nach dort draußen, dankeschön«, flüsterte er. »Finsternis und kalte Steine und die Hände fremder Meister.«

»Du würdest ...«, ich zögerte, »du würdest dort für uns rausgehen, wenn ich es wollte, oder?«

Fausto nickte. Sein Horn schabte laut hörbar über Canans Jackenärmel.

»Aber ich will dir das nicht befehlen, kleiner Freund«, sagte ich. »Nichts, was dir Angst macht. Die Zeiten sind vorbei. Warten wir einfach einen Moment. Kieron wird ja nicht ewig telefonieren.«

Fausto zog die Nase hoch.

Canans Lippen berührten meinen Hals, kaum spürbar und doch deutlicher als jede Berührung, die mein Hals jemals hatte fühlen dürfen. »Joseph«, flüsterte sie. »Joseph Fittich.«

Ich vergrub meine Nase in ihrem Haar.

Einige Sekunden standen wir ganz ruhig da.

Wir warteten. Vielleicht eine Minute, vielleicht fünf. Alles war still, bis auf Faustos angespanntes Schnaufen, bis auf das Knistern seines staubigen Fells, das leise Rascheln der Spinnen an den Wänden.

Plötzlich klopfte es. Einmal, dann noch einmal. Ich hörte undeutlich Dörtings Stimme.

»Es ist offen«, sagte ich. »Von außen.«

Und dann öffnete sich die schwere Feuerschutztür.

Helles Neonlicht fiel herein, Staubflocken tanzten darin und nahmen mir für einen Moment die Sicht.

»Oberkäse«, flüsterte Dörting. »Verdammter Scheißoberkäse.«

Plötzlich wurde die Tür kräftig aufgestoßen, Dörting taumelte mir entgegen, eine große, kräftige Hand mit komischen Fingernägeln lag auf seiner Schulter.

JEs massiger Körper füllte den Türrahmen weitgehend aus.

»Guten Morgen, lieber Joseph, ich grüße dich«, sagte JE mit dröhnender Stimme.

»Hab ich euch endlich erwischt«, zischte der Hausmeister hinter ihm. »Lumpenpack! Strolche! Übeltäter!«

Zischend versickerte Fausto unter Canans Mantel.

Ich wich Schritt für Schritt zurück, ohne die Tür auch nur einen Sekundenbruchteil aus den Augen zu lassen.

JEs Gesicht glänzte unter einem Film aus Schweiß und Fett. Das dünne weißblonde Haar klebte in feuchten Büscheln über den Ohren.

Die tiefen Furchen im Gesicht des Hausmeisters verzerrten sich zu einem triumphierenden Grinsen. »Erwischt! Endlich erwischt! Die ganze Woche schon bin ich euch auf der Spur. Ihr streunert hier unten herum! Klaut Akten, nicht wahr?«

Canan trat neben mich, ihre Schulter berührte meinen Oberarm.

Kieron richtete sich zu voller Größe auf. Er überragte den Hausmeister um Handbreite. »Wir haben nichts gemacht, Herr Krause«, sagte er. »Sie kennen mich. Mein Name ist Udo-Kieron Dörting, meine Eltern sind Lehrer an ...«

»Ich kenne dich!«, geiferte der Hausmeister. »Aber das schützt dich nicht vor Strafe!«

»Sie werden uns sofort gehen lassen!«, donnerte Kieron. Seine Stimme klang anders als früher im 9c-Unterricht. Heiserer. Älter. Mehr nach *Kieron* (mit geballten Fäusten) und weniger nach *Dörting* (mit Burberry-Schal um den feisten Hals).

»Nicht so hastig, junger Freund«, sagte JE. »Wir wollen erst mal schauen, was ihr hier so treibt.«

»Du warst das! Du bist uns gefolgt«, stellte ich fest. »Du warst das in dem blauen Mercedes.«

»Einer muss ja auf dich aufpassen, Joseph, auch wenn deine Mutter meint, das wäre nicht nötig. Man sieht ja, wohin es führt, wenn man dich dir selbst überlässt.«

Er wies vielsagend in die dreckige Kammer, als hätte ich sie mühevoll mit der Hand eingestaubt und die Spinnen hier persönlich ausgesetzt, um sie großzuziehen und auf die Menschheit loszulassen. »Was auch immer ihr hier treibt – damit ist Schluss. Jetzt werden hier andere Saiten aufgezogen! Deine Mutter wird entsetzt sein, wenn sie …«

»Lass Hanne da raus!«

»Das werde ich nicht tun. Sie soll ruhig sehen, was für einen Sohn sie in Wirklichkeit hat. Was macht ihr hier? Drogen verstecken?«

»Der kapiert ja echt nichts«, raunte Kieron.

»Das ist nicht unser Räuberhauptquartier oder so, klar? Wir wollten uns mal besprechen.«

»Und dafür musstet ihr *einbrechen*?«, brüllte JE. »Und den Hausmeister niederschlagen?«

»Übeltäter!«, schimpfte der Hausmeister. »Verbrecher! Taugenichtse!«

»Der ist hart im Nehmen ...«, murmelte ich. War echt dumm gelaufen mit dem Hausmeister.

»Das reicht jetzt«, beschloss JE. Wie ein Schraubstock schlossen sich seine Hände um meine Schultern. »Wir gehen jetzt zur Polizei, mein Freund.«

»Ich ... muss nach oben, zum Wettbewerb!«

»Die Chance hast du dir verspielt, Joseph. Keine Diskussionen mehr.«

Canan griff nach JEs Arm, aber er streifte ihre Hand mühelos ab. Kieron stand stocksteif da. Seine Hand krampfte sich um irgendetwas in seiner Jackentasche.

Warum ich mich nicht losgerissen habe, JE weggeschubst, ihm ordentlich vors Schienbein getreten?

Eine gute Frage.

Ich hatte ziemliche Angst, schätze ich. JE war groß, erwachsen, schwer und verdammt wütend. Da war so ein Funkeln in seinen Augen, das ich so schnell nicht vergessen würde. Er zog mich aus dem Raum.

»Warten Sie!«, rief Kieron.

»Ihr beide bleibt schön hier!«, erwiderte der Hausmeister und schlüpfte an JE vorbei nach draußen. »Bis ich die Direktorin geholt habe.« Dann schlug er die Feuerschutztür zu. Sie dröhnte wie ein staubiger Gong.

Darum fuhren Mercedesfahrer also so gerne schnell. Es lag nicht bloß am starken Motor. Sondern an der Stille. Anders als in Hannes altem Jetta hörte man nichts von der Geschwindigkeit. Wir flogen lautlos dahin, während der Wettbewerb in vollem Gange war.

»Du brauchst dringend jemanden, der dein Leben wieder auf die Reihe bringt«, nuschelte JE in seinen Schnauzer.

Er fuhr viel rasanter als Hanne (die keine Gelegenheit ausließ, *nicht* zu fahren), schob die Stoßstange dicht an einen Lieferwagen heran, zog beim Überholen flott in den Gegenverkehr und gefährlich schnell wieder zurück. In Hannovers üblichem Mittagsverkehr brachte ihm das allerdings nicht viel. Wir steckten zwei Blocks hinter der Schule vor einer Baustelle fest.

»Mein Leben ist auf der Reihe.«

»Ist es NICHT!« JEs Faust donnerte aufs Lenkrad und setzte den Airbag darin vermutlich für immer außer Kraft. »NICHTS ist auf der Reihe, verdammt, gar nichts. War vorher nicht alles in Ordnung? Hattest du nicht ein gutes Leben? Hatte ich nicht ein gutes Leben? Und deine wunderschöne Mutter auch?«

»Wir *haben* ein schönes Leben! Auch wenn das nichts mit dir zu tun hat!«

Ein schönes Leben, aus dem sich JE gerade für immer abgemeldet hatte.

»Du lügst mir ins Gesicht, während deine ahnungslose Mutter in der Schule sitzt und auf dich wartet. Du bist gefährlich, Joseph, du bist eine Bedrohung für die Allgemeinheit. Bist ein notorischer Lügner, ein Betrüger, ein Gewaltverbrecher. Der in öffentliche Einrichtungen einbricht, einfach nur so zum Spaß. Einer, der seine unschuldigen Mitschüler blutig schlägt, sich einen Dreck darum schert, was andere fühlen. Ich habe mit deinem Opfer gesprochen, es war immer noch zutiefst verängstigt. Aber damit ist jetzt Schluss.«

»D-das hier ist eine Entführung, das ist dir schon klar, oder?«

»Ist es NICHT!«, rief JE. »Ich bringe dich zur Polizei, wie es meine Pflicht ist! Dahin, wo du hingehörst, klar, Junge? Die können sich dann später um deine kriminellen Freunde kümmern. Deine Mutter kann sich ja ihre Gedanken machen, wenn sie dich von der Wache abholt. Vielleicht versteht sie ja dann, dass sie besser auf mich gehört hätte.«

JE wirkte auf seltsame Weise *falsch* durchblutet. Stirn und Backen waren käsig und von einem glänzenden Schweißfilm bedeckt, Augenringe und Ohren glühten in einem fiebrigen, ungesunden Dunkelviolett.

»Du glaubst echt, du kannst bei Hanne damit landen, dass du mich hier rumfährst? Gegen meinen Willen? Du glaubst, das lässt sie mit sich machen, Jarg-Erich?«

Mann, war der abgemeldet. Den Sohn einer Hippie-Sozialarbeiterin zu den Bullen zu schleppen! Nur die katholische Nottaufe wäre für Hanne noch schlimmer gewesen.

JE schmatzte ununterbrochen, als saugte er eine unsichtbare, niemals endende Spaghettinudel ein. Er war durchgeknallt, keine Frage.

»Deine Mutter wird mich verstehen, ganz klar«, stellte er fest. »Ihr seid da unten eingebrochen, ganz klar, ihr habt ein Verbrechen begangen, ganz klar. Und die Polizei wird rausfinden, was es ist, ob ihr mit Drogen handelt oder sonst was. Ganz klar.«

»Stopp!« Ich schrie ihn so laut an, wie ich konnte. »Du wirst jetzt rechts ranfahren. Sofort. Wach auf, Mann, das ist eine Entführung!«

JE irres Lächeln bröckelte.

»Du kannst das nicht machen!«, schrie ich. »Du bist nicht mein Vater. Du bist überhaupt niemand, der mir irgendwas zu sagen hat!«

JE bremste abrupt, zog den Wagen nach rechts an den Fahrbahnrand. Noch ehe der Mercedes ganz zum Stehen gekommen war, schlossen sich JEs Schraubstockfinger um meine Oberarme.

»Wie redest du eigentlich mit mir?«, fauchte er.

»Du tust mir weh, du Idiot! Und du hast alles kaputt gemacht, *Jarg-Erich*! Du hast dich in alles eingemischt, du hast in unserem Leben rumgepfuscht, und das funktioniert nie, Mann. Je eher du das kapierst, desto besser für dich.« Und für meine Oberarme.

JEs Griff lockerte sich langsam, die Hände rutschten an mir herab. Seine Gesichtszüge weichten auf, sackten traurig nach unten. Der Mercedes wimmerte im Standgas.

»Ich ... Ich will dir doch nur helfen, Junge«, sagte er schließlich. »Du brauchst wirklich Hilfe, dein Leben ist völlig aus den Fugen geraten. Siehst du das denn nicht?«

»Doch, kann sein«, sagte ich. »Hilfe ja. Aber bestimmt nicht von dir.«

JE schluckte hart und trocken. Die Spaghettinudel schien zentimeterdick zu sein.

»Du willst nicht, dass ich mit deiner Mutter glücklich werde«, klagte er. »Du warst von Anfang an dagegen, obwohl ich mir so viel Mühe gegeben habe. Du bist derjenige, der alles kaputt macht!«

»Nein, JE«, sagte ich. »Sie kann meinetwegen glücklich werden. Hatte ich nie was dagegen. Sie will nur nicht.«

»Jott-Eh?« JE schüttelte sich, als hätte er Fieber.

»So heißt du. JE.«

Ein, zwei Sekunden schien er nachzudenken. Umständlich kramte er ein zerknittertes Stofftaschentuch aus der Innentasche seines Jacketts und tupfte sich damit den Mund ab. »Ja«, sagte er verwirrt. »So ... heiße ich wirklich.«

»Du hast dir alles selbst kaputt gemacht, JE«, stellte ich klar. »Aber wenn es dich tröstet: Auch wenn ich dich richtig super leiden könnte, auch wenn du dich nicht in alles eingemischt hättest, um mich aufs Internat abzuschieben, auch dann wäre es nichts geworden mit Hanne und dir.«

JE sackte in sich zusammen, als hätte man ihm die Luft rausgelassen.

»Aber warum nicht? Warum wäre es nichts geworden, Joseph? Bin ich ihr nicht gut genug?«

»Meinst du, ich weiß das? Meinst du, sie sagt mir, warum sie erst irgendwelche Männer anschleppt und sie kurze Zeit später vor die Tür setzt?«, fuhr ich ihn an. »Was glaubst du, warum ich mich mit Typen wie dir nicht anfreunde? Weil sie spätestens nach ein, zwei Jahren grundlos wieder verschwinden, weil sie einfach weg sind, abgemeldet, und wir dann wieder umziehen und Hanne wieder völlig abspinnt. Weil meine Mutter immer noch ein Foto von meinem Vater in der Handtasche hat, weil in jeder Scheißschublade unserer Wohnung Fotos von ihm liegen, was weiß ich warum, kapierst du das, JE?«

Er blinzelte. Seine Augenlider glänzten fettig. Vielleicht sah es ja so aus, wenn er heulte. Sollte er ruhig. Es war ja auch zum Heulen.

»Und weißt du, was das Beste ist?«, setzte ich nach. »Mein Vater taucht hier auf. Hier und heute, das weißt du doch, oder? Heute kreuzt er auf, um den Wettbewerb abzufeiern, dafür macht er ein Flugticket locker aus seinem beschissenen Frankreich.«

»Ich ... Ich glaube nicht, dass er ... dass er kommt, Joseph.«

»Doch!«, schrie ich. »Er kommt! Das lässt er sich nicht entgehen, etwas Besseres war noch nie, das will er schön mitnehmen wie meine Einschulung, klar? Natürlich kommt er!«

»Joseph ...« JE griff nach meinen Händen.

»Finger weg«, zischte ich.

JE zuckte zurück. »Dein Vater ... Ich will ihn dir nicht schlechtmachen, aber ich glaube nicht ...«

»Es spielt keine Rolle mehr, was du glaubst oder nicht! Das ist meine Familie, JE, und du gehörst nicht dazu.«

Das saß.

Meine Worte drückten JE tief in seinen Ledersitz. Mit zittrigen Fingern fummelte er an seinem Schnauzbart herum. Seine Augen schimmerten ölig.

»Du hast alles! alles! alles! falsch gemacht, JE! Aber wenn dich das tröstet: Selbst wenn du alles richtig gemacht hättest ...« *Selbst wenn du die Paddeltour vorgeschlagen hättest, JE, selbst wenn das Feldbesteck von dir gewesen wäre, der Hirschledergürtel, der wasserdichte Kompass, das Skateboard, die handgebastelte Riesenzwille, der Profischnorchel, das russische Sturmfeuerzeug, selbst wenn du richtig nett gewesen wärst und den stinkenden Auslegeteppich aus dem Wohnzimmer entfernt und neues Parkett verlegt hättest, selbst wenn du Hanne eine Zeit lang wirklich richtig glücklich gemacht hättest, selbst wenn du sie ganz romantisch hättest* heiraten *wollen und mich* adoptieren ... »... auch dann wäre es nichts geworden. Es geht einfach nicht, okay? Das ist mit Hanne nicht zu machen. So sieht es aus bei den Fittichs!«

Ich glaube, JE hätte noch mehr gesagt, wenn ich ihn gelassen hätte. Er hätte mich vollgelabert, hätte vielleicht behauptet, er habe alles nur gut gemeint und mir der Vater sein wollen, den ich nie hatte und so weiter. Ich kannte die Nummer. Und ich hatte keine Lust mehr drauf.

Vor allem hatte ich echt keine Zeit mehr.

JE war der Psychologe, er musste sich allein helfen.

»Eins noch, JE, für die Zukunft«, sagte ich, ehe ich ausstieg und ihn wahrscheinlich, hoffentlich, nie wiedersehen würde.

Erwartungsvoll sah er zu mir auf. Vielleicht erwartete er von mir *den* entscheidenden Tipp, wie das ganze Elend zu vermeiden gewesen wäre. Wie er beim nächsten Mal, mit der nächsten halben Familie, vielleicht glücklich werden konnte.

Ich zögerte einen Augenblick. »Weißt du was? Vergiss es einfach.« Die Autotür fiel mit einem satten, samtweichen Geräusch zu.

Er hatte mehr Strafe verdient, ich weiß, aber mehr war in der Eile nicht drin.

Auf dem Schulparkplatz ging inzwischen gar nichts mehr. Die Autos parkten auf dem Bürgersteig, den Grünflächen und den Wendekreisen, dazwischen waren kreuz und quer Fahrräder abgestellt. Kleine Kinder rannten plärrend auf dem Hof herum und wurden von ihren Müttern verfolgt und eingesammelt.

In der Eingangshalle war gar nichts los. Alles spielte sich gerade in der Schulaula ab. Gedämpfte Lautsprecherworte drangen von dort durch die Flügeltüren. Es roch nach zu vielen Menschen, nach viel zu viel Parfüm und zu wenig Belüftung, nach echtem Wettkampf und harter Konkurrenz und versagenden Deos.

Im Laufen wählte ich Canans Nummer – immer wieder. Doch ich erreichte nur die Mailbox.

Die Hausmeisterloge war unbesetzt.

Ich drückte mich daran vorbei, rannte geduckt die Treppe runter, riss die Tür zum Keller auf. Wenn der Hausmeister mir jetzt in die Quere kam, musste mir etwas Besseres einfallen als die Nummer mit dem Feuerlöscher.

Doch der Hausmeister zeigte sich nicht, während ich durch die blinden Gänge irrte, die sich nur durch das Ausmaß der Verstaubung voneinander unterschieden.

»Canan!«, schrie ich die Reihe der namenlosen Türen an. »Kieron, verdammt, wo seid ihr?«

Kostbare Minuten verrannen, bis ich den Raum wiederfand, in dem Tristrants Haut unter dem Fenster lag, pelzig und leblos und groß wie eine tote Katze.

Die Feuerschutztür hing schief in den Angeln, das Metall wies mächtige Beulen auf. Der Riegel war krumm gebogen und herausgebrochen. Die dicke Staubschicht war aufgewühlt, Schmutzflocken tanzten durch das schummerige Licht.

Als hätte hier ein Kampf stattgefunden.

Canans Namen lag mir auf den Lippen. Doch ich traute mich nicht, nach ihr zu rufen. Was, wenn mich irgendwer ...

irgendetwas … hörte? Etwas, das hier gewesen war und diese Zerstörung angerichtet hatte?

»Canan«, keuchte ich. »Canan, wo bist du?«

Auf Zehenspitzen schleppte ich mich zurück durch die verwaisten Gänge. Ich konnte bereits die grüne Notausgangsleuchte und das Licht im Treppenhaus sehen, als mich zwei Arme von hinten umschlangen.

»Joseph!« Canan presste sich an mich. Ihr Haar roch nach alten Umzugskartons und Spinnweben, ihr Atem ging schnell. »Joseph, wie kommst du … Was machst du … hier unten?«

»Er hat mich rausgelassen«, nuschelte ich in ihre Locken. Es ging ihr gut! Sie war nicht verschleppt, verprügelt oder gefressen worden! »Erst wollte er zur Polizei. Aber dann … konnte ich gehen. Was ist … Was ist passiert? Hat euch jemand angegriffen?«

»Nö«, brummte Kieron neben uns in einer schattigen Nische.

»Aber was ist mit der Tür? Die ist kaputt.«

»Anders ging sie nicht auf. Der Hausmeister hat uns eingeschlossen«, sagte Kieron und wischte sich staubigen Schweiß aus dem Gesicht. »Musste ein bisschen dagegendrücken. Zahlt die Haftpflicht.«

Es tat gut, einen Moment einfach nur so dazustehen, ein paar Sekunden verstreichen zu lassen, an Canan zu schnuppern und zu hören, wie sie sich Mühe gab, nicht rumzuschniefen.

»Wo ist Fausto?«, fragte ich plötzlich.

»Den hab ich«, sagte Kieron und klopfte auf seine ausgebeulte Jacke. »Ist auf Tauchstation gegangen.«

»Ich dachte, bei Kieron ist er sicherer«, sagte Canan. »Das war doch okay, oder?«

War es wirklich okay?

»Alles klar?«, fragte Canan. »Du guckst so nachdenklich.«

»Äh ... ja. Alles klar.«

Und so war es. Es war okay. Die Zeiten änderten sich.

In diesem Moment brandete Applaus auf. Vermutlich nicht über meine grandiose Erkenntnis. Sondern kräftiger, begeisterter Applaus, Wettbewerbsapplaus, Siegerapplaus, der durch die Gänge und Flure zu uns drang.

Der Applaus einer Menschenmenge.

Jubel für einen Gewinner.

Der Wettbewerb war gelaufen.

Natürlich hatte ich eine Uhr. Natürlich war mir in den letzten zwei Stunden klar geworden, dass es viel zu spät für mich war, um noch teilzunehmen – ich wusste, dass Hanne und Heiko Fittich irgendwann heute Vormittag wahrscheinlich kapiert hatten, dass ihr Sohn nicht erscheinen würde. Dass er zu feige war, um sich an das Versprechen zu halten, das er seiner Mutter gegeben hatte.

Durch die breiten Glastüren, die zur Aula führten, sah ich das Publikum, zusammengedrängt auf engen Schulsitzen und Bänken, die man wahrscheinlich aus der Sporthalle hergeschafft hatte.

Fünf Schüler hockten hinter einer Tischreihe auf dem Podium.

Vor ihnen stand Markus Jahnke und grinste in die Menge. Er hatte sich in eine unförmige rote Jacke gezwängt, die ihn aussehen ließ wie einen menschlichen Sandsack mit Jahnke-Füllung. Vor sein gefährliches Brustbein hatte er eine karierte Krawatte gehängt.

Markus strahlte übers ganze Gesicht. Er glühte vor Glück.

Rundherum saßen Lehrer, Schülervertreter und irgendwelche Krawattenfuzzis, wahrscheinlich von der Begabtenförderung, der Sparkasse und von Unicef.

Seit er auf unserer Schule war, hatte ich Markus ein einziges Mal lächeln sehen. Heute lachte er, er lachte tief aus dem Bauch heraus.

Kattmann trug ein hellblaues Sportsakko, das mindestens zwei Nummern zu klein und zwanzig Jahre zu alt war. Er sprach mit quäkender Stimme ins Mikro auf dem Rednerpult. Das Gemurmel des Publikums dämpfte die Geräuschfetzen. »... glücklich schätzen ... außerordentliche Begabung ... Vorbilder ihrer Generation ...«, sagte Kattmann.

»Was für ein mieses Sakko«, sagte Canan.

»... Markuuuus Jaaaahnke ...«, quäkte es aus den Lautsprechern.

Erneut brandete tosender Applaus auf.

Markus reckte die Faust, winkte in die Menge, schenkte jemandem dort ein dämliches Lächeln.

»Der hat jetzt nicht den Wettbewerb gewonnen, oder?« Canan blickte so angeekelt auf das Geschehen, als ob sie einer öffentlichen Schlachtung zusehen müsste, so eine religiöse, wo das Tier ausführlich ausbluten muss.

Schulleiterin Dr. Prächtig drückte Markus an ihre flache Brust. Der Sparkassenonkel lud ein schrumpeliges Blumenbukett vor ihm ab. Kattmann fächelte sich Luft zu.

»Das kann echt nicht sein«, sagte Canan.

»Scheiße, doch«, sagte ich. »Ich kann mir das nicht angucken«, würgte ich heraus.

Was wäre, wenn ich ihm diesen Moment einfach kaputt machte, wenn ich jetzt reinstürmte und allen erklärte, was für ein mieser Typ Markus Jahnke war? Ein brutales Schwein, das die Rucksäcke anderer Leute auf Bäume warf?

Doch dann schaute Markus in meine Richtung, direkt in meine Augen. *Siehst du, Fittich, ich brauche dein Geheimnis nicht*, schien sein Blick zu sagen.

Plötzlich wurden die breiten Flügeltüren der Aula geöffnet, die ersten Zuschauer standen auf, Stühle wurden gerückt, aus den Lautsprechern erklang Klimpermusik. Canan erwischte meine Hand, schloss die Finger fest darum und zog mich zum Ausgang.

Der Lärm flutete durch die Eingangshalle, die Äthiopien-AG baute in Windeseile einen Sektstand neben uns auf, Kinder rannten um uns herum, aufgekratzte Eltern und Großeltern schoben sich traubenweise durch die Türen.

Hanne war nirgendwo zu sehen.

Ich bahnte mir den Weg durch die gratulierende Menge.

Jahnkes Windjacke verlieh ihm die gepflegt brutale Ausstrahlung eines Türstehers. In einer Hand trug er ein zusammengerolltes Papier mit einer goldenen Kordel, in der anderen einen kleinen Pokal. Er hielt ihn wie einen Streitkolben.

Ich setzte Markus den Zeigefinger direkt auf das harte Brustbein. »Herzlichen Glückwunsch«, presste ich zwischen den Zähnen hervor.

»Hallo, Joseph.« Er sprach leise. »Da bist du ja endlich. Die Leute hatten dich vermisst. Hattest wohl Schiss, dass man rauskriegt, wie begabt du wirklich bist.«

»Wir reden überhaupt nicht mit dir«, sagte Canan. »Sag uns einfach nur, was du mit Tristr…«

»Mit dir redet hier sowieso keiner, kleine Canan. Oder siehst du hier irgendwo wen, der sich um dich schert? Oder hast du deine Sippe mitgebracht? Kriege ich vielleicht gleich Schläge von deinen Brüdern?«

»Ich habe keine Brüder«, sagte Canan. »Und wenn du Schläge willst, komm doch her.«

»Es war gar kein richtiger Spaß zu gewinnen«, sagte Markus. »So ganz ohne ernst zu nehmende Konkurrenz.«

»Wir wissen, was du getan hast«, sagte ich.

Er kratzte sich irgendwas zwischen den Zähnen hervor. »Du bist so ein Spinner, Joseph Fittich. Ein Wunder, dass man dich noch nicht von der Schule geschmissen hat. Aber was nicht ist, kann ja noch werden.«

»Wenn du glaubst, wir sind hier, um dir zu gratulieren, täuschst du dich«, bluffte ich. »Rate mal, warum wir so spät kommen. Wir haben Tristrant bereits.«

»Keine Ahnung, was du meinst«, sagte Markus. Doch seine beunruhigten Augen zuckten ein Mal nach rechts, über meinen Kopf hinweg, über die tratschende, Sekt trinkende, schreibwettbewerbsbegeisterte Menge. Hin zum alten, stillgelegten Naturwissenschaftstrakt.

Ich war erst vor kurzer Zeit dort gewesen. In der Nacht, als Canan und ich hier auf Kieron gewartet hatten und er Tristrant nach Hause geschmuggelt hatte.

Das wölfische Heulen. Die ausgestopften Tiere.

Zischen und Blubbern hinter der verschlossenen Tür.

Markus war kein Idiot. Er war verdammt gerissen. Und er war wirklich der Neffe des Hausmeisters und hatte vermutlich Schlüssel zu jedem einzelnen Raum.

Keine Ahnung, wer von uns sich zuerst in Bewegung setzte. Vielleicht war es Markus, der mit ausgreifenden Schritten zum alten Naturwissenschaftstrakt hinunterlief und zwei Achtklässler zur Seite schubste.

Vielleicht war es aber auch Canan. Wendig und blitzschnell umrundete sie eine Sekretärin, die ein Tablett mit Orangensaft in Plastikbechern balancierte.

Einen Moment lang stand ich wie versteinert da.

Und dann lief ich los. Plötzlich standen mir überall Menschen im Weg, stellten sich dorthin, wo ich lang laufen wollte. Ich rannte, so schnell ich konnte, es ging um jede Sekunde.

»Triiistrant!«, brüllte Kieron, der sich mit Riesenschritten in unsere Richtung bewegte, mit seinem schweren, schweren Rucksack eine Neuntklässlerin umhaute, frontal gegen einen Mann vom Catering lief und mit ihm in einem Hagel von Tomate-Mozzarella zu Boden ging.

Hier war ich also, Joschel Fittich, sektdurchtränktes Hemd (ich hatte versucht, am Getränkestand abzukürzen), zitternd vor Wut, Übelkeit im Bauch, Rache im Kopf, alles durcheinander.

»Du warst es!«, brüllte ich Markus an. »Du hast Tristrant entführt!«

Die schwere Tür des alten Naturwissenschaftstrakts fiel langsam ins Schloss und dämpfte den Krach aus der Halle zu einem entfernten Gemurmel.

»Joschel und die kleine Canan ... Ihr seid ja richtig wütend!«

»Halt den Mund!«, rief Canan. »Was hast du mit Tristrant gemacht?«

Da war die Tür, *die Tür*, direkt neben dem Schaukasten voller toter Tiere, die unbeteiligt und gläsern auf uns herunterstarrten und sich schon lange nicht mehr darum scherten, welche Schüler sich hier die Rübe einschlugen.

Canan rüttelte verzweifelt am Türgriff zum Raum der Chemie-AG. Markus setzte ihr nach.

Ich versuchte, ihn an seiner bescheuerten Seidenjacke zu packen. Der Stoff ächzte und riss ein, Jahnke rammte mir das Knie in den Bauch.

»Joseph!« Canans Stimme überschlug sich.

Auch ich überschlug mich, Markus riss mich wieder hoch, packte mich am Hals und stieß mich hart von sich weg.

Einen Moment lang konnte ich nicht atmen, schnappte panisch nach Luft, betastete meinen Hals. Markus musste mir den Kehlkopf zerquetscht haben.

Dann, als hätte sich ein Ventil in meiner Kehle geöffnet, strömte wieder Luft in meine Lungen.

»Willst du das hier, kleine Canan?«, rief Markus und hielt einen klimpernden Schlüsselbund weit in die Höhe. »Hast gedacht, ich bin blöd, ich bin ein bisschen langsam in der Birne, he?« Wie ein unbeholfener Tanzbär hüpfte er von einem Bein aufs andere, während er Canan immer weiter in die Ecke drängte. »Der Jahnke ist von der alten Schule geflogen, der muss immer rumprügeln, der hat nichts im Kopf. Aber da täuschst du dich. Die haben sich alle getäuscht!«

»Canan!«, rief ich und zog mich an einem Türgriff in die Höhe. »Hau ab. Lass mich das machen.«

Aber Canan haute nicht ab, sondern stand da, die Hände in die Hüften gestemmt, ihre schönen, strengen Augen fixierten Markus unnachgiebig. »Du bist nichts anderes als ein Angeber«, sagte sie. »Ich habe keine Angst vor dir. Du bist echt ein Witz.«

Und dann machte Markus einen großen Fehler.

Er ging auf Canan los.

Keine Ahnung, was Markus wog. Vielleicht achtzig Kilo oder etwas mehr. Spielt auch keine Rolle. Er wog sicher eine ganze Menge.

Tatsache war: In der Luft wirkte er schwerelos. Eine ewige Sekunde lang schwebte sein massiver Körper leicht wie Herbstlaub im Wind.

Ich weiß nicht, was Canan genau mit ihm angestellt hatte. Irgendwas mit seinem linken Arm und mit seinem rechten Bein und mit ihrer schmalen Schulter. An ihr Gesicht erinnere ich mich noch ganz genau. Als Markus abhob, sah sie konzentriert und ruhig aus, wie bei einer Mathearbeit.

Er bewegte sich wie einer der Astronauten in diesen Weltraumvideos, wo ausgewachsene Männer ganz locker und entspannt durch die Schwerelosigkeit schwebten.

So richtig entspannt und andächtig war Markus allerdings erst, als er auf dem Boden aufschlug, zuerst mit der Schulter, dann mit Kopf und Hüfte und seinen stämmigen Beinen. Es gab ein dumpfes, matschiges Geräusch, über das sich das helle Klingeln des Siegerpokals legte, der den Gang entlangkullerte. Wie der Gong am Ende eines Boxkampfes.

»Was für ein Vollidiot«, sagte Canan. »Das hätte ich schon längst machen sollen.«

Markus stöhnte im Schlaf. Er sah ganz in Ordnung aus, wenn man überlegte, wie weit und wie hoch er geflogen war.

Dieses Mal floss kein Blut. Ein zerknitterter Zipfel seiner Urkunde ragte unter seinem linken Arm hervor.

»Das war großartig«, sagte ich. »Canan, das war einfach erstklassig. Wie im Fernsehen!«

Sie schaute mit versteinertem Gesicht auf den Jahnke-Körper hinunter. »Ist ein bisschen zu hoch geflogen. Der hatte echt Schwung drauf, als er ankam.«

Die Tür zur Pausenhalle wurde aufgerissen. Kieron stürmte herein. Eine zerdrückte Mozzarellascheibe klebte auf seiner Schulter, eine Tomatenscheibe hing ihm in den Haaren.

»Habt ihr Tristrant?«, keuchte er.

Als Kieron den liegenden Körper bemerkte, betrachtete er ihn nachdenklich. »Oh ... Er ist schon hin«, sagte er schließlich. »Das hätte ich gerne selbst übernommen.«

Ich gebe zu, es war nicht nötig, Markus' Kopf mit der Fußspitze anzustupsen und zu beobachten, wie er langsam die Augen aufschlug und sich dabei umguckte wie frisch geschlüpft. Wir hatten nicht viel Zeit, aber diese paar Sekunden gönnte ich uns.

Ich gebe ganz offen zu, es war nicht nötig. Aber lustig.

Leider sahen das nicht alle so.

»Joschel!« Die Stimme meiner Mutter klang weich und feucht, als hätte sie geheult oder zu viel Alkohol getrunken oder beides. »Joschel, was hast du getan? Was im Himmel hast du getan?«

Meine Fußspitze erstarrte dicht über Markus' Ohr. Sah wahrscheinlich so aus, als hätte ich den Sieger des Tages zusammengetreten oder so.

Canan starrte immer noch auf den unübersichtlichen Schlüsselbund von Markus Jahnke und versuchte, den passenden für den Raum der Chemie-AG zu finden.

Durch die geöffnete Tür zur Eingangshalle der Schule drangen die Geräusche einer angeregten Party, auf der man den Stargast des Tages, Hauptpreisträger M. Jahnke, 16 Jahre, vermutlich schon vermisste.

»Was hast du nur getan, Joschel?« Hanne hatte sich schick gemacht. Ihre Frisur war frisch lackiert, der waldmeistergrüne Überwurf war auch neu.

Ich fixierte sie aus zusammengekniffenen Augen. Mein Herz hämmerte wild. »Es ist nicht so wie es aussieht. Wo ... Wo kommst du her?«

»Ich habe mir den Wettbewerb angesehen. Nur weil du nicht teilnimmst, muss ich ja nicht gleich nach Hause gehen. Die anderen haben sich nämlich auch Mühe gegeben, Joschel! Der Aufsatz vom Markus war richtig gut. Es ging um den Weltfrieden!«

Ich rappelte mich auf. »Tatsächlich, Hanne? Sag bloß, es ging auch noch um Atomwaffen! Wir können das heute Abend ganz in Ruhe beschnacken. Jetzt müssen wir hier erst mal ...«

»Nein«, sagte Hanne. »Wir müssen hier gar nichts. Du kommst sofort hierher. Du kommst hierher!« Sie wies mit dem Zeigefinger auf ein Fleckchen Fliese vor ihren Füßen. Als wäre ich ein Hund. »Jetzt! Hierher!«

»Hanne, wirklich ...«, stammelte ich. »Jetzt ist grade ganz schlecht. Hier im Chemieraum ...« Ich wies auf Canan, die immer noch mit hochrotem Kopf den Schlüsselbund anstarrte.

»Sie müssen das verstehen«, mischte sich Kieron mit seiner besten Streberstimme ein. Die Tomatenscheibe rutschte langsam über sein rechtes Ohr. »Der Joseph und die Canan und ich haben hier was ganz Wichtiges zu erl…«

»Du wirst NIRGENDWO hingehen!«, dröhnte Hanne. »Du wirst Markus aufhelfen, dich entschuldigen und mit mir nach Hause fahren. Jetzt!«

»NEIN!«

Hanne betrachtete mich verdutzt.

»Und wo ist eigentlich Papa?«, fragte ich.

»Der Heiko?« Hanne schien verwirrt. Vermutlich hatte seine Gegenwart ihre Hormone durcheinandergebracht und ihren Verstand benebelt.

»Der Papa«, erklärte ich geduldig. »Der ist doch heimlich angereist, das weiß ich doch alles schon. Wo ist der?«

»Hm … Ja, der Heiko …«, sagte sie. »Der wollte tatsächlich kommen. Aber dann hat er … Dann ist ihm …«

FALSCHE ANTWORT, sagte mein Verstand. *Heiko Fittich war auf dem Weg in die Stadt.* So viel zumindest war klar.

»Er war die Überraschung«, sagte ich, das war doch nicht so schwer zu kapieren. »Schon vergessen? Ü-ber-ra-ha-schung! Tadaa!«

Canan schloss die Augen.

»Aber Joschel«, sagte meine Mutter. »Der Heiko ist doch nicht die Überraschung!«

»Oberkäse«, sagte Kieron. »Auch das noch.«

»Die Überraschung war das hier!« Hanne kramte in ihrer Ponchotasche und fischte ein schmales Kästchen heraus. »Du hast es dir aber nicht verdient!«

»Gib mir die Scheißüberraschung«, sagte ich mit tonloser Stimme. Meine Hand setzte sich in Bewegung, packte die kleine Schachtel.

»Der Joseph sieht nicht besonders gut aus«, sagte Kieron. »Nicht, dass der gleich umkippt.«

Aber ich kippte nicht um.

Ich öffnete das Ding, das meine Überraschung war.

Mein lieber Joseph,
eigentlich hatte ich vorgehabt, dich bei deinem großen Tag selbst zu unterstützen. Aber mir ist leider eine Bundestagsdebatte dazwischengekommen, von der ich berichten werde. Ich hoffe, mein Geschenk bereitet dir Freude. Es handelt sich um den Füllhalter, mit dem ich deiner Mutter den ersten Brief geschrieben habe. Vielleicht schreibst du deinen heutigen, besonderen Aufsatz ja mit

Der Rest des Zettels war unleserlich.

Meine Faust hatte ihn zerknüllt. Und meine Augen produzierten nur hässliche, verschwommene Bilder.

Ich blickte scheu nach links und rechts. Vielleicht stand Heiko Fittich ja irgendwo im toten Winkel und lachte gleich herzhaft über seinen wunderbaren, wunderbaren, wunderbaren Scherz.

Doch dort stand nur Markus Jahnke. Er schwankte orientierungslos und mit zittrigen Knien hin und her und blickte verwirrt durch uns hindurch. »War der Wettbewerb schon?«, nuschelte er.

»Ja«, sagte Hanne. »Und du hast gewonnen. Du kannst

ganz stolz auf dich sein, lieber Markus.« Sie streckte ihm die Hand hin.

»Cool«, sagte Markus und starrte fasziniert auf ihre Fingerspitzen.

»Herzlichen Glückwunsch auch von mir«, sagte Canan. »Bist ein Supertyp.«

Dann schien ihm etwas einzufallen. Er blickte mich an, dann Hanne, dann Canan und schließlich, nach einer langsamen, ahnungsvollen Kopfwendung, die Tür zum Raum der Chemie-AG.

»Denk nicht mal dran«, sagte ich.

Canan ließ Markus' Universal-Schlüsselbund in ihre Jackentasche gleiten.

Heiko Fittich war nicht auf dem Weg in die Stadt.

Er war es nie gewesen.

Und würde es nie sein.

Wahrscheinlich ist das für viele von euch keine große Sache. Kommt er halt nicht. Passiert. Ist eben so. Kann man nicht ändern. Aber ich sage es noch mal. *Heiko Fittich war* nicht *auf dem Weg in die Stadt.*

Der Typ vom Nachttisch war der Typ vom Nachttisch. Mehr nicht. Er gehörte dorthin, auf den Nachttisch, wieder zurück in sein kleines, vollgepopeltes Foto, aber nicht hierher in den Flur des alten Naturwissenschaftstrakts, nicht hierhin, wo Leute lebten und redeten und echt waren und eine Meinung hatten und sich entschieden und da waren und blieben.

Das alles war völlig sinnlos.

Ich hatte diesen Wettbewerb gewollt, damit er stolz auf

mich war. Damit er mich wahrnahm. Damit ich niemand war, von dem man sich abwandte.

Und wisst ihr was?

Dann war es eben so. Ich kannte es nicht anders. So, und genau so, war ich Joseph Fittich geworden. Und das war alles in allem okay. Inzwischen. Mit Fausto. Mit Canan. Und ohne falsche Versprechungen.

Ich guckte den geschwungenen dunkelbraunen Füller einen Moment nachdenklich an, dann warf ich ihn Markus zu.

»Ist ein schöner Füller, Markus«, sagte ich. »Kannst du behalten. Als Geschenk.«

»Joschel?«, fragte meine Mutter. »Was ist bloß los mit dir?«

Ich schüttelte den Kopf. Wenn sie jetzt weiterredete, würde etwas Schreckliches passieren.

»Ich werde mich jetzt umdrehen«, sagte ich ruhig, »und dann werde ich dieses Zimmer aufschließen und da hineingehen. Genau so und nicht anders. Jetzt.«

»Joschel!« Die Stimme meiner Mutter klang schärfer als jemals zuvor. »Was ist nur los bei dir? Das ist doch nicht einfach bloß die Pubertät! Warum kannst du nicht ausnahmsweise mal das tun, was ich möchte?«

Jetzt musste sie beweisen, dass sie der Boss war. Hanne, die autoritäre Strukturen so sehr verabscheute. Genau jetzt, wo ich es am wenigsten gebrauchen konnte.

»Weil du keine Ahnung hast! Weil du überhaupt keinen Schimmer davon hast, wie es in meinem Leben aussieht!«

Hanne schnappte nach Luft. »Ich ... Natürlich weiß ich, was bei dir so ...«

Nein. »Nein.« Nein. »Weißt du nicht, Hanne. Du weißt gar nichts. Du tust immer nur so, als willst du alles wissen. Aber wenn es drauf ankommt, bist du beim Sport!«

»Ich ... hatte gedacht, du brauchst mich nicht mehr«, sagte Hanne.

Das hatte ich auch mal gedacht: Dass ich niemanden brauchte. Aber es stimmte nicht. Ich brauchte das hier – Fausto, Canan ... Freunde. Das Gefühl, dass es eine Rolle spielte, was ich tat oder nicht tat.

»Ich mache das jetzt so, wie ich es möchte, das hast du dir doch immer gewünscht. Ich gehe jetzt da rein.« Ich nahm Canan bei der Hand und ging auf die Tür des Chemieraums zu. »Und du wirst mir nicht folgen. Das bist du mir schuldig, *Mama*.«

Meine Mutter guckte ungefähr so ausgestopft wie der präparierte Uhu in der Glasvitrine hinter ihr.

Canans Griff um meine Hand wurde fester. Sie fingerte nach dem Schlüsselbund in ihrer Jackentasche.

»Hey«, sagte Markus matt. »Nicht da rein, okay?«

Ich schüttelte den Kopf. »Du hast verloren«, sagte ich. »Wir bringen das jetzt zu Ende.«

Der Chemieraum wurde vom Licht der Notsteckdosen dunkelrot beleuchtet. Ein blasses Gitter aus winterlichem Licht fiel durch die heruntergelassenen Jalousien.

Es roch nach Chemiebaukasten, nach gammeliger Seife und nach Muff, nach Mottenkugeldachbodenmuff.

Das Zimmer war vollgestopft mit Papieren. Sie quollen aus verblichenen Plastikkisten, aus aufgerissenen Kartons, aus Einkaufskörben aus rissigem Kunststoff. Zwei Meter hoch, beinahe bis zur Decke. Jedes einzelne Schriftstück aus dem Schulkeller musste hier reingeräumt worden sein.

Die Tische waren zur Seite geschoben und dienten zur Ablage der Papiere: Schulhefte, Aufsätze, Klassenbücher, einige beinahe neu, andere längst vergilbt, die Füllerschrift zu graugelben Hieroglyphen verdorrt.

Vor der Wand mit den Laborapparaten saß …

… ein Bücherdämon.

Er drehte uns den Rücken zu und starrte auf die beiden riesigen Töpfe, die auf Bunsenbrennerflammen vor sich hin köchelten. Der Dämon war groß wie eine Mülltonne, fast kugelförmig und mit dürrem schwarzgrauem Fell bedeckt, durch das an vielen Stellen faltige, blassgraue Haut schimmerte.

Ein Horn, ein schartiges, mattgelbes, ragte ihm aus der Stirn, ein anderes aus dem Hinterkopf. Es war hell wie poliertes Elfenbein. Dort, wo es aus dem Schädel trat, war das Fell ausgedünnt und die Haut blutig und entzündet.

»Tristrant!«, rief Kieron. »Endlich!«

Der Dämon reagierte nicht.

»Nein«, flüsterte Canan.

»Fürwahr«, sagte eine kratzige Stimme. »*Nein* ist die richtige Antwort. Egal, was ihr hier wollt.«

Der Dämon drehte sich um. Seine vier Augen glühten klar und hellrot, wie die teuflischen Leuchtdioden eines sehr teuren, sehr bösen Fernsehers, der ausschließlich Horrorfilme zeigte. Das Bauchfell des Dämons war hauchfein und silbergrau. Sein Maul war so groß, dass er sich einen ganzen Brotlaib reinschieben konnte. Quer.

»Tristrant«, sagte ich.

»Das … das Horn«, stammelte Kieron. »Das zweite …«

»Steht mir, nicht wahr? Und es ist äußerst praktisch!«

Fausto sickerte aus Kierons Jacke zu Boden, nahm Gestalt an, bäumte sich auf. Seine Krallen scharrten über das Linoleum. »Bruderbruder Tristrant«, knurrte er leise.

»Auf diesen Namen höre ich gelegentlich«, sagte der Dämon. Er lachte das heisere, kehlige Lachen eines manischen Kettenrauchers.

»Du lebst, Mann!«, rief Kieron. »Verdammt, du lebst, alter Freund!«

»*Tristrant!*«, quäkte der Dämon mit einer Kleinjungenstimme. »*Lieber Tristrant, kannst du mit mir spielen? Tristrant, liest du mir was vor?*« Er spie Kieron einen Schwall trüber Flüssigkeit entgegen. »Ich könnte kotzen, wenn ich deine Stimme nur höre, wenn ich dein hässliches Dörting-Angesicht nur sehe!«

Kieron wankte, sein Blick irrlichterte suchend umher, als würde der Boden plötzlich nach links und rechts kippen.

»Nein«, presste er heraus. »Tristrant, was haben sie mit dir gemacht? Das bist nicht du!«

»Natürlich bin ICH das«, donnerte Tristrant. »Nur dass du keine Ahnung hast, wer ICH eigentlich bin! Und wer ICH immer schon war. Ich *hasse* die Menschen! Aber du hast mich befreit!« Er lachte wild und heiser. »Du warst es selbst, Dörting junior-junior. Weil du dich nicht beherrschen konntest, weil du meine Hilfe brauchtest, darum bin ich frei!«

Einer der Töpfe auf der Feuerstelle gab ein zähes Blubbern von sich, wie kochender, schwarzer, schaumiger Ekelpudding.

»Du bist nicht in Gefahr, oder? Markus hat dir nichts getan!« Canan presste meine Hand so fest zusammen, dass es fast wehtat.

»Natürlich war er das«, erwiderte Kieron trotzig. »Tristrant war verschwunden, also geklaut, entführt, und ... Markus ... hat ihn ...«

»... war eine willkommene Hilfe«, sagte Tristrant und trat noch näher auf uns zu. »Noch ein Jahr länger im Haus der verfluchten Dörtings und ich wäre durchgedreht. Kannst du dir das vorstellen, Junge, eingesperrt hinter Glas und umgeben von Lehrern, die nichts tun als reden? Seit Generationen nur Lehrer!«

»Er macht Scherze«, sagte Kieron. »Die Dämpfe hier drin haben ihn verwirrt.«

»Ich war nie so klar im Kopf wie jetzt«, sagte Tristrant. Er schlenderte zurück zum Labortisch, tunkte eine Krallenspitze in die schaumige Brühe und probierte sie. Seine Zunge war hellgrau und fleckig, wie schmutzige alte Knete. »Dünnflüssiges Zeug. Aber man kann immer noch einen Rest aus ihnen herauskochen.«

Ich ging auf Tristrant zu. »Was ist in den Töpfen?«, herrschte ich ihn an. »Sag mir sofort, was in den Töpfen ist!«

Tristrant ließ ein feuchtes, unappetitliches Rülpsen ertönen. »Was meint ihr, was ich koche? Artgenossen?« Er lachte. »Als ob es davon noch genügend geben würde. Ich koche alte Hefte aus. Die Essenz der Fehler. Ich bin nach der Häutung ein wenig schwach auf der Brust, wie ihr seht.«

»*Wird ein Dämon … dem Herrn entrissen, muss seine Haut den Boden küssen!*«, fauchte Fausto. »Faustos Bruder hat seinem alten Herrn abgeschworen.«

»Aber Markus ... Markus muss dich entführt haben«, murmelte Kieron. »Nachdem wir ihn im Krankenhaus besucht haben ... Er hat irgendwie mitgekriegt, dass du dabei warst!«

»Entführt? Ha! Ich bin zu ihm gekommen, nachdem ich seine Witterung aufgenommen hatte. Nachdem ich gespürt hatte, aus welchem Holz er geschnitzt ist«, sagte Tristrant.

»Wir waren ein vorzügliches Gespann. Wer, glaubst du, hat ihm seinen Siegeraufsatz geschrieben? Und wie hätte ich ohne ihn diese herrlichen, duftenden Hefte im Schularchiv aufgestöbert?«

»Tristrant.« Kierons Stimme klang leise und verzweifelt. »Du bist mein Freund. Mein alter Freund. Und du hast unserer Familie die Treue geschworen.«

»Ich bin niemandes Freund!« Tristrants Knurren klang gefährlich. Wild und hungrig wie ein Tier, das zu lange von Dosenfutter gelebt hat und zum ersten Mal seit langer Zeit wieder seiner natürlichen, *lebendigen* Beute gegenübersteht. »Und Schwüre können durch andere Schwüre ersetzt werden. Ich habe jetzt einen neuen Herrn, der anders ist als du!«

»Du bist ein Bücherdämon!«, rief Kieron. »Und in unserem Haus findest du so viele davon ...«

»Und hör mir auf mit den Büchern! Wir Dämonen gehören nicht in Bücher. Das hat man meiner Rasse seit zwölfhundert Jahren eingeredet. Aber wirkliche Stärke erwächst nicht aus schlechten Texten. Sie erwächst aus schlechten Menschen. Aus bösen Seelen. Wahrhaftige Stärke.«

»Markus ...«, begann ich. Markus *war* ein schlechter Mensch. Und was für einer. »Du hast ihn benutzt.«

»So wie er mich benutzt hat. Er wollte den kleinen Dörting aus dem Weg haben. Und, habe ich nicht mein Bestes getan? Habe ich ihn nicht erfolgreich vom Wettbewerb ferngehalten? *Uhuhuhh, der liebe alte Tristrant ist weg, uhuhuhhh, ich habe ihn selbst in Gefahr gebracht!*«, äffte er Kieron erstaunlich gut nach, die Dörting-Stimme hatte er echt drauf, er hatte allerdings auch jede Menge Zeit zum Üben gehabt. »Die einzige

Gefahr, in der ich mich befand, war die: In den luftdichten Schränken der Dörtings vor Langeweile einzugehen und zu einem Häufchen Trockenfutter zu verschrumpeln. Aber damit ist jetzt Schluss. Ab jetzt wird wieder à la carte gespeist!« Er klopfte sich mit der Klaue gegen einen seiner handlangen Reißzähne. Ein hartes Klirren, wie Metall auf Stein. »Wer wird mich jetzt einsperren?«

Canan und ich blickten uns an. Niemand von uns, so viel war klar. Er würde uns in Stücke reißen.

»Wer von euch hat Mumm genug, um sich mit mir zu messen?«

Fausto richtete sich zu seiner ganzen Größe auf. Er reichte Tristrant höchstens bis zum Bauchnabel. Wenn der Dämon einen gehabt hätte.

»Fausto wird das tun«, sagte er tapfer.

»Du wirst mich nicht anrühren, kleiner Bruder.« Tristrant lachte bösartig auf. Seine Fänge blitzten im Licht der Neonröhren. »Sieh dir doch deinen Herrn an. Er zittert. Er hat Angst um dich. Er wird dir verbieten, mit mir zu kämpfen.«

Tristrant versenkte ein Bein in den Fußboden. Eine Klaue aus Haaren und Finsternis schoss dicht vor Fausto aus dem Linoleum, schlang sich um seinen Knöchel, riss ihn von den Füßen. Zischende Tintentropfen flogen durch die Luft, als Fausto gegen einen Stapel alter Hefte geschleudert wurde.

»Sieh dich doch an, Sklave der Menschen!«, lachte Tristrant. »Du bist schwach und langsam, ein fauler Schreiberling, ein Wasserträger für die Menschheit.«

»Fausto wird dich nicht ziehen lassen, sapresti! Das Gesetz

verlangt es!«, knurrte Fausto. Er streckte sich, sträubte das Fell. Gefährlich glühend traten seine Augen hervor. Fausto richtete sein Horn auf den riesigen Artgenossen.

Ich musste ihm helfen, ihn festhalten, ihn vor diesem Monster beschützen. Aber statt Armen hatte ich nur zwei nutzlose, ängstliche Anhängsel links und rechts an den Schultern. Die Panik saß in jeder Muskelfaser fest und ließ meinen Körper stillhalten.

»Siehst du, wie leicht mir das fällt, kleiner Bücherdämon?«, fragte Tristrant. Wieder tauchte er in den Boden ein und schoss dicht vor meinen Füßen wieder heraus. Es zischte, heiße, schwarze Farbspritzer trafen meine Finger, der warme muffige Atem des Dämons brannte mir auf der Haut. Und Tristrant drückte mich gegen einen Tisch, presste mir die Luft aus den Lungen.

Mit einem Schrei stürzte sich Canan auf Tristrant, verkrallte sich in sein dünnes Fell, riss an seinem Horn, versuchte einen ihrer Judotricks an seinem massigen Dämonenleib.

Er bewegte sich nicht einmal.

»Seht ihr, wie wenig ihr mir entgegensetzen könnt?«, schrie er. »Ihr seid lächerliche Menschen, mehr nicht, ihr seid nicht die Herren dieser Erde!«

»Lass Joseph sof…« Ein Ausläufer aus pelziger Finsternis umschloss Canans Hals, dämpfte ihre Worte zu einem erstickten Wimmern.

Ich schrie auf, wand mich im gnadenlosen Griff des Dämons, stemmte mich Tristrant entgegen, riss an seiner mächtigen Schulter – und wurde hart zurückgeschmettert. Ein Arm aus Finsternis stieg vom Boden auf, umschloss meine Hände, raubte mir die Sicht. Die Luft schmeckte nach brennendem Papier.

»Canan!«, brüllte ich. »Du wirst Canan nichts tun!«

Draußen wurden Stimmen laut.

Die Klassentür wurde mit Gewalt aufgestoßen, das Schloss brach knirschend, die Tür flog schwungvoll gegen die Wand und krachte hinter Markus Jahnke wieder in den Türrahmen zurück. Ein Stapel Hefte geriet ins Rutschen, bedeckte die Tür bis zur Klinke und versperrte jeden Ausweg.

Markus stand mitten im Raum, in der Hand seinen Siegerpokal.

Canan röchelte im luftdichten Griff von Tristrant, dieses miesesten aller miesen Dämonen, den wir hatten *retten* wollen!

Das Mädchen meiner Träume erstickte vor meinen Augen.

»Er bringt sie um!«, rief ich Markus zu. »Tu was. Mach, dass er aufhört. Er gehört dir, er hört auf dich, wenn überhaupt.«

»Ich höre auf niemanden!«, teilte uns die Kratzestimme mit.

»Doch«, sagte Markus. »Du gehörst mir.«

Tristrant wiegte sich einen Moment lang in der heißen Luft. »Nun ja ... Das ist formal ganz richtig. Wenngleich ich ...«

»Schnauze!« Markus deutete mit blassem Gesicht auf Canan. »Du wirst sie loslassen. Sofort. Jetzt. Ohne Widerrede.«

Langsam zog sich der Dämon von ihr zurück. Strich mit Tentakel aus Schatten über ihr blasses Gesicht, die Augenlider, die Ohrläppchen. Berührte sie dort, wo ich sie noch nie berührt hatte.

Canan rang nach Atem, tastete blind nach ihrem Hals, schnappte nach Luft … und öffnete langsam die Augen.

»Lass auch Fittich in Ruhe«, erklärte Markus, ohne Tristrant aus den Augen zu lassen. »Du hast mir die Treue geschworen, hast deine alten Eide gebrochen und deine Haut abgelegt. Also gehorche. Ich befehle es dir.«

Zischend wich Tristrant vor mir zurück, tänzelte zurück in die Zimmermitte. Wo er mich berührt hatte, fühlte sich meine Haut kalt und klebrig an.

Fausto fixierte ihn, verfolgte jede der Bewegungen des mächtigen Dämons, ließ sein Horn unbeirrbar auf ihn gerichtet, zischte, fauchte, zeigte sein Gebiss.

»Fausto wird kämpfen, wenn der Bruderbruder noch einmal die Klaue erhebt. Fausto wird kämpfen, bis es vorbei ist.«

»Danke, Markus«, sagte ich. »Ich wusste, du bist vernünftig.«

»Ich bin vernünftig, Joseph«, sagte Markus. »Du wirst gleich sehen, wie vernünftig ich bin.«

Na bitte, dachte ich, er mochte ein Betrüger sein, aber am Ende schlug sein Herz am rechten Fleck.

»Wir sind doch Freunde, oder?«, fragte Markus.

Ganz schlechtes Timing. Niemand war weniger mein Freund als er. Aber ihm das jetzt zu sagen, konnte fatale Folgen haben.

»Hm … ja …« *Lügen!*, dachte ich. *Lügen*, das konnte ich doch! »Könnte man ja so sehen. Ja, Freunde.«

»Lügner!«, schrie Markus. »Schon wieder lügst du, Joseph. Ich hab dir vertraut, hab dir vom ersten Tag an geholfen, und du spielst mir immer nur vor, wir wären Freunde, wenn du mich brauchst!«

Kieron näherte sich Markus, versuchte, ihm beruhigend den Arm auf die Schulter zu legen.

»Rühr mich bloß nicht an, du Spast!«, schrie Markus. »Denkt bloß nicht, irgendeiner könnte mich hier noch mal anpacken. Willst du sehen, was ich mit Leuten mache, die mir vorspielen, sie wären meine Freunde?«

»Ich habe dir nie etwas vorgesp...«

»Doch«, sagte Markus. »Jeden Tag. Sieh, was ich tun kann. Sieh, wie es ist, einen Freund zu verlieren.«

Er wies mit dem Finger auf Fausto. »Tristrant, mein Diener«, sagte er mit wutverzerrter Miene. »Töte den Dämon.«

Ich warf mich auf Tristrant, schlug mit irgendeinem Buch auf ihn ein, stemmte mich gegen sein Stirnhorn. Doch meine Kräfte reichten bei Weitem nicht aus.

Der Dämon schüttelte mich ab wie ein lästiges Insekt, schleuderte mich gegen den Labortisch. Meine Schulter prallte gegen einen der siedendheißen Töpfe. Zischendes Wasser ergoss sich über meine Hände.

Tristrant tauchte mit einem knisternden Geräusch im Boden ab und schoss vor Fausto in die Höhe, eine Explosion aus grauem Fell und Hörnern, geschwungenen Zähnen und scharfen Klauen.

»Nein!«, keuchte ich.

»Du wirst das nicht tun!«, schmetterte Kieron dem Dämon entgegen. »Ich bin immer noch dein Herr, und ich befehle dir ...«

»Nichts befiehlst du, Dörting«, antwortete Markus und

lehnte sich entspannt gegen einen Bücherstapel, um das grausame Schauspiel zu betrachten. »Du bist abgemeldet, kapier das endlich.«

Die Kraft des Angriffs trug Fausto hoch in die Luft. Tatzen aus Fell und dunklem Licht griffen nach ihm, seine Zähne schnappten in der tintenfeuchten Luft herum, und Fausto schrie.

Die Attacke des Dämons hatte mich geschwächt, meine Muskeln fühlten sich schwer und müde an. Trotzdem hievte ich mich hoch. Griff nach Canans Arm. Suchte nach einer Waffe gegen diesen schrecklichen Feind.

»Du musst das nicht tun, Markus!«, rief Kieron. »Denk daran, was auf deiner alten Schule passiert ist. Willst du so werden?«

Einen Augenblick lang maßen sich beide mit Blicken. »Woher willst du wissen, was a…«

»Du bist nicht so, Markus!« Kieron baute sich vor ihm auf. Er überragte ihn fast um einen halben Kopf. Jede Angst schien von ihm gewichen zu sein. »Denkst du, ich weiß nicht, was an deiner alten Schule passiert ist? Dein Vater hat einen Lehrer zusammengeschlagen, ist es nicht so? Du bist geflogen, obwohl du nichts gemacht hast!«

Einen Moment lang schien es, als bräche Markus gleich in Tränen aus. Als würde er Tristrant zurückpfeifen.

»Mein Vater ist auch …«, begann ich.

Aber Markus wollte nicht hören, was ich zu sagen hatte. »Mein Vater ist mir vollkommen egal«, sagte er schlicht. »Und jetzt bring den kleinen Scheißer um, Tristrant!«

Fausto zappelte im Griff von Tristrant, biss und kratzte,

spie ihm schwarze Farbe entgegen ... tintenschwarzes Dämonenblut.

»Ich kann das nicht länger mit ansehen!« Canan stemmte einen der heißen blubbernden Töpfe in die Höhe. »Hilf mir, Joseph! Fass an!«

Ich half ihr. Sengender Schmerz fraß sich in meine Handflächen. Ich würde nie wieder einen Stift halten können. Egal.

Gemeinsam stießen wir Tristrant den Topf entgegen. Ein dampfender, schwarzgrauer Schwall aus kochender Brühe ergoss sich über seinen Dämonenkörper. Er jaulte auf wie ein angeschossener Wolf, sackte zu Boden, riss Fausto mit sich, hin zu seinem weit geöffneten Maul.

Als sich der Nebel verzog, blickte ich in Faustos ängstliche Augen, in denen nur noch ein schwacher rötlicher Funken glühte.

Tristrant hielt den zitternden Bücherdämon eine Klauenbreite vor seinem Maul. Fausto wehrte sich nicht mehr. Er starrte mich furchtsam an.

Canan schluchzte auf. Auch sie schien von der Angst gelähmt zu sein, die Tristrant verströmte. Ein kaltes, taubes Gefühl, das es einem schwer machte, auch nur einen Finger zu heben.

»Ihr seid so erbärmlich«, knurrte Tristrant. »Seht doch, wie schwach ihr seid.«

»Laber nicht lange rum«, sagte Markus und fingerte eine Zigarette aus einer verknautschten Schachtel. »Friss ihn, Mann, ich hab noch was anderes vor.«

»Nein«, flüsterte ich. »Bitte ... bitte nicht.«

»Joschel-und-Punkt«, murmelte Fausto. »Wir sind F-f-freunde, nicht wahr? Joschel-und-Punkt und ... ich.«

Ich nickte. Gelähmt. Hilflos. Und unfähig, wegzugucken. »Das sind wir, Fausto. Wir sind die allerbesten Freunde, die man sich denken kann.«

»Töte ihn endlich!«, schrie Markus. »Ich kann mir dieses Gejammer nicht mehr anhören!«

Tristrant klickte einige Mal mit den Zähnen. Fausto schloss bibbernd die Augen, eines nach dem anderen. Kein Rot mehr zu sehen.

»Okayfreundeokay.« Faustos Stimme war kaum noch zu verstehen. »Okay ... sapresti.«

Tristrant biss immer noch nicht zu, sondern saugte Faustos Duft genießerisch ein.

»Alter, warum machst du nicht endlich hin?«, fragte Markus.

»Er wehrt sich nicht«, sagte Tristrant mit heiserer Stimme. »Er guckt mich nicht mal an.«

»Was spielt das für eine Rolle, Dämon?«, blaffte Markus. »Mach ihn endlich platt, Mann!«

»Er wehrt sich nicht!«, dröhnte Tristrant. »Du willst, dass ich einen Artgenossen töte, der nicht mal genug Kraft hat, mir in die Augen zu sehen?«

»Natürlich!«, tobte Markus. »Ist doch scheißegal, ob der kleine Pisser ...«

»Mäßige deinen Ton, Mensch!« Tristrant hob den Kopf und richtete sein Stirnhorn direkt auf Markus. »Du redest immer noch über einen meiner Art!«

»Schnau...«, begann Markus.

»Nein! Du wirst schweigen, Meister Jahnke! Du willst einen Mörder ohne Verstand aus mir machen, einen Meuchler? Ist das alles, was du im Sinn hast?« Behutsam setzte er Fausto auf dem tintenverschmierten Boden ab. »Töte ihn selbst, du schwacher, armseliger Mensch.«

»Du hast mir deinen Eid geschworen, Dämon«, sagte Markus.

»Eid oder nicht, ich will mit euresgleichen nichts mehr zu tun haben!«

»Ein D-d-dämon, der den Eid gebrochen, d-d-dessen Blut wird …« Fausto verstummte. Ungläubig sah er sich um, dann kroch er langsam in meine Richtung. Zu mir – und zu Canan.

»*Dessen Blut wird in der Hölle kochen*, ich weiß«, sagte Tristrant. »Ich hör mir diesen Mist schon seit fünfhundert Jahren an. Allmählich ist es genug.«

»Du gehorchst nicht?«, fragte Markus lauernd.

»In der Tat, so ist es«, sagte Tristrant, zog wahllos eine Faust voll Schulhefte aus einem Stapel und verschlang sie. Zwei Sekunden später spuckte er Markus einen feuchten, zerknüllten Papierklumpen vor die Füße. »Ich pfeife auf den Eid. Ich sage mich los.«

»Du hast behauptet, du verlierst deine Kräfte, wenn du dich dem Kodex widersetzt«, zischte Markus.

Tristrant spieh schwarze Flüssigkeit auf den Boden. »Pah! Der Kodex! Nichts mehr als altes Gewäsch, das sich die Vorväter erzählten! Ich sage mich los, Meister Jahnke. Wir sind nicht mehr verbunden. Der Eid betrifft mich nicht mehr. *Ich breche ihn.*«

Ich weiß nicht, was passiert wäre, wenn Tristrant kein Erbarmen gezeigt hätte. Keine Ahnung, ob ich ihm den Tritt zurück in die Hölle verpasst hätte, den er verdient hatte. Ich bin kein Held, und ich bin kein Krieger. Aber ich hätte es versucht, ich hätte es wirklich versucht. Auch wenn es wahrscheinlich nichts gebracht hätte.

Aber dazu kam es nicht.

Komische Geräusche drangen aus dem Linoleum.

Knacken und Rauschen, das Geräusch von berstendem Holz, von zermahlenen Steinen, von schäumendem Wasser, das morsches Mauerwerk durchbricht.

Zarter Dunst sickerte durch die Fugen des Fußbodenbelags.

Stimmen. Stimmen aus der Tiefe.

Ein heiserer Chor aus Stimmen, ein Sprechgesang ohne Sätze, ohne Silben. Er klang hart und trocken wie das Knarren einer uralten Hütte, zischend und heiß wie feuchtes Laub im Lagerfeuer. *(Wolli-Lagerfeuer, über dem man Stockbrot brät.)*

Die ... Worte – wenn es Worte waren – brannten in meinen Gehörgängen. Dabei war ich nicht einmal sicher, ob ich sie überhaupt hören konnte, so wie man Schallwellen hört. Die Geräusche berührten meine Ohren auf ganz andere Weise.

Der Nebel wurde dichter, körperhafter, erfüllte die Zimmermitte wie eine graue Pflanze mit wirbelnden, körperlosen Blättern, schraubte sich um Tristrant in die Höhe, umschlang ihn, zog sich um ihn wie ein zerrissener Vorhang. Es pfiff.

»Das ist alles, was ihr habt?«, schrie Tristrant. »Mehr habt ihr da unten nicht zu bieten?«

Eine eisige Berührung ging über meine Haut.

Canan hustete heftig.

»Was ist das hier für ein Mist?«, schrie Markus in Richtung Linoleum. »Warum stellt sich dieser Dämon jetzt quer? Er hat versprochen, mir zu helfen. Ihr werdet ihm nichts tun, er gehört mir!«

Er näherte sich Tristrant, griff tief in den grauen Rauch – und warf sich schreiend nach hinten. »Es brennt!«, brüllte er. »Feuer!«

Kieron flüsterte neben mir immer wieder Tristrants Namen. Canan presste den Ärmel auf Mund und Nase. Die Luft wurde unerträglich dick.

Und ich ... Ich konnte einfach nicht mehr.

Meine Hände irrten umher, suchten nach Halt in diesem kreisenden, rauchigen Chaos, schnitten sich an altem Papier blutig, griffen nach einer Handvoll Mappen, klammerten sich an einen wackeligen Berg aus alten Klassenarbeiten.

Als ich zu Boden stürzte, geriet der ganze Haufen ins Rutschen und zog einen anderen mit und noch einen. Fünfzig Jahre gesammelte Klassenarbeiten begruben mich unter sich.

Mich, und jedes Geräusch.

Der Nebel lichtete sich.

Ich streifte ein paar Jahrgänge staubiger Klassenbücher von meinen Schultern und ließ den Blick durch den verwüsteten Raum schweifen.

Canan kniete unter einem Tisch und hustete und rieb sich die Augen. Kieron wischte sich mit einem durchkorrigierten Karoheft den Mund ab.

Markus hockte regungslos auf einem Heftstapel und starrte zornig vor sich hin.

Ein Rest Finsternis hing in der Zimmermitte und versank wirbelnd im Boden. Einen Moment lang war es still.

»Tristrant?«, fragte Kieron in die Stille hinein.

Canan balancierte über die wacklige Schicht aus Heften zu mir herüber. »Joseph?«, fragte sie. »Alles okay?«

»Glaube schon«, sagte ich. »Wo ist Fausto?«

Wir schauten einander an. Eine seltsame Beklommenheit lag in der Luft. Was immer eben geschehen war – es fühlte sich nicht gut an. Als hätte sich ein Tor zur Hölle geöffnet. Naja ... es *hatte* sich eins geöffnet.

Meine Augen suchten den Raum ab.

»Fausto?«, rief ich. »Fausto! Mann, wo bist du?«

Aber der Dämon antwortete nicht.

»Joschel!« Meine Mutter trommelte gegen die verschlossene Tür. »Oh Gott, geht es euch gut? Es hat furchtbar gekracht, und die Tür geht nicht auf.« Irgendjemand warf sich von außen dagegen, der Papierberg kam etwas ins Rutschen. Das war es aber auch.

»Hört ihr das auch?«, fragte Kieron.

»Hanne ist komisch, ich weiß«, sagte ich. »Die kriege ich schon wieder beruhigt.«

»Nein, das meine ich nicht.« Kieron schritt den Raum ab, streifte einige Hefte mit den Füßen zur Seite. Einige Jahrgänge tiefer stieß er auf einen Topf, ein angelaufenes Gefäß aus der chemischen Geschirrsammlung.

»Ihr lächerlichen Menschen!«, tönte es hell und blechern darunter hervor. »Nicht einmal der Dämonenkodex kann mich zurück in die Hölle schicken. Weil ich mein eigener Herr bin. Weil ich frei bin! Frei!«

Kieron hob den Topf ab.

Ein winziger heller Schatten saß darunter, ein pelziger, drolliger Fleck mit glimmenden Äuglein – und schneeweißem Fell.

»Ihr könnt mich nicht töten. Ihr habt versagt, ihr jämmerlichen, dummen Menschenkinder. Nicht einmal der Dämonenkodex konnte mich niederringen!«, tönte der Miniaturdämon, starrte herausfordernd in die Luft – und hob langsam den Blick zu uns. Er war nicht größer als eine Streichholzschachtel.

Ein Horn hatte er nicht.

Einen Moment lang schien der winzige Dämon zu überlegen, wie er uns am besten weiter beschimpfte.

Einen Moment zu lang.

»Ihr seid nichts als nutzlose, lächerliche, erbärmliche …«, setzte er zu einer verzweifelten Schimpftirade an.

Aber ich war schneller. Tristrants Flüche erstickten, als ich ihm ein Glas aus dem Waschbecken überstülpte und den Deckel festschraubte.

»Luftdicht«, sagte ich.

Canan schnipste vorsichtig gegen das Glas, das Tristrant von innen mit den Fäustchen bearbeitete, während er uns vermutlich Tod und Teufel an den Hals wünschte.

»Seht ihr, wie lächerlich ihr seid?«, quietschte Tristrant durch das Glas.

»Du kleiner illoyaler Arsch«, schimpfte Markus, kickte ein paar Bücherstapel um und bahnte sich den Weg durch die

Heftehaufen Richtung Tür. »Das war das letzte Mal, dass ich was mit so einem Vieh anfange.«

»Ich bringe dich nach Hause«, sagte Kieron düster, schloss die Faust um das Glas und ließ es in seine Manteltasche gleiten. »Dahin, wo du hingehörst. Zu den Dörtings.«

Canan musste das Gleiche wie ich denken. Ihre Augen glitzerten so klug und traurig und entschlossen – so unfassbar Canan-mäßig, dass ich immer noch ganz kribbelig werde, wenn ich daran denke.

FAUSTO.

»Fausto!«, rief Canan. »Wo bist du?«

Gemeinsam wühlten wir uns durch das verkohlte Papier, durch Glasscherben und umgekippte Stühle.

Wieder rannte jemand draußen gegen die Tür an. »Joschel!«, brüllte meine Mutter wieder. »Du *könntest* auch mal antworten, wenn man dich drum bittet!«

Kieron tat sein Bestes.

Er warf immer neue Hefte auf den Stapel vor der Tür und stopfte alles ordentlich fest, während Hanne und – wie sich nun herausstellte – Herr Kattmann, Frau Strawinsky, der keifende, unkaputtbare Hausmeister und sogar der Ehrengast von der Sparkasse immer wieder gegen die Tür anliefen.

»Joschel!«, schrie meine Mutter, nachdem der Damm gebrochen war und die Eindringlinge das Zimmer stürmten. »Joschel, du, das gibt eine Woche Hausarrest! Mindestens.«

Meine Hand, verbrüht, zerkratzt und zerschnitten – und unendlich müde – schloss sich unter dem Labortisch um ein dünnes, samtschwarzes Klassenbuch. Es war warm und schwer und es zitterte. Eine beruhigende, bücherdämonenpelzige Berührung streifte meine Finger.

»Alles okay«, flüsterte ich dem Klassenbuch zu.

»Okayfreundeokay«, flüsterte es zurück.

Ich drehte mich um, schob mir das Buch hinten in den Hosenbund und bemühte mich um einen entspannten Gesichtsausdruck. Verwüstetes Labor? Explosion? Solche Dinge passieren, würde ich sagen.

»Hallo«, sagte ich. »Alles klar? Hat ein bisschen gekracht hier, das war alles.«

»Es ist nicht so, wie es aussieht. Sieht schlimm aus, klar, aber wir räumen das nachher auf, alles kein Problem.« Kieron schnipste mit dem Finger und zeigte auf einen Mann mit auberginefarbener Krawatte. »Hey, arbeiten Sie nicht bei der Sparkasse?«

»Guten Tag, Frau Fittich«, sagte Canan und trat einen Schritt vor. »Es freut mich sehr, Sie endlich mal wiederzusehen.«

Mit einem bezaubernden Lächeln streckte sie meiner Mutter die Hand entgegen.

30 ihr könnt die HÄNDE wieder runternemen

Canans Bauchnabel hatte die Form eines Wassertropfens.

Ich schaute ihn an.

Seit einer halben Stunde. Klingt übertrieben. Ist es auch.

Es waren achtundzwanzig Minuten, achtundzwanzig der besten Minuten, die ich jemals an einem Strand hatte. Sorry, Wolli, wo auch immer du bist, welche alleinerziehende Mutter du auch immer gerade glücklich machen willst, und das kannst du, das weiß ich, und ich wünsche dir alles Gute dabei, auch unser verlängertes Zeltwochenende im Emsland mit Nachtwanderung und allem Drum und Dran, das alles kam nicht an diese achtundzwanzig Minuten ran, die ich vollkommen friedlich auf Canans gebräunten Bauchnabel starren konnte, während sie neben mir auf der Liege lag und so tat, als würde sie lesen.

»Du starrst mich an«, sagte Canan und zupfte an ihrem Bikini.

»Ich denke nach«, sagte ich.

»Dann stört es dich wahrscheinlich nicht, wenn ich mal aufstehe«, sagte Canan und entführte ihren Bauchnabel zum Strandkorb. Sie kehrte mit zwei Dosen Cola aus der Kühlkiste zurück.

Sie hatte eine Kühlkiste dabei, ich sage es gerne zwei Mal. Besser, ich ließ diese Fürsorglichkeit emotional nicht zu nah an mich heran. Ihr wisst schon, könnte Probleme machen. Ich liebte es, wenn sie *so* war.

Jetzt mal ehrlich, eine kleine Abstimmung: Wer von euch tippt drauf, dass wir jetzt in Südfrankreich am Strand lagen? Das Schuljahr ist vorbei, Heiko Fittich hat sich entschuldigt und uns alle zu sich eingeladen.

Wenn es Abend wurde, würden wir uns was überziehen und zurückschlendern, Hand in Hand, Sommerferien, alles in Ordnung. Essen im Kreis der Familie, im Garten würde man Fisch und Gemüse und für Hanne einen Klumpen aus Kichererbsen grillen. Canans Leute würden von ihrer angemieteten Ferienwohnung in kurzen Hosen und Sommerkleidern rübermarschieren und ein paar Schnittblumen mitbringen.

Und Ende.

Ende im Kreis der Familie, unter einem wolkenlosen, dunkelblauen Sommerhimmel am Mittelmeer. Eine Familie, die sich am Ende von Geschichten irgendwie zusammenrauft und durchwurschtelt. Hände werden gereicht, Taschentücher vollgeheult, Reden werden gehalten. Worte werden gesagt und andere Worte werden verziehen.

Danke für die Abstimmung, ihr könnt die Hände wieder runternehmen. Ich hätte vielleicht genauso gewettet, superschöne Lösung, die kommt ins Fotoalbum.

Aber jetzt kommt die bittere Wahrheit, Leute, haltet euch fest:

In Südfrankreich gibt's keine Strandkörbe.

Und es war auch nicht Sommer, sondern immer noch derselbe graue Dezember, zweiter Tag der Weihnachtsferien.

Das hier war die Nordsee, Leute. Genau genommen: das überdachte Wellenbad *Töwerland* mit Meerblick, stilecht mit Sandimitat, Strandkörben und grenzwertigen Temperaturen. Und Canan zog sich nur deswegen nichts drüber und hielt ihre Gänsehaut pur in die kühle Hallenbadluft, weil es besser aussah. Schätze ich. Und weil sie es mochte, wenn ich guckte. Mir war auf jeden Fall scheißkalt.

Wenn ihr glaubt, Rom im Winter wäre ne Reise wert, stand auf der Postkarte von Kieron, *vergesst es. Mama verkriecht sich wegen des Wintersmogs im Zimmer, es ist schweinemäßig kalt, u. Papa zerrt mich stundenlang über Trümmerfelder. Am schlimmsten aber für T.: Bekniet mich seit Tagen, ihn rauszulassen. Papa ist hart u. hat ihn auf Ostern vertröstet. Hoffe, euch geht es gut, F. ist gut im Futter u. ihr amüsiert euch. Shake it, KD.*

Wir amüsierten uns wirklich, so gut es ging. Ich spreche da mal für Canan und mich und ihre Eltern. Wie viel Türke konnte man übrigens sein, wenn man seit fünfundzwanzig Jahren jedes Weihnachten an der Nordsee feierte?

Reden wir nicht über Hanne und den Typen mit den abstehenden Ohren. (Meine fangen an, sich rauszuwachsen, glaube ich. Canan behauptet, sie sehen ganz normal aus. Aber ich traue dem Glück noch nicht so richtig.)

Mit dem Thema bin ich durch.

Ich habe meine Mutter noch nie so viele Tage am Stück rumschimpfen hören wie in der Woche nach dem vermurksten Schreibwettbewerb. Vorbei die gute Laune, die Atemübungen, die Reinigungsrituale und das Hyperventilieren am offenen Fenster. (Der Vogelgott wurde in die Abstellkammer verbannt.) Sie hat echt viel Wind gemacht wegen der Sache mit dem Chemieraum und dem dämlichen Hausmeister, und von irgendwoher hat sie ungefähr zwanzig Regeln für das »Zusammenleben mit pubertierenden Mädchen und Jungen« aufgetrieben, von denen sie vierzehn schon wieder verworfen hat.

Ich habe von den Schüttlers in diesen Tagen zwei Tafeln Schokolade, einen Buchgutschein und eine Einladung zu Kohlrouladen bekommen, was immer das heißen mag.

JE ist weg. Wie ich hörte, ist er zu seiner Mutter gezogen. Und es ist kein Nachfolger in Sicht.

Aber eins ist sicher: Es spielt keine Rolle, ob demnächst einer auftaucht oder nicht. Mit dem Umziehen ist nämlich Schluss, bis ich erwachsen bin. (Also drei Jahre und drei Monate.) Und es spielt auch keine Rolle, dass der Typ mit den abstehenden Ohren, den ich nicht mehr Heiko nennen will, in Südfrankreich hockt und sich vielleicht wieder neun Jahre nicht blicken lässt.

Er soll sein Ding machen. Ich mache meins.

Alles ist irgendwie offener und echter, Hanne hat die Fotos endgültig in den Keller verbannt, ich habe einen Satz alter

Briefe weggeschmissen und Canan endlich geschrieben und meinen Klingelton geändert. Schluss mit *Silbermond*.

Ich habe euch gesagt, das Leben wird Stück für Stück erträglicher, wenn man erwachsen wird. Das ist nicht die ganze Wahrheit. Es wird gleichzeitig Stück für Stück komplizierter. Aber es fühlt sich an wie die Wirklichkeit und nicht wie die Vortäuschung einer Wirklichkeit, mit der irgendwas nicht stimmt.

Was aus Markus Jahnke wurde?

Naja, er hat den Wettbewerb gewonnen. Und Kattmann wartet gierig auf die Endrunde in Berlin. Das war es auch. Wird bestimmt lustig ohne Tristrant.

Vielleicht tröstet es Markus, dass ich mit dem Hochbegabtsein aufgehört habe und wieder normale Arbeiten schreibe. (Und das nicht bloß, weil Fausto seit der Sache mit Tristrant noch etwas schwächelt, klar?)

Und dass ich wegen der Nummer mit dem Hausmeister bis zu den Osterferien auf dem Pausenhof Kippen aufsammeln darf und mit Canan und Kieron und Markus die fünfzigtausend alten Hefte wieder zurück ins Archiv sortieren muss.

Ach so, eins fehlt noch. Die Pickel.

Die sind irgendwie weg. Liegt wahrscheinlich daran, dass so viel passiert ist, dass mein Gesicht eigentlich hätte explodieren müssen. Es kann nur eine Frage der Zeit sein, bis sie wiederkommen. Der Rest des Schuljahres wird nämlich kompliziert, das weiß ich jetzt schon.

Soll es ruhig. Erstens: Ich habe Freunde. Zweitens: Ich bin, ihr wisst es, Joschel Fittich und habe schon Schlimmeres überstanden. Und drittens:

»Wollen wir los?«, fragte Canan, zog sich ungefragt ein T-Shirt über und band sich die Haare zusammen.

»Ich war gerade am Zuendedenken«, sagte ich. »Geht's nicht auch in fünf Minuten?«

Da war er wieder, dieser goldene, strenge Canan-Blick. Er funktioniert ohne Worte.

»Hat der MP3-Player auch eine Gebrauchsanweisung?«, fragte ich den Elektronikhändler. Er hatte vermutlich noch nie Touristen gesehen, so wie er uns anstarrte. Gut, vielleicht irritierte ihn, dass wir die ausgepackten Elektrogeräte kaum ansahen, sondern nur die Gebrauchsanweisungen durchblätterten.

»Die hier ist gut.« Canan schob mir die Bedienungsanleitung eines chinesischen Miniwasserkochers rüber. »Ein bisschen kurz, aber okay.«

Stoerungen, diesen warnung zu ergeben, konnte ernste verlezung ergeben. Zufriedene polyurethanschaumgummi, gebildet in china, stand in unsauberen Buchstaben auf der Bedienungsanleitung.

»Perfekt«, sagte ich. »Die wird ihm schmecken.«

Wir schoben Fausto unsere frische Kostbarkeit in sein Fach im Strandkorb und ließen uns wieder auf unsere Handtücher fallen.

»Fausto weiß die kleine Aufmerksamkeit höchstappetitlich zu schätzen«, sagte er. »Obwohl es ruhig etwas häufiger werden könnte, mit Verlaub, sapresti.«

»Wenn du wieder so schnell wächst, gibt es nur Probleme. Es reicht, dass Hanne dich gesehen hat. Hausmeister Buhr ist dir auf der Spur, glaube ich. Habe ihn neulich von unangemeldeten Haustieren in unserem Block rumfaseln hören.«

»Fausto sagt seinen höflichen Dank, Joschel-und-Punkt«, schmatzte Fausto und schlürfte genüsslich an der Bedienungsanleitung. »Bitteschön, sapresti.«

Seit der Sache mit Tristrant war er ziemlich hungrig, verschlief oft den halben Tag und hatte kein einziges Wort geschrieben. Er hatte echt eine Menge mitgemacht, seit ihn Hanne in den Müll geworfen hatte.

Aber wisst ihr was: Es hatte keinen Sinn, immer wieder über den ganzen Ärger nachzudenken. Die guten Zeiten begannen erst, und zwar hier und jetzt, zu zweit. Und es gab Dinge zu tun, die sich besser und aufregender anfühlten.

Die echt waren. Und wahrhaftig.

Canans Bauchnabel hatte die Form eines Wassertropfens.

Dämonenkodex

1. Ein Dämon der ~~[illegible]~~ sich dem Meister widersetzt, bleibt nur selten unverletzt.
2. Ist der Meister ohne Hausaufgaben, wird der Dämon ~~[illegible]~~ sieben Tage lang geschlagen.
3. Ein Dämon, der ein Lied gesungen, wird über dem Abort ~~abgewrungen~~ ausgewrungen.
4. Hat der ~~[illegible]~~ Bücherdämon einen Rechtschreibfehler übersehen, entfernt er sich selbstständig ein oder mehrere Zehen.
5. Ein Dämon, der im Schlafe spricht, erhält ~~[illegible]~~ neunzig Rutenschläge auf das Angesicht.
6. Wird ein Dämon dem Herrn ~~[illegible]~~ entrissen, muss seine Haut den Boden küssen.
7. Wenn der Dämon sich verplappert, wird ihm der Kodex an die Knie ~~getakkert~~ getackert.
8. Ein Dämon, der den Eid gebrochen dessen Blut wird in der ~~Hölle~~ HÖLLE kochen.

Was noch zu sagen bleibt ...

Fausto hat einen weiten Weg hinter sich. Ohne Hilfestellung würde er vielleicht immer noch in einem Altpapiercontainer sitzen und sehnsüchtig darauf warten, sich endlich wieder in Büchern herumtreiben zu dürfen. Aber es ist anders gekommen. Und das hätte nie geklappt ohne ...

... *Recka Bodsch*, die immer weiter lesen wollte, und *Daniel Prange*, der das Manuskript einem fachkundigen Schülerlektorat unterzogen hat, und vor allem *Regina Seitz* und *Leonie Schöbel*, die immer an Joschel und Fausto geglaubt und den beiden die Treue gehalten und die Dämoneninquisition aus diesem Buch verbannt haben.

Mein besonderer Dank geht an *Sascha Mamczak*, der Fausto unter dem Bett entdeckt und ihm in Blitzeswindeseile beim Umzug in dieses gemütliche Buch geholfen hat, und an *Claudia Alt*, die mit mir in so kurzer Zeit so viele Seiten unermüdlich durchgekaut hat, bis uns die Tinte zu den Ohren rauskam.

Am allermeisten aber gilt mein Dank meiner wunderbaren kleinen Familie: *Katharina* für ihre zauberhaften Ideen, für Mut, Klugheit und Entschlossenheit beim Lektorieren und die inspirierenden dunkelgoldenen Augen hinter ovalen Brillengläsern. Und *Emilia*, die ein halbes Jahr jeden Morgen auf meinem Schoß geschlafen hat, während ich schreiben durfte und sie zufriedene, zärtliche Geduld mit ihrem Papa geübt hat. Ihr beide seid mein Zuhause, egal, wo wir sind.

Sapresti euch allen. Dankeschön.

JOHN GRISHAM
THEO BOONE
UND DER UNSICHTBARE ZEUGE
HEYNE